KB235825

2001년도 제25회 이상문학상 작품집

부석사 외

문학사상사

2001년도 이상문학상 수상작품집
제25회 대상 수상작
신경숙 〈부석사〉 외 9편

제25회 이상문학상 대상 수상작 선정 이유서

매력적이며 긴장감을 안겨 주는 문체, 어떤 개인의 내면이든지
주목할 만한 것으로 바꾸어 놓는 작가의 힘이 돋보이는 문제작

문학사상사가 주관하는 이상문학상의 2001년도 대상 수상작으로 신경숙 씨의 〈부석사〉를 선정한다. 〈부석사〉는 사랑에 실패하여 방황하는 한 남녀 젊은이의 내면세계를 여러 가지 상징적 장치를 통해서, 또 회상과 추측으로 교직된 구성방법을 빌려서 열어 보이고 있다. 여기에 매력적이면서 계속 긴장감을 안겨 주는 문체가 함께 하여, 작품의 응집도를 높이고 있다. 이 작품은 어떤 개인의 내면이든지 주목할 만한 것으로 바꾸어 놓는 신경숙의 작가적 힘, 바로 그 모범을 제시하고 있다.

선고위원회는 신경숙 씨의 〈부석사〉의 완성미를 높게 평가하여 제25회 이상문학상 대상 수상작으로 결정한다.

2001년 1월

이상문학상 선고위원회

이어령 · 이재선 · 한승원 · 조남현 · 최윤

섬세하면서 치밀한 작가적 촉수로 쌓아 올린 소설미학
―완성도 높은 작품으로 작가적 역량을 입증

가히 난상토론이라고 할 수 있는 본심 과정에서 신경숙의 《부석사》는 시시한 소재도
가독성이 높은 담론으로 바꾸어 놓을 줄 아는 작가적 역량을 입증한 것, 과거와 현재를
계속 교대시키는 구성방법이나 행동과 사유공간을 끊임없이 오르락내리락하는
시각을 설정하여 작품의 완성도를 높인 것 등을 높이 평가받았다.

조남현(문학평론가·《문학사상》 주간)

▶ 우리 소설계에도 희망은 있다

지난 1년 동안 발표되었던 소설작품 편수와 어려운
조건 아래서 이들 작품들을 써 낸 작가들을 보면 소
설문학의 위기라는 말은 어울리지 않을 듯하다. 그만큼 우리 소설
계에는 아직도 희망이 있다는 생각을 하게 된다. 소설문학의 위기
라는 판단은 발표작의 감소라든가 판매고의 하락보다는 작품 수준
의 저하를 근거로 삼아야 한다. 지난 한 해 동안 세 편 이상의 작품
을 발표함으로써 비교적 활발한 활동을 보인 작가로는 구효서, 김
별아, 김원일, 김윤영, 김종광, 김한수, 마르시아스 심, 박경철, 박
범신, 박상륭, 박청호, 백민석, 서정인, 서하진, 성석제, 우광훈,
원재길, 윤후명, 은희경, 이승우, 이윤기, 이청해, 이평재, 전성태,
정영문, 조경란, 조용호, 천운영, 최수철, 최인석, 최일남, 하성란,
한승원, 함정임, 현길언 등을 들 수 있다. 신인, 중견, 원로작가를
가리지 않고 활발한 작품활동을 한 점에 큰 의미를 줄 수 있을 것

이다.

제25회 이상문학상 예심은 문학사상사의 위촉에 따라 문학평론가, 문학전공 대학교수, 이상문학상 기수상작가, 문학담당 기자 등이 추천한 후보작들을 취합하고 정리하는 데서 시작되었다. 2001년 1월 4일 오후 2시부터 문학사상사 회의실에서 문학평론가 조남현·정호웅·김경수 선생은 예심을 마무리하는 작업을 한 끝에 다음의 작품들을 본심으로 올리게 되었다.

구효서 〈사운드 오브 사일런스〉
김인숙 〈칼에 찔린 자국〉
성석제 〈황만근은 이렇게 말했다〉
신경숙 〈부석사〉
원재길 〈방충망〉
윤성희 〈그림자들〉
이승우 〈나는 아주 오래 살 것이다〉
      〈검은 나무〉
이윤기 〈노래의 날개〉
정영문 〈고문하는 고문당하는 자〉
조용호 〈비파나무 그늘 아래〉
최인석 〈모든 나무는 애기를 한다〉
한창훈 〈세상의 끝으로 간 사람〉 (이상 가나다순)

▶ 섬세한 소설미학과 진지한 작가적 자세 주목

　제25회 이상문학상 본심은 2001년 1월 10일 오후 2시부터 문학사상사 회의실에서 진행되었다. 심사위원으로는 평론가 이어령, 이재선 선생과 나 조남현이, 소설가로는 이상문학상 기수상작가이기도 한 한승원, 최윤 선생이 참여했다. 심사위원들은 본심에 오른 작품들을 중심으로 한 오늘날의 한국소설에 대한 개괄적 소감을 말하면서 발군의 작품이 눈에 뜨이지 않는다는 점, 대체로 소설이 가벼워지고 있다는 점, 특히 신인작가들이 실험적 성향을 잘 드러내고 있다는 점 등을 강조하였다.

이어 심사위원들은 세 편씩 대상 후보작을 적어 내고 각각 추천의 근거와 배경을 밝히는 것으로 본심을 시작하였다. 후보작 추천을 집계한 결과, 신경숙의 〈부석사〉와 이승우의 〈나는 아주 오래 살 것이다〉가 제1군을, 이승우의 〈검은 나무〉와 최인석의 〈모든 나무는 얘기를 한다〉가 제2군을, 구효서의 〈사운드 오브 사일런스〉와 정영문의 〈고문하는 고문당하는 자〉, 성석제의 〈황만근은 이렇게 말했다〉가 제3군을 이루게 되었다. 일단 신경숙의 〈부석사〉와 이승우의 〈나는 아주 오래 살 것이다〉 두 편으로 논의가 좁혀지는 데는 시간이 얼마 걸리지 않았으나, 한 편의 수상작을 가려내는 데는 여러 시간을 써야만 했다. 그만큼 똑같이 두 작품은 장점만큼 단점도 뚜렷하게 지니고 있었다. 다른 심사위원들이 장점이라고 지적한 것은 시각을 달리하면 일거에 단점이 될 수 있다고 주장한 심사위원도 있었다. 예컨대 신경숙의 작품을 두고 긴장감을 이끌어 가는 문체와 긴밀한 구성과 같은 식으로 긍정 평가하는 위원이 있었는가 하면, 이를 매너리즘이나 상투성으로 부정 평가하는 위원도 있었다.

가히 난상토론이라고 할 수 있는 본심 과정에서 신경숙의 〈부석사〉는 시시한 소재도 가독성이 높은 담론으로 바꾸어 놓을 줄 아는 그녀의 작가적 역량을 입증한 것, 과거와 현재를 계속 교대시키는 구성방법이나, 행동과 사유공간을 끊임없이 오르락내리락하는 시각을 설정하여 작품의 완성도를 높인 것 등과 같은 평가를 들을 수 있었다. 이에 비해 이승우의 〈나는 아주 오래 살 것이다〉는 요즈음 경제위기를 맞아 우리 사회에 많이 나타나는 아웃사이더들에 대한 연민을 드러내어 시의성을 확보한 것, 창작의도를 효과적으로 드러내기 위해 20개의 장으로 나누어 서술한다든가, 나레이터를 바꾼다든가 하는 형식실험을 꾀한 것, 다만 구성이나 서술과정에서 부자연스러운 구석을 끝내 지우지 못한 것 등과 같은 평가를 듣게 되었다. 〈부석사〉에서 섬세하면서 치밀한 작가적 촉수로 쌓아 올린 소설미학을 높이 살 수 있다면 〈나는 아주 오래 살 것이다〉에서는 이 세상과 인간을 따뜻하게 바라보려는, 진지한 작가적 자세를 크게 평가해야 한다. 〈부석사〉의 작가에게는 축하 말을 전하고 싶고 〈나는 아주 오래 살 것이다〉의 작가와 다른 모든 우수작상 수상 작가들에게는 지금까지 해온 것과 같은 정진을 권하고 싶다.

여성작가들의 지속적 활약, 남성작가들의 점증적 약진
—인간 내면의 탐색과 본질을 파헤치려는 시도가 고무적

예심의 기준은 분명하다. 그 기준을 굳이 들자면, 개별 작가의 작품 가운데
이전의 작품들보다 조금이라도 나은 흔적이 있어야 한다는 것과, 주제의 상이함에도
불구하고 동시대 현실 내지는 소설사의 입장에서 어떤 의미심장한 징후를
담고 있어야 한다는 것, 그리고 독자와의 의미 있는 소통을 통해
소설적 진실을 내보이는 데 무리가 없어야 한다는 것들이다.
소재면이나 주제면에서 다소 상투적인 작품들이 함께 선택된 것도
이런 기준들과 무관하지 않다.

예심의 기준은 분명하다. 심사자들의 개인적 취향과는 무관하게, 작품의 완성도를 다면적으로 고려하여, 보다 폭넓은 논의의 대상이 될 만한 작품을 선정하는 것이다. 그 기준을 굳이 들자면, 개별 작가의 작품 가운데 이전의 작품들보다 조금이라도 나은 흔적이 있어야 한다는 것과, 주제의 상이함에도 불구하고, 동시대 현실 내지는 소설사의 입장에서 어떤 의미심장한 징후를 담고 있어야 한다는 것, 그리고 독자와의 의미 있는 소통을 통해, 소설적 진실을 내보이는 데 무리가 없어야 한다는 것들이다. 소재면이나 주제면에서 다소 상투적인 작품들이 함께 선택된 것도, 이런 기준들과 무관하지 않다.

쉰을 넘어서도 활발하게 활동하고 있는 작가에서부터, 갓 데뷔한 신진에 이르기까지 폭넓은 연령대의 작가들이 함께 예심에 올라온 것은, 정공법이든 우회적이든 또는 환상적이든, 삶에 대한 폭넓은 탐구의 시선이 두텁게 자리잡고 있다는 증거로 읽힌다.

  김인숙과 신경숙, 그리고 윤성희와 배수아 등 여성작가들의 활약상이 지속되었으며, 삶을 바라보는 그들의 시선이 점점 안정되어 가고 있다는 점, 그리고 이윤기를 위시해서 구효서, 이승우, 성석제, 원재길, 정영문, 최인석, 한창훈 등 남성작가들의 약진 또한 양적으로나 질적으로 두터워졌다는 점이 인상적이다.

  역사적인 소재와 예각적인 현실의 모습을 파고드는 작품은, 점차 모습을 보기가 힘들어졌다. 일종의 선험(先驗)과도 같은 꿈, 환상, 텔레파시를 연상케 하는 인과응보적인 동기화가 작품 전반에 두드러진 것이 이번 작품들의 한 특징이라면 특징일 텐데, 현실의 급변이 한 원인이겠지만, 그 대안적 방법론이 딱히 그렇게밖에 표현될 수 없는지에 대해서는 의문이다. 그리고 인간의 내면에 대한 집요한 탐색이라든가, 인간 내부의 통제되지 않는 광기의 본질을 파헤치려는 몇몇 시도가 고무적인 것은 사실이되, 전반적으로 좀더 획기적인 대작을 바랐던 기대가 충족되지 못한 것은 아쉬운 일이다. 토론 끝에 열세 편의 작품을 본심에 올린다.

— 예심위원　조남현(문학평론가·《문학사상》 주간)
　　　　　　　정호웅(문학평론가·홍익대 교수)
　　　　　　　김경수(문학평론가)

서사 예술의 차원을 한 단계 높여 준 수작
—인간의 추상적인 내면세계에 음향과 형태를 부여

신경숙 소설의 재미는 그림조각 맞추기처럼 소설 속에 묘사된 집, 뜰, 길과 같은
일상적이고 단편적인 이미지들을 짜맞추어 가다 보면 완성된 하나의 커다란
그림이 된다는 점이다. 그런 단편적인 세계들이 서로 얽히고 부딪치면서 서사적
언어로는 기술하기 어려운 인간의 추상적인 내면세계에 음향과 형태를 부여한다.

이 어 령(李御寧)
(문학평론가 · 이화여대 석좌교수)

신경숙의 〈부석사〉는 음악적이고 회화적인 두 요소를 구사하여, 서사 예술의 차원을 한 단계 높여 준 수작이다. 음악적이라고 한 것은 시점 바꾸기(shifting point of view)의 대위법으로, 한 남녀의 이야기를 교차시켜 간 구성상의 특성이요, 회화적이라고 한 것은 '떠 있는 돌(浮石)'이라는 당착어적(撞着語的)인 인간관계의 미묘한 내면을, 시각화한 주제의 설정을 두고 한 소리이다.

신경숙 소설의 재미는 그림조각 맞추기처럼 소설 속에 묘사된 집, 뜰, 길과 같은 일상적이고 단편적인 이미지들을 짜맞추어 가다 보면 완성된 하나의 커다란 그림이 된다는 점이다. 그러기 때문에 더러는 그 쪼가리들이 무의미하게 흩어져 있거나, 아귀가 맞지 않는 경우도 더러 있었지만, 이번 이 〈부석사〉에서는 그것들이 잘 짜여져 있었다.

그리고 그런 단편적인 세계들이 서로 얽히고 부딪치면서, 서사적 언어로는 기술하기 어려운 인간의 추상적인 내면세계에, 음향과 형

태를 부여한다. 육중한 두 바위가 포개져 있는 것처럼 보이지만, 그 사이에 바늘만한 미세한 틈을 서로 떠 있다는 부석사의 환상적인 돌 이미지가 '너와 나'의 인간존재의 단절을 나타내는 리얼한 상징물로 다가선다. 돌과 돌 사이의 보이지 않은 틈을 찾아내는 작업. 그러나 이 소설에서처럼 부석사에 끝내 이르지 못하는 예기치 않던 벼랑—지도에도 없는 그 공간. 신경숙의 진짜 소설의 재미는 이런 공간 찾기에 있다고 할 것이다.

이승우의 〈나는 아주 오래 살 것이다〉 역시, 인간의 존재론을 공간상징으로 보여 준 수작이다. 관, 뒤주, 동굴처럼 폐쇄공간의 잘 다듬어진 상징들이, '죽음과 재생의 원형적 과제'를 원초적인 감동을 통해 전달된다. 특히 주인공 목수처럼 작가 자신이 이야기의 재료를 고르고 그것을 마르고 다듬고 설계하는 그 과정을 잘 보여 준다. 이 소설의 처음 문장과 끝 문장이 꼭 같으면서도 그 진술 내용은 정반대로 뒤집어져 있다. 이야기는 결론이 아니라 그 과정이라는 사실을 더욱 실감케 한다.

심사위원들은 이 두 편의 소설을 놓고 세 시간 이상의 토론을 가졌고, 마지막에는 공동 수상 안까지 나왔다. 우열의 차이가 아니라 성격의 차이라는 점에서 그렇게 된 것이다. 그러나 종국에는 신경숙의 작품으로 의견을 모으게 되었다.

닿지 않고 떠 있는 관계의 서사학
—친화적 단절 내지 단절적 친화의 실체를 선명하게 형상화

〈부석사〉는 과거와 현재의 상호 교차적 연계로 전개되는 이야기 속에
서로 닿지 않고 떠 있는 '부석(浮石)'의 연기설화를 원형화하면서
인간관계와 심리 속에 깊숙이 자리잡고 있는 친화적 단절 내지
단절적 친화의 실체를 선명하게 형상화하고 있다.

이 재 선(李在銑)
(문학평론가 · 서강대 교수)

본심에 오른 열세 편의 작품 중에서 내가 특별히 주목한 것은 〈나
는 아주 오래 살 것이다〉(이승우)와 〈부석사〉(신경숙) 등 두 편이다.
이 시대의 아주 역량 있는 작가들에 의해 쓰여진 두 작품은 제각기
독특하고 이질적인 개성을 갖추고 있으면서도 굳이 찾는다면 절대
고립이 인간상황에 대한 반응과 유폐의 안온함이란 공간의 현상학
을 다루고 있는 점에서 하나의 공통성을 지니고 있다고나 할까.

〈나는 아주 오래 살 것이다〉는 폭력화된 권력의 무서움과 소외를
환기하고 있는 작품이다. 초점화의 이동과 변주, 처음과 마지막 장
의 반복적 전도의 긴장미, 개인 신화에 연원을 두고 있는 뒤주와
동굴→널(관)로 이어지는 안주적인 장소애(토포필리아)의 이미지의
연계화, 칩거와 자폐의 징후학에 의한 시대 진단적 상징화 등 서사
구성의 역량과 짜임새를 역연(歷然)하게 보여 주고 있다. 다만 노사
갈등의 일방적인 포치가 약간은 아쉬운 부분으로 남는다.

〈부석사〉는 과거와 현재의 상호 교차적 연계로 전개되는 이야기

속에 서로 닿지 않고 떠 있는 '부석(浮石)'의 연기설화를 원형화하면서, 인간관계와 심리 속에 깊숙이 자리잡고 있는 친화적 단절, 내지 단절적 친화의 실체를 선명하게 형상화하고 있다. 여기서 타자의 의미란 세 시와 다섯 시란 피동적으로 정해진 함정시간을 피하고, 타넘기 위한 이용가치적 대체 대상이면서 동시에 도정을 함께 가는 동행자 관계이다.

마주친 두 개의 '낭떠러지' 이미지, 국도의 차가운 전선주에서 안간힘 하는 새들에 대한 주인공의 반응, 버려진 개와 수리부엉이의 상처의 회복과정이 보여 주는 환경 생태시학적 관심, 건강한 음식 상상력의 발로 등도 주목되는 대목이다. 특히 내가 주목하는 점은 상처 품어 주기의 모티프와 더불어, 길 떠나는 두 사람이 도착점으로 예정되었던 부석사를 끝내 찾지 못하고, 길을 잃은 상태로 끝나고 있는 점이다. 이것이 이 작품이 지니고 있는 쉽게 풀리지 않는 삶의 상징적인 함의(含意)의 깊이이다. 오랜 논란 끝에 나로 하여금 이 작품을 수상작으로 천거하는 이유가 바로 이와 관련되어 있는 것이다.

그러나 이 작가는 파퓰래러티를 스스로 경계하는 자기관리가 필요하다는 생각을 떨쳐 버릴 수 없다.

달인의 솜씨에 의해 직조된 작품들
—소설적 장치 · 구조 모두 돋보여

두 작품에는 똑같이 '신화가 살고 있고,
짜임새 · 장치 · 상징성 · 의미망 · 아름다움이 달인의 솜씨에 의해
직조된 작품'인 만큼 그 어느 쪽에 상이 주어져도 좋을 듯싶었다.

한 승 원(韓勝源)
(소설가 · 조선대 교수)

지도를 보면서 그곳을 찾아가지만 거기에 이르지 못하고, "지도에도 없는 산길 낭떠러지 앞의 흰 자동차 앞유리창에 희끗희끗 눈이 쌓이기 시작한다"는 신경숙의 〈부석사〉와, 뒤주 · 동굴 · 널 속에서의 편안한 잠자기에 대한 이야기인 이승우의 〈나는 아주 오래 살 것이다〉가 마지막에 남았고, 심사위원들은 그 둘을 놓고 세 시간에 걸친 격론을 벌였다. 두 작품에는 똑같이 '신화가 살고 있고, 짜임새 · 장치 · 상징성 · 의미망 · 아름다움이 달인의 솜씨에 의해 직조된 작품'인 만큼 그 어느 쪽에 상이 주어져도 좋을 듯싶었다.

그렇지만 다음과 같은 이유로 나는 〈나는 아주 오래 살 것이다〉 쪽을 밀었다.

〈부석사〉는 어떤 부분은 늘어져 있다. 그런 만큼 긴장감과 탄력과 싱싱함이 덜하다. 그런 류의 소설들이 대개 그러하듯이, 눈보라를 뚫고 그렇게 간다고 가기는 가지만, 결국 거기에 이르지 못할 것이라는, 앞이 내다보이는 결함도 가지고 있으므로 마지막의 감동은

덜하다.

〈나는 아주 오래 살 것이다〉는 그보다 밀도가 더 짙다. 〈부석사〉
는 끝에서 절망을 진술하고 있다. 〈나는 아주 오래 살 것이다〉는 죽
음을 이겨 내고 있고, 세상의 무자비한 찬바람을 막아 주는 방어벽
치고 편안하게 숨어 있기 혹은 잠들기, 근원적인 아픈 진실 혹은
원형으로 회귀하기가 무리 없이 진술되고 있다. 공동 수상을 제시
하기까지 했다.

〈모든 나무는 얘기를 한다〉(최인석)는 매우 튼실한 하부구조를 갖
추고, 아름다운 색조와 무늬에 둘러싸인 채 첨탑을 하늘에 묻고 있
는 건축물 같은 소설이다. 한데 이미 어디선가 많이 본 바 있는 지
난 이야기들 속에 너무 깊이 뿌리를 내리고 있는 것이 흠이었다.

신경숙 특유의 문체미학이 돋보인 작품
―소설가적 솜씨와 힘이 느껴지는 작품

신경숙의 〈부석사〉는 오늘의 젊은이들이 곧잘 젖어들곤 하는 상실감이나
배신감의 한 근원을 잘 열어 놓고 있다. 범상한 사연이 신경숙 특유의
문체미학을 통과하면서 문제적인 삶의 이야기로 도금되고 있다.
이 작품도 신경숙의 작가로서의 힘을 군더더기 없이 느끼게 해준다.

조 남 현(曺南鉉)
(문학평론가 · 서울대 교수)

이승우의 〈나는 아주 오래 살 것이다〉는 이 세상으로부터 밀려 나가면서 무력감과 고립감을 이겨 내지 못하는 한 초로의 남자에 대한 연민을 담고 있다. 이 소설 속의 남주인공은 오늘날 가장 시대적이며 비극적인 한국인의 초상이 되고 있다. 연민을 살려 내기 위해 상징의 장치, 화자의 변환 등 작가가 취한 여러 가지 형식실험은 힘들여 쓴 소설의 진경을 마련해 준다. 다만, 작가 자신이 지나치게 긴장한 나머지 구성상의 자연스러움을 놓치고 만 것이 흠으로 남고 말았다.

순수한 세계를 꿈꾸면서 저항적 태도도 놓치지 않고 있는 자유주의자들의 모습을 그려 놓은 최인석의 〈모든 나무는 얘기를 한다〉는 값진 주제의식을 구성력이 제대로 뒷받침하지 못한 결과를 낳았다.

이전의 소설에서 구체화되었던 구효서적인 것이 세련미를 살려 나가며 계속 유지되었더라면 구효서의 〈사운드 오브 사일런스〉는 더 큰 주목을 받았을 것이다.

〈황만근은 이렇게 말했다〉는 성석제가 오늘날 소설 읽는 재미를 가장 잘 알려 주는 힘 있는 작가임을 입증해 주고 있다. 다만, 소설을 다 읽어 버린 그 순간, 재미가 온통 의미로 뒤바뀔 수 있었더라면 하는 아쉬움이 남는다.

신경숙의 〈부석사〉는 오늘의 젊은이들이 곧잘 젖어들곤 하는 상실감이나 배신감의 한 근원을 잘 열어 놓고 있다. 여전히 이 소설에서도 사랑의 모티프는 삶을 온통 등에 업은 채로 나타나고 있다. 두 남녀가 예정대로 부석사에 도착했더라면, 〈부석사〉는 평범한 기행소설이요 연애소설이 되었을지 모른다. 두 남녀가 부석사를 향하던 중 엉뚱한 길로 들어섬으로써 〈부석사〉는 상징소설이자 인식론적 소설의 가능성을 일구게 된다. 범상한 사연이 신경숙 특유의 문체미학을 통과하면서 문제적인 삶의 이야기로 도금되고 있다. 이 작품도 신경숙의 작가로서의 힘을 군더더기 없이 느끼게 해준다.

〈나는 아주 오래 살 것이다〉가 작가정신이 가야 할 길을 열어 보인 것이라면 〈부석사〉는 소설가적 솜씨를 보여 준 것이 된다. 정신도 솜씨도 다 아쉬운 작단의 현실이긴 하지만 이번에는 솜씨 쪽을 택하기로 했다.

미려한 의미망을 짓는 하나의 축제
—조용한 듯하나 사실은 현란한 기법이 드러나는 작품

신경숙의 〈부석사〉는 작품의 주제에 해당하는 뛰어난 상징의 설정과
그 주변을 긴밀하게 겹겹이 둘러치는 이미지와 에피소드로 독서를 미려한 의미망을
짓는 하나의 축제로 만드는 작품이다. 그 발견에서부터 사사적 이야기를
축조하는 조용한 듯하나 사실은 현란한 기법이 드러나는 작품이다.

최 윤(崔潤)
(소설가 · 서강대 교수)

유난히 절박한 기대를 실어 본심에 올라온 작품들을 읽었다. 자신만의 언어, 자신만의 세상 독법, 자신만의 소설미학을 가꾸고 있는 작가들을 만나고 싶은 기대.

구효서의 〈사운드 오브 사일런스〉가 흡인력을 가졌던 것은 작품의 일관된 정조와 상당한 수준에 다다른 삶에 대한 관조다. 기억에 남는 여러 문장을 보석같이 숨기고 있는 작품이기도 하다. 반면에 초반부의 서사적 안정성이 후반부에 가서 흐트러지며 작품에 생채기를 낸다.

최인석의 〈모든 나무는 얘기를 한다〉에는 능숙한 이야기의 재미, 지나온 세월에 대한 시사적인 맥락이 두루 안배되어 있어 독서에 속도감이 붙는다. 인물 설정이나 전기적인 서술에서 드러나는 전형적인 구성이 지니는 안정성이 장점이라면 신선함을 떨어트리는 이유도 된다.

신경숙의 〈부석사〉는 작품의 주제에 해당하는 뛰어난 상징의 설

정과 그 주변을 긴밀하게 겹겹이 둘러치는 이미지와 에피소드로 독서를 미려한 의미망을 짓는 하나의 축제로 만드는 작품이다. 이 작가 특유의 개성이 아낌없이 발휘되어 있다. 물 위에 섬처럼 떠 있는 두 개의 돌, 무한히 가까이 가되 작은 틈을 만들며 만나지 않는 부석의 상징으로부터 이 작품은 관계에 대한 본원적인 질문을 던진다. 그 발견에서부터 사사적 이야기를 축조하는 조용한 듯하나 사실은 현란한 기법이 드러나는 작품이다.

이승우의 〈나는 아주 오래 살 것이다〉는 인간에 대한 보편적인 질문을 게을리하지 않는 소설의 본령에 심도 있게 응전한 역작이다. 피폐한 삶 속에서 죽음을 진행시키는 한 사람, 그 사람을 둘러싼 주변 사람들의 환상 어린 기대에 가차 없이 적나라한 절망을 되돌려주고 그에 익숙해지라고 말하는 것. 이 작품에서는 귀중한 윤리가 보이는데, 그것은 존재의 본질적인 소박함으로 읽는 이를 불러내는 것이다. 이것은 이승우의 또 다른 심사대상 작품 〈검은 나무〉에서도 확인되는 것으로 어쩌면 이 시대에 문학이 제안할 수 있는 예언적인 한 방향을 가리키는 것으로 보인다.

수상작을 가리기 위해 이승우와 신경숙, 두 작가의 작품 사이에서 오래 머물렀다. 〈부석사〉는 작가의 글쓰기 방식이 양식화되었다 싶을 정도로 눈에 익은 요소들의 배치가 작품이 양적으로 팽창된 감을 주는가 하면, 〈나는 아주 오래 살 것이다〉의 경우에는 서사구조나 상징을 다루는 방식에 있어서, 간간이 눈에 띄는 도식성이 간과할 수 없는 부담이다.

그럼에도 이 두 작품은 공히 수상하기에 손색이 없을 뿐 아니라, 전혀 다른 방향에서 바로 지금의 독자들에게 문학의 의미 있는 지표들을 제시해 줄 수 있으리라 생각해 공동 수상도 제안한 터다. 그래도 전체 심사위원의 고개가 조금 더 〈부석사〉 쪽으로 기울었다. 수상작과 우수작을 쓴 모든 작가들께 새 천년의 건필을 기원한다.

차 례

부석사

신경숙

1963년 전북 정읍 출생.

서울예전 문예창작과 졸업.

1985년 《문예중앙》에 〈겨울우화〉로 등단했다.

소설집 《강물이 될 때까지》·《풍금이 있던 자리》·

《오래 전 집을 떠날 때》·《딸기밭》,

장편소설 《깊은 슬픔》·《외딴방》·《기차는 7시에 떠나네》,

산문집 《아름다운 그늘》 등이 있다.

한국일보문학상·오늘의 젊은 예술가상·

현대문학상·만해문학상·동인문학상 등을 수상했다.

부석사

— 국도에서

1

남자는 허리까지 내려오는 검은 가죽잠바 안에 회색 폴라티를 받쳐입고 잠바 바깥으로 폴라티와 같은 색상의 순모 머플러를 둘렀다. 이발을 한 것일까. 머리가 유독 짧아 두 귀가 오롯이 눈에 띈다. 단정한 입매와 창백한 피부로 인해 남자는 언뜻 차가운 인상이다. 짙은 눈썹과 각이 없는 턱 탓인지도. 그녀는 남자의 쌍꺼풀 없이 가느스름한 오른쪽 눈밑에 깨알만하게 돋아 있는 점을 잠깐 주시했다. 눈물 떨어지는 자리에 가만히 돋아 있는 점 때문에 남자의 차가운 인상이 지워진다. 청바지 밑에 갈색 랜드로바 끈. 청바지가 딸려 올라간 탓인지 양말을 신었는데도 바지 안에 입은 크림색 내의가 살짝 엿보인다. 그걸 보고 나서야 그녀는 약속 장소에 늦게 도착한 긴장이 얼마간 누그러진다. 카페 바깥 찬바람 속에 서 있던 남자의 얼굴도 처음보다는 풀려 있다. 남자가 끼고 있던 장갑을 한짝한

짝 차례로 벗어 탁자 한쪽에 놓는다. 두툼한 검은 가죽장갑이다.

장갑이 없는 자신의 맨손바닥을 비비는 그녀의 뇌리에 P가 스쳐 지나간다. 언제나 P에 대한 추억으로부터 자유로울 것인지. 겨울이 시작될 무렵이면 머플러와 새 장갑을 챙겨 주곤 했던 P.

공중전화 부스나 찻집에 놓고 오면 다시 새걸로 마련해 주곤 했던 P였다. 그녀와 만나기로 한 사람들이 약속 시간 20분을 못 넘기고 돌아가 버렸을 때도 그녀는 P를 생각했다. P는 단 한 번도 그러지 않았으므로. 신호등 앞에서 길을 건널 때면 P는 눈은 찻길 쪽을 보면서 한쪽 팔을 뻗어 도로를 가로막곤 했다. 그녀를 보호하려는 자연스런 자세였다. 식당에서 밥을 먹을 땐 반찬이 담긴 그릇들을 그녀 앞으로 밀어 주었고, 밤길이면 그녀 혼자 보내는 법 없이 집 앞까지 바래다주었다. 그게 여의치 않을 땐 집에 무사히 도착했는지 확인하는 전화를 한 번도 거르지 않았다. 그녀가 머리가 아프다고 하면 그의 몸은 벌써 약국을 향해 돌아서 있었다. 그들은 주변 사람들로부터 공인받은 커플이었다. 어쩌다 모두들 함께 어울려 캠핑이라도 갈라치면 친구들은 P와 그녀를 한 텐트에 몰아넣지 못해 안달이었다. 어느 날 그가 다른 여자와 약혼을 하고 결혼을 할 줄은 친구들은 물론이고 그녀로서도 생각지 못했다. 수영복을 사러 갈 때조차 동행하는 P였기에 그녀는 다가올 미래 어디에나 P가 동행할 줄 알았다.

차 안에 있을 때보다 카페 안이 더 썰렁하다. 그녀는 카페 안을 둘러본다. 손님이라곤 그녀와 남자 둘뿐이다. 그녀가 공적으로나 사적으로나 사람 만날 일이 있을 때면 곧잘 약속 장소로 이용하는 카페다. 인사동 입구라서 찾기도 쉽고 혹시 상대방이 늦으면 진열되어 있는 녹찻잔이나 접시, 화병이나 머그잔 등을 살펴보며 시간을 보낼 수 있기 때문이다. 약속을 정하고 전화를 끊을 때면 그녀는 상대방에게 말하곤 했다. 혹시 제가 늦으면요, 거기 진열된 그릇들 구경하고 계세요. 남자에게도 그 말을 했던 것 같다. 늦으면 진열장의 그릇들을 구경하라는 말까지 했으면서 1월 1일이라 카페 문을 늦게 열지도 모른다는 생각은 하지 못했다.

이 카페에 진열된 그릇들의 뒷면엔 그릇을 만든 사람의 사인이 있다. 어느 날부터인가 그녀는 자신이 같은 사람의 사인이 되어 있는 그릇을 자신도 모르게 고르게 된다는 걸 깨달았다. 연한 밤색 커피잔을 집어 뒤를 봤을 때, 가운데에 옅은 노랑 빗금이 그어져 있는 접시를 들어 뒤를 봤을 때, 꼭지에 은색 테가 둘러진 것말고 는 장식이 일절 없는 물병을 들어 뒤를 봤을 때, 한결같이 날아갈 듯한 글씨로 '명'이라고 씌어 있었다. 혹시 이 진열장의 모든 그릇들이 다 '명'이라고 사인되어 있는 건 아닌가 싶을 지경이었다. 실제로 그런 의심이 들어 그녀는 아무거나 집어 뒷면을 살펴본 적도 있었다. 각기 다 다른 사인이었다. 이 그릇이 괜찮다, 싶은 것을 골라 뒤를 보면 거기엔 어김없이 '명'이라고 되어 있었다. 그것이 인연이 되어 그녀는 이 카페의 그릇들을 친구들 생일 선물로 사 가기도 하고, 깨지지 않게 포장을 해달라고 해서 집들이하는 집에도 들고 가곤 했다. '명'이라고 사인된 아무 장식 없는 물병은 지금 그녀 방 탁자에 놓여 있다.

긴 머리의 종업원은 썰렁한 카페에 스팀을 넣느라, 구석에 세워진 난로에 불을 지피느라, 지난해의 마지막 밤이었던 어젯밤에 뒷정리를 다 못한 주방의 찻잔들을 씻느라 손길이 바쁘다. 감기가 들었는지 그릇을 닦다가 고무장갑 낀 손을 쳐들며 기침을 하기도 한다. 따뜻한 거라도 한잔 마셔 볼까 하고 그녀가 종업원을 불렀으나, 종업원은 잠깐만요, 할 뿐이다. 탁자와 의자 사이를 비질하다가는 생각난 듯이 주방으로 들어가 앞치마를 꺼내 두르더니 다시 비질에 여념이 없다.

"너무 이른 시간인가 봐요."

남자는 대답 없이 그녀를 넘어다본다. 남자의 응시에 그녀는 갑자기 멋쩍어져 얼결에 앞에 놓인 남자의 장갑을 집어 만지작거리다 그것마저 어색해 다시 내려놓으며 썰렁하네요, 중얼거린다.

"차도 안 팔 모양인데 그냥 갈까요? 거기 꽤 멀걸요. 오늘 갔다오려면 빠듯할 텐데."

그와 그녀가 그냥 일어서자 종업원이 붉어진 코를 감싸며 아휴, 미안해요, 새해 복…… 말을 다 마치지도 못하고 다시 기침을 하느라 주저앉는다.

카페 바로 옆 크라운베이커리 맞은편에 주차해 놓은 차의 운전석에 그녀가 먼저 올라탔다. 남자가 그녀의 옆자리에 앉으려다가 뒷좌석의 개 기척에 놀라며 뒤를 돌아다본다. 그녀는 개를 바라보는 남자의 시선 속에서 개를 다 데려왔느냐는 책망을 느끼고는 어쩌다 보니 이렇게 되었네요, 안 해도 될 말을 주워 섬긴다.

사람들은 그녀의 개를 좋아하지 않는다.

정확하게 말하면 그녀의 개라고도 할 수 없다. 그녀가 살고 있는 오피스텔 맞은편은 북한산이다. 북한산은 여기저기에 계곡과 절을 숨기고 있다. 청록색 지붕의 양로원도. 그녀가 자주 올라가는 산길에 다다르려면 그 양로원을 지나야 했다. 양로원 옆길에 쌓여 있는 돌울타리는 누구라도 한번 넘어가 보고 싶게 눈길을 끌었다. 그녀도 그 앞을 지날 때마다 언젠가 한번은, 하면서 돌울타리를 넘어가볼 날을 벼르고 있었다. 양로원의 정문은 따로 있어서 산길 쪽은 양로원의 옆구리인 셈이다. 말하자면 문을 달아 놓은 게 아니라 잘 사는 집 정원마냥 넓적한 돌들을 쌓아 올려 울을 쳐놓은 것이다. 산길에서 보면 그 돌울타리만 건너가면 곧 등나무 밑에 다다를 수 있을 것처럼 여겨진다. 울 너머 덩굴진 등나무 밑엔 언제나 한가롭게 나무의자가 놓여 있었다. 빈 의자를 보면 누구나 앉아 보고 싶게 마련이다. 등나무에 등꽃이 피기 시작할 때부터 그녀는 등꽃이

지기 전에 한번은 그 돌울타리를 넘어가 등꽃 아래 빈 의자에 앉아
보리라고 생각했다. 5월이었던가, 6월이었던가. 마음에 일렁이는
충동을 억누를 수 없던 쾌청한 아침에 그녀는 벼르던 대로 탁탁탁,
가볍게 돌울타리를 타고 넘어 건너편으로 가 보았다. 산길 쪽에서
볼 때는 돌울타리에 올라서기만 하면 바로 등나무와 마주칠 것 같
았는데 등나무 아래로 가려면 갑자기 낮아지는 평평한 길을 얼마간
걸어야 했다. 길은 평평했으나 바닥에 자갈이 깔려 있어 거길 통과
하자니 발밑에서 자갈 부딪치는 소리가 났다. 새벽의 양로원은 고
적했다. 자갈길을 통과해 도착한 등나무가 있는 곳은 지대가 높은
편이어서 그녀가 원했던 등꽃 밑 의자에 앉아 있어도 양로원의 청
록색 지붕까지 다 내려다보였다. 지나치며 봤을 때보다 양로원은
넓었다. 70여 평은 될 듯한 화단을 중앙으로 해서 양옆으로 2층짜
리 건축물이 세워져 있었다. 화단엔 온갖 기화요초들이 만발해 있
었다. 양로원 안에 고여 있는 적막과 대치하듯 화려한 자태를 요요
하게 드러내고 있는 자색 작약 때문이었을 것이다. 자갈을 밟을 적
마다 누가 그 소리를 들을세라 조심했던 그녀는 등나무 밑에 앉아
본 것으로 만족하질 못하고 사방을 살피며 양로원 가까이로 내려가
보았다. 수돗가를 지나 빨랫줄 밑을 지나 그녀는 화단의 요요한 작
약 앞에 서 보았다. 낮은 키의 작약은 새벽빛 속에서 이슬을 머금
고는 영원히 이울 날은 없다는 듯 한껏 생기로웠다. 얼마나 찬란한
지 햇살도 없는데 눈이 시었다. 그 황홀한 자색 작약 속에 딱 한 그
루 섞여 있는 백작약 밑에 개 한 마리가 기진한 채 쓰러져 있었다.
그녀가 쭈그리고 앉아 머리를 쓰다듬어 보자 개는 슬몃 눈을 떴다
간 곧 다시 눈을 감아 버렸다. 그대로 뒀다간 작약 밑에서 죽을 것
만 같았다. 이런, 그녀는 쭈그리고 앉아 계속 개의 머리를 쓰다듬
어 주었다. 사람의 기척이 있으면 여기 개가 기진해 있다고 일러
주려고 사방을 둘러보았으나 양로원 안은 괴괴했다. 날아가는 새

한마리조차 없었다. 마냥 그러고 앉아 있을 수도 없는 일이라 쯧쯧, 거리며 그녀는 다시 등나무 쪽으로 돌아왔다. 그리고 넘어갈 때 그랬던 것처럼 다시 자갈이 깔려 있는 길을 통과하여 돌울타리를 넘어왔다.

터벅터벅 다시 산길 쪽으로 길을 잡고 걷다가 뭔가 이상해서 뒤돌아보니 작약 밑에 기진해 있던 개가 절름거리며 그녀 뒤를 따라오고 있었다. 귀를 아래로 축 내려뜨리고 눈물인지 진물인지를 흘리며 따라오는 개의 몰골은 처량했다. 돌아가! 돌아가! 해도 개는 졸졸 그녀를 따라왔다. 그녀는 산으로 오르던 길을 포기하고 방향을 틀어 산 아래로 내려왔다. 개도 그녀처럼 방향을 틀며 따라왔다. 그녀는 더 이상 개에게 가라고 하지 않았다. 모른 척하며 앞서 걷다가 몇 번 돌아봤을 뿐이다. 개는 그렇게 그녀 뒤를 따라 양로원을 빠져나왔다. 산길을 내려오고 그녀 뒤를 따라 신호등을 건너고 오피스텔의 엘리베이터를 타고선 그녀와 함께 6층에서 내렸다. 그녀는 그때서야 개를 들어올려 안았다. 절름거리며 걷는 꼴을 더 이상 보느니 안는 게 마음이 편했다. 작약 밑에서 밤을 샜는지 개의 털은 온통 축축했다. 어떻게 될 테지, 생각하며 그녀는 개를 포옥 싸안았다. 더럽고 축축해도 체온은 따뜻했다. 개를 기르고 있는 아는 사람에게 전화를 걸어 상황을 얘기하고 도움을 청하니 우선 목욕을 시키고 따뜻한 우유를 좀 먹여서 병원에 데리고 가 보라고 했다. 개를 목욕시킬 때 사람이 쓰는 비누를 쓰면 안 된다는 주의를 받았다. 개용품을 취급하는 곳에 가서 개가 쓰는 샴푸를 사다가 사용하지 않으면 피부염이 생긴다는. 그렇게 그녀의 개가 된 개는 다른 이들이 기르는 애완견들처럼 귀염성도 예쁜 데도 없었다. 눈물샘에 이상이 있어 언제나 눈가가 축축이 젖어 있는 데다 경계심이 지독해 사람을 만나면 꼬리를 치는 게 아니라 일단은 카르릉거리고 보는 거였다. 게다가 다른 개를 만나면 바짝 겁을 집어먹곤 했다. 개이면서 도대체 다른 개들 곁엔 가려 들질 않았다. 동물병원의 의사는 아마도 다른 개에게 크게 물려 본 경험이 있는 듯하다고 했다. 그때의 공포가 뇌리에 깊숙이 박혀 있는 것 같다고.

"배낭 속에 얌전히 있을 거예요."

남자가 뭐라 하지 않았는데도 그녀는 사과하듯이 말한다.

"요새 내가 바깥으로 돌았더니 개가 완전히 정서불안이에요. 잠을 안 자고 끙끙거려요. 혼자 나오는데 울고불고하는 통에…… 두고 나왔다간 아플 것 같아서요."

남자는 이렇다 저렇다 말을 하지 않는다.

개는 배낭 속에서 나오려고 발버둥을 치고 있다. 배낭을 빠져나온 개는 의자 밑으로 내려와 두 개의 앞좌석 사이로 비집고 들어오려고 한다. 남자가 개의 머리를 쓰다듬자, 개는 붉은 혀를 내밀어 남자의 손등을 핥는다.

"안 돼. 들어가 있어. 어서!"

그녀가 호통을 치자 개는 다시 뒷자리로 돌아가 웅크리고 엎드린다.

"평소엔 안 그러는데 이상하네요. 미안해요."

"이름은 지었어요?"

"이름 없어요."

"그래도 불러야 될 때가 있을 텐데?"

"개야! 그러구 불러요."

"개야!"

"네."

남자가 웃는다.

그녀는 시동을 걸고 룸미러를 맞추며 슬쩍 그를 훔쳐봤다. 바람이 많이 불어, 카페에서 차가 있는 곳까지의 거리라고 해봐야 빤한데도 옆자리에 앉은 남자에게서 찬바람 냄새가 끼쳐 온다. 스스럼없이 개를 만져 줘서 그런지 남자가 친근하게 느껴진다. 길쭉한 얼굴에 눈과 코가 알맞게 자리하고 있다. 그녀는 혼자 웃는다. 카페 안에서는 남자가 차가운 인상이더니 이젠 분명한 인중으로 인해 과묵해 보일 뿐이라고 생각되어서. 카페가 문을 열지 않아 20분쯤 바깥에 서 있었다는 그의 귀는 아직도 빨갛게 상기되어 있다. 불현듯 손으로 감싸 주고 싶은 충동이 일어 객쩍어진 그녀는 남자의 청바지에 시선을 준다. 바지끝이 닳은 오래된 청바지다. 가끔 저 바지를 입은 남자를 산길에서 마주치곤 했다.

"거기 가는 길은 알아요?"

"……몰라요. 처음 가는 거거든요."

"나도 모르는데."

"뒷자리에 지도 있어요. 지도 보고 찾아가죠."

지도를 보지 않고도 어디든 찾아다녔다. 길을 잘못 들어 목적지를 한 번에 찾질 못해 왔던 길을 되돌아가 처음부터 다시 시작하는 경우가 생겨 시간이 걸리긴 해도 아예 찾지 못한 적은 없었다. 불면이 시작되면 그녀는 주차장으로 내려가 차를 끌고 여기저기를 쏘다녔다. 과속을 하고 싶으면 고속도로로 나갔고, 천천히 달리고 싶으면 파주 쪽으로 방향을 잡았다. 고속도로를 주행할 때면 그녀는 차 안에서 실컷 소리를 질렀다. P를 향해서인지 세상을 향해서인지 그녀 자신도 정확히 모른 채. 어느 날은 실컷 욕을 퍼붓는 날도 있었다. 자신이 알고 있는 육두문자가 그렇게 많다는 사실에 그녀 자신도 놀랄 지경이었다. 소리를 지르거나 실컷 욕을 퍼부으며 평택쯤 다다르면 그만 허탈해졌다. 뭔가에 격렬하게 치받쳐 있을 때는 느낄 수 없는 껍데기만 남은 기분으로 밤의 휴게소에 정차해 있으면 입은 바짝바짝 타는데 메말랐던 눈가는 이내 축축해지곤 했다.

그녀는 인사동을 거쳐 종로 3가 쪽으로 길을 잡아 중앙극장을 지나 남산1호 터널을 빠져나왔다. 뒷자리에서 지도를 집어 와 이리저리 살펴보던 남자는 일단은 고속도로를 타 원주 쪽으로 가다가 충

주로 빠져나가야 될 것 같다고 일러 준다. 아닌가, 제천 쪽으로 가
야 하나, 하다가는 그는 차창 바깥을 내다보며 눈이나 오지 않았으
면 좋겠다고 중얼거린다. 일기 예보로는 저녁 무렵에 전국적으로
큰눈이 내린다, 했다고.

　서울을 떠날 사람들은 어제 많이 떠난 모양이다. 자동차가 한남
대교에 이를 때까지 거리는 막힘 없이 뚫려 있다.

　"어젯밤에 잠이 안 와서 집에 있는 자료 중에 이것저것 찾아보긴
했는데…… 내가 찾은 자료라는 게 말이죠. 영주시 부석면 북지리
에 있다. 소수서원 앞에 오른쪽 부석사로 난 931번 지방도로를 따
라 10.4킬로미터 가면 부석면 소재지인 소천리 사거리가 나온다.
소천리 사거리에서 앞으로 계속 난 935번 지방도로로 3.2킬로미터
가면 부석사 주차장에 닿는다. 주차장에서 부석사까지는 걸어가야
한다…… 이런 식이라서. 도움이 안 되죠?"

　책을 읽듯이 또박또박 말하는 남자를 그녀는 잠깐 쳐다본다. 931
번 지방도로, 10.4킬로키터, 935번 지방도로, 3.2킬로미터…… 어
떻게 숫자들을 저렇게 외우고 있는지.

　"부석은 무량수전 뒤에 있다는군요. 정말로 돌이 떠 있는지……
실과 바늘이 드나들 만큼 두 개의 부석 사이가 떠 있다는데."

　"가서 확인해 보죠."

　"실하고 바늘 가져왔어요?"

　웃지도 않고 남자는 얼굴을 손바닥으로 문지른다.

　사과꽃이 필 때가 가장 아름답다는데…… 중얼거리면서.

　부석사에 가는 길도 모르면서 남자에게 전화를 걸었던 건 나흘
전이다.

　한 달에 한 꼭지쯤 일거리가 있는 잡지사의 편집장이 바뀌어 인
사도 할 겸 완성된 번역 원고를 갖다 주고 돌아오는 그녀를 오피스
텔 관리인이 불러 세웠다. 그녀는 관리실 한켠에 놓인 장미와 안개

꽃이 섞여 있는 꽃바구니를 바라봤다. 뜻밖에 관리인은 그 꽃바구니를 집어 그녀에게 주었다. 뭐예요? 묻자, 관리인은 어떤 사람이 찾아와서 그녀가 오면 전해 주라고 했다고 했다. 어떤 사람요? 그녀가 다시 묻자 점잖아 보이는 분…… 설명을 하려다가 꽃바구니를 가리키며 거기 카드가 있으니 누군지 써 놨겠죠, 그랬다. 그녀는 엘리베이터를 타고 6층을 누른 다음 물끄러미 꽃바구니 속에 꽂혀 있는 흰색 카드봉투를 바라보았다.

그녀는 자동차에 부착된 시계를 본다. 정오가 지나 있다.

"어디쯤에서 점심을 먹어야 할 텐데요."

"일단 서울을 빠져나간 뒤에."

서울 톨게이트를 빠져나온 뒤론 차량이 조금씩 늘기 시작한다.

부석사까지 시간은 얼마나 걸릴 것인지.

설마 했는데 꽃바구니와 생일카드를 보낸 사람은 P였다.

P는 그녀의 생일을 축하한다고 썼다. 대학교수답게 P는 굵직한 만년필 글씨로 그녀가 만든 책은 늘 잘 보고 있다고도 써 놓았다. 보고 싶다고도. 내가 만든 책? 그녀는 쓸쓸하게 웃었다. 그녀가 고정적으로 기고하는 잡지를 두고 하는 말인 것 같았다. 160페이지짜리 종교잡지의 겨우 두 페이지를 차지하는 성서 속의 인간탐구라는 글을 두고 내가 만든 책이라니. 그녀는 아직도 예전과 다름없는 P의 글씨체를 바라보았다. 꽃바구니에 꽂힌 생일카드를 보기 전까지 그녀는 오늘이 생일이라는 걸 까마득히 잊고 있었으므로 아직까지 P가 자신의 생일을 기억하고 있다는 데 어느 순간 코가 맹해지려고도 했다. 언제나 이런 식이었다. 한 가지 결정을 내리는 데 시간이 많이 걸리는 편인 그녀에 비해 P는 판단이 서면 곧 실천에 옮기는 성향이었다. 두 사람이 무엇을 계획할 때마다 이 다른 성향이 늘 걸리적거리곤 했다. P와 알고 지내는 동안 그녀가 P와 헤어져야 하지 않을까 심각하게 생각한 적이 여러 번이었는데 그때마다 그녀의

이 성격이 걸림돌이었다. 그녀가 좀 싸늘해지기라도 할 양이면 P는 그녀를 찾아왔고, 집앞까지 찾아온 P를 보면 그녀의 마음은 그냥 수그러들곤 했다. P가 집앞으로 찾아오면 그전까지 그녀를 짓누르던 문제들이 아무 일도 아니었던 듯 사소하게 여겨졌다. 그렇게 그들은 새로 시작하곤 했다.

생일카드 말미에 P는 1월 1일 오후 3시에 그녀의 오피스텔을 방문하겠다고 써 놓았다. 그때 만나자고.

그녀는 P에게서 받은 생일카드를 30분쯤 들여다본 후에 감정을 수습해야 한다고 생각했다. 이렇게 다시 시작할 수는 없는 일이라고. 그녀는 경비실을 통해 남자에게 인터폰을 넣었다. 1월 1일에 저랑 부석사에 가시겠어요? 통화가 되면 남자에게 할 말을 메모지에 적어 놓고 두어 번 연습까지 한 후였다. 왜 그때 부석사가 떠올랐는지. 부석사의 당간지주 앞에서 무량수전까지 걸어 보라고 했던 사람이 있었다. 우리나라의 절집이 대개 산 속에 있게 마련인데 부석사는 산등성이에 있다고 했다. 개울을 건너 일주문에 들어서면 양쪽으로 사과나무들이 펼쳐져 있다고. 문득 뒤돌아보면 능선 뒤의 능선 또 능선 뒤의 능선이 펼쳐져 그 의젓한 아름다움을 보고 오면 한 계절은 사람들 속에서 시달릴 힘이 생긴다고 했다. 남자와 통화가 되었을 때 그녀는 침착하게 메모지에 자신이 쓴 문구를 읽었다. 수화기 저편에서 남자는 잠시 침묵을 지켰다. 얼마 후에 남자는 한 번 가 보고 싶었던 곳이니까 그렇게 하지요, 하면서 달리 할 일이 있는 것도 아니니까요, 라고 덧붙였다. 남자와는 같은 오피스텔에 살고 있으므로 그녀는 남자와 주차장에서 만나 떠날 요량이었다. 그러나 남자는 오피스텔이 아닌 다른 곳에서 만나자고 했다. 오피스텔에서 좀 떨어진 곳이면 좋겠다고. 인사동에 있는 카페로 약속을 정하고 인터폰 수화기를 내려놓고 그녀는 마른침을 삼켰다. 자못 긴장이 되었던 모양이다. 불을 켜고 세면장에 들어가 한동안 거울에 얼굴을 비춰봤다. 윤기 없는 얼굴, 메마른 머리카락, 벌써 주름이 잡히기 시작하는 목. 그녀는 찬물을 받아 시간을 들여 손을 씻었다.

세면장에서 나온 그녀는 꽃바구니 속에 꽂혀 있던 카드를 개수대 앞으로 가지고 갔다. 전기레인지를 가동해 붉어질 정도로 달군 다음에 생일카드를 갖다 댔다. 카드에 곧 불이 붙었다. P가 쓴 글씨들이 검은 재로 변해 개수대에 툭툭 떨어졌다. 물을 틀어 개수대에 흩어진 검은 재를 하수구로 흘려보낸 뒤 꽃바구니를 들고 나가 누가 사는지도 모르는 복도 끝 현관 앞에 내려놓고 왔다. 맨발이어서 발바닥이 선득거렸다. 자정이 지나 현관문을 열고 슬몃 내다보니 누가 가져갔는지 덩그라니 놓여 있던 꽃바구니는 사라지고 없었다.

"운전은 잘해요?"

"안전벨트를 해두는 게 이로울걸요. 내 옆자리에 앉는 사람들은 목숨을 내놓고 타는 거나 마찬가지예요."

남자가 흔쾌하게 웃는다.

P가 급작스레 다른 여자와 약혼을 해버림으로써 그녀와의 관계를 일방적으로 깨 버렸을 때, 그녀는 머릿속이 희뿌옇게 된 공동상태로 운전학원엘 다녔다. 운전 같은 건 익히려고 생각지도 않고 있던 그녀였다. 불면으로 눈이 튀어나올 것 같던 어느 날 새벽 3시에 오피스텔 창가에 서 괴괴한 차도를 내려다보고 서 있는데 자동차 한 대가 오피스텔을 빠져나가는 게 눈에 들어왔다. 이렇게 잠을 못 자고 서성일 바에는 저렇게 차를 몰고 어딘가를 내달렸다 오면 좋겠구나 하는 생각을 했고, 다음날로 그녀는 운전학원에 등록을 했다. 그녀는 마치 운전면허증을 따는 일에 생을 건 사람처럼 모자를 쓰고 운전을 익히는 일에 몰두했다. 덕분에 그녀는 단 한 번에 운전면허시험에 통과했다. 오디오의 콘센트 하나도 제대로 못 꽂는 기계치인 그녀에게 생긴 특이한 일이었다. 무더위가 기승을 부렸던 그 여름날 운전면허 시험에 합격하고 돌아올 때의 그 허탈함이란.

그녀의 차를 타 본 사람들 표현을 빌리자면 그녀의 운전실력은 엉망진창이었다. 외길에서 속도를 너무 느리게 내어 뒤차 운전자에게 추월욕망을 불러일으키고, 좌회전을 하려면 미리 좌회전 차선에 들어가 있어야 하는데 늘 바로 앞에서 끼여들기를 하느라 허둥거리며, 국도를 달리는 중에 눈에 띄는 풍경이라도 보게 되면 저것 좀 봐, 하면서 아무 예고 없이 차를 턱 세워 버리곤 했다. 그런 실력으로 그녀는 한계령을 넘기도 했고 남쪽의 변산반도를 다녀오기도 했다.

남자는 자동차가 곤지암을 지나 이천휴게소를 지나도록 망연히 차창 바깥을 쳐다보고 있다. 무슨 생각을 하는지 이따금 깊은 숨을 내쉬기도 한다. 국도를 사이에 두고 펼쳐져 있는 텅 빈 들녘. 메마른 갈대숲이 흔들리더니 왜가리떼들이 잿빛 허공을 차고 솟아오른다. 까마귀인가. 군데군데 녹지 않은 흰눈 위엔 검은 새가 앉아 있다. 매서운 바람이 일렁일 적마다 새들은 자신의 존재를 알리며 허공을 선회한다.

아침에 눈을 뜨면 그녀는 오피스텔을 빠져나와 길을 건넌 뒤에 파출소를 지나 산길을 타고 40분 거리에 있는 금산사엘 갔다. 어느 날 이른 새벽에 그곳에 올라갔다 내려오다가 남자를 만났다. 무성한 담쟁이덩굴이 담장을 에워싼 높다란 집을 지나고, 이북5도청을 지나고, 청록양로원을 지난 뒤에 금산사로 가는 길로 접어들면 옛날에 지어진 듯한 집 한 채가 나왔다. 그 집 주변에 있는 집들이 넓은 정원을 두고 안쪽 깊숙이 들어가 있어 보이지 않거나 혹은 빌라였으므로 길가 쪽으로 수수하게 하얀 대문을 달아 놓은 단층짜리 붉은 벽돌집은 누구에게나 눈에 띄었다. 서울의 동네에도 원주민이 있다면 아마 그 집에 사는 사람들이 그 동네의 원주민일 것이다. 담장은 높지 않아 우연히 고개를 돌렸다가 발꿈치를 들고 모둠발을 디디면 안이 들여다보였다. 이른 아침부터 빨래건조대에 빨래가 널려 있고, 안에서 기르는 감나무가 담장 바깥에서도 보이는 그런 집이었다.

그 집 대문 맞은편에 다섯 평이나 됨직한 밭이 일궈져 있었다. 처음부터 밭은 아니었을 것이다. 빈 땅을 누군가 밭으로 일궈 놓았을 것이다. 그 밭이 누구의 소유인지 그녀는 모른다. 그저 단층짜리 붉은 벽돌집 사람이 아닌가 짐작만 할 뿐이었다. 누군가 그 밭에 사시사철 열심히 채소를 가꾸었다. 파꽃이 필 때면 파꽃이 피었고 쑥갓이 자랄 때는 쑥갓이 자라고 있었다. 여름날엔 시골밭처럼 울타리로 여겨도 손색없게 옥수숫대가 자라고 있었으며 고구마며 감자 줄기가 보일 때도 있었다. 그 밭 가장자리의 채소들 곁에서 멋대가리 없이 키가 큰 접시꽃이 잎새를 매달았다가 꽃을 피웠다간 했다. 김장철을 앞둔 가을에는 무청이 반은 드러난 위로 새파란 무잎이 아침 햇살을 받고 찰랑이고 있기도 했다. 그녀는 매번 그 밭 앞을 지날 적마다 그 밭을 가꾸는 사람을 한번 보고 싶었다. 그 사람의 부지런하고 정직한 손을. 그 밭에 상추 잎새가 손바닥만하게 자라 있던 때였다. 산을 내려오던 그녀는 상추밭 속으로 들어가는 한 남자를 발견했다. 처음엔 드디어 밭주인을 만나는가 싶었는데 상추밭 앞에서의 남자의 행동이 좀 야릇했다. 들어갈 때도 흘금흘금 주변을 살피다가 주춤대며 들어가더니 밭에 들어가서 재빠르게 상춧잎을 훑어 내는 행동도 주인이라 여기기에는 불안하고 조급해 보였다. 상춧잎을 실컷 뜯은 남자는 마치 누가 보기라도 하는 듯 큰걸음으로 상추밭을 빠져나와 뒤돌아보다가 그녀와 시선이 딱 마주쳤다.

"상추가 너무 싱싱해서."

남자는 양손바닥 가득 상추를 쥐고서는 민망한 얼굴이 되어 있었다.

"그 반만 절 주세요…… 그러면 비밀로 해드릴게요."

그 순간 어떻게 그 말이 튀어나왔는지 모를 일이었다. 남자는 정신없이 뜯은 상추의 반을 그녀에게 선뜻 내주었다. 그들은 손에 상추들을 들고서 산길을 나란히 내려왔다. 그녀는 남자를 처음 보았지만 남자는 그녀를 알고 있었다. 오피스텔 608호가 그녀의 주거지라는 것도. 그녀가 의아해하자, 남자는 상추를 쥔 손을 쳐들어 오피스텔을 가리키며 저도 저기 삽니다, 그랬다.

그들은 그후로 가끔 그 산길에서 만나 단층짜리 붉은 벽돌집 앞의 밭에 자라는 채소들을 서리하곤 했다. 상추철이 지난 후론 아욱을 뜯어 올 때도 있었고, 막 속이 차 오른 배추를 한 포기 뽑아 온 적도 있었다. 애호박을 한 개 따 온 적도 있었으나 그들이 주로 탐낸 것은 상추였다. 혼자일 때는 그럴 염이 나지 않다가도 그녀는 산에서 내려오는 길에 남자를 만나면 채소 서리에 발동이 걸리곤 했다. 혼자일 때는 마음이 고요했다가도 남자를 만나게 되면 벌써 그 연한 것들을 씹었을 때의 신선한 맛이 혀끝에 감도는 것이었다.

그녀는 혹시? 싶어 남자에게 무슨 말을 물어보려다가 그만둔다. 녹음기를 들고 사람들에게서 인터뷰를 딴 뒤 피로한 마음으로 돌아와 보면 간혹 비닐에 싸인 깻잎이나 케일이 신발을 벗는 곳에 떨어져 있곤 했다. 출입문에 뚫린 신문과 우유를 넣는 구멍 속으로 누군가 밀어 넣은 것들이었다. 방울토마토가 떨어져 있을 때도 있고, 길다란 보라색 가지가 한 개 떨어져 있을 때도 있었다. 잔솔잎같이 생긴 부추가 봉지에 담겨 있을 때도 있었다. 출입문의 구멍 속으로 야채들을 밀어 넣고 가는 게 남자냐고 물었다가 아니라고 하면? 아닐지도 모른다. 가을이 지나고 겨울이 되면서 단층짜리 붉은 벽돌집 앞의 밭은 텅 비었다. 접시꽃대까지 무너지고 난 뒤의 자리에는 찬바람이 쿨렁거렸다. 겨울 초입에 내린 눈이 녹지 않은 채 오늘 아침까지도 쌓여 있었다. 밭이 텅 빈 후로 우연히 산길에서 만나면 그들은 서로를 쑥스러워했다. 근래엔 남자를 산길에서 마주치는 일조차 드물었다.

플라타너스일까. 갑자기 국도 양변에 가로수들의 가지가 툭툭 잘

려져 있다. 그렇잖아도 황량한 겨울 국도변이 목 잘린 가로수들로
인해 더욱 황량해진다. 저렇게 잘린 자리에서도 새잎이 돋나. 잘린
가로수들이 고통스럽게 팔을 벌리고 있는 것 같다.

그녀는 가로숫길이 끝난 국도의 한켠에 차를 세웠다.

"점심 먹고 가요."

"여기서요? 식당도 없는데."

"내가 도시락 싸 왔거든요…… 개를 데리고 들어갈 식당도 마땅
찮고 해서."

"도시락을요?"

그녀는 뒤트렁크를 열고 손잡이가 달린 대바구니를 꺼내 왔다.
대바구니엔 붉은 체크무늬 보자기가 덮여 있다. 그녀가 보자기를
걷어내자 한쪽 귀퉁이에 붉은 잔꽃이 새겨진 검은 찬합이 보인다.
은색 보온통 두 개, 미니 생수통 하나, 붉은 사과가 한 개 곁에 끼
여 있다. 단감 한 개도 사과 밑에 놓여 있다.

"의자를 뒤로 쑥 빼 봐요. 그러면 자리가 넓어지니까."

그녀는 자신의 의자를 뒤로 젖히며 그에게도 그렇게 해보라고 한
다. 의자 옆의 손잡이를 돌려야 하는데 남자는 그 조절장치를 쉽게
찾지 못한다. 여기예요. 그녀가 무심코 몸을 반쯤 접어 문 쪽에 달
려 있는 의자조절기가 있는 곳을 일러 주려다 보니 남자의 품속에
얼굴을 묻고 안기는 꼴이 된다. 멋쩍어진 그녀가 얼른 자세를 바로
한다. 귀밑이 붉어진다.

포개져 있는 찬합 속에 여러 가지 반찬이 담겨 있다. 시금치와 고
사리, 무나물이 나란히 칸을 채우고 있고 파와 게맛살과 당근과 익
힌 쇠고기를 꿴 꼬치가 여러 장 겹쳐져 있다. 당근과 파가 섞인 계
란말이 옆엔 불고기도 놓여 있다. 그 곁 좁은 칸엔 김치가 놓여 있
다. 음식 냄새를 맡자 뒷자리의 배낭 속에 얌전히 있던 개가 얼굴
을 내밀고 끄응, 소리를 낸다.

"이걸 다 만들었어요?"

그녀는 대답 대신 보온도시락 속에서 모락모락 김이 나는 흰밥을 젓가락으로 퍼서 종이컵에 담아 자신의 몫으로 내놓은 다음 보온도시락을 통째로 그에게 준다.

"많이 먹어요. 이 밥만 제가 했거든요."

찬합 안의 반찬들은 어제 올케네 집에 가서 싸 온 것들이다. 평소에 무엇을 싸 주어도 귀찮아하며 들고 가지 않으려 하던 그녀가 어제는 아예 찬합을 들고 가 음식들을 챙겨 담자 올케는 아가씨 수상하네, 를 연발했다. 보온도시락을 빌려 달라고 하자 올케는 아가씨 어디 가요? 하고 되물었다. 어디 가는데요? 부석사요. 부석사? 영주에 있는 부석사요? 네. 혼자서요? 네. 거짓말. 새해 첫날에 혼자서 무슨 부석사엘 간다구 그래요? 혼자 아니죠? 아침에 흰밥을 지어 보온도시락에 담을 때 올케는 또 전화를 했다. 아가씨, 혼자 가는 거 아니죠?

그녀는 종이컵 하나를 뜯어 편편하게 한 다음에 그 위에 불고기 몇 점을 올려놓은 뒤 뒷자리 바닥에 내려놓는다. 뒷좌석에 엎드려 있던 개가 귀를 쫑긋하며 내려와서 불고기를 한입 물고는 씹는다.

앉은 자리가 불편한데도 남자는 밥을 맛있게 먹는다. 실제로 맛이 있는지 없는지는 모를 일이나, 음식을 맛있게 먹을 줄 아는 남자 같다고 그녀는 생각한다. P를 만나 본 어머니는 P가 음식을 맛없게 먹는다며 흠 아닌 흠을 잡곤 했다. 무슨 음식이든 맛있게 먹을 줄 아는 남자가 좋은 남자라고 했다. 음식을 공경할 줄 모르는 남자는 여자를 골탕먹인다고. 흰 무나물을 집어 맛있게 오물거리는 남자를 보며 뜻밖의 어머니 생각에 그녀가 웃자, 젓가락으로 꼬치를 집다 말고 남자가 그녀를 바라본다. 그녀를 바라보는 남자의 얼굴에 반으로 으깨진 흰 밥알이 묻어 있다. 그녀는 무심코 손을 뻗어 그의 입가에서 밥알을 떼어내 준다. 그녀를 바라보고 있던 남자는 멋쩍어져서 젓가락을 든 채로 그녀의 손이 왔다간 곳을 쓱쓱 문지른 다음 보온도시락 속의 흰밥을 한 숟갈 떴다. 어느 순간이다. 밥을 한 숟갈 퍼서 오물거리던 남자의 입에서 아삭 하는 소리가 났다. 돌 씹는 소리는 곁의 그녀에게 들릴 정도로 컸다. 씹는 행위를 멈춘 남자와 당황한 그녀의 시선이 맞부딪쳤다. 그녀가 삼키지 말고 뱉으라는 말을 막 꺼내려는데 남자는 밥을 꿀꺽 삼키고 있다.

무안한 그녀의 귀밑이 빨개졌다.

찬합을 포개 대바구니에 담아 뒷자리에 내려놓은 뒤 그녀가 종이컵에 보온통의 커피를 따르고 있을 때 남자는 생수병 뚜껑을 따고는 역시 종이컵에 물을 반쯤 따라 뒷자리의 개 앞에 놓아 준다. 불고기 한 점을 오래 씹은 개는 목이 탔는지 남자가 내려놓은 종이컵에 혀를 담가 물을 빨아 마셨다. 그녀는 다 따른 커피를 남자에게 내밀다가 아직도 혀를 종이컵에 담그고 물을 빨아 마시고 있는 개의 목덜미를 어루만져 주는 남자를 의아하게 바라본다. 이상한 일이다. 처음 본 사람은 영 따르지 않는데.

환기를 하려고 자동차의 창문을 아래까지 다 내리자 국도에 출렁거리던 매서운 바람이 차 안으로 훅 들어온다. 그 바람을 3분도 못 견디고 그녀는 틈을 조금만 남기고 창문을 다시 올린다.

"출발할까요?"

"자리 바꿔요. 이제부턴 내가 운전할게요."

"운전할 줄 알아요?"

남자가 웃는다.

"운전하는 거 한 번도 못 봤는데?"

"그쪽처럼 한밤중에 차를 끌고 나가진 않죠."

남자가 운전석에 앉고 그녀가 남자의 자리에 앉았다. 그녀의 자세대로 조절되어 있는 운전석이 남자에겐 좁다. 남자는 더듬더듬 의자조절기를 움직여 운전석을 넓힌 다음 그녀를 한 번 바라본다.

그는 그녀 쪽으로 몸을 기울여 안전벨트를 해주고는 시동을 건다.
1월 1일에 나들이를 나온 사람들은 그들만이 아니었다. 얼마를 달
리니 드문드문 식당이 보이고 식당마다 주차장에 차들이 빼곡하다.
'떡국 됨'이라고 종이에 씌어진 붉은 글자가 메뉴판에서 따로 떨어
진 채 붙어 있는 식당들도 여럿이다.

자동차가 장호원을 완전히 빠져나가 제천 쪽으로 접어들었을 때
그녀는 또 시계를 본다. 3시다. 약속을 지켰다면 지금쯤 P는 오피
스텔에 와 있을 것이다.

국도는 곧 단조로워진다.

드문드문 눈에 띄던 식당들과 슬레이트 집들도 보이지 않는다.
구불거리지 않고 직선으로 뻗어 있는 국도 양변에 드문드문 송신탑
들이 서 있다. 송신탑 뒤로는 황량한 논이다. 그녀는 찬바람이 일
렁이는 겨울 국도를 눈을 가느스름하게 뜨고 내다본다. 이따금 만
나곤 하던 강물은 이제 아예 시야에 들어오지 않는다. 물은 사라지
고 겨울논들이 펼쳐져 있다. 논의 이곳저곳엔 추수를 마치고 걷어
가지 않은 낟가리들이 모양새 없이 세워져 있다. 그 어느쯤에 기다
랗게 서 있는 전신주에 참새들이 열지어 내려앉아 있기도 하다. 무
엇에 놀란 것일까. 조용한 겨울하늘처럼 전신주에 별 기척 없이 조
용히 앉아 있던 새들이 전신주를 탁 차고 허공으로 포르르 날아오
른다. 말똥가리도 섞여 있다. P는 정말 왔을까.

2

집에 가자, 집에 가자—
해가 이울 무렵이다. 집 안 전체에 흘러다니는 옅은 석유 냄새로
인해 소년은 어지럽기조차 하다. 안채의 건넛방에서 누군가 나와

시끄럽다고 소리를 질렀다. 문간방 앞은 바로 수돗가이고 좁은 골목을 향해 나무대문은 열려 있다. 열린 문으로 다닥다닥 붙어 있는 한옥의 담장들이 눈에 들어왔다. 담장 위에 한지로 바른 여닫이창들은 닫혀 있다. 담장과 닫힌 창에 석양이 비쳐들었다.

이제 곧 어두워질 텐데.

소년은 이제 그만 집에 갔으면 싶었다. 그런데 함께 집에 가야 할 어머니가 어디에도 보이지 않는다. 집에 가자. 집에 가자. 문간방으로 올라가는 좁은 마루에 걸터앉아 어제만 해도 가지런했던 낯익은 것들이, 여기저기 널려진 꼴을 휘둘러보며 소년은 함께 집에 돌아갈 사람을 찾고 있다. 소년의 마음은 아랑곳없이 수도꼭지 밑에 놓인 세숫대야 속엔 모과나무 잎사귀들이 떨어져 동동 떠다녔다. 조그만 뜰 모과나무 밑에서 해바라기가 시들고 있고 그 아래에 꽃이 작은 자줏빛 소국이 자라고 있었다. 안채에서 나와 소리를 지른 사람이 좁은 마루가 기다랗게 이어진 한옥의 네모난 마당에 갓 부려 놓은 이삿짐들을 못마땅한 듯 바라보고 서 있다. 장롱이나 반닫이 같은 것도 예외일 순 없지만, 솥단지나 냄비 같은 부엌살림은 제자리에 있을 땐 없어서는 안 될 것이지만 제자리에서 분리되어 나와 단독자가 되면 누추하기 이를 데 없어진다. 아무리 윤이 나게 닦아 놓아도 부엌의 살강을 떠난 수저통은 초라하게 마련이다. 집에 가자고 울어 대던 소년은 울음을 그치고 안채에서 나온 사람의 시선을 피해 어지럽게 널린 살림살이를 번갈아 바라보았다. 시야에 들어오는 책상의 뒷다리엔 홈이 파인 자국이 여럿이고 저걸 뒤에 숨기고 있었나 싶게 가죽소파의 뒤테는 찢어져 있다. 솥단지는 뚜껑을 잃은 채 수세미로 닦인 자국을 드러내며 널브러져 있고 연탄아궁이 곁에 있을 땐 빛나던 풍로는 그을음투성인 데다 기름을 넣는 구멍이 열려 있어 거기에서 새어 나온 냄새로 인해 머리가 지끈거리기까지 했다.

집에 가자— 집에 가자—

소년이 다시 울음을 터뜨릴 때 그는 퍼뜩 정신이 들었다.

혼미한 정신에도 새로 이사온 곳에서 집에 가자고 울고 있는 소년이 바로 자신이라는 생각이 들었던 것이다. 예닐곱 살 때였을 것이다. 태어나 그때껏 자란 집을 떠나 그 문간방으로 이사를 한 후로도 해가 저물 녘이면 집에 가자고 여러 날 어머니를 들볶곤 했다. 도무지 새로 이사온 집에 정이 가지 않았다. 그때면 어머니는 자신을 업어 주거나 단맛이 나는 사탕 같은 것을 입에 물려 주며 이제는 여기가 집이라고 어르다가 그래도 집에 가자고 보채는 자신을 향해 나중엔 버럭 화를 내곤 했다. 그의 혼미한 의식에 순간 정신이 들게 한 건 무의식 속에서 이끌려 나온 어머니의 엄한 목소리였다. 이제 그곳은 집이 아니라고, 이제 여기가 집이라고, 사내가 되어서 아무데서고 눈물을 흘린다고 엄하게 꾸짖던 어머니의 목소리.

꿈이 아니면 만나 볼 수 없는 분이 되었지만 자신을 나무라는 목소리가 너무 생생하여 꿈인 줄 알면서도 어지러워진 마음을 수습하는 데는 시간이 걸렸다. 며칠 전부터 모래가 들어간 듯 거칫거리는 눈에 달라붙어 있는 눈곱을 떼어내는데 창을 뚫고 들어온 아침 햇살이 강렬하게 그의 눈을 찔렀다. 눈을 감았다가 뜨기를 반복하는 것으로 신경이 예민해져 있는 눈을 다스린 뒤에도 그는 자리를 털고 일어나질 못했다. 이따금 반복적으로 꾸곤 하는 꿈이었다. 그런데도 매번 그는 울고 있는 소년이 자기 자신이라는 걸 뒤늦게 깨닫는다. 깨어나면 두통이 오고 스르륵 맥이 빠졌다. 꿈속이라지만 무슨 연유로 아직도 그렇게 집에 가자고 우는 건지. 꿈에서 깨어나면 진짜 울고 난 것처럼 머리가 지끈거렸다. 오늘 아침에도 마찬가지였다. 다시 드러누우려다가 여자와 함께 부석사에 가기로 했던 일이 생각났다. 따분하고 귀찮다는 생각이 들었다. 부석사는 무슨…… 싶어 없던 일로 하려고 인터폰을 넣었는데 여자가 방금 세수라도 마친 목소리로 여보세요? 하는 통에 할말을 못하고 잠시 침묵을 지켰다. 여자가 여보세요? 다시 그를 호출했을 때 그는 조용히 수화기를 내려놓았다. 여자의 밝은 목소리를 듣자 엉뚱하게 오늘 방문하겠다던 박PD가 떠올랐다.

1월 1일의 국도에 군인들의 행렬이 이어진다.

소총을 메고 군화를 신고 완전군장을 한 군인들이 발을 맞춰 걷고 있다. 눈 쌓인 길을 걸어왔는지 군화에 희끗희끗 눈이 묻어 있다. 그는 속도를 높여 행렬의 선두를 따라잡는다.

여자에게서 느닷없이 부석사에 가지 않겠느냐는 전화가 걸려 오기 직전에 그는 박PD의 전화를 받았다. 지금 이후 그는 회사를 쉬고 있는 참이었다. 겨울 초입의 회사 회식 자리에서 최근 자신을 난처하게 만들었던 사람이 다름아닌 박PD라는 걸 감지한 뒤였다. 깊은 밤중에 도로 한가운데서 차에 부딪혀 다친 수리부엉이를 사설 조류협회장이 인계받아 여덟 달 동안 정성을 다해 살려 내서 다시 산으로 보내 준 일이 있었다. 그 여덟 달 동안 수리부엉이가 먹어 댄 닭만도 80여 마리였다. 수리부엉이는 멸종 위기에 처한 천연기념물이었다. 그는 부상당했다가 인간에 의해 구조된 수리부엉이가 회복되어 가는 과정을 필름에 담았다. 목과 눈이 너무 심하게 다쳐 살아날 수 있을지 의문이 들 만큼 수리부엉이의 상태는 좋지 않았다. 어떤 대상이든 마찬가지지만 새에 대한 깊은 애정이 없었으면 부상당한 수리부엉이를 살려 내는 일이 불가능했을 것이다. 조류협회장은 교통사고 당한 자식을 돌보듯 밤낮을 가리지 않고 수리부엉이를 돌봤다. 의사를 왕진시켰고 잠조차도 부상당한 수리부엉이와 함께 잤다. 수리부엉이는 기운을 차린 다음에도 부상을 입을 때의 충격으로 인해 눈을 뜨질 못했다. 그대로 두었으면 애꾸눈이 되었을 것이다. 수리부엉이의 눈 치료에는 들쥐가 최고라는 말을 들은 조류협회장은 들쥐를 잡기 위해 파주나 강화의 들판이나 밭에 덫을 놓으러 다니곤 했다. 이따금 그도 동행했다. 덫을 놓아 들쥐 한 마리를 잡는 데 꼬박 사흘이 걸릴 때도 있었다. 조류협회장의 간절한 마음씀으로 인해 회복 불가능해 보였던 수리부엉이는 되살아났다. 주변 사람의 손이나 발등을 콕콕 쪼아 댈 만큼 야성도 회복했다. 조류협회장은 정이 들 만큼 든 수리부엉이를 가평의 운둔산에 올라가 다시 산 속으로 날려 보냈다. 조금 더 치료를 해야겠지만 인간과 너무 오래 지내면 수리부엉이의 본성이 거세된다면서. 수리부엉이를 데리고 운둔산 정상까지 올라간 것은 깊은 산 속의 암벽이 수리부엉이의 집이니 그리로 돌아가라는 뜻이었다. 운둔산을 내려올 때 나이가 쉰 가까이 되는 조류협회장의 눈시울은 붉어져 있었다. 자식을 떠나 보내도 이리 서운하지는 않겠네, 라고 했다. 떠난 자식이야 다시 만날 수가 있지만 산 속으로 돌아간 수리부엉이를 다시 만나기는 요원한 일이었다.

수리부엉이 이야기가 전파를 탄 후, 뜻밖에 그의 필름을 사서 자연다큐멘터리 시간에 내보냈던 방송국에서 전화가 왔다. 부상당한 수리부엉이를 발견해 살려 낸 게 아니고 방송프로그램 촬영을 위해 수리부엉이를 잡아들였다는 제보가 있다는 것이었다. 그 일로 그와 조류협회장은 곤욕을 치렀다. 조류협회는 공공단체도 아니었다. 대학 한방병원 의료부 직원이었던 조류협회장이 그저 새를 좋아해서 창설한 사설협회에 불과했다. 왜 조류광이 되었는지 묻는 데 대한 조류협회장의 대답은 그저 전생에 새였는가 보지, 였다. 마음이 이끌리는데 인간이 당해 낼 재간이 있느냐고. 그는 무엇이든 새하고 연결시키는 사람이었다. 바람이 불어도 비가 와도 눈이 내려도. 깊은 산 속까지 환경이 파괴되는 통에 새들이 서식지를 잃어 가는 것을 진심으로 걱정하고, 회원들과 함께 겨울새의 먹이를 뿌려 주러 다니기도 하고, 희귀한 새들의 자료사진을 찍어 놓기도 하는 그에게 상을 주지는 못할망정 어떻게 그런 말이 나도는 것인지. 그는 묵살하려고 했지만, 프로그램을 제작해 방송국에 넘기는 그의 회사로서는 해명하지 않으면 신뢰도에 상처를 입을 수밖에 없었다. 게다가 확인도 안 된 말들이 꼬리를 물었다. 자칫 기사라도 타게 되면 사태는 일파만파로 번질 것이었다. 그는 내키지 않았지만, 할 수 없이 처음 그 수리부엉이를 경부고속도로에서 발견한 트럭기사를 찾아 증인으로 내세워야 했다. 다행히 조류협회장에게 부상당한 수리부엉이를 맡긴 보수설비업체의 트럭기사를 찾아낼 수 있었고, 그로 하여금 내가 경부고속도로를 타고 서울로 돌아오던 새벽 네시쯤 경북 구미를 막 지날 때 도로 한가운데에서 앞차에 부딪힌 듯한 새 한 마리를 발견했다, 그냥 지나칠 뻔하다가 차를 급히 세워 보니 큰 돌덩이만한 새 한 마리가 피투성이가 된 채 푸덕대고 있어 서울로 실어 왔다, 회사 사장 아들이 조류협회의 회원이어서 협회장과 연결이 되었고 이후 수리부엉이를 치료하는 일은 조류협회장이 도맡았다는 해명을 하게 했다. 그는 영 마음이 풀리질 않았다. 어떻게 그런 상상을 할 수 있는지 기가 막힐 따름이었다.

회식 자리에 합석하게 된 방송국 사람이 연방 미안하다고 사과하는 것도 그는 듣는 둥 마는 둥했다. 병 주고 약 주네, 싶었으니까. 아마 그의 냉소적인 태도가 방송국 사람 심기를 불편하게 했던 모양이었다. 책임 운운하다가 그의 입에서 박PD의 이름이 튀어나왔다. 박PD? 그는 그제서야 방송국 사람의 얼굴을 주시했다. 무슨 소리냐? 재차 묻는 그에게 방송국 사람은, 아니 그게 아니고 어쩌고 하면서 정확한 대답을 하지 않았다. 그만 모르는 공공연한 비밀이었던 모양으로 술자리에 일순 침묵이 돌았다. 그는 박PD를 쳐다보았다. 박PD는 무슨 말인가를 하려다간 그만 입을 다물었다. 그런 일이 있은 후에 박PD에게서 걸려 온 첫 전화였다. 박PD는 그에게 1월 1일에 뭐 할 거냐고 물었다. 대답할 기분이 나질 않아 그가 우물쭈물하자 박PD는 오후 다섯 시쯤에 방문할 테니 술이나 한잔 하자고 했다. 술이나 한잔? 그가 달리 대답이 없자 박PD는 변동사항이 있으면 전화를 해달라고 했다. 전화가 없으면 그리 약속된 걸로 알겠다고.

박PD의 전화를 끊자마자 인터폰이 울렸고 받아 보니 뜻밖에 여자였다. 여자가 인터폰을 걸어 오기는 처음이었다. 여자의 청에 선뜻 대답을 해버린 그의 마음 한편엔 여자와 약속이 되면 박PD를 피할 수 있겠다는 생각이 끼여 있었다. 그는 박PD를 만나고 싶지 않았다. 박PD에게 내방하지 말라고 전하려고 전화를 두어 번 넣었으나 직접 통화가 되지 않았다. 그는 메모를 남겨 놓을까도 생각했지만 순간적으로 귀찮다는 생각이 들어 그만두었다. 다시 전화하지, 했던 것이다.

운전석에 앉은 그는 조용히 스쳐 가는 차창 밖을 응시하고 있는 여자를 잠시 훔쳐본다. 바람이 얼마나 부는지 텅 빈 벌판에 흩어져 있던 지푸라기나 비닐 같은 것이 허공에서 춤을 추고 있다. 어디에나 새떼들이다. 검은 새떼가 겨울 시린 하늘에 곡선을 그리거나 그림자를 드리우고 있다. 국도에서 만나는 차가운 전신주 위에도 겨울새떼들이 날아가지 않으려고 안간힘을 쓰며 앉아 있다.

바람을 타면 되련마는…… 그는 생각한다.

다큐멘터리를 찍기 위해 이따금 산에서 생활하다 보면 산 속에 살고 있는 짐승들이 얼마나 인간을 싫어하는지 단박에 알 수 있다. 희귀종이고 깊은 산 속에 있는 것들일수록 그랬다. 그들을 제대로 카메라에 담으려면 우선 그들처럼 되어야 했다. 그들이 먹는 것을 먹고 그들이 움직이는 대로 움직여야 한다. 그 자신이 찍으려고 하는 동물이나 새가 풍기는 냄새가 자신에게서도 나기 시작할 때, 그제서야 깊은 바위틈이나 숨겨진 나무에 둥지를 튼 희귀한 새들이 그 주변에서 깃질을 하거나 소리로나마 자태를 드러내곤 했다.

무슨 생각을 하는지 여자는 간혹 메마른 입술을 꼭꼭 깨물기까지 한다. 무릎에 얹힌 손엔 흔한 반지 하나 끼고 있지 않다. 어제나 오늘 아침에 깎았나 보다. 청결하다기에는 아픔이 느껴질 정도로 손톱이 지나치게 짧다. 차창 쪽에 얹어 놓은 여자의 오른손이 무릎 위에 놓여 있는 왼손 가까이 오더니 깍지를 낀다. 그것도 잠시, 곧 깍지를 풀어 버리곤 마주대고 싹싹 비벼 댄다. 그것도 잠시, 여자의 두 손은 얼굴로 옮겨져서 눈, 코, 입을 감싼다. 손가락으로 눈자위를 꾹꾹 누르는 것도 같고 뺨을 어루만지는 것도 같으나 무슨 상념엔가 빠져 본인은 의식하지 못한 채 무심히 하고 있는 행동이다. 여자의 손을 이렇게 가까이에서 보기는 처음이다. 그가 훔친 상추의 반을 받아 내던 손, 이래도 되나요? 하면서도 시침을 떼곤 토란잎까지 젖히고 애호박을 뚝 따 오던 손. 손마디가 굴곡진 데 없이 쭉 뻗어 있는 데다 매듭이 굵어 언뜻 남자 손같이 보이기도 한다. 얼굴을 감싸고 있던 여자는 그가 운전을 하며 흘깃흘깃 자신의 손을 관찰하고 있다고 느꼈는지 얼굴에서 손을 내리고는 주머니에 집어넣었다.

"내 손 크죠?"

"……."

"여학교 때는 손이 이렇게 크고 못생긴 게 콤플렉스였어요. 사람들 앞에서 손을 꺼내 본 적이 없죠."

그 정도는 아닌데. 괜한 소리로 들을까 봐 그는 막 튀어나오려는 말을 눌러 참는다. 아무 대꾸도 않자니 여자의 손이 크고 못생겼다는 걸 인정하는 셈이 되어 버린다.

그는 어머니의 임종을 지키지 못했다. 해안의 군부대에서 상관의 계란프라이를 만들고 있을 때, 어머니가 위독하다는 게 아니라 부음을 접했다. 짱짱하게 군화끈을 조여 매고 잠깐 사회로 나와서야 그는 마치 타인처럼 어머니가 어떻게 죽었는지를 성당 사람들에게 들었다. 어머니는 근 1년 간 위암을 앓았다 했다. 군생활에 묶여

있는 그가 알아봐야 속만 탈 뿐이라며 그에게 병을 숨겨 왔다는 것
도 그는 그제서야 알았다. 그 사이 수술을 해서 괜찮아졌었는데 재
발을 해 급작스럽게 악화되었다는 것도. 어머니의 장례는 어머니가
나가던 성당 사람들의 힘으로 치러졌다. 그들의 도움을 받았다기보
다도 그들이 주관했다고 해야 맞을 것이다. 그로서는 모르는 사람
들이었지만 그들은 마치 자신의 일처럼 어머니의 장례식을 치러 주
었다. 연도를 올리고 염을 하여 입관을 하고 장지까지도 함께 따라
가 주었다. 종교에 별 관심 없이 지내던 어머니가 뒤늦게 성당에 그
리 열심히 나갔던 이유를 알 것 같기도 했다.

　부음을 들었을 때도 장례 미사에 참석했을 때도 이래도 되는 걸
까 싶을 정도로 담담하기만 하던 그의 마음이 귀대를 위해 군화끈
을 다시 조여 매려 할 때에야 격하게 흔들렸다.

　K의 얼굴이 떠오른 것도 그때였다. 그가 군에 입대한 후로 소식
이 끊겼던 K. 어쩌면 K는 그가 군에 입대한 순간부터 그와의 관계
를 정리한 것인지도 몰랐다. 그러나 K는 휴가를 나온 그가 찾아갔
을 때 반가워했다. 새로 취직한 직장의 일이 너무 바빠 그 동안 소
식을 전하지 못했다는 투였다. 뭔가 석연찮았지만, 그로서야 K의
말을 받아들일 수밖에 달리 어쩔 수 없는 처지였다. 내일 전화할
게, 하고 헤어져서는 K는 또 전화하지 않았다. 전화를 기다리다가
그가 다시 K를 찾아가면 K는 또 그를 반겼다. 미안하다. 너무 바
빠서 깜박했어. 다시 만나면 K는 여전히 살가웠다. 약속 장소에 나
오지 않아 그가 다시 찾아가면 정말 미안하게 되었다, 고 했다. 약
속 장소에 나갈 수 없는 급한 일이 생겼는데 너에게 전화를 했을
땐 이미 나가고 없었어. 그런 식으로 첫 휴가를 다 보냈다. 귀대하
는 그에게 K는 편지하겠다고 다시 약속을 했으나 지키지 않았다.
온종일, 혹은 온밤을 해안초소에 서서 바다를 바라보며 보초를 서
는 게 그의 군생활이었다. 가끔 그에게 했던 K의 숱한 약속들이 파

도소리에 섞여 들리곤 했다. 두 번째 휴가를 나왔을 때 그는 K를 찾아가지 않았다. 만약 K가 약속을 하고 또다시 어기게 되면 자신이 K를 향해 어떤 행동을 취하게 될지 그 자신마저도 불안했고, 군에 입대한 순간 K는 그와의 관계를 정리한 것이라는 생각이 뒤늦게야 들기도 했던 것이다. 그는 그것을 확인하고 싶지 않았다. 어쩌면 이제 K도 자신의 마음을 숨기고 여전히 생글생글 웃으며 번번이 어길 약속을 부질없이 계속하고 있을 힘이 사라졌을 거라는 생각도 들었다. 그는 K와의 관계를 보류해 두기로 했다. K는 서류가 아닌데도 보류해 두자, 생각하니 보류되었다. 달리 어쩌겠는가. K는 휘황한 도시에 머물고 있는 사회인이고 자신은 머리를 빡빡 밀고 해안초소에 서 있는 군인인걸.

어머니의 장례식을 마치고 귀대를 하려는 그 순간, 그는 뒤늦게 솟아오른 격한 슬픔 속에서 오로지 K를 만나고 싶었다. K와의 일을 보류시켰던 건 K로부터 들을 말이란 이별의 말뿐이라는 걸 짐작했기 때문이었다. 그런 뒤엔? 그는 뒤의 일이 상상이 되질 않았다. 다만 자신의 현재 상황만 분명했다. 민머리로 총을 어깨에 메고 바다 앞에 서 있어야 하는 자신의 현재 상황만은 누구도 바꿔 놓을 수 없다는 것만이.

더 잃을 것이 없다는 상실감에서 비롯된 자학이 작용했는지도 모른다.

군화끈을 꽉 조여 맨 후 그는 귀대하는 기차에 오르는 대신 하왕십리 언덕에 있는 K의 옛집으로 가는 버스를 탔다. 아직도 K가 그곳에 살고 있는지 확인도 안 한 채로. 버스가 어린이대공원을 지나 K의 집이 있는 정류장에 그를 내려놓았을 때만 해도 그는 K에게서 무슨 말을 듣든 견뎌 낼 수 있을 것 같았다. 대면하게 되면 그는 K에게 자신과의 관계를 분명히 물어볼 것이고 K의 대답에 따라 이제 보류된 서류를 처리할 생각이었다. K의 마음이 달라졌어도 K네 집

앞의 광경은 변한 것 없이 그대로였다. 버스 정류장으로 이어지는 기다란 시장통도 그대로였고, K를 집에 들여보내기 싫어 치킨 한쪽을 앞에 두고 자정이 되도록 함께 앉아 있던 호프집도 그대로였고, 싸움을 하고 화가 난 K를 기다리느라 서성이던 전신주 밑도 여전했으며, 속으론 입을 맞추고 싶은데 용기를 내지 못해 주머니에 넣은 K의 손만 꽉 잡고 올라가던 좁다란 계단식 골목도 그대로였다. 골목 쪽으로 나 있는 K의 방 창문도 여전했다. 밤늦은 시간 그와 헤어져 집으로 들어간 K는 그 창문을 열고 그때까지도 골목에 서 있는 그를 내려다보곤 했다. 창문에 매달려 그들은 첫 입맞춤을 했다. 그는 모둠발을 세우고 K는 창문 밖으로 몸을 내민 채로.

그는 어둠속에서 골목길과 K의 방 창문을 번갈아 보며 K를 기다렸다. K는 자정이 다 되어도 귀가하지 않았다. 그제서야 K가 여기 살지 않을지도 모른다는 생각이 들었다. 그런 생각이 들고도 그는 그곳을 떠나지 못했다. K를 만난 건 기다리다 못한 그가 다시 그 좁은 골목길을 다 내려와 큰 도로변으로 통하는 골목 아래의 시장통 앞에 들어선 때였다. K의 곁엔 구두와 양복을 입은 남자가 서 있었다. 그는 순간적으로 조여 맨 끈이 툭 터질 지경으로 땅을 디딘 발에 힘이 갔다. 억압된 군화 안에서 발가락들이 무서운 힘으로 꿈지럭거렸다. 잔뜩 팽창되어 K 곁의 사회인 남자에게 질주라도 할 듯 맹렬하게 꿈지럭거리던 그의 발가락이 문득 움츠러들었다. K와 사회인 남자가 예전에 K와 그가 헤어지기 싫어 500cc 맥주 한 컵과 치킨 한쪽을 앞에 두고 자정을 넘기곤 하던 치킨집으로 들어갈 때, 그는 순간적으로 K 옆에 있는 남자가 예전의 자기 자신인 것 같은 착각이 일었던 것이다.

그는 K와 남자가 하는 양을 유리창을 통해 지켜봤다.

한 컵씩의 맥주를 앞에 두고 앉아 있는 K와 사회인 남자. 어느 순간 남자가 K의 얼굴을 어루만졌고 K는 탁자 위에 손깍지를 끼고 남자의 얼굴을 응시했다. 두 사람은 서로를 바라보며 그러고 앉아 있었다. 호프집의 손님이라곤 그들뿐이었고, 여전히 그 얼굴인 호프집 주인은 하루 일을 마감하는 뒤치다꺼리를 마치고도 그들이 나가지 않자 계산대 의자에 앉아 꾸벅꾸벅 졸기 시작했다. 하염없이 그러고 앉아 있던 K와 남자는 졸다가 잠이 들어 버린 호프집 주인이 엎드려 있는 탁자 위에 돈을 내려놓고 얼마 전에 그가 내려온 좁은 골목길을 오르기 시작했다. 그는 K가 밤이슬 속에서 예전에 그와 함께 등을 대고 있던 담장에 다른 남자와 등을 대고 서 있는 걸 지켜보았다. 간혹 웃음소리가 들리다가 곧 침묵이 이어지곤 했다. K의 움직임을 그는 눈을 부릅뜨고 지켜보았다. 헤어지기 싫어 묵묵히 고개를 숙인 채 발장난을 치는 K. 느닷없이 밤하늘을 올려다보며 휴, 하고 한숨을 짓는 K. 들어가야겠어, 뿌리치듯 대문 앞으로 발짝을 한걸음 떼어 놓는 K. 그들은 어둠속에 숨어 있는 그의 시선을 느끼지 못한 채 헤어지기를 망설이고 또 망설였다. 이윽고 K가 나무 대문의 벨을 누르고, 안에서 사람의 기척이 나자 남자는 그때껏 잡고 있던 K의 손을 아쉽게 놓으며 대문 옆으로 비켜섰다. K가 안으로 들어간 뒤 곧 골목 쪽으로 난 창문이 열렸다. 남자는 예전의 그처럼 모둠발을 딛어 키를 돋우고 K는 상반신의 반을 창문 바깥으로 내밀어 긴 입맞춤을 나누었다. 사회인 남자는 그제서야 골목길을 내려갔다. 내려가다 뒤돌아서 그때껏 창가에 서 있는 K를 향해 손을 흔들었다. K도 손을 흔들었다. 그 행위는 사회인 남자가 골목을 다 벗어날 때까지 반복되었다. 사회인 남자가 좁은 골목길을 다 내려가고 K의 창문이 다시 닫혔을 때 그는 군복주머니에서 담배를 꺼내 물었다. 현실인지 꿈인지 분간이 안 될 정도로 그 남자에게 하는 K의 행동이 예전의 자신에게 했던 것과 똑같았다. 인생에 얼마나 지켜봐야 할 일이 많은지는 몰라도 그로서는 예기치 못한 풍경이었다. K로부터 무슨 말을 들어도 괜찮을 것 같았던 그는, 죽은 어머니의 입관 앞에서도 먹먹하기만 할 뿐 눈물을 비치지 않았던 그는, 담배를 피우며 K의 닫힌 창문을 바라보고 서 있다가 종내는 비질비질 눈물을 흘리고 말았다. K로부터 무슨 말을 들어도 괜찮다고 생각했지만 그의 속깊은 마음의 진심은 따로였다. 그는 어머니의 죽음을 계기로 보류된 K와의 관계를 회복하고 싶었던 것이다. 그에겐 엄했던 어머니는 K에게는 이루 말할 수 없이 자상했다. K도 어머니를 부담없이 따랐으니, 그 어머니의 부음을 알리는 데도 K가 자신에게 최후의 말을 하겠느냐는 생각을 배수진 삼아 그곳까지 왔던 것이었다. 사랑이 아니라 연민으로라도 K를 되찾아 K에게서 따뜻한 위로의 말을 듣고 싶었던 것이다. 그렇게라도 K와 연결되어 있고 싶었다. 어떻게 해도 끊어지지 않던 K에 대한 그의 미련. 자신에게 했던 사랑의 행동과 똑같은 행동을 다른 남자에게 조금도 다름없이 반복하는 K를 보는 순간, 그는 K와의 모든 끈이 툭, 끊어지는 소리를 들었다. 이런 것이었나. K만의 것으로 여겼던 것. K의 냄새, K였기에 할 수 있었던 맹세, K가 아니라는 이유로 늘 뒷전으로 밀어 놓곤 했던 일들. 그런 것들이 이렇게 재생테이프처럼 반복되는 그런 것이었나.

그 계단식 어두운 골목을 어떻게 걸어 내려왔을까. 그때의 일이 떠오르면 모든 것이 선명한데도 그는 기억이 나질 않는다. 어떻게 그 골목길을 내려와 귀대를 했는지.

아버지가 돌아가신 후에 그의 가족이 버리고 온 옛 집터에 데리고 가 본 사람은 K뿐이었다. 아무도 돌보지 않았던 집터는 산에서 뻗어 나온 나무들이 점령하고 있었다. 원래 뒷산과 맞붙어 있던 터이기는 했으나, 산에서 내려온 귀릉나무며 누리장나무들이 뿌리를 뻗고 있었다. 지독한 건 아카시아 뿌리였다. 부엌이며 우물터까지 쳐들어온 아카시아 뿌리는 여기에 사람이 살기나 했었는지 의문이 들 만큼 거칠게 폐가를 점령하고 있었다.

키 큰 잣나무들이 눈을 뒤집어쓰고 있다. 여기만해도 아직 눈이 녹지 않아 나무 위에 쌓여 있는 눈이 얼핏 흰 꽃같이 보이기도 한다.

어느 순간 여자가 비명을 지르며 운전대 위의 그의 손을 덥석 잡는다. 양편에 눈이 쌓여 있는 국도 위에 배가 터져 내장이 드러난, 차에 치인 짐승의 시체가 짓이겨진 채 널려 있다. 흰눈과 대비되어 눈에 확 띈다. 자동차 앞바퀴가 벌써 짐승의 터진 내장을 다시 짓밟은 후라 그도 이런, 하는 순간이었다. 누가 뒤통수를 뾰족한 것으로 쿡 찌르기라도 한 것처럼 그의 뇌리가 쭈뼛해진다. 여자는 뒤늦게야 자신이 그의 손등을 덥석 잡았다는 걸 알아챘는지 손을 슬며시 내려놓으며 새는 아니겠죠, 중얼거린다. 새는 아닐 것이다. 새라면 자리를 그렇게 넓게 차지하지 않았을 것이다. 개나 고양이일 것이다. 어미도 새끼도 아닌 중간쯤 되는.

핏기가 사라진 여자의 낯빛은 그 현장으로부터 한참을 달려왔는데도 회복되지 않는다. 이런 여자였던가, 싶은 새삼스러움에 그는 운전중에 간혹 여자의 기색을 살핀다. 여자는 뒷좌석에 웅크리고 앉은 개를 들어올려 품에 앉고는 연방 개의 목덜미를 어루만지고 있다. 핏기 없는 야윈 뺨 때문에 좁은 콧마루가 높아 보인다. 속눈썹이 긴 눈이 아니라면 자존심이 너무 세 보여 말을 건네기 어려웠을 인상이다. 반듯한 이마 위쪽에 잔 머리털이 내려와 있고 어깨만큼 내려오는 머리를 빗어 넘기듯 귀 뒤로 넘겼는데 뜻밖에 어린애처럼 귀밑에 솜털이 보송보송하다.

혹시?

가끔 이른 아침에 초인종이 울려 나가 보면 그의 출입문 앞에 찌개나 수프 같은 따뜻한 음식이 일회용 스티로폼 그릇에 담긴 채 놓여 있었다. 해물탕일 때도 있었고, 두부찌개가 놓여 있기도 했으며 야채수프가 담겨 있기도 했다. 사람은 없고 음식이 담긴 그릇만 있었다. 혹, 이 여자의 짓일까? 그는 상상해 보지만 이 여자가 왜? 싶은 의문이 들자 마땅한 답변이 떠오르질 않는다.

여자는 산길의 붉은 벽돌집 앞에 있는 밭에서 주인 몰래 상추를 솎아 내 오던 날 그를 처음 봤다고 했지만 그는 그전에 여자를 알고 있었다. 우편함 때문이었다. 오피스텔 경비실 앞에 있는 공동 우편함은 각 호수별로 칸이 만들어져 있는데 608호의 우편함은 작은 키의 그녀로서는 손이 닿기 힘들 만큼 높은 곳에 있었다. 게다가 다른 우편함엔 광고지나 한두 장씩 끼여 있게 마련인데 여자의 우편함엔 늘 우편물이 넘쳐흘렀다. 여자의 우편함 바로 밑칸이 그의 우편함이었기 때문에 그의 우편함에서 세금고지서 같은 걸 꺼낼 때면 여자의 우편함에 시선이 가곤 했다. 여자는 정기구독하는 책이 여러 권이었다. 《시사저널》, 《한겨레 21》, 《주간동아》 같은 시사지가 목요일쯤이면 한꺼번에 꽂혀 있고, 월말이 되면 《스크린》이라는 영화잡지, 《싸이언스》라는 과학지, 한국어판 《내셔널 지오그래피》 등이 배달되었다. 뿐만이 아니었다. 서점에 나가지 않고 책을 주문해서 구입하는지 작은 우편함에 겨우 끼여 있는 배달된 책들이 자주 눈에 띄었다. 여자는 우편물을 꺼내려고 모듬발을 디디며 손을 뻗쳤고, 두어 번 그걸 본 그가 우편물들을 꺼내 여자의 손에 들려 준 적도 있었다. 여자는 그때마다 그의 얼굴은 제대로 바라보지도 않고 입으로만 감사합니다, 하고선 엘리베이터를 타곤 했다. 한번은 관리비 청구서를 꺼내려고 그의 우편함을 열었을 뿐인데 간당간당 매달려 있던 여자의 우편함 속의 우편물들이 와르르 바닥에 쏟아졌다. 바닥에 흩어진 여자의 우편물들을 주워 다시 우편함에 집어넣어 주고 막 돌아서려다가, 그는 미처 줍지 못한 엽서를 발견했다. 엽서를 여자의 우편함에 집어넣으려던 그는 피식, 웃어 버렸다. 어느 백화점에서 벌인 고객 사은행사에 당첨되었으니 방문해서 사은품을 타 가라는 내용의 엽서였다. 이후로 그는 여자의 우편물의 주를 이루는 책봉투 사이에 이색스럽게 끼여 있는 엽서나 봉투가 있으면 주위를 두리번거린 후에 슬쩍 꺼내 읽어 보곤 했다. 심야 라디오 방송의 모니터에 응해 줘서 고맙다는 인사엽서도 있었고, 어느 동호회의 600번째 회원으로 가입된 것을 축하한다는 메시지의 엽서도 있었다.

바로 앞에서 차를 몰고 주차장에 들어가는 여자를 본 것도 여러 번이었다. 여자는 항상 차를 삐딱하게 주차시켰다. 바퀴가 항상 바로 서 있질 않고 좌우로 향해 있었다. 일부러 그러는 것 같았다. 분명 시동을 끄기 전에 바퀴를 바로하는 것 같은데 곧 다시 어긋나게 해버렸다. 간혹 그는 혼자서 주차장에 내려갈 때면 무심코 여자의 차가 어떻게 세워져 있나 살펴보곤 했다. 여자의 차는 언제나 주차선 밖으로 튀어나와 있거나 바퀴가 반대편으로 한껏 돌아가 있는 상태여서 여기저기 찾을 것도 없이 눈에 띄었다. 가을이나 봄이면 관리실에서 오피스텔 앞에 관상용으로 붉은 철쭉이나 노란 국화분을 서너 개 나란히 줄 세워 놓곤 했다. 그는 여자가 그중 하나를 바깥으로 쑥 빼놓거나 안쪽으로 쑥 들여놓는 것도 본 적이 있다. 그러면 철쭉이나 국화분은 줄 세워 놓은 게 아니라 아무렇게나 내놓은 형국이 되곤 했다. 누가 이러는지 모르겠다고 관리인이 툴툴거리며 다시 반듯하게 줄을 맞추어 두면 여자는 그 앞을 지나며 다시 그것들을 안으로 쑥 들여놓고 길을 건너곤 했다.

그런 여자의 어디에 저런 연약함이 고여 있었던 것인지.

제천으로 들어서서야 여자의 표정은 편안해진다.

"조금만 졸아도 돼요?"

"졸리는 모양이군요."

겸연쩍어진 여자가 웃는다.

"그럼, 조금 자요."

기다렸다는 듯 여자는 머리를 의자 뒤에 편안히 기댄다.

"늘 부러웠어요."

"뭐가요?"

"이렇게 옆자리에 앉아 조는 사람이요."

"한 번도 못 그래 봤어요?"

"내 주변 사람들은 아무도 운전을 안 배운걸요. 이 자리에 앉아 졸죠."

긴장이 풀려서일까. 눈을 감자마자 새근거리는 여자의 숨소리가 들린다.

잠든 여자.

그는 속도를 낮추고 담배를 한 개비 입에 문 후 자동차에 부착된 라이터를 꺼내 불을 붙인다. 군입대를 앞두고 K와 함께 서해의 을왕리에 여행갔었다. 친구들을 증인으로 해서 손가락에 반지를 하나씩 끼워 주는 조촐한 약혼식을 가진 다음날 지하철을 타고 인천에 가서 연안부두에서 을왕리로 들어가는 배를 탔다. 밀물이 들어 그들은 마중나온 통통선으로 갈아타고 마을로 들어갔다. 바닷가 마을 조무래기들이 나무막대기에 찌를 달아 밀물 속에 서서 망둥이를 잡고 있었다. 해질녘에 석양을 보러 바다에 나가서 그들은 떠밀려 온 죽은 갈매기를 모래 속에 묻어 주고 나무를 엮어 십자가를 만들어 주었다. 그의 품에 조그맣게 웅크리고 자던 K의 얼굴. 밤새 바다에서 들리는 파도소리가 여관 창을 두들겨 대던 그 밤. 따뜻한 K의 몸 때문에 눈물이 날 지경이던 밤.

그는 두어 모금 빨던 담배를 눌러 끈다.

자동차가 눈 쌓인 국도를 달리고 달려 제천을 지나 매포에 이르렀을 때야 그는 자신이 박PD와 다시 통화를 하지 못했다는 걸 깨닫는다. 이제라도 전화를 해주어야 헛걸음을 하지 않을 텐데, 하면서도 그는 공중전화가 있는 휴게소를 번번이 그냥 지나치곤 한다.

조금만 졸겠다던 여자가 깊은 잠에 빠진 듯 기척이 없어서다. 그는 여자의 달콤한 잠을 깨우고 싶지 않아 커브를 돌 때도 조심했

고, 비탈을 오를 때도 내려갈 때도 충격이 덜하도록 액셀을 단계적
으로 밟는다. 거친 엔진소리에 여자가 잠이 깨지 않도록.

3

"이젠 어떡하죠?"
"눈이라도 오지 않았으면 좋겠는데."
사방은 어둡고 여기가 대체 어디인지 짐작조차 못하겠다. 차의
헤드라이트 불빛만이 앞을 비추고 있을 뿐 뒤도 옆도 캄캄하다. 헤
드라이트 불빛조차 멀리까진 비추지 못한다. 점점 좁아지며 끝이
나고 그 뒤론 칠흑 같은 어둠이다. 이 길이 아니다 싶어 후진과 전
진을 반복하여 겨우 차를 돌리려는 순간 차바퀴 한쪽이 뒤쪽의 깊
은 진창에 빠져 버렸다. 산으로 이어지는 그곳이 깊은 진창일 줄은
몰랐다. 어떻게 잘만 하면 바퀴를 다시 진창에서 올라오게 할 수
있을 것 같았는데 되레 나머지 한쪽마저 진창으로 밀어 넣고 말았
다. 산을 뒤로 하고 자동차는 앞길도 뒷길도 아닌 먼 허공에 머리
를 둔 채 정지해 있다.
어디서부터 길을 잘못 들었는지 모를 일이다
그녀가 잠을 깬 건 죽령휴게소에 다 와서였다. 그는 그제서야 자
동차를 세웠다. 태백산에서 뻗어 나온 산줄기 아래 골짜기들이 하
얗게 얼어 있었다. 서울을 출발할 때 맑았던 하늘은 금방 눈이라도
퍼부을 듯 음울하게 구름이 끼어 있었다. 휴게소 주차장엔 차들만
서 있을 뿐 사람이 보이지 않았다. 바람이 너무 불고 추우니까 사
람들은 모두들 휴게실 안에 있었다. 그는 그녀에게 커피를 마시겠
느냐고 물어보았다. 대답은 않고 그녀가 개를 좌석 위에 내려놓고
차 문을 열고 나왔다. 차 바깥으로 나오자마자 그녀의 머리카락이

겨울바람에 휘날렸다. 그 통에 늘 잔 머리로 가려져 있던 그녀의 이마가 그의 시야에서 환하게 드러났다. 반듯하고 매끈한 이마였다. 그는 두르고 있던 목도리를 풀어 그녀에게 내밀었다. 괜찮은데, 하면서도 그녀는 그의 목도리를 받아 머리카락을 모아 감싸고 목에 두어 번 감았다. 그녀가 옷깃을 여미며 뭐 따뜻한 것 좀 먹어요, 하며 종종걸음으로 앞서서 휴게실로 들어갔다. 날이 어두워지려 하고 있었다. 아니면 눈이 오려는 것인지. 그는 시계를 들여다봤다. 다섯 시였다. 다섯 시. 이제 박PD에게 전화를 걸어 봐야 소용없는 일이었다. 이미 박PD가 그의 오피스텔 앞에서 초인종을 누르고 있을 시각이었다. 벌써 안으로 들어가고 보이지 않는 그녀를 찾아 휴게실로 향하는 동안 그의 마음은 묵지근했다. 에라, 그는 박PD에게 더 이상 신경쓰지 않기로 하고 손바닥을 펴서 얼굴을 벅벅 문질렀다.

이후로 그들은 이정표를 보며 풍기까지는 제대로 길을 들었다. 단양에서 풍기까지 오는 겨울 국도는 아름다웠다. 울울한 산자락이 단조롭게 이어지던 국도가 단양을 지나자 시퍼런 물길을 만나 눈을 틔워 주었다. 소백산 골짜기와 함께 어우러진 단양 팔경의 한자락이 그들의 시야에 쑤욱 들어올 때마다 그와 그녀는 간간이 주고받던 대화를 멈추고는 차창 안으로 쳐들어올 듯한 시퍼런 물길을 내다보곤 했다.

국도는 풍기까지였고 풍기부터는 지방도로였다. 풍기에 이르자 부석사의 표지가 자주 눈에 띄었으므로 그는 이제 부석사에 다다른 느낌이었다. 지방도로로 접어들자 길은 자주 갈라졌고 어느덧 부석사 표지는 간 곳이 없었다. 박PD 생각을 하고 있던 어느 틈에 길을 잘못 든 것인가. 기다리다 갔을 테지, 마음을 접었으면서도 약속 시간이 지나면서부터는 자꾸 박PD 생각이 떠올라 운전에 집중하지 못한 건 사실이었다. 하지만 특별히 길을 잘못 들어설 구간도 없었다고 여겨져 내처 차를 몰았는데 그들이 다다른 곳은 엉뚱하게 이름도 모르겠는 마을로 들어가는 막다른 곳이었다. 논의 낟가리들이 사람처럼 서 있는 게 자주 눈에 띄었다. 차를 되돌려서 다시 다다른 곳은 어느 마을 입구의 길 아래쪽 논둑 옆에 세워진 전각 앞이었다. 버스는 들어오지 못할 좁은 길이었다. 기왕, 하는 마음에 잠시 차를 세워놓고 전각 안의 마애삼존불을 들여다볼 적만 해도 그들은 여유가 있었다. 사방이 어두워지고 있었지만 부석사가 곧 저긴데 싶었던 것이다.

삼존불은 겨우 형태를 알아볼 수 있을 정도로 마모가 심했다. 오른쪽 불상은 가지런히 두 손을 모아 가슴에 합장을 하고, 왼쪽 불상은 왼손은 배 근처에 두고 오른손은 아예 밑으로 내리고 있었다.

"귀엽네요."

귀엽다는 그녀의 표현에 그는 불상 보고 그렇게 말하면 안 되죠, 하며 웃기도 했다. 하지만 그도 속으론, 비바람에 닳아서 얼굴의 형상이 자세히 보이진 않았지만 통통해 보이는 볼이 친근해 그녀와 같은 생각을 하고 있던 참이었다. 너무 마모되어 전각을 씌워 놓았는데도 삼존불의 머리 뒤 불꽃 모양의 광배만은 상당히 선명했다.

마애삼존불 앞을 떠나 뜻밖에도 그는 이젠 다 왔다고 생각했던 부석사를 찾지 못했다. 뜻밖에 철도 건널목이 나와 그들은 서로의 얼굴을 바라봤다. 이 길로 들어올 적에는 보지 못했던 건널목인 데다 건널목 앞에서 길이 세 갈래로 갈리고 있었던 것이다. 이정표가 있을 법도 하련만, 싶은 것은 그들의 소망일 뿐 그들은 세 갈래 길 중에서 하나를 선택해야 했다. 세 길 모두 좁았으므로 그중 가장 넓은 길을 잡아 타기로 했다. 지방도로는 울창한 송림으로 인해 으슥해지더니 산자락과 거의 붙어 있는 곳에서 비포장이 시작되었다. 비포장이란 걸 미처 생각할 틈도 없이 순간적으로 그 길로 들어선 게 잘못이었다. 들어서자 바로 길이 좁아졌는데도, 차를 돌릴 수 없어 그대로 직진할 수밖에 없는 처지에 놓였다. 그 사이에 밤이 와서 바깥은 어둡기까지 했다. 길이 넓어진 게 아니라 산자락 쪽으로 들어간 오목한 빈 공간이 나온 게 그나마 다행이라고 생각하며 거기에서 조심해 차를 돌리는데 차의 바퀴가 진창에 쑥 빠져 버린 것이었다.

차에서 내려 서성거리던 그녀는 헤드라이트 불빛 속으로 들어가서는 좁은 산길 끝을 굽어본다.

"이리 와 봐요."

다가간 그에게 그녀가 손가락으로 깎아지른 산길 아래를 가리킨다.

"완전 낭떠러지네요."

어둠속에서 깎아지른 낭떠러지 밑을 내려다보던 그는 휴, 하고 깊은 숨을 내뱉었다. 이 아래가 낭떠러지인 줄 알았으면 여기에서 차를 돌릴 생각도 못했을 것이다. 잔뜩 긴장해 있던 여자가 헤드라이트 빛 속에서 돌연 웃음을 터뜨린다.

"이거 다행 아니에요? 하마터면 낭떠러지 밑으로 떨어졌겠네."

P는 정말 왔을까? 왔다면 언제나 상대방이 오기까지 기다리는 사람이니 그전대로라면 아직도 오피스텔 문밖에서 자신을 기다리고 서 있을 것이다. 이젠 충분히 단련이 되었다고 생각했음에도 P가 보낸 꽃바구니와 생일카드를 받고 마음이 흔들렸다. 그에게 부석사에 가자고 인터폰을 넣기 전까지 그녀는 자신이 P라는 낭떠러지 앞에 서 있는 것 같았다. 낭떠러지에 스스로 떨어지는 일을 해서는 안 된다고 생각했다. 생각이 바뀔까 봐 그에게 인터폰을 넣었다. 며칠을 지내는 동안 아니 오늘 아침까지도 그녀는 그에게 다시 인터폰을 넣어 약속을 취소하고픈 마음에 간간이 시달렸다. 오늘 아침 샤워를 하고 머리를 감고 얼굴에 로션을 바를 때까지도. 인터폰을 넣으려고 숨을 고르며 인터폰 앞에 서 있는데 그녀를 부르기라도 하듯 인터폰이 울렸다. 여보세요? 했지만 상대는 침묵이었다.

그녀가 재차 여보세요? 했을 때 상대는 조용히 수화기를 내려놓았다. 누굴까? 혹시 P가? 그녀는 침묵 속의 상대가 P일 거라고 추측했다. 그녀의 전화번호를 모르는 P가 경비실을 통해 인터폰을 넣어 온 거라고. P가 왜 인터폰을 걸어 왔을까? P가 맞다면 두 가지 이유에서였을 것이다. 하나는 그녀가 있는지 확인차. 다른 하나는 오늘 갈 수 없다는 말을 하려고. 오늘은 1월 1일이다. P는 이미 결혼을 한 사람이다. 결혼을 한 사람이 1월 1일에 그렇게 자유로울 수 있을 것인가. P가 방문하는 것만이 문제였던 그녀의 마음이 일순 소란해졌다. 만약 P가 마음이 변하거나 사정이 여의치 않아 오지 않는다면. 오지 않는 P를 기다리는 상황이 발생한 다음엔? 이후의 일은 그녀 자신이 잘 알았다. 다시 한 번 소외되었다는 감정으로 인해 그녀의 마음은 또 휘둘릴 것이다. P가 어떤 메시지도 없이 다른 사람과 약혼을 해버렸던 그때처럼. 생각이 거기에 미치자 그녀는 그에게 인터폰을 넣으려 했던 마음을 거두었다. 아예 인터폰의 수화기를 내려놓아 버리고 도시락을 챙기고 차를 끓여 보온병에 담았다. 다시 P라는 낭떠러지 앞에 설 수는 없는 일이라고 자기 자신을 추스리며. 그런데? 그녀는 웃음이 그쳐지지 않는다. P라는 낭떠러지를 피해 온 이 낯선 지방의 산길에서 마주친 것은 또 다른 낭떠러지 아닌가.

어떻게 한담.

그는 자동차 서비스센터를 생각해 보지만 첩첩산중의 이곳에서 어떻게 연락을 한단 말인가. 그녀도 그도 그 흔한 핸드폰 하나 소지하고 있지 않다니. 근처에 마을이 어디 있는지 알려면 우선 이 낭떠러지 위가 어디인지나 알아야 할 것 같은데도 대체 감이 잡히질 않는다. 철로변이 나왔던 삼거리에서 20여 분을 달려왔고, 오는 사이 마을을 지나쳐 온 기억이 없다. 어둠속에 드문드문 켜져 있던 불빛들은 집이었을까. 인가만 찾아도 구조를 청하는 전화는 걸 수 있을 텐데.

그의 조바심과는 달리 그녀는 태연하다.

"누군가 지나가겠죠. 우선 추우니까 차 안으로 들어가서 기다려 보죠."

이 밤중에 더구나 1월 1일의 이 밤중에 누가 이 길을 지나간단 말인가. 먼저 차 안으로 들어간 그녀가 창문을 열고 그를 부른다.

"거기 서 있음 뭐해요?"

낭떠러지를 내려다보며 격렬하게 웃고 난 그녀의 얼굴에 웃음기가 말끔히 가셨다. 눈이나 오지 말아야 할 텐데요. 차 바깥의 그를 향해 눈이 올까 걱정하는 목소리가 외려 안정되어 있다. 그는 터덜터덜 차 안으로 들어간다.

P가 결혼을 한 후에 그녀는 P와 함께 어울려 다녔던 동료로부터 P의 말을 전해 들었다. 자신이 약혼을 하고 7개월이나 지난 후에 결혼을 했는데 그 동안 단 한 번도 그녀가 연락을 하지 않았다며, 그녀보고 독한 사람이라고 했다는 P의 말을.

P에 대한 맹렬한 증오는 그때 싹이 텄다.

그전까지 그녀는 P 생각을 하면 분간이 서질 않았다. 그녀는 P의 약혼기간 동안조차도 P의 변심을 받아들이지 못하고 있었다. P에게 연락을 하지 못했던 건 P의 변심을 기정사실화하고 싶지 않아서였다. 그의 변심을 확인한 뒤 자신이 받을 상처에 대해 감당할 자신이 없어서였다. 살았다고도 죽었다고도 할 수 없는 심리상태로 그녀는 그 시간들을 견디고 있었던 것이다. 그런데 그것이 P에게는 그의 약혼소식을 듣고 단 한 번도 연락을 취하지 않은 독한 사람으로 받아들여지다니. 그녀는 어처구니가 없었다. P가 그들의 관계 뒤처리까지도 그녀에게 전가하려 했다는 생각. 격렬한 감정이 목까지 차올라 그녀는 당장 P를 만나 따져 묻고 싶었다. 그랬냐고 내가 당신을 찾아가 왜 약혼상대가 자신이 아니고 그녀냐고 따져 물었다면, 눈물을 글썽이며 당신에게 매달리기라도 했다면, 우리들의 관계가 다시 개선될 수 있는 그런 것이었냐고. 그때껏 자신은 인생을 살지 않고 그저 느껴만 왔다는 모멸감. P와 약혼한 여자가 그녀처럼 대학을 졸업한 후 5년 동안 쉬지 않고 일을 해서 겨우 오피스텔 하나를 세로 얻은 가난뱅이가 아니라는 말을 들었을 때에도, 그 여자의 아버지가 P가 전공한 영문학계의 원로라는 말을 들었을 때도 느끼지 못했던 모멸감이었다. 무엇을 근거로 그런 것들 때문에 변심할 P가 아니라고 생각했을까. 무엇을 근거로 P와 자신의 사이에는 그런 속물적인 것과는 다른 무언가가 있다고 생각했을까. 인정하고 싶진 않지만, 다른 사람이 모두 그래도 나와 너는 그렇지 않아,라고 믿고 싶었던 저변에는 돌연 다른 얼굴이 되는 생의 속성을 알고 있었기 때문이었을 것이다. 우리는 다르다고 믿지 않으면 대체 무슨 일을 할 수 있었겠는가. 다른 사람들과는 다르다는 허영을 벗자 일어날 수 있는 일이 일어난 것이었다. 그래도 그녀는, 그녀가 자신을 붙들지 않았기 때문에 그들의 관계가 회복되지 않은 것처럼 말하고 다닌 P만은 용서가 되지 않았다. 그녀는 세수를 하다가도 이를 닦다가도 그랬을 것이다,라고 중얼거렸다. 설령 그녀가 약혼기간중의 P를 찾아갔다고 하더라도 P는 약혼녀와 결혼을 했을 것이라고. 마지막까지 감정의 사치를 누렸던 P. 길을 걷다가도 수시로 그러나 선뜩하게 누군가에게 날카로운 것으로 뒤통수를 얻어맞을 때처럼 그랬을 것이다, 확인하며 그녀는 진저리를 쳤다. 이후 그녀는 질서정연하게 잘 맞추어져 있는 것이면 모조리 어깃장을 놓아 버리고 싶은 충동에 시달렸다. 신발장의 신발을 아무렇게나 섞어 놓았고, 식당에 가면 나란히 놓여 있는 젓가락을 흐트려뜨려 놓아야 직성이 풀렸다. 길가에 나란히 서 있는 가로수가 참을 수 없어 도끼로 나무등치를 찍어 내는 상상을 하기도 했다. 바둑을 두는 사람들을 보면 바둑판을 뒤엎어 버리고 싶었고, 넥타이를 단정하게 맨 정장 차림의 남자들을 보면 다가가서 목을 조여 버리고 싶어 손가락이 굼질거렸다. 예의를 지키느라 망설이며 한 번도 해보지 못한 일을 확 저질러 버리고 싶은 충동에 좌충우돌하던 나날이었다.

대체 어디에서 길을 잘못 들었나, 싶어 그는 뒷자리에 있는 지도책을 꺼내 펼쳐든다. 지도를 보려니, 글자가 너무 작아 실내등 가까이에 지도를 갖다 대야 읽을 수 있다. 지도 속의 부석사는 풍기에서 순흥을 지나 소수서원을 지나 청다리를 지나 단산을 지나 소천을 지나 능금빌라를 지난 후에 표기되어 있다. 풍기에서 어떻게 길을 잘못 들었기에 길가의 마애삼존불을 만나게 되었는지. 여기는 아무래도 지방도로도 아닌 군도로가 아닐까 싶어 그는 소백산 국립공원 주변을 훑어내리다가 지도를 덮어 버린다. 도대체 낯선 길이라 표기를 보아도 여기가 어디쯤인지 감이 잡히질 않는다.

차라리 수리부엉이에 대한 헛이야기를 흘린 사람이 박PD라는 걸 모르는 것이 나을 뻔했다고 지금도 그는 생각한다. 그날 당장엔 그저 머리가 복잡할 뿐이더니 다음날부터 그는 무기력해졌다. K의 재생된 필름 같은 행동을 지켜본 후에 그에게로 엄습해 왔던 증상과 같았다. 박PD라니. 그런 줄도 모르고 그는 박PD가 같은 동료이면서도 그에게 존경심을 가지고 있다고 생각했다. 방송국에서 계약직으로 일한 적이 있는 박PD가 그가 다니는 회사에 입사한 이후로 그들은 대체로 마음이 맞는 파트너였다. 컨셉이 정해지고 촬영에 들어가면 2주일 3주일씩 고립된 채 인간생활과는 떨어진 오지에서 지내야 하는 일의 속성상 이 판에선 일로 연결되어 있지 않으면 지속적으로 인간관계가 진행되지 않았다. 그가 찍은 서산 천수만의 철새의 동태를 살핀 필름을 자체 시사회에서 관람한 박PD는 그에게 대단한 호의를 표시했다. 그 또한 박PD의 작업을 호감을 가지고 지켜보고 있던 참이라 그들은 곧 마음이 통했고 점차 유대관계가 깊어지는 중이었다. 박PD에게 갖는 그의 감정이 그러했으므로 박PD

또한 그러리라고 생각하고 있었다. 그들은 갯벌습지의 생태계를 관찰해 볼 계획을 함께 세우기도 했고, 케냐의 보고리아 호수와 나쿠로 호숫가에서 작은 홍학들이 해조류의 독소로 인해 떼죽음을 당한 사진을 보고 같이 흥분했으며, 밀렵꾼들이 쳐놓은 올무에 걸려든 산양 한 마리가 빠져나오려고 몸부림을 치다가 피투성이로 기진해 있는 모습을 보게 된 이후론 천연기념물이 부상을 당했을 경우 특정 치료소에서 치료를 받을 수 있게 법이 개정되도록 서명운동을 벌이기도 했다. 그런 박PD가 갑자기 왜? 회사의 경영난으로 인력을 줄인다는 설이 나도는 것과 관련이 있는 것 아니겠냐는 다른 사람의 귀띔에도 그는 납득이 되질 않았다. 다름아닌 박PD였기에. 다음날로 그는 회사에 나가지 않고 빈둥거렸다. 그는 점점 매사에 시들해졌다. 쉬는 동안 이따금 나무뿌리가 점령해 버린 옛 집터를 찾아가 무섭게 뻗어 내린 나무뿌리를 쳐내고 오는 일이 고작이었다. 요즘엔 그마저 하지 않았다. 아침이면 산책 삼아 슬슬 올라가 보던 집 앞 산 근처에조차 나가지 않고 있었다.

그녀가 손을 뻗어 자동차에 부착된 CD플레이어를 작동시킨다. 비장한 첼로 소리가 흘러나온다. 콜 니드라이예요. 혼자 말하듯 중얼거리고는 그녀는 스르르 눈을 감는다.

"연주자는 자클린느 뒤프레예요. 가장 절정기 때 손을 다쳐 더 이상 첼로를 다룰 수 없었던 비운의 연주자죠. 그때 나이도 젊었는데…… 몇 살이었더라. 지휘자 다니엘 바렌보임과 부부였죠. 병상에 누워 있는 자클린느를 찾아와 이혼을 청했다고 하더군요. 아니에요. 자클린느가 자신이 죽기 전에 다니엘 바렌보임이 새로 결혼하는 모습을 보고 싶어했다는 설도 있어요. 자클린느는 병원에서 임종의 순간까지 이 곡을 반복해서 들었다고 해요."

그는 그녀의 중얼거림을 듣는지 마는지 지도만 들여다보고 있다. 그는 피아노는 누가 연주하고 지휘자는 누구이며 어느 오케스트라인지 따져 가며 음악을 듣는 사람이 아니었다. 제목이 무엇인지조차 알지 못하고 듣는 음악이 허다했다.

"우리말로는 신의 날이라는 뜻이에요. 자클린느가 병상에서 임종을 맞이할 때 들었다는 얘기를 들은 이후로는 이 곡을 들을 때마다 가끔 누가 연주한 걸로 들었을까 생각하죠. 누구의 것으로 들었을까. 혹 자신이 연주한 걸로 들었을까…… 아니면 누구의 것을……."

비포장도로에 들어서 차가 요동을 쳐도 뒷좌석의 배낭 속에 얌전하게 있던 개가 휘몰아치는 바람소리를 듣자 불안한지 낑낑거린다. 겨울산을 휘도는 소용돌이바람은 자동차를 들어올릴 듯이 기세가 높아졌다. 이 바람 속을 걸어서 인가를 찾아내는 것도 엄두가 안 나는 일이다. 지그시 눈을 감고 있던 그가 바람아, 하고 개를 부른다. 손에 들고 있던 종이컵을 내려놓고 개가 들어 있는 뒷자리의 배낭을 들어올리려던 그녀는 행동을 멈추고 의자에 기대어 있는 그를 응시한다. 그의 부름 소리에 배낭 속에서 빠져나온 개는, 앞자리로 넘어와 그의 무릎 곁으로 다가간다. 꼬리까지 흔들며. 그는 무릎 위에 개를 올려놓곤 괜찮아 임마, 중얼거리며 개의 목덜미를 어루만지기까지 한다.

"내 동료가 버리려던 놈이었어요. 가엾어서 내가 데려왔는데 나도 감당이 안 되더군요. 나는 집을 자주 비우고 이놈 성질은 까탈스럽고. 밤중에 낑낑대서 도저히 더 데리고 있을 수가 없어서 양로원에 두고 왔는데…… 거긴 마당도 있고 할머니들도 있고 잘살 것 같아서요. 그런데 그쪽이 이놈을 데리고 내려오더군요."

개를 더 이상 데리고 있을 수 없다고 말하던 박PD의 얼굴이 떠오른다. 박PD는 개를 안락사시킬 생각을 하고 있었다. 박PD 집을 방문할 적이면 그의 발치를 따라다니던 개였다. 안락사는 안 될 것 같아 당분간 자신이 맡아 보겠다고 오피스텔로 데려온 거였다. 눈자위가 꺼끌꺼끌한지 손바닥으로 꾹꾹 누르고 있는 그를 그녀는 물끄러미 바라본다. 그랬나? 그녀는 전혀 짐작도 못한 일이다.

"개가 많이 아팠어요."

개가 병이 나면 그녀는 아무 일도 못했다. 아프면 동물병원에 가야 하고 거기 가면 수많은 다른 개들을 대면해야 하는데 그녀의 개는 일단 다른 개들 곁에 가질 못했다. 어떤 상처가 그렇게 깊게 각인되어 있는지. 다른 개를 보기만 해도 경련을 일으키며 눈동자를 뒤집었다. 공포로 인해 온몸을 바들바들 떨었다. 그런 개에게 주사를 맞히기란 쉬운 일이 아니었다. 개의 눈물샘 수술을 해주려고 그녀는 개를 데리고 춘천까지 간 적이 있다. 눈물샘을 조절하는 수술을 할 줄 아는 유일한 의사가 있는데 그 의사가 춘천에 살고 있어서였다. 수술을 할라치면 일단 마취주사를 놓아야 했다. 수술도 들어가기 전에, 공포에 떨고 있는 개를 안정시켜 마취주사를 놓는 데만도 전쟁을 치렀다. 궁지에 몰린 개가 이빨을 곤두세우고 의사를 물려고 드는 와중에도 입에 망을 씌우고 간호원이 개의 다리를 붙잡는 등 온갖 소란을 떨어 겨우 마취주사를 놓았는데 마취가 제대로 되지 않았다. 너무 격한 공포가 마취주사를 이긴 모양이었다. 개는 마취가 덜 된 혼미한 상태로 병원을 뛰쳐나가 자동차들이 오가는 도로로 뛰어들었다. 도로에는 순간 일대 소동이 벌어졌다. 개는 자동차 사이사이를 뛰어다녔고 그 개를 잡으려고 그녀가 또 자동차 사이를 뛰어다녔으니까. 신호에 걸려 차들이 정지해 있었기에 망정이지 안 그랬으면.

그녀는 생각난 듯 뒷자리의 대바구니를 끌어온다.

사과를 꺼내 손으로 마주잡고 반으로 짜개 보려고 한다. 사과는 쪼개지지 않는다. 그녀의 하는 양을 바라보고 있던 그가 그녀의 손바닥에 있는 붉은 사과를 가져간다. 그가 양손으로 사과를 쥐고 힘을 한 번 주자 사과는 향기로운 냄새를 풍기며 금세 반으로 짜개진

다. 힘이 장사네요, 농을 하며 그녀가 싱긋 웃는다. 먹어둬요. 그녀
는 그의 손에서 반쪽을 건네받고는 와삭, 소리가 나게 한입 베어
문다. 나머지 반을 껍질째 와삭와삭 베어 먹는 그를 그녀가 쳐다본
다. 자동차 안 좁은 공간에 그와 그녀가 사과 베어 먹는 와삭와삭
소리가 가득 찬다. 그녀는 사과를 씹다가 말고 바구니에 담긴 감도
깎아 그에게 준다. 과일도 맛있게 먹는 남자다.

　얼마나 지났을까. 소백산은 낭떠러지 앞에 멈춰서 있는 흰 자동
차 안의 피로한 그와 그녀를 알처럼 품고서 거친 바람소리를 내고
있다. 골짜기가 자동차를 품었듯 그녀는 개를 품고 있다. 그녀의
저것 좀 보세요, 속삭이는 소리에 그는 지그시 감고 있던 눈을 뜬
다. 하늘에 달이 떠오르고 있다. 차고 있는 중인지 이울고 있는 중
인지 모르겠는 반달이다. P는 돌아갔을 것이다. 얼마 만에 보는 달
인지 모르겠네요. 구름을 뚫고 자태를 드러내고 있는 달을 보자 자
신이 지금 낭떠러지 앞에 서 있다는 걸 잊은 듯 그녀의 목소리가
생기롭다. 반달인데도 그 빛에 의해 칠흑같던 소백산 골짜기가 그
들의 눈앞에 수려한 자태를 드러낸다. 그녀가 손을 내밀어 헤드라
이트를 끈다. 헤드라이트 불빛이 사라지자 교교한 달빛 아래의 먼
산자락이 윤곽을 드러낸다. 야릇한 일이다. 낯선 지방의 낯선 골짜
기에 유폐되어 과일을 먹고 있자니 피크닉을 온 기분이 든다. 도시
에서의 자신의 모습이 투명하게 보이기까지 한다. P와 헤어진 후
그녀는 5년 동안 다니던 잡지사를 그만두고 손에 닿는 대로 일에
뛰어들었다. 같은 시기에 완전히 성향이 다른 프로그램의 리포터를
하기도 했고, 새벽까지 번역에 매달리다가 오후엔 인터뷰 원고를
쓰기 위해 취재를 나가기도 했다. 졸음이 밀려오면 얼음통을 곁에
두고 번갈아 가며 손을 담그면서 일했다. 소리를 지르거나 욕을 퍼
부으며 고속도로를 질주하는 여자. 어디서나 무엇인가를 흐트러뜨
리는 여자. 책을 읽든 개를 거두어 기르든 어느 한순간도 자신을

내버려 두지 않고 들들 볶고 있는 여자. 그녀는 지금 그 여자가 가 없기조차 하다.

"눈이 내리네요."

그녀의 목소리가 귓결에 머무는데도 그는 눈을 뜨지 못했다. 박 PD는 돌아갔을까. 희미한 범종소리가 눈을 뜨지 못하는 그의 귀에 머문다. 그들이 찾지 못한 부석사가 바로 근처에 있는 겐가. 그녀도 범종소리를 들었는지 손을 뻗어 첼로소리를 줄인다. 종소리가 눈발 속의 골짜기를 거쳐 그들을 에워싼다. 여기에서 빠져나갈 방법을 찾아봐야 한다고 생각하는 건 마음뿐이다. 어깨가 내려앉는 듯한 피로에 점령되어 그는 점점 잠속으로 빠져들어간다. 그녀는 보온통을 기울여 종이컵에 커피를 따른다. 부석사의 포개져 있는 두 개의 돌은 닿지 않고 떠 있는 것일까. 커피를 들지 않은 한 손으로 자꾸만 자신의 얼굴을 쓸어 내리고 있다. 그녀는 문득 잠든 그와 자신이 부석처럼 느껴진다. 지도에도 없는 산길 낭떠러지 앞의 흰 자동차 앞유리창에 희끗희끗 눈이 쌓이기 시작한다. 또 얼마나 지났을까. 그녀가 뒷자리에 개켜져 있는 담요를 끌어와 그의 무릎을 덮어 준다. 그녀의 기척에 가느스름하게 눈을 뜬 그는 이 순간만은 반복되지 않을지도 모른다고 생각한다. 혹시, 저 여자와 함께 나무뿌리가 점령해 버린 옛집에 가 볼 수 있을는지. 이제 차창은 눈에 덮여 바깥이 내다보이지도 않는다.

새야 새야

신 경 숙

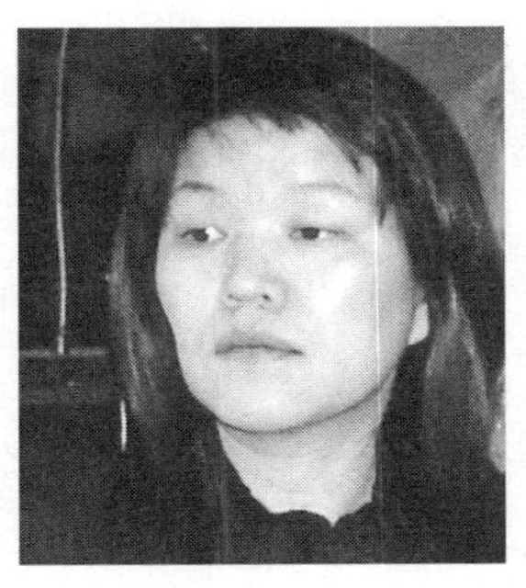

글씨는 다신 안 쓰기루 한 거 알잖여.

다시 쓰기루 하면 안 되나?

그걸루 형수를 붙잡진 못한단 말이네.

아름다이 보내 줄 순 있지.

작은놈은 큰놈의 검은 동공을 멀거니 바라보았다.

아름다이? 글씨가 그런 일을?

그럴 수 있으리란 생각을 작은놈은 한 번도 안 했다.

작은놈은 그제서야 큰놈이 밑줄 그어 온 문장을 모아 보았다.

(살아가는 것이 슬픈 생각이 든다. 당신도 그러겠지만

슬퍼도 당신은 그에 버금가는 힘을 가졌으면 한다.)

새야 새야

　—눈이 녹고 봄이 와서, 새 햇살을 받으며 그 마을의 신작로를 지르고 비탈을 건너고 능선을 지나던 한 거렁뱅이 여인이 무언가 생각난 듯 골짜구니로 내려갔다. 여인은 잘잘거리는 개울물 소리를 들으며 버려진 삽을 집어 한나절을 땅을 팠다. 구덩이에 여자와 남자의 얼음이 덜 풀린 몸을 옮기고는 그때껏 열려 있는 사체의 검은 동공을 손바닥으로 쓸어 닫아 주었다. 비린내를 내며 썩어 가는 개의 피 묻은 뜬눈도 감겨 주곤 거렁뱅이 여인은 가던 길을 찬찬히 갔다—

　(쉿,

　조, 조용히 해.)

　작은놈은 턱턱턱, 우물벽 돌그루턱을 타고 밑으로 내려간다. 오래전에 물이 말라 버린 우물은 세 발만 짚으면 바닥이다. 그 바닥에 낮부터 내려 쌓인 눈을 융단처럼 깔고 앉아 여자는 졸고 있다. 배가 고파서 정신이 들 때까지 여자는 그러고 졸 것이다. 안채의 나씨는 여자가 이 우물 속으로 기어드는 걸 가장 질겁했다. 해괴한. 나씨는 작은놈이 우물 속에서 졸고 있는 여자를 업고 나올 때마다 가까이 오려고도 하지 않고 마루 끝에서 발을 굴렀다.

작은놈은 여자를 먼저 우물 밖으로 밀어내 놓고 기어 나온다. 비척대는 여자를 부추겨 걷게 하고 자루를 든다. 기미가 이상한지 마루 밑에서 푸른 눈을 번득이고 있던 개가 빠르게 기어 나와 작은놈과 여자의 그림자를 밟는다.

(쉿, 새야, 날아가지 마. 누, 눈아 잠시 멎어 봐. 다, 달아 구름 속에 들어가 있어. 나, 나는 돌아갈 거야. 짖지 말아. 부르지 말아. 모, 모두들 자, 잠시만 숨을 죽여 줘. 눈뜨지 말아 줘. 내, 내가 어디로 가는지 보지 말아 줘. 나, 난 아무것도 남기고 싶지 않아. 바, 발짝까지 채, 챙겨 가고 싶어.)

눈 쌓인 마당은 겨울이다. 저만큼 까치밥이 말라비틀어진 감나무가 시커멓게 비치었고 생각난 듯 간간이 송이져 내리는 눈이 검은 얼룩으로 그림자진다. 졸음에 겨운 여자는 순하게 손 한쪽을 잡히고도 윗몸을 작은놈에게 기웃했다. 작은놈은 여자를 잡고 있지 않은 다른 손에 들고 있던 자루로 걸음을 막는 개를 밀어낸다.

개의 푸른 눈빛이 불안스러이 허둥거린다. 카앙, 개는 작은놈에게 엉겨 붙는다. 그 통에 졸음이 깨인 여자가 깜짝 놀란다.

숨겨 주세요.

여자는 철로에서 작은놈에게 업혀 올 때나 지금이나 그 말밖에 할 줄을 모른다. 그 말마저 끊은 지 며칠이어서 작은놈은 와중에도 여자에게 상대할 일이 생긴 게 반갑다.

(쉿, 조용히 하라니까.)

여자는 손가락을 입술에 갖다 대는 작은놈을 향해 헤싯 웃었다. 작은놈은 개를 더 밀어내고 자루를 추스린다. 밀려난다 싶었던가? 작은놈이 여자를 이끌고 몇 발짝 떼었을 때 엉겨 붙음을 그만둔 듯

싶었던 개가 사납게 달려와 자루를 물어뜯는다. 작은놈도 질세라 개를 걷어찬다. 개의 이빨에 뜯긴 자루 속에서 삽날이 눈빛에 번득인다. 함께 갈 수 없어. 작은놈이 돌아서자 개는 잠시 멈칫하더니 이번엔 작은놈의 정강이를 문다. 개의 잇새에 끼인 정강일 빼내려고 다리를 이리저리 휘저을 적마다 사금파리 같은 개의 이빨이 느껴 온다. 꽉 깨물면 작은놈의 정강이에 그 이빨이 박히리라. 조금 느슨해진 틈을 타 개의 잇새에서 정강이를 빼낸 작은놈은 여자를 부추겨 뛴다. 다급해진 개가 재빨리 따라와 작은놈의 정강이를 카앙 물었다간 제풀에 놀라 얼른 뱉어 낸다. 피가 바지를 적신다. 놀라 꼬리를 엉덩이에 갖다 붙인 개의 이빨도 빨갛다.

다행히 안채에선 아무런 기척이 없다.

작은놈은 비척거리며 여자를 다시 이끈다. 앞다리를 모으고 앉아 있는 듯싶었던 개도 지지 않고 비틀거리며 작은놈을 따라 걷는다. 작은놈이 뒤돌아보면 집 쪽으로 물러서는 듯하다가 작은놈이 앞을 보면 얼른 사이를 좁혀 온다. 작은놈은 자루를 내려놓고 여자를 그 위에 앉게 해놓고 개를 향해 획 내닫는다. 개는 귀를 쭈뼛 세우고 뒤돌아 도망친다. 눈 위에 개의 발자국이 어지러이 찍힌다. 작은놈은 얼른 돌아와 여자를 부추기고 걷는다. 하지만 금방 개는 다시 작은놈을 따라잡는다. 작은놈이 걸음을 멈추면 저도 멈추고 작은놈이 어버거리며 쫓으면 조금 뒤로 물러서기를 하며 사이를 좁혀 온다. 작은놈은 폭폭했다. 소리를 지를 기회가 단 한 번이라도 있다면 지금 소리를 질렀을 것이다.

고샅을 돌아 신작로로 나왔을 때 작은놈은 신작로 가상의 큰놈 집을 건너다본다. 불탄 자리가 구덩이처럼 시커먼데 그 위로 눈은 종잇장처럼 가벼이 쌓인다.

(눈은 어떤 소리를 내지?)

(차가운 소리.)

밤하늘의 구름은 얼어붙었는데 달빛은 담장에서 은근하다. 사랑한다는 말을 단 한 번 세상의 공기 속에 섞어 놓을 수 있다면…… 눈과 달빛과 바람에 휘감긴 큰놈 집을 건너다보는 작은놈의 눈에 큰놈의 휑뎅그런 눈이 잠겨 온다. 그럴 수만 있다면…… 마음자리 마디마디에 접붙여져 짙푸르게 옹이진 그 말을…… 작은놈은 여자와 자루를 추스린다. 그 말을 이 세상에 주고 갈 수 있다면…… 작은놈은 슬몃 뒤돌아본다. 개는 눈 속에서 앞발을 가지런히 모으고 앉아 작은놈을 지켜보고 있다. 그렇다면 저 집의 한 시절에게 주고 가고 싶다. 어머니와 큰놈과 셋이서 살던 그 시절에게로.

그땐 웅덩이같이 아늑했던 집이었다. 그들이 집 안팎의 허공에 대고 그린 손짓 말그림은 거미줄처럼 포개져 떠다녔다. 소리가 없어 달팽이집같이 조용했지만 저 집에 셋이 살 때 그들은 서로 시끄러워서 눈을 질끈 감곤 했었다. 문이 닫히거나 밥 수저를 들었다 놓거나 하는 소리마저 끊길 때가 그들에겐 가장 시끄러운 때였다. 방 안에서 그들 셋이 시끄럽게 떠드는 줄도 모르고 마을 아이들은 그 집에 기어들어 감을 따 가고 자두를 따 갔다. 아무려나, 그들은 개의치 않았다. 그땐 모시천 같은 햇빛도 끌어당겨 덮고 잘 수 있을 것만 같았으니.

작은놈에게 외로움은 어머니의 부탁으로 나씨가 글을 가르쳐 주면서 생겼다. 어머니는 글을 몰랐고 큰놈은 글을 깨치려 들질 않았다. 어머니가 늘 회초릴 들지 않았다면 큰놈은 읽으려 들지도 않았을 것이다.

ㄱ ㄴ ㄷ ㄹ ㅁ ㅂ…… 아 야 어 오…… 나씨가 그린 글씨들은 미로였다. 어머니와 셋이서 허공에 그린 손짓처럼 투명하질 않았다. ㄱ과 ㅏ를 합치면 가이면서 ㅗ랑 섞이면 고라니. 저희들끼리만 미로인 게 아니라 셋의 마음을 어지럽게 갈래지게 했다. 그들이 바람 속에 햇살 속에 그렸던 손그림으로는 헤아릴 수 없는 섞갈림이

ㄱ과 ㄴ 사이엔 있었다. 셋 사이의 틈은 그로부터 생겼다. 어머니에게 큰놈에게 ㄱ과 ㄴ 사이의 갈래진 것들을 일러 줄 수 없게 되고부터 작은놈은 외로웠다. 손그림만으론 무언가가 그립고 모자라 허방을 딛는 듯 아슬아슬하기조차 했다. 그 골이 더 깊어지는 줄 알면서도 작은놈은 열심히 했다. 큰놈이 쓰는 걸 하지 않으려 해 어머니가 슬퍼했으므로. 어머니가 덜 슬퍼한다면 그것으로 되었기에. 결국 ㄱ과 ㄴ은 똑같았던 그들 셋을 달라지게 해놓았다. 어머니는 글을 모르는 사람이 되었고 큰놈은 읽을 줄만 아는 사람이 되었다. 오로지 그것 하나를 남겨 주려고 살아왔던 것마냥 작은놈이 쓰고 읽는 걸 예사로 하게 되자 어머닌 자리에 누웠다. 작은놈에게 네모난 수첩에 볼펜을 달아서 호주머니에 넣어 주며 어머니가 그린 마지막 손그림은 너는 이것을 가졌으니 슬퍼하지 말고 미래를 가져라, 였다.

어머니는 알았을까. 큰놈이 쓰기가 고통이었던 건 소리를 들을 수가 없어서였다는 걸. 당장에 니은에 아를 보태면 '나'가 된다는 나씨의 글 가르치는 소리마저 들을 수가 없었으니. 어느 날 큰놈은 작은놈에게 노래책을 들이밀었다. 노래책 밑줄 그어진 노랫말엔 동백꽃이 떨어지고 있었다.

(눈물처럼 뚝뚝 떨어지던 동백꽃 말이에요.)

큰놈이 밑줄 그어 온 곳은 뚝뚝, 이었다.

이게 무어지?

작은놈은 땅바닥에 막대기로 글씨를 썼다.

(꽃이 떨어지는 소리.)

소리?

(움직이는 것들에게선 소리가 나.)

어떻게 알어?

(귀에 들리는 거야.)

들린다구?

큰놈은 적막한 제 귀를 쓸쓸히 만져 보았다. 큰놈은 하늘을 가로지르는 움직이는 기러기를 보았고 저 새는 무슨 소리를 내는가, 물었다. 작은놈은 또 막대기를 집어 들었다. 포르르,라고 썼다가 작은놈은 휘저어 내렸다. 그런들 소리를 들을 수 없는 큰놈이 포르르,를 느끼겠는가. 작은놈은 기러기 날아가는 소리를 땅바닥에 적었다가 지웠다.

(그리운 소리.)

이후 큰놈은 소리를 듣는 게 아니라 작은놈이 써 주는 대로 읽었다. 큰놈은 움직이는 것만 보면 물었다.

물은?

(헤어지는 소리.)

뱀은?

(눈이 감기는 소리.)

때까치는?

(대문 여는 소리.)

바람은?

(잠 깨우는 소리.)

큰놈이 가고 작은놈은 잠을 보채이었다. 자신이 써 주었으나 큰놈의 적막한 귓속에 갇혀만 있던 소리소리들이 작은놈의 잠속으로 밀려들어와 소용돌이지며 떠돌다가 식은땀으로 밀려나왔다.

작은놈은 여자를 안으로 싸안는다.

소리를 이기게 해준 건 여자였다. 여자를 업어 온 후 작은놈은 잠을 깨도 선뜩하지 않았다. 잠자는 여자의 마른 손가락에 손깍질 낄 땐 쿵쿵, 소리가 났는데 그것이 여자에게서 나는 것인지 자신에게서 나는 것인지 가만 숨죽여 가리다 보면 다시 잠이 들곤 했다. 여자가 어디서 왔는지 어떤 사람이었는지 헤아리는 일은 어머니가 말한 슬퍼하지 말라는 말을 가늠해 보는 일만큼이나 시리고 자욱할 뿐인데도 가슴 저렸다. 그 저림은 작은놈의 몸에서 손가락 하나 움직일 힘까지 쏙 빼내 갔다. 그럴 적이면 작은놈의 귀에 그토록 넘치던 소리가 끊겼고 적막 속에서 아련히 무엇인가가 어서 오라고 손짓을 했다. 어서 와. 여긴 아무도 들여다보지 않지. 어느 틈으로 든 들어가 숨어야 하기에, 우물도 굴도 들여다보이기에 작은놈에게 그 손짓은 반가움이었다.

작은놈은 걸음을 재촉한다. 새벽이 되기 전까지 거기엘 가야 한다. 동이 트면 안 될 것이다.

미래.

어머니가 말한 미래는 무엇이었을까? 작은놈은 두엄을 내다가, 나락을 베다가 자주 하늘을 올려다보았다. 미래는 어디에 있는 것일까? 햇빛이 가물거리는 끝에 걸려 있는 걸일까? 여름 밤하늘의 은하 같은 것? 오는 것인지? 찾아가야 하는 것인지? 그도 저도 아니면? 어머니는 글씨를 쓰고 읽을 줄 알게 되었으니 미래를 가져라, 했지만 그럴 줄 알게 되고부터 작은놈의 마음엔 투명이 걷히고 시리고 자욱하기만 했다.

그 마음이 작은놈으로 하여금 큰놈이 가져온 노래책 뒤에 수없이 적힌 주소의 한 이름에게 글씨를 써서 보내게 했다. 미래란 그런 것이려니, 저 먼 곳을 그리워해 보는 것이려니. 우체부가 편지 한 장을 들고 와 코밑에 들이댔다.

이 작은놈?

작은놈은 편지를 가만 뜯어보았다.

……수없이 받은 많은 편지 중에서 댁의 편지가 제일 마음을 끌었어요. 정말 이름이 작은놈이세요? 저를 놀리려는 게지요? 어쨌든 그 점이 마음에 들었어요. 다른 사람들은 돋보이게 하려고 이름을 더 근사하게 지어 쓰는데 댁은 그 반대니까 진짜일 거예요. 다음

편지 땐 꼭 이름을 밝혀 주세요 네?…….

나씨가 맨 처음 가르쳐 준 글씨는 '이작은놈'이었다. 나씨는 그게 너의 이름이라 하였다. 그런데 진짜 이름이라니?

미래와의 편지 왕래는 그리 이루어졌다.

사랑.

그 말도 편지에서 처음 읽었다. 미래는 사랑이란 말과 함께 사진을 넣어 왔다.

(이렇게 멀리서 더 이상 아파하고 싶지만은 않아요. 그쪽 얼굴도 모르고 희망을 갖는 게 두려워요. 사랑해요. 지금까진 어디로 가는 지도 모르고 그저 걷고만 있는 것 같았는데 지금부턴 그쪽을 향해 걸을래요.)

미래는 정말 걸어서 왔다. 사진 속의 큰 얼굴과는 달리 키가 도토리만한 여자였다. 와서는 작은놈을 보고는 설핏 고갤 돌렸다. 어마, 웃겨. 미래는 작은놈을 보고 길을 잘못 왔다는 표정을 감추려 하지도 않았다. 잠잘 때마다 별들에게도 산들바람에게도 단꿈꾸라고 속삭인다는 도토리만한 미래는 가만 대문을 밀고 빼끔히 얼굴을 들이밀던 거와는 달리 콰당, 거리며 가 버렸다. 미래는 그저 맥을 놓고 따라가 보는 작은놈을 돌아다도 안 보고 다리를 건너 멀어지곤 다신 편지를 보내오지 않았다. 작은놈도 이후 다신 글씨 따윈 쓰지 않았다.

아아ー 소릴 질렀는데 혀밑에선 헛바람만 말려 나올 때면 작은놈은 마을 외곽을 걸었다. 걸으면서 들었다. 바람소리를, 물소리를, 기차가 지나가고 새들의 날개치는 소리를. 그러면 시리고 자욱한 마음이 조금 가라앉았다. 세상의 모든 소리를 다 들어서 속을 채우면 말을 못 해 공허한 자리가 메워질 것만 같았다. 어느 날 밭에 씨감자를 묻고 있는데 저쪽 고랑에 먼저 심어 놓은 것에서 호로로 소리가 났다. 가만 땅의 어둠에 귀를 대 보니 감자에 붙어 있는 씨눈이 눈 뜨는 소리였다. 씨눈은 캄캄한 데서 호로로 호로로 눈을 떴다.

거길 가면 어머니도 눈을 떠 줄 것이다. 호로로 호로로.

작은놈이 다시는 안 쓰리라던 글씨를 다시 쓰게 된 건 큰놈 때문이었다. 이름도 없이 큰놈 작은놈이라 불리는 형제를 일을 부리며 가까이 두고 살았던 나씨는 더는 참을 수 없다며 큰놈의 아내가 그 사내와 함께 자고 있는 역전 여관에 김씨 최씨와 함께 들이친 후 돈뭉칠 가지고 왔다.

나씨는 손과 발로 열심히 큰놈을 설득했다.

집으로 돌아올 예펜네가 아니라네. 거저 맥없이 삐낄 수는 없잖여. 이러 헐 수밖에 읎었어. 이걸루다 논을 사들이라고. 잘 갖구 있어. 내 알아봐 사줄 테니께.

나씨는 큰놈 마음이 어쩐지 몰랐다. 아니 알 수가 없기도 했다. 큰놈은 돈뭉칠 앞에 놓고 이틀을 앉아만 있었다. 작은놈은 가끔 먹을 걸 가지고 가서 방에 들이밀었다. 큰놈은 멀거니 바라다만 볼 뿐 아무것에도 손을 대지 않았다. 삶은 고구마며 감 따위가 들이미는 대로 쌓였다.

이대루 죽을쳐!

작은놈은 버럭 성을 냈지만 마음이 시렸다. 사흘째 되는 밤에야 큰놈은 휘청이며 작은놈을 찾아왔다. 그들은 어두운 방에 불을 켜고 한바탕 허공을 휘저었다.

글씨를 써 주어.

누구한티?

니 형수한테.

인제는 안 온대잖여.

와, 한 번은 와. 벽장 속에 가방이 있거던.

뭐라 써?

큰놈은 속주머니에서 두툼한 책을 내밀었다. 큰놈이 펼쳐 놓은 쪽에 붉은 줄이 그어져 있었다. 작은놈은 밑줄 쳐진 데를 읽어 보았다.

(살아가는 것이 슬픈 생각이 든다.)

작은놈은 슬픈 생각이란 말을 가만 들여다보았다.

큰놈은 접어 놓은 다른 쪽을 폈다.

(당신도 그러겠지만 슬퍼도 당신은 그에 버금가는 힘을 가졌으면 한다.)

큰놈이 그 문장들을 모아서 그대로 써 달라기에 작은놈은 공허히 고갤 저으며 화가 난 듯 손그림을 그렸다.

글씨는 다신 안 쓰기루 한 거 알잖여.

다시 쓰기루 하면 안 되나?

그걸루 형수를 붙잡진 못한단 말이네.

아름다이 보내 줄 순 있지.

작은놈은 큰놈의 검은 동공을 멀거니 바라보았다. 아름다이? 글씨가 그런 일을? 그럴 수 있으리란 생각을 작은놈은 한 번도 안 했다. 작은놈은 그제서야 큰놈이 밑줄 그어 온 문장을 모아 보았다.

(살아가는 것이 슬픈 생각이 든다. 당신도 그러겠지만 슬퍼도 당신은 그에 버금가는 힘을 가졌으면 한다.)

작은놈이 엎드려 큰놈이 밑줄 그은 문장을 다 옮겨 적었을 때 큰놈은 작은놈의 어깨를 툭, 쳤다.

이걸 갖고 떠나라고도 써 주어.

큰놈이 꺼내 놓은 건 나씨가 놓고 간 돈뭉치였다.

이건 형 거라고 했잖여.

작은놈은 글씨를 쓰던 걸 멈추고 또 한바탕 허공을 휘저으며 대들었다. 큰놈도 막무가내였다. 작은놈은 나씨에게 들은 대로 형수는 형에게 이제 오지 않으니 돈을 형수에게 줘서는 안 된다 했고, 큰놈은 그 사내에게서 받아 낸 돈을 자기가 가질 수는 없는 것이라 했다. 작은놈은 형수는 나쁘다 돌아오지 않는다만 저어댔다. 그러다가 손짓이 물끄럼해져 버렸다.

　그리두 내 맴을 모르겠니.

　가슴을 탕탕탕, 치는 큰놈의 얼굴이 창백해졌다. 그리 계속 치면
구멍이 뚫려도 뚫릴 것이었다. 작은놈은 그처럼 창백하고 그처럼
노염을 탄 큰놈을 그적 못 보았다. 슬픈 생각이란 저런 것인가.

　누군들 내 곁에 있고 싶으까. 니 형수도 그것뿐이야. 기찰 타구
먼 데로 가라구 그리 써 주어.

　작은놈은 할 수 없이 덧붙였다.

　(살아가는 것이 슬픈 생각이 든다. 당신도 그러겠지만 슬퍼도 당
신은 그에 버금가는 힘을 가졌으면 한다. 이 돈으로 기차를 타고
먼 데루 가라.)

　그러고도 큰놈은 뭔가 부족한지 작은놈을 쳐다보았다.

　더는 안 쓰리라, 했지만 버티고 앉아 있는 큰놈에게 또 떠밀려서
작은놈은 삐툴삐툴 그리구 행복하여라, 를 말미에 써넣었다. 그제야
큰놈은 작은놈이 차려 준 밥을 떠먹었다. 밥을 먹고 비척비척 걸어
가는 큰놈을 따라가니 큰놈은 벽장문을 열고 형수가 챙겨 놓은 가
방을 열고 편지와 돈뭉칠 집어넣었다. 뚜껑을 닫으려던 큰놈은 무
슨 생각이 났는지 형수가 자주 입던 긴 치마를 꺼내서는 오래 들고
서 있었다.

　작은놈은 마을의 끝진 데로 돌아선다.

　더는 개를 쫓지 않는다.

　자신이 지금 개 못 따라오게 하듯 언젠가 큰놈이 자신을 그리 내
몰던 기억이 났던 것이다. 작은놈은 어린 시절 그 웅덩이 같은 집
에서 큰놈과만 있을 때 또래들이 입술을 둥글게 네모지게 모으거나
흐트러뜨려 말이라는 걸 한다는 걸 몰랐었다. 빠끔히 대문을 밀고
길을 내다보니 또래들의 입은 나팔꽃같이 열려지고 닫혀졌다. 그때
마다 음악소리가 나는 것 같았다. 작은놈은 입을 벌리고 아, 해보

았다. 이게 뭐야? 누구에게나 나는 음악소리가 자신에게서는 흘러나오지 않았다. 작은놈은 휘둥그래져 사방을 둘러보았다. 혼자만 그러는 건 아니었다. 큰놈은 아예 사람들 입이 나팔꽃처럼 열려지고 닫혀질 땐 음악소리가 난다는 것마저 몰랐다. 그걸 알고 작은놈은 큰놈 옆에만 붙어 있었다. 또래들 중 그들 둘, 그들 둘의 입 속만 공허히 바람이 새나왔기에. 우리 둘만 같은 거야. 작은놈은 큰놈 곁을 떠나지 않았다. 아예 큰놈의 그림자 속으로 들어가고 싶었다. 그러면 못 떼어 놓을 것이기에.

그때 큰놈은 어딜 가려던 것이었을까?

한사코 작은놈을 떼내려 했다. 한사코 그랬기에 작은놈도 한사코 떨어질 수가 없었다. 혼자 어딜 가려기에. 지금도 그때 큰놈이 어딜 가려 했는지는 모르지만 작은놈은 오로지 큰놈을 못 가게 하거나 뒤따라야 한다는 생각밖에 안 했다. 일곱 살 때였는지 그보다 조금 더 지났었는지? 계절은 봄이었을까. 큰놈이 한사코 떼어 놓으려는 길이 새파랗게 되살아난다. 산길에마저 쑥이 돋아서는 곁을 지나면 냄새가 쌉쓰름했고 이른 산벚꽃은 나비같이 화르르 피었는데 그 속을 뚫고 가며 큰놈은 뒤따르는 작은놈을 내몰고 내몰다간 나중엔 산벚꽃 가지로 사정없이 등을 후리곤 내뺐다. 아파서 눈물이 쏟아지는데 울면 눈앞이 흐릿해져 큰놈을 놓칠까 봐 참고 뒤쫓았다. 큰놈이 돌아보면 나무 뒤로 숨고 큰놈이 앞을 보면 따라 걷고 또 돌아보면 바위 뒤에 숨었다가 또 따라 걸었다. 능선을 지나 큰봉에 올랐을 때야 큰놈은 뒤따르는 작은놈을 내버려 두었다. 너른 벌이 다 내려다보이는 바위에 앉았을 때는 산벚꽃 가지에 얻어맞은 작은놈의 등에 배인 피를 제 셔츠를 찢어 닦아 주었다.

자꾸만 올라가면 하늘에 닿을까 싶어서.

가도가도 안 닿으면 저 아래로 뛰어내리려 했지.

큰놈이 가리키는 저 아래는 가파른 벼랑이어서 작은놈은 큰놈 곁에 바짝 다가앉았었다. 형이 가면 나도 가지.

사방은 금세 눈보라이다. 작은놈과 여자는 그 속을 걷는다. 길인지 밭인지 논두렁인지 도통 가늠이 안 되는 비탈진 데로 방향을 튼다. 눈 속에 바람이 섞인다. 저만큼 눈보라 속을 개가 처연히 뒤따른다.

큰놈의 말대로 형수는 한 번 왔다. 봄밤 길을 어디서부터 걸어왔는지 옷에 가득 봄밤 냄새를 묻히고서 나씨의 뒤채로 작은놈을 찾아왔다. 형수는 노랑 빨강이 섞인 스웨터 주머니에서 미리 챙겨 온 듯 돌돌 말려진 종이를 꺼냈다. 말려진 속에서 연필이 툭 떨어졌다. 형수는 새초롬히 앉아 연필을 집고는 무릎을 책받침 삼아 뭐라 써서 작은놈에게 내밀었다.

(큰집에 가서 마루 벽장문을 열어 보아요. 거기 가방 두 개가 있을 거여요. 것 좀 갖다 주어요.)

작은놈은 형수가 쓴 글씨를 대번 잘게 잘게 찢어서 형수의 무릎께로 날려 버렸다. 형수는 작은놈이 하는 대로 가만히 있었다. 형수의 손톱엔 노랑 매니큐어가 발라져 있었다. 간혹 마을 여자들이 빨간색을 칠한 건 봤어도 노랑색은 첨이었다. 작은놈은 달력을 떼와 그 위에 또박또박 적었다. 다시는 안 쓰리라던 글씨였다.

(왜 그러라는 거지요?)

형수는 손톱의 노랑색만 자꾸 뜯어냈다.

(나는 여기 살 수 없어요. 형도 날 받아 주지 않을 거야요.)

작은놈이 아니라고 아니라고 하면 형수도 아니라고 아니라고 했다. 절대로 여기선 살지 않는다고 큰놈의 얼굴은 꼴도 보기 싫다고 어디 멀리멀리로 갈 거라고. 누구랑 갈 거냐니까 형수는 잠깐 고갤 숙이더니 다시 쳐들고는 자기는 아무하고도 함께 살지 않는다고 그저 멀리 갈 거라고 한 소리를 또 하고 또 했다. 작은놈은 나씨가 놓고 간 돈뭉칠 앞에 두고 깊은 구멍처럼 앉아만 있던 큰놈의 마음을

어떻게든 형수에게 전해 보려고 성을 내다가 순해지다가 허공을 휘
젓다간 꾹꾹 눌러 다시 글씨를 썼다.

(어디루 도대체 어디루 간다는 거예요.)

형수는 다시 샐쭉해지며 짜증난 듯 연필을 휘둘렀다.

(몰라요.)

새벽이 되어서야 작은놈은 형수의 마음을 돌이킬 수 없다는 걸
알았다. 어차피 그럴 거면 큰놈에게 가지 않고 자기에게 와 준 게
다행이었다. 형수는 이미 어디론가 가고 있는 사람이었다.

큰놈 집엔 불이 켜져 있었다. 형수가 나간 뒤로 큰놈은 늘 불을
켜놓았었다. 큰놈은 알고 있었을 것이다. 한 번은 올 거라는 형수
가 밤에 올 거라는 걸. 큰놈이 아무 소리도 듣지 못하니 살금댈 필
요가 없다는 걸 알면서도 가방을 꺼내기 위해 마루 벽장문을 여는
데도 조심하느라 십여 분이 걸렸다. 작은놈만 조바심을 냈을 뿐 두
번째 가방이 손에서 미끄러져 철버덕 소리가 났어도 큰놈의 귀는
적막했다. 어떻게 해도 큰놈 귀엔 까마귀색이 들어가 있는 거였다.

그 밤으로 형수를 떠나보내고 나서야 작은놈은 큰놈의 적막이 시
려웠다. 콩이 싹트는 소리, 바람 소리, 개울물 소리, 씨감자 눈뜨는
소리, 칡뿌리가 나무 뿌리를 휘감는 소리 그것들이 큰놈에게 무슨
소용이 닿는담. 왔다 가는 줄도 모를 거면서 뭣 때문에 불을 켜 놓
았는구? 형수가 가방을 몰래 꺼내는 데 편하도록? 작은놈은 눈앞이
자욱했다. 슬픈 생각은 불을 켜 놓게 하는 것일까? 형수가 들고 갔
을 그 가방 안엔 나씨가 그 사내에게서 받아 낸 돈뭉치와 작은놈이
써 준 그 편지가 들어 있을 것이었다.

(살아가는 게 슬픈 생각이 든다. 당신도 그러겠지만 슬퍼도 당신
은 그에 버금가는 힘을 가졌으면 한다. 이 돈으로 기차를 타고 먼
데루 가라. 그리구 행복하여라.)

형수가 다녀간 뒤 여름 내내 잠잠하던 큰놈은 마른 참깨들이 저

절로 토톡, 터지던 밤에 형수와 살던 집에 불을 질렀다. 불타는 큰
놈 집은 가을밤 불꽃놀이 같았다. 불을 끄려고 덤비는 마을 사람들
에게 큰놈은 식칼을 들이밀었다. 칼보다도 큰놈의 눈에서 튀는 시
퍼런 불똥이 무서워 나씨조차도 가까이 가질 못했다. 가을밤에 큰
놈 집은 활활 잘도 탔다. 늦도록 경운기로 나씨 집 먼 논의 지푸라
기를 실어 나르느라 곤한 잠에 빠져 있던 작은놈이 깨어났을 땐 집
이 반이나 탄 뒤였다. 작은놈은 뛰쳐나가 큰놈 집 빨랫줄을 받쳐
놓았던 장대 간두를 마구 휘둘러 큰놈을 쓰러뜨렸다. 이게 뭐야 이
게 뭐야. 작은놈은 나씨와 함께 마당 오동에 큰놈을 묶었다. 어찌
나 힘껏 몸을 뒤채는지 꼭대기의 오동이 후두둑 떨어졌다. 큰놈은
오동을 맞으며 자기가 지른 붉은 불에 찬물을 퍼붓는 사람들을 시
퍼렇게 쏘아보았다. 붉은 불길이 사그라들 때 큰놈도 정신을 잃었
다. 그것이 잘못이었을까? 그냥 붉게 타고 재가 되도록 놓아두어야
했을까? 그랬으면 큰놈 마음이 풀렸을래나. 그랬으면 큰놈이 철길
을 베고 자지 않았을래나. 기차는 잠든 큰놈 머리통 위를 지나가
버렸다. 기차가 멎었을 땐 피비린내만 사방에 퍼졌을 뿐 큰놈의 머
리통은 보이지 않았다. 튕겨 나간 사지도 냄새가 나는 쪽을 찾아
헤매여서 맞추어야 했다.

　(기차는 무슨 소리를 내지?)

　(과거로부터 도망치는 소리.)

　큰놈은 형수보고 멀리 가라 해놓고선 정작은 자신이 더 멀리 도
망쳤다.

　비탈을 넘어서니 하늘과 능선이 온통 눈이다. 달빛이다. 쌓인 눈
속에 무릎이 빠진다. 개가 물어뜯은 자리 엉긴 피가 눈 속에 풍덩
거리자 쓰라리다.

　숨겨 주세요.

　이런 폭설은 처음인지 얌전하던 여자가 고함을 지른다. 여자에겐

모든 표현이 다 숨겨 주세요, 이다. 숨겨 주세요. 숨겨 주세요.

작은놈이 내쫓지 않자 개는 이제 맘놓고 바로 뒤를 따라온다. 눈이 깊어 때로 개는 배로 눈을 밀고 있는 것 같다.

고함을 지르던 여자가 눈길에 무너진다. 작은놈에게 매달려 오던 거였는데도 못 견디겠는 모양이다. 견디는 게 무언지 여자가 알기나 할까? 그걸 눈곱만큼이라도 여자가 안다면 나씨가 한사코 여자를 내쫓으려고만 하진 않았을 거였다. 여자는 추운지 무너져서도 몸을 오그린다. 여자의 숨소리가 고르지 못한 건 저녁으로 밥을 밥통째 갖다 놓고 정신없이 먹어서다. 여자는 늘 그런다. 넋을 놓고 앉아 있는다. 아니면 헤싯거리고 웃는다. 밥통을 숨겨 놓으면 생고구마를 여섯 개 일곱 개씩 베어 먹는다. 그도 아니면 잠을 잔다. 이것밖에 여자는 다른 걸 할 줄 모른다.

큰놈의 사지를 모아 뗏장을 씌우고 나니 가을이 끝났다.

벌판은 비었고 하늘도 휑뎅그렸다. 얼마간 작은놈은 큰놈 집을 쳐다볼 수 없었다. 덩그랗게 남아 있는 큰놈의 흔적과 맞닥뜨리지 않아도 방문을 열고 큰놈이 들어설 것만 같고 고삽을 돌아서면 큰놈의 뒤테가 집힐 것만 같았다. 작은놈은 처음으로 자신이 무슨 소리를 들을 수 있다는 게 괴로웠다. 가을에 못 떨어진 감잎이 밤바람에 날려도 큰놈인가 싶어 문고리에 손이 갔으니. 문고리에서 손을 떼면 큰놈이 형수에게 썼던 편지의 한 구절이 또록또록 생각이 났다. (살아가는 것이 슬픈 생각이 든다.)

작은놈이 큰놈을 조금 잊을 수 있었던 건, 큰놈 집을 가만히나마 쳐다볼 수 있게 된 건, 여자를 만나서였다.

첫 벌 두 벌도 지나 세 벌째로 열린 손톱만한 풋고추가 주렁주렁 매달린 채 눈서릴 맞은 고춧대를 뽑아 놓고 돌아서던 길이었다. 그냥 산길을 타고 마을로 내려가도 되는 걸 작은놈은 부러 엉거주춤 허리까지 접으며 철길을 탔다.

어린 시절 큰놈과 작은놈에게 금하는 게 없었던 어머니는 철길만
은 금하였다. 유순하던 어머니가 성을 내며 한사코 가지 말라 하였
기에 그들은 틈만 나면 거길 갔었다.

거기 무엇이 있기에?

큰놈과 작은놈은 철길 옆 둑길에 저희 둘만이 들어갈 수 있게 굴
을 팠다. 거기에 배를 대고 엎드려 철길을 내다보았다. 그리고서
그들은 기다렸다. 어머니가 무엇 때문에 여기 가는 걸 금하는지 알
수 있게 되기를. 하지만 그들이 볼 수 있었던 건 멀리 이쪽이거나
저쪽 굽이진 곳에서 수없이 많은 창문을 단 기차가 튀어나와 그들
앞으로 폭음을 내지르며 지나가는 것, 그것뿐이었다. 그나마 큰놈
은 그 소릴 듣지도 못했을 것이었다. 그저 길다란 것이 미끄럼을
타듯 장난같이 눈앞을 스쳐 가는 것으로만 그런 것으로만 알았을
것이다.

어느 날 그들은 그 굴 속을 들여다보는 어머니 눈과 마주쳤다.

집으로 돌아온 어머니는 시퍼렇게 돌아서며 대나무 가지를 꺾었
다. 어머닌 얼굴을 만져 주고 옷을 추켜 주고 손톱을 깎아 주던 그
손으로 그들 종아리에 피멍을 그었다. 깊은 밤에야 성이 풀린 어머
닌 덥힌 물에 수건을 담갔다 짜내 종아리에 맺힌 핏자국을 가만가
만 눌러 주며 그들에게 이야기 하나를 허공에 그렸다.

……옛날에 어린애 둘과 아낙이 딸린 말도 못 하고 귀먹은 사람
이 있었더란다. 혼자 힘으룬 못 살겠어서 걸어걸어 형을 찾아 이
마을로 왔더란다. 형이 문을 안 열어 주어서 문 밖에 서 있다가 네
사람은 마을 기찻길로 갔어. 모두들 철도 침목을 베고 철로 안쪽으
로 누웠니라. 기차가 지나가길 기다리기로 했더니라. 참말루 저만
큼서 기차가 오는데 아낙은 그만 무서웠구나. 어린애 둘만 끌어안
고 뛰쳐나와 버렸더란다. 거긴 가지 마러. 언제든 혼자 죽은 그 사
람이 끌어당길 테니……

작은놈은 상처가 아물 때쯤 말 못 하고 귀먹은 사람이 등장하는 어머니 얘기를 잊어버렸다. 더는 철길 옆에 파 놓은 굴 속에 들어가는 일 같은 건 하지 않았다. 하지만 큰놈은 잊은 게 아니었을까? 정말로 어머니 얘기 속의 말 못 하고 귀먹은 그 사람이 끌어당기는지 알아보고 싶어 철로를 베고 누워 있었을까? 그러다가 잠이라도 든 겐가?

큰놈에게 뗏장을 씌우고 돌아오는 길에 작은놈은 그들이 어린 시절 파 놓았던 그 굴이 남아 있나 찾아보았다. 놀랍게도 굴은 그대로 있었을 뿐 아니라 바닥에 짚과 옷가지가 깔려 있었다. 어린애 둘이 겨우 배를 대고 엎드릴 수 있었을 뿐이었는데 작은놈이 성큼 들어서고도 헐렁했다. 그 즈음에 새로 깊게 팠다는 걸 작은놈은 금방 알았다. 침침하던 굴 안이 환해졌을 때 작은놈은 굴 바닥에 깔려 있는 옷가지가 형수의 긴 치마라는 것도 알았다. 큰놈이 혼자 여기에? 굴 안에 갇힌 바람은 단 한 번 빠져나와 본 적이 없는 듯 우렁우렁 시커먼 소리를 냈다. 그 소린 작은놈이 철로에 귀를 대고 들어 보던 소리와도 같았다. 작은놈은 그 바람 소리 속으로 무너졌다. 왜 어머니가 여기에 오는 걸 금했는가를 그제서야 알 것 같았다.

산길을 안 타고 철길을 탄 작은놈 뒤를 여자는 졸졸 따라왔다. 처음에 작은놈은 저쪽 동네에서 마을을 지나가는 여자인 줄로만 알았다. 여자에게 길을 내줄 양으로 작은놈이 둑길로 올라섰는데 여자도 작은놈이 하는 대로 둑길로 올라서더니 작은놈이 굴 속으로 들어가자 그 속까지 종종 따라 들어왔다. 여자의 눈은 초점이 없었고 곁에 작은놈이 있는 걸 아는지도 의문이었다. 그저 무슨 아른거림을 따라온 듯 가벼이 따라와서는 헤싯 웃었다.

숨겨 주세요.

여자는 종알거리더니 작은놈 옆에 앉았다간 곧 잠이 들어 버렸다. 기차가 세 차례 지나갈 때까지 여자는 깨어나지 않았다. 여자가 옷을 너무 적게 입고 있어서 작은놈은 바닥에 깔린 형수의 긴 치마를 걷어 여자에게 덮어 주었다. 그래도 추운지 여자는 덜덜거리면서도 잠에서는 깨어나질 않았다. 굴 밖에 어두워질 무렵 작은놈은 여자를 등에 업고 큰놈이 철로를 베고 잠든 곳을 지나왔다.

깜짝 놀란 나씨가 여자를 받아 방에 뉘었다.

누군데?

작은놈이야말로 여자가 누군지 알고 싶었다. 여자에 대해 나씨가 이것저것 물었지만 작은놈은 도리질밖에 할 게 없었다. 여자에 관해 나씨보다 더 아는 게 없었으므로.

아삭아삭 소리에 밤중에 눈을 떠 보니 여자는 윗목 고구마꽝에서 고구마를 꺼내 흙째로 베어 먹고 있는 중이었다. 작은놈은 일어나서 칼을 가져와 고구마를 깎아 주었다. 여자의 먹는 탐은 끝이 없었다. 한 개를 들고 먹고 있으면서도 작은놈이 다시 한 개를 깎아 놓으면 다른 손으로 집어들었다. 먹는 속도보다 깎는 속도가 더 느릴 지경으로.

여자의 식탐이 그리 지독하지만 않았어도 나씨 가족 눈 밖에 나지 않았을지도 모른다. 여자를 못 견뎌한 건 나씨보다도 나씨의 아내였다. 여자는 어느 때고 배가 고프면 뒤꼍의 작은놈 방을 빠져나가 안채를 온통 휘젓고 다녔다. 밥소쿠리가 떨어지고 국솥이 열리고 무꽝이 헤쳐졌다. 그러다가 나씨 손에 이끌려 작은놈 방에 가두어졌다.

어쩔려?

나씨는 작은놈에게 혼자 몸도 건사하기 번잡하면서 사소한 일거리도 거들어야 하는 여잘 어쩔 참이냐고 밥이라고 지어 줄 수 있는 여잘 여기저기 알아볼 테니 여잘 내보내라 하다가도 고갤 떨구곤 돌아갔다. 큰놈 생각이 났던 거였다. 어디선가 형수를 찾아내 큰놈과 살게 해준 것도 나씨였지만 형수가 큰놈에게 다시는 못 돌아오게 한 것도 나씨였다. 사람을 서넛이나 데리고 가 형수를 사납게 드러내놓았으니 형수로서도 이 마을 쪽에 대고는 머리도 빗고 싶지 않을 것이었다. 집으로 돌아올 여자가 아니라서였다지만 나씨가 그 사내에게서 돈을 받아 오자 큰놈은 기다림을 끝냈다. 그러지만 않았어도 큰놈은 얼마든지 형수를 기다렸을 것이다. 그것이 턱없는 헛것이어도 그 기다림은 살아가는 그루터기가 돼 주었을 것이다. 그 사내로부터 돈만 받아 오지 않았어도 큰놈은 형수를 기다리느라 철길을 베고 잠을 자는 따위는 하지 않았을 것이다.

눈은 점점 더 깊어진다. 오른쪽 다리를 꺼내면 왼쪽이 푹 빠지고 왼쪽을 꺼내면 오른쪽이 빠진다. 원근에 보이는 잡목들은 눈에 묻혀 자그마해져 있고 솔잎들이 사릉사릉 떨어 댄다. 작은놈은 그저 길을 잃지 않기만을 바랐었다. 눈만 쌓여 있지 않다면 거길 찾아가는 길이야 우습지마는 이 눈이 길을 하얗게 덮고 있어 두어 발만 잘못 들면 산 너머 마을이 나올지도 모른다. 길을 잃어 새벽이 되면 문은 열리지 않을지도 모를 일이다.

숨겨 주세요.

여자는 기진해 또 한 번 무너진다. 밤바람이나 눈이나 달빛도 여자의 졸음을 어쩌지 못한다. 눈길에 무너진 채 거기서 그대로 졸 생각인지 잠잠하다. 작은놈은 자루를 내려놓고 여자를 업는다. 함께 걷느니 이러는 게 빠를 것이었다. 공만하게 커진 여자의 배가 등뒤에서 뭉클했으나 여자는 등에 진 무 몇 다발 무게일 뿐이다. 외려 본능적으로 작은놈의 목을 휘감은 여자의 팔이 숨을 죄는 게 힘들다.

여자가 애를 가졌을 거란 생각을 작은놈은 해본 적이 없었다. 그저 처음엔 도도록했던 여자의 배가 업어 온 지 두 달도 안 되어 터무니없이 커졌다고만 생각했다. 여자가 입고 있던 스웨터 단추가 불러 오는 배 때문에 저절로 끌러질 때는 장난스런 기분이기까지 했다. 누군가 여자의 배에 날마다 바람을 집어넣는 것만 같아서.

그게 바람을 불어넣는 장난이 아니고 여자가 진짜 아이를 뱃속에 넣고 있다고 해서 그저 여자와 살고 싶은 작은놈 마음이 달라질 건 없었다. 하지만 나씨는 아닌 모양이었다. 그러잖아도 어찌해서든 여자를 작은놈에게서 떼어 놓으려던 참에 여자의 불러 오는 배는 맞춤한 구실이었다.

나씨는 작은놈을 방앗간에 보내고는 여자를 철길에 데려다 놓고 혼자 돌아와 버렸다. 방앗간에서 돌아와 여자를 찾아 헤매는 작은 놈을 본체만체하다가 밤이 되어서야 눈이 빨개져 마당에 나뒹구는 작은놈에게 말했다.

거그서 만났다 하니 가던 길 가라고 데리다 준 걸 가지고 왜 이려?

여자를 찾아낸 건 철길이 아니라 우물 속이었다. 어느 틈에 여자는 돌아와 우물 속에 들어가 있었다. 물이 말라 들여다보지도 않는 우물이었는데 나씨의 큰애가 우물 속에 자꾸만 돌을 던지기에 가 보니 여자가 웅크리고 그 속에 있었다. 나씨는 기겁을 하며 뒤로 물러섰고 작은놈은 반가워서 우물을 타고 내려가 여자를 업어 내왔다. 아이가 던진 돌이 여자의 치마에 수북했다. 여자는 몇 번 더 내쫓겼으나 용케도 다시 돌아와 우물 속으로 기어 들어가 있곤 했다.

여자가 우물 속에서 졸 때는 그 무엇도 여자를 건드릴 수 없을 것 같았다. 우물 속에선 밥이나 무 생고구마 같은 건 여자는 알지도 못하는 이 같았다. 드러나는 것이 여자를 미치게 한 것이었을까? 우물 속에 들어가 있을 때 여자는 넋이 나간 표정도 헤싯거리며 웃는 표정도 아니었다. 졸고 있는 여자의 얼굴은 기분좋은 꿈을 꾸고 있는 것같이 부드러웠다. 그냥 거기 우물 속에 이불을 깔아 주고 싶을 만큼.

내쫓아도 여자가 용케도 찾아오는 만큼 나씨도 생각이 났는지 시내에 자주 나갔다.

내보고 박절하달지 모르지만 정신이 지대로 박히길 했나? 꺼덕하면 을씨년스럽게 우물 속에 기들어가질 않나? 미친 앤 그런다 하구 배는 점점 불러 오는디 어린앨 어쩔참? 시립병원으로 보낼기여. 애라두 낳게 하구 그담 일은 생각해 보는거.

나씨의 말을 여자가 알아들었는가? 여자는 나씨의 병원으로 보내겠다는 언질이 있고부터는 아예 우물 속으로 기어들어가 살았다. 나씨는 혀를 끌끌 차며 해괴해도 별 해괴한 일이 다 있다 했지만 여자는 애도 우물 속에서 낳고 살기도 거기서 살았으면 좋겠는가 보았다. 작은놈 보기엔 그렇게만 해주면 여자는 행복할 것도 같았다.

작은놈은 능선을 지나 골짜구니로 내려간다. 눈보라는 더 세진다. 여기저기서 쌓인 눈의 무게에 나뭇가지가 툭툭 부러지는 소리가 난다. 그럴 적마다 잠자코 뒤따라오던 개가 카앙 짖어 댄다. 꿩 한 마리가 퍼더덕 날아가는 소리 사이로 산 아래 굽진 모롱이를 지나가는 밤기차 소리가 우렁우렁 섞인다. 작은놈은 귀를 세운다. 잠잠하던 철로 속의 바람들이 팩팩거리다 소용돌이지는 소리를 듣는다.

여자를 만나지 않았던들 작은놈도 큰놈처럼 그 굴에 다시 드나들기 시작했을 것이었다. 그리고 어느 날 문득 정말로 어머니 옛날 이야기 속의 혼자 죽은 그 사람이 자신을 끌어당기는지 아닌지 알아보려고 철도 침목을 베고 누워 있으려 했을 것이었다.

저만치 개울물 소리가 난다.

작은놈은 눈보라 속에서 희뜩 웃는다.

이제 다 온 것이다.

거기엔 개울이 흘렀다.

물은 얼지 않고 지금 눈 밑에서 흘러가고 있는 것이다.

큰놈과 작은놈은 그 개울물에 서로를 밀어 넣다가 둘 다 빠지곤 했었다.

골짜구니엔 오래된 소나무들이 가지를 눈 위에 질질 끌고 있다.

능선을 넘어서인지 야트막하고 넓다. 펑퍼짐한 골짜구니는 느닷없는 틈입자들에 의해 소란해진다. 50년은 됨직한 참나무 구멍에서 잣새인지 진박새인지 오목눈이인지 날개 달린 것이 퍼르르 날아간다. 오소리인지 산토끼인지 분간이 안 가는 다리가 짧은 짐승 한 마리도 비명을 지르며 내달린다.

작은놈은 개울물 소리를 조금 더 따라간다.

눈을 뒤집어쓰고 있는 나무들의 형상이 밀가루를 반죽해 빚어 세워 놓은 이상한 짐승들 같았다. 땅에 스미거나 하늘로 치솟으려다 무엇에 붙잡힌 듯 엉거주춤 있었다. 그 형상들 사이로 어머니의 무덤이 낯선 눈어림으로 들어왔다. 늘 파란 풀이 살랑대는 모습이었지 이토록 눈이 쌓일 때 와 보긴 처음이다.

손에서 자루가 먼저 떨어진다. 저절로 목을 감고 있던 여자의 팔이 스르륵 풀린다. 조심스러이 여자를 내려놓는다. 그새에 잠이 든 겐가. 여자는 가벼이 눈 위에 무너지며 몸만 조금 오그린다.

눈 속을 푹푹거리며 걸을 땐 땀이 솟아 이마며 등허리가 척척했는데 걸음을 멈추니 순식간에 몸이 차가워진다. 그러기는 여자도 마찬가진지 더 동그랗게 몸을 오그린다. 작은놈은 손짓으로 개를 부른다. 저만큼 떨어져 앉아 물끄러미 이쪽을 보며 있던 개는 두 발을 맞부딪치며 옴싯거리고만 있다. 어떻게든 저를 내쫓으려던 작은놈이 정다이 불러 주는 게 믿기지 않는 모양으로. 골짜구니 어디선가 둥치 큰 나뭇가지가 짜작 꺾여진다. 그제서야 개는 조심스러이 작은놈께로 온다. 작은놈은 여자의 손을 모아 개의 털 속에 파묻어 준다.

그렇게 그들은 조금 쉰다.

척척했던 땀이 다 식고 손이 곱아 올 무렵 작은놈은 자루 끈을 풀고 삽을 꺼냈다. 눈빛에 달빛에 삽날이 번뜩인다.

어딜 그렇게 헤매고 다녔던 것인지.

삽질 소리가 황량함과 적요함을 철겅철겅 울린다. 막상 작은놈은 두려움에 얼마간 숨을 죽인다. 저기로 가려는 것이 여자에게 실망일 것인지 기쁨일 것인지. 식었던 몸에 삽질이 다시 땀을 돋게 한다. 얼마 지나 작은놈은 삽을 눈 위에 던지고 차가워지는 여자를 끌어안고 무덤을 두드리고 있다.

(어머니.)

(…….)

(어머니, 열어 주세요.)

(…….)

(작은놈이에요. 사, 삼켜 주세요.)

조금, 조금 무덤의 아가리가 벌어진다. 널빤지가 짜개지는 소리가 나고 앙상히 마른 두 손이 삐끄덕거리며 기어 나온다. 그리도 내리던 눈이 멎는다. 바람이 잠잠하다. 달이 얼어붙은 구름 뒤로 스민다. 꿩인지 오소리인지 날개 달리고 다리 달린 것들이 눈을 감는다. 개의 눈에만 퍼런 번개가 친다. 개는 뒷걸음치다 다가서다 비명을 지르다 나뒹군다. 캉, 카앙. 안타까운 퍼런 눈은 피범벅이다. 그들의 몸은 이미 안에 들어와 있다. 밑으로 밑으로 한없이 아늑한 웅덩이다. 어딜 그렇게 헤매고 다녔던 것인지.

사운드 오브 사일런스

구효서

1957년 경기 강화 출생.

목원대 국어교육과 졸업.

1987년 《중앙일보》 신춘문예에 〈마디〉가 당선되어 등단했다.

소설집 《확성기가 있었고 저격병이 있었다》·

《깡통 따개가 없는 마을》·《그녀의 야윈 뺨》·《도라지꽃 누님》,

장편소설 《늪을 건너는 법》·《슬픈 바다》·

《전장의 겨울》·《라디오 라디오》·《비밀의 문》·

《남자의 서쪽》·《악당 임꺽정》 등이 있다.

제27회 한국일보문학상을 수상했다.

사운드 오브 사일런스

아버지는 어째서 우영(又榮)이라는 이름을 지어 주셨던 걸까. 늦은 저녁을 마친 뒤 우영은 방 안에 우두커니 앉아 있었다. 상을 치우지도 않은 채.

우영은 아흐레째 혼자 저녁을 먹었다. 뜨거운 물에 식은 밥을 말아 먹었다. 반찬이라곤 농협 공판장에서 사 온 총각김치와 장조림이 전부였다.

여덟 시가 조금 넘은 시각이었지만 밖은 이미 한밤중처럼 깜깜했다. 천 년의 시작을 맞느라 세계의 도시들이 불야성을 이루었다고 했다. 그러나 우영이 새로 짐을 옮긴 아파트는 그날도 깊은 어둠 속에 파묻혀 있었다. 검은 늪 속에라도 풍덩 빠져 있는 듯했다. 전체 가구 수의 반도 채 입주하지 않은 새 임대 아파트였던 것이다. 그가 새로 입주한 아파트는 서울 변두리의 경계를 한참이나 벗어난 곳에 자리하고 있었다.

TV를 켜려다 말았다. 옆으로 비스듬히 눕는 오래된 TV화면을 보고 있으면 저절로 몸까지 따라 누우려고 했다. TV를 켜려고 했던 게 아니라 방을 밝히려고 했었다는 걸 나중에서야 우영은 알았다. 낮은 촉수의 스탠드 불빛이 방 안의 어둠을 간신히 밀어내고 있었다.

결국 우영은 형광등마저 켜지 않았다. 그릇 세 개가 덩그마니 놓여 있는 작은 탁자를 물끄러미 내려다보았다. 흘린 김치 국물 아래로 활짝 웃는 노인의 작은 사진이 보였다. 신문의 구인광고를 오려 유리 밑에 끼워 놓을 때는 보지 못했던 사진이었다.

희미한 불빛에 드러난 노인의 웃음을 보며 우영은 생각했다. 아버지는 어째서 우영이라는 이름을 지어 주셨던 걸까. 두 번의 영광, 두 번의 영화 따위를 누리라는 뜻이었을까. 그러나 두 번은커녕 한 번이라도 제대로 영화를 누린 적이 있었던가. 영화는 고사하고서라도 산뜻한 궁핍함조차 자신에게는 허락된 적이 없었다고 생각했다. 이제 나이 마흔넷. 그나마 줄곧 삐걱거리고 비틀거리며 살아온 비루한 삶이었으므로 앞으로도 영광이나 영화 따위와는 우연하게라도 맞부딪칠 수 없을 거라고 생각했다.

자신의 삶이 어디서부터 잘못되기 시작했던 건지 우영은 분명하게 알 수 없었다. 어린 날에 겪었던 아버지의 갑작스런 증발 때문이었을까. 그렇다면, 아버지가 증발하지 않고 가족 곁에 있어 주었다면 과연 전혀 다른 삶의 결과로 이어졌을까.

우영은 천천히 고개를 가로저었다. 처자식과도 결별하지 않으면 안 되었던 오늘의 불행을 아버지의 느닷없는 증발 탓으로만 돌리기에는 삶이라는 건 너무도 복잡다단하고 오묘한 단서들을 포함한 그 무엇이었다. 그래서였을 것이다. 우영은 한 번도 아버지를 탓하거나 아버지라는 존재에 대해 미련을 갖지 않았었다. 다만 아버지가 어째서 아무도 모르게 사라졌던 건지 궁금할 뿐이었다. 그날의 밤, 그날의 어둠만이 증발의 이유를 알고 있을 것 같았다. 그러나 어둠을 향해 어째서냐고 물을 수는 없는 노릇이었다. 아버지가 사라진 뒤 40년에 가까운 세월 동안 밤과 어둠은 날마다 어김없이 찾아오긴 했지만 아버지의 증발과 관련된 어떤 비밀도 밝혀 주지 않은 채 밤은 그저 어둡고 무겁고 조용하고 막막한 제 모습만을 고스란히 드러내 왔을 뿐이었다. 아버지의 증발을 함부로 탓하거나 아버지의 존재에 대해 철없는 미련을 가질 수 없었던 것도 어둠이 어둠으로만 침묵하고 밤이 밤으로만 고요했기 때문이었다. 어딘지 엄숙하고 슬픈 빛이었기 때문이었다. 이제 곧 낯선 가부장의 환경에 애써 적응하지 않으면 안 될 우영의 불쌍한 자식들이 어째서 함께 살 수 없는 것이냐고 그에게 따져 묻는다면 그도 밤처럼 어둠처럼 대답할 수밖에 없을 것이었다.

이름에 대해 생각하면서 우영은 전날 밤과는 사뭇 다른 상념에 빠져 있는 자신을 발견했다. 어제는, 상념이었다기보단, 걱정 때문에 잠을 제대로 이룰 수 없었다. 배수구가 막히는 바람에 뒷베란다가 물바다로 변해 있었던 것이다.

밀린 빨래를 하려고 이사한 뒤 처음으로 세탁기를 돌렸는데 물이 배수구로 빠지지 않고 베란다에 고였다. 배수구 아가리에 손가락을 들이밀자 딱딱하고 소름끼치게 차가운 얼음이 손가락 끝에서 미끌거렸다.

그제서야 우영은 세탁기와 연결된 수도꼭지를 완전히 잠그지 않았었다는 것을 알았다. 한 방울씩 흘러내리던 물이 배수구에 고여 그대로 얼어붙었던 것이다.

아내라면 즉시 관리실에 연락했을 것이다. 그러나 우영은 베란다에 잔뜩 고인 물을 물끄러미 바라보며 먼저 송곳을 생각했다. 얼음이 날카로운 금속에 약하다는 사실을 스스로 떠올린 것만을 다행으로 여겼다. 어린 시절 두터운 얼음을 바늘로 깨 먹던 생각을 해냈던 것이다. 그러나 송곳을 떠올리기 전에 우영은 동파로 이어질지도 모를 응빙(凝氷)의 책임이 누구에게 있는 것인가를 먼저 생각했었다.

만일 응빙의 원인이 자신의 관리 소홀에 있었던 거라면 관리원에게
얼마간의 출장비를 지불해야 할 것 같았다. 아무리 생각해도 배수
구가 얼어붙은 것은 시공사나 관리원들의 책임은 아닌 것 같았다.

배수구 입구에 송곳을 들이대고 망치로 톡톡 두들겼다. 두들기면
서 우영은 얼음의 두께가 얼마큼일까를 생각했다. 10센티 내외이면
모르되 배수관 전체가 얼어붙은 것이라면 송곳으론 가망이 없는 일
이었다.

송곳이 점점 깊이 박히면서 송곳의 손잡이마저 물에 잠겼다. 송
곳을 잡은 왼손이 깨질 것처럼 차가웠다. 왼손을 뗀 채 어림짐작으
로 수면 위를 때릴 수밖에 없었다. 부연 물이 튀어 옷과 얼굴을 적
셨다. 송곳이 얼음을 얼마큼이나 뚫었는지 물에 가려 육안으론 확
인할 수 없었다. 송곳의 철심이 거의 다 박혔는데도 물은 빠지지
않았다.

우영은 송곳을 빼고 손가락을 넣어 배수구를 더듬었다. 송곳이
들어갔던 자리의 얼음이 움푹 패어 있었다. 물은 얼음보다 더 차가
웠다. 입김으로 손을 녹여 가며 몇 차례 더 패인 자리를 더듬으며
망치질을 했다.

우영의 그런 모습을 아내가 보았다면 분명 조용히 지나치지 않았
을 것이다. 그러나 이제 뭐라고 할 아내도 그에겐 없었다. 아내와
의 실랑이를 민망하게 지켜볼 아이들도 없었다.

우영은 마침내 뚫린 얼음 구멍 사이로 물이 빨려 들어가는 기미
를 손가락 끝에 느낄 수 있었다. 간신히 뚫린 작은 구멍이었으므로
물의 흐름이 거의 느껴지지 않았지만, 물이 멈추지만 않아 준다면
머지않아 작은 구멍은 흐름의 힘을 입어 시나브로 커질 것이었다.

그러나 저녁이 다 되도록 물은 빠지지 않았다. 우영은 몇 차례 더
손가락을 넣어 구멍과 미세한 물의 흐름을 확인했다. 분명히 물은
흐르고 있었다. 그러나 베란다의 물은 시간이 흘러도 줄어들지 않

았다. 차가운 얼음 때문에 손가락 끝의 감촉이 착각을 일으킨 것인지도 몰랐다.

밤이 되자 기온이 더 뚝 떨어졌다. 응빙의 원인과 책임이 누구에게 있든 내일은 관리실에 전화를 해야겠다고 우영은 생각했다. 하지만 그래도 마음이 놓이질 않았다. 밤새 베란다의 물이 꽁꽁 얼어 버릴 것만 같았다.

오래도록 걱정을 하다 잠이 들어서였는지 우영은 스케이트를 타는 꿈마저 꾸었다. 꿈속에서 그는 스케이트를 탔다. 그가 스케이트를 타던 곳은 강도 저수지도 아니었다. 그의 베란다였다.

베란다 한가운데서 엉덩방아를 찧으면서 그는 꿈에서 깨어났다. 새벽 네 시였다. 통로처럼 좁은 거실을 지나 뒷베란다의 문을 열었다. 천만다행으로 그때까지 물은 얼지 않고 있었다. 바깥은 완벽한 어둠이었다. 우주공간에서 바라보는 천공도 그토록 두렵고 막막하지는 않을 것 같았다.

돌아와 다시 자리에 누웠지만 잠은 오지 않았다. 빨래 헹군 물을 뒤집어쓰며 배수구를 뚫던 전날의 기억이 새삼 떠올랐다. 게다가 베란다에서 스케이트를 타다 넘어지는 꿈이라니!

그런 그가 아내는 맘에 들지 않았을 것이다. 배수구를 뚫다 실패하고 꿈속에서 스케이트를 타며 허우적거리기나 하는 그를.

하지만 그건 우영도 싫어하는 자신의 모습이었다. 아내를 만나기 훨씬 이전부터, 아내가 했던 것보다 더 자신을 탓하고 원망하고 저주하기까지 했었다. 천성적이랄 만큼 주변머리가 없는 것, 유약한 것, 병적일 만큼 내 손해를 미리 다짐하는 것, 생색 같은 건 죽어도 낼 줄 모르는 것, 불편하게 할 만큼 남을 배려하는 것, 사소한 것에서 지나친 위안을 얻고 삶의 중차대한 문제 앞에서는 대범함을 가장하며 모른 척 숨어 버리는 것 따위들을.

결혼 전에는 그럴싸한 혹은 바람직한 자신의 됨됨이를 위해 희망을 갖고 반성하고 노력했었다. 결혼 후에는 아내와 아이를 둔 가장으로서, 사회인으로서 이른바 제대로 된 성격과 생활력이란 걸 갖고자 애썼다. 아내와 친지들은 어떻게 보았을지 모르지만 나름대로는 눈물겹고 피나는 노력을 해왔다는 사실을 그는 스스로 부정하지 않았다.

하지만 40이 넘으면서부터 우영은 비로소 아내와 아이들을 체념할 수도 있어야겠다는 생각을 하게 되었다. 그가 그런 생각을 품게 된 데는 나라의 경제적인 어려움 때문도 아니었고 오래전부터 조짐이 있어 온 아내의 변심 때문도 아니었다. 사람에게는 아무리 해도 바뀌지 않는 징그러운 그 무엇이 있다는 슬픈 깨달음 때문이었다. 친구와 동료와 직장 상사의 충고가 언제나 올발랐다는 걸 그라고 해서 모르지는 않았다. 그들의 충고를 따르느라 자신의 생겨먹은 주변과 성격을 저주하다시피 해온 것이 그의 40년이었다.

그러나 고달프게 나이를 먹고 분투하는 세월이 흘러도 낯선 것은 줄기차게 낯설었고 어색하고 어설픈 것은 여전히 어색하고 어설펐다. 그의 삶은 변화와 성취의 삶이 아니라 끝없이 서걱이는 것들과 여지없이 서걱이기만 하는 일 자체였다. 40년 가까이 반성하고 고치려고 해도 그는 아직까지 새해 복 많이 받으십시오라는 말을 남들보다 먼저 할 줄 몰랐고, 누구에게든 먼저 전화를 걸어 술 한잔 하자고 할 줄을 몰랐다.

새해 복 많이 받으라는 지극히 허례적인 말 한마디를 먼저 하지 못한다는 것 때문에 끊임없이 그리고 맹렬하게 자신을 탓하는 사람이 지구상에 몇 명이나 될까를 생각해 본 적도 있었다. 세상 사람들과 적당히 섞여 무난하게 살아가는 것을 가로막는 강력한 유전인자가 자신의 몸 속 어딘가에 새파랗게 똬리를 틀고 앉아 있는 것인지도 모른다고 생각한 적도 있었다.

이제 그에게 마지막으로 움켜쥘 위안이라는 것이 남아 있다면 그것은 자신을 용납하는 일이었다. 생겨먹은 바를 생겨먹은 바대로 오롯이 받아들이는 일이었다. 그것마저 없다면 구차하고 한스러운 삶일 망정 더 이상 연명해 갈 수 없을 것 같았다.

자신에겐 좀 심한 경우이긴 하겠지만 다른 사람들의 경우에도 얼마큼은 그들도 어찌할 수 없는 인생의 몽니 같은 것에 시달리고 있을 것만 같다는 생각이 들었다.

누구의 잘못도 아니라고 생각하고 싶었다. 우영 자신의 잘못도, 아내의 잘못도, 아이들의 잘못도 아니라는 걸 인정하고 싶었다. 세상의 일원으로 태어난 주제에 세상의 이런저런 요구들을 적절히 감당해 내지 못한 책임이 전혀 없었던 것은 아니겠지만 지금으로선 그 책임을 다하려고 애쓰는 일이 외려 자신과 주위 사람들을 더욱 불편하고 불행하게 만드는 거라고 여겨야만 할 것 같았다. 가족과 분리되게 된 이유란 것이 결국은 돈과 사랑과 지위와 능력 따위의 문제로부터 비롯된 것처럼 보이긴 하지만 그보다 더 궁극적인 이면에는 알 수 없는 생태(生態)의 역설적인 비의들이 도사리고 있는 것 같았다. 그들이 갈라서야만 했던 데에는 우영 자신의 빈번한 실직 때문만도, 아내의 변심 때문만도 아니었을 거라고 생각했다. 아니었을 거라고 생각하는 것이 그나마 자신의 딱한 처지를 추스를 수 있는 우영의 마지막 위안이었다.

하루가 밝았다는 것, 그리고 베란다의 물이 그때까지 얼지 않았다는 것 때문에 우영은 관리실에 전화하는 일을 조금 미루기로 하고 쓰레받기와 주전자를 떠올렸다. 쓰레받기로 베란다의 물을 퍼 싱크대로 옮겨 버리고 주전자에 뜨거운 물을 끓여 배수구에 부으면 의외로 쉽게 뚫릴지도 모른다는 생각을 했다. 그런 생각을 하면서 우영은 '나라는 인간은 어쩔 수가 없어……'라고 중얼거렸다. 그렇게 중얼거리긴 했지만 우영은 예전처럼 자신을 탓하지 않았다. 탓하지 않기로 했던 것이다.

사운드 오브 사일런스 107

그러나 결국 배수구는 관리 사무실에서 보낸 인부들에 의해 뚫렸다.

"901호 맞죠? 배수구가 얼었다구요?"

초인종을 누른 인부가 물었다.

"맞긴 합니다만……신고한 적이 없는데…….."

현관을 열어 주며 우영이 대답했다.

"신고가 돼 있던데요……202동 901호 맞잖아요?"

인부는 둘이었다. 환갑을 넘겼음직한 나이 든 인부가 대뜸 뒷베란다 쪽으로 가며 쓰레받기 같은 게 있으면 달라고 했다.

마침 쓰레받기를 찾아 놓았던 터여서 우영은 얼른 인부에게 건넸다. 그리고 물었다.

"분명히 신고가 돼 있더란 말이죠?"

"신고가 돼 있으니까 왔지요…….."

"대체 누가 했다는 건지…….."

우영이 중얼거렸다.

"사모님이 하셨겠지요. 뭐…….."

이번에는 젊은 인부가 대답했다.

"여긴 저 혼자 사는 집이거든요…….."

"그래요?……듣고 보니 이상하긴 합니다만, 무슨 상관입니까. 하여튼 막힌 건 사실이니까 뚫으면 그만 아니겠습니까?"

나이 든 인부는 이미 베란다의 물을 세숫대야에 퍼 담고 있었다. 젊은 인부가 세숫대야를 받아 싱크대에다 부었다.

"저도 그런 식으로 뚫어 보려던 참이었습니다. 어제 송곳으로 뚫다가 실패했거든요……물을 좀 끓일까요?"

주전자를 가스레인지 위에다 올려놓으며 우영이 물었다.

"세탁기 온수 꼭지가 얼지 않았으니 그걸 쓰면 될 겁니다. 물은 끓이지 않아도 되겠어요."

나이 든 인부가 잠깐 허리를 펴며 담배를 꺼내 물었다. 우영은 우두커니 서서 그들의 작업을 지켜볼 수밖에 없었다. 젊은 인부가 말했다.

"송곳으론 어림없었을 거예요. 아래층이 아직 입주를 하지 않아 베란다 새시가 없거든요. 그래서 언 거라구요, 아래층 관이……여기 올라오기 전에 아래층 배수관부터 녹여 놨어요. 곧 뚫릴 겁니다……."

응빙 원인에 대한 지극히 간단한 설명이었지만 젊은 인부의 말이 우영에겐 이상하리만치 듬직하게 들렸다. 지금까지 자신은 그 누구에게도 젊은 인부와 같은 확신에 찬 말을 해본 적이 없다는 생각이 들었다.

"우리가 안 왔으면 혼자 고생할 뻔했잖아요. 누가 신고를 했는지는 모르지만 하여튼 우리가 그 고생을 대신해 준 격이니 한턱 내야겠시다."

나이 든 인부가 온수 꼭지를 틀어 배수구에 끼웠으며 허허 웃었다.

"그래야겠네요……."

대답은 했지만 막상 그들에게 어떻게 고마움을 표해야 할지 몰라 우영은 끝내 말끝을 흐렸다. 그냥 해보는 소리로 받아들일 수도 있는 거였으나 우영은 남의 말을 그런 식으로 받아넘길 줄을 몰랐다. 인부의 말이 아니었더라도 그들의 방문을 내심 고마워하고 있던 우영이었다. 게다가 신고도 안 했는데 저들 스스로 찾아오지 않았던가.

나이 든 인부가 뜨거운 김이 무럭무럭 나는 온수를 배수구에 끼웠으면 젊은 인부가 식은 물을 쓰레받기로 퍼냈다. 그렇게 하길 2,3분도 채 안 되어 배수구가 뚫렸다. 나이 든 인부는 허리를 한 번 더 펴고 나서 베란다 타일까지 깨끗이 씻어 주었다. 부르지도 않은 배트맨이 달려와 순식간에 일을 깔끔하게 처리해 놓은 것 같았다.

"이거 고마워서 어쩌지요?"

정말 어찌해야 할 바를 몰라 우영은 그렇게 말했다.

고무장갑을 벗고 토시에 묻은 물기를 털어 내면서 나이 든 인부
가 물었다.

"정말 한턱 낼 맘은 있는 거요?"

"있고 말고요. 어떻게 하면 좋을까요?"

그러자 나이 든 인부가 껄껄 웃으며 뒷베란다를 슬쩍 턱으로 가
리켰다.

"저거나 주슈……."

그가 턱으로 가리킨 것은 소주였다. 이삿짐에 묻어 온 따지 않은
소주 한 병이 베란다 구석에 놓여 있었던 것이다.

나이 든 인부는 사이다 잔에다 소주를 따라 순식간에 혼자 두 잔
을 들이켜고는 젊은 인부와 함께 사라져 버렸다. 사라져 버린 것
같았다. 온다고 하고 온 것이 아니었듯이 그들은 갈 때도 간다는
말 한마디 없었다. 묵묵히 현관을 열고, 바깥 복도로 사라졌을 뿐
이었다.

일하는 것도 그랬지만 작은 사례를 원하고 받아들이는 그들의 방
식도 상쾌할 만큼 간단하면서도 명료한 것이었다. 그들이 사라진
뒤 우영에게 남아 있던 기분은 계란 프라이가 빠르고 이쁘게 익었
을 때의 느낌 같은 것이었다.

느닷없이 들이닥쳐 지난밤의 걱정들을 송두리째 거두어 간 그들
때문에 우영은 잠시 자신이 해야 할 일들이 무엇인지를 까먹은 채
우두커니 서 있었다.

그렇게 한참을 서 있다가 우영은 관리실에 전화를 했다.

"어제 17시 50분에 접수된 걸로 돼 있어요…… 생각나요, 어제
퇴근 직전에 제가 직접 받았으니까요. 왜요? 아직 인부들이 안 갔
나요? 안 갔다면 금방 가도록 조치하겠습니다."

사내는 친절했다.

"그게 아니라……."

우영은 수화기를 들지 않은 손으로 손사래를 쳤다.

"……누가 신고를 했던가요? 어제 일이니 기억하실 거 아닙니까?"

"누가라니요? 아저씨가 하지 않으셨습니까……."

"내가 했다고요?"

우영이 되물었다.

"어제 저녁에 관리 사무실로 직접 오셨지 않았습니까. 목소리를 기억하는데 아저씨가 맞아요……근데 뭐 잘못 신고된 사항이라도 있는 겁니까? 접수일지엔 뒷베란다 배수구 동파라고 적혀 있는데……신고한 사항이 잘못 됐다면 다시 말씀해 주시지요. 곧장 조치해 드리겠습니다. 어제 전 분명 그렇게 알아들었는데……."

사내는 말꼬리를 흐렸다. 우영이 서둘러 말했다.

"아, 아니에요. 뒷베란다 배수구가 얼었던 것이 맞아요. 조금 전 인부들이 와서 잘 뚫었고요. 고맙다는 인사도 드릴 겸해서……하여튼 수고하십시오."

우영은 얼버무리고 서둘러 전화를 끊었다. 배수구 막힌 집이 한두 집이겠는가. 반도 채 입주하지 않은 아파트라 아래층처럼 방풍 섀시를 달지 못한 세대가 적지 않을 것이었다. 누군가의 착오든 우연이든 외려 좋은 결과를 낳았으므로 신경 쓸 일이 아니라고 생각했다. 우영은 관리실 사내의 확신에 찬 음성을 떠올리며 조금 웃었을 뿐이었다. '목소리를 기억하는데 아저씨가 맞아요…….' 자신의 기억과 느낌을 지나치게 확신하는 사람들이 많은 곳이 세상이라는 곳이었다.

베란다에 물을 그득 채워 놓은 채 잠을 설쳤던 지난밤의 일들을 떠올리며 우영은 다시 한 번 자신의 변통 없는 주변머리에 실소를 머금을 수밖에 없었다. 그래서였을 것이다. 우영이라는 이름이 가당찮게 여겨졌던 것은.

혼자 살게 되면서 그가 먹거리로 사들였던 총각김치나 장조림 따위들도 사실은 아내가 즐겨 만들던 음식들이었다. 아내는 김을 구울 때 반드시 들기름을 발랐다. 가끔씩 끓이는 굴국이 맛있었다. 아이들도 그런 것들을 좋아했었다. 농협 공판장엘 가거나 아파트 단지 앞 슈퍼에 갈 때도 우영의 눈에 쉽게 띄는 것이란 그런 것들이었다. 아내의 존재를 얼른 잊기 위해서라도 우영은 어쩌면 일부러라도 그런 먹거리들을 피해야 했겠지만 애써 그럴 필요까진 없겠다는 생각을 했다. 무슨 일이든 이제 더 이상 애를 쓰기가 싫었다. 지난 40년 애써 온 걸로 충분했다는 뜻이 아니라, 지난 40년 동안 애써 왔지만 그 무엇 하나 제대로 애쓴 만큼의 보람과 흔적으로 남아 있지 않다는 사실을 알고 있기 때문이었다. 들기름 바른 김이나 굴국을 먹으면서 처량맞게 눈물이 쏟아지더라도 그냥 쏟아지는 대로 내버려 두겠다고 우영은 다짐했다. 이제는 더 이상 본때 있어 보이는 인간이 되기 위해 헛된 노력 따위는 하지 않을 것이었다.

우영은 뒤늦게야 상을 치웠다. 저녁에 김을 먹지 않았다는 사실이 새삼스러웠다. 그는 일부러 물을 크게 틀지도 수세미에 세제를 듬뿍 묻히지도 않았다. 손동작을 빠르게 하지도 않았다. 느리게 미적미적 설거지를 하는 것은 자칫 눈물을 쏟을 일이었으나 그는 서두르지 않았다. 천천히, 묵묵히, 몸 속에 이는 미세하고 복잡한 감정의 기류들을 뿌리치지 않은 채, 느껴지는 대로 그 가닥가닥들을 다 느끼려고 했다. 한숨이 나오든 몸이 무너지든.

아내가 우영의 어머니로부터 배운 유일한 것이 있었다면 그것은 김에다 들기름을 바르는 일이었다. 그러나 우영이 들기름 바른 김을 유독 좋아하게 된 데에는 그것이 대를 이어 내려오던 음식이었기 때문만은 아니었다.

김을 볼 때마다 우영은 자꾸 까만 밤이 떠올랐다. 김의 색깔이 까맣기 때문이기도 했겠지만 왠지 그 김을 늦은 저녁때만 먹었던 것 같다는 생각이 들었다. 그럴 리가 없었다. 김은 아침에도 점심에도 저녁에도 먹을 수 있는 거였고 실제로 그랬을 것이다. 그런데 어째서 김을 보면 저녁과 밤이 떠올랐던 것일까. 창호지 문 밖엔 어둠이 내려 이미 너구리 발자국 소리마저 가까이 들리고 흐린 등잔불 밑에 여덟 식구가 웅크리고 앉아 저녁을 먹는 밤이.

어쩌면 입 속에서 눈처럼 녹아 내리던 그 김의 기막힌 맛과 불내를 머금은 들기름향 때문이었는지도 모른다. 맛도 맛이었지만 식구 수에 비해 김의 장수가 터무니없이 적었기 때문이었는지도 모른다. 식구들의 눈치를 두루 살피지 않고는 함부로 김 그릇에 손을 내밀 수 없었다. 누나들과 형이 몇 장째 김을 가져갔는가를 속으로 일일이 계산을 해야 했고, 이때쯤이면 나도 한번쯤 김을 집어도 염치없는 식구가 되지 않을 거라는 판단이 서야 간신히 손을 뻗을 수 있었다. 모든 김을 혼자 입안에 처넣고 싶다는 욕망을 필사적으로 억눌렀던 것은 막내인 우영뿐만이 아니었다.

어쩌다 특별한 날이 되어 밥상에 김이 오르면 팽팽한 긴장감이 감돌 수밖에 없었다. 그러나 그 긴장감조차 함부로 드러내선 안 된다는 것이 가족 모두에게 요구되던 묵약이었다. 김이 오른 날의 식사 분위기는 그래서 엄숙했고 장엄해 보이기까지 했다. 아무리 나이가 어려도 천진한 욕심을 드러내는 것은 죄악이었다. 장유(長幼)의 구별 따위 없이 식구 모두가 수도자가 되어야 했다. 그 엄숙하고 장엄하기까지 한 식사 분위기에는 목하 어둠처럼 닥쳐 있는 곤궁에 대한 가족들의 눈물겨운 이해가 섞여 있었던 것이다.

늦은 저녁상에만 김이 올랐던 것은 분명 아니었을 것이다. 어쩌다 김이 오른 날의 식사 분위기가 밤처럼 어둠처럼 무겁고 적막하게 느껴졌던 때문이었을 것이다. 그러니까 우영이 들기름 바른 김을 유독 좋아했던 것도 미각의 차원의 것이 아니었을 수도 있었다. 그것은 집착일 수도 있었고 지나간 세월에 대한 회한의 변형된 심리일 수도 있었다.

밥상 위의 김을 혼자 입안에 처넣고 싶다는 욕망을 아무리 필사적으로 억누르려고 해도 가끔은 가족간의 긴장된 균형과 묵약이 깨질 때도 있게 마련이었다. 강요된 염치이긴 했으나 그래도 끝내 그 염치를 포기하진 않았다. 포기할 수 없는 거였다. 그러나 김을 먹고 싶다는 욕망이 너무도 크고 끈질겼던 나머지 손을 뻗어야 할 순서를 종종 까먹을 때가 있었다. 큰누나가 한 번 김을 집어갔을 뿐인데 둘째 누나가 그만 자제력을 잃고 두 번씩이나 김을 집어 가는 사태가 벌어지면 밥상 주변의 긴장은 일순간에 흐트러지게 마련이었다. 형제들의 눈이 불안스러이 떨며 번득이기 시작했다. 당장에라도 밥상이 난장판이 될 기세였다.

그럴 때마다 길고 날카롭고 번득이는 칼을 재빠르게 빼어 들었던 건 어머니였다. 물론 어머니의 손에는 숟가락이 달랑 들려 있었을 뿐이었지만 형제들에겐 어머니의 숟가락이 잘 드는 환도보다 더 무섭게 느껴졌다. 숟가락을 잡은 손의 서슬도 서슬이었거니와 좌중을 싸늘하게 훑는 어머니의 눈초리는 성난 황소도 잠재울 수 있을 만큼 완악하고 매몰찬 것이었다.

턱뺨 아래로 희끗희끗한 살쩍이 늘어진 데다 목이 거칠고 가늘었던 어머니였다. 그러나 어머니의 용모는 언제나 오방신장이 한꺼번에 덤벼도 능히 무찔러 버릴 기세를 갖추고 있었다. 가는 몸에 무명 적삼 하나만 걸치고도 섣달 눈보라의 들판에 석 달 열흘을 끄떡없이 서 있을 어머니였다.

형제들은 어머니의 기세에 금방 주눅이 들어 처음보다 몇 곱절 더한 자제력을 발휘하지 않으면 안 되었다. 그런 소용돌이가 있든 없든 그저 고개를 숙인 채 묵묵히 숟가락질만 하던 것이 아버지였다. 가족과 함께 앉아 있었지만 아버지는 밥상 위에서 벌어지는 기척들로부터 언제나 멀찌감치 떨어져 앉아 있는 것처럼 보였다. 아버지의 침묵은 잔치가 있는 집 추녀 밑에서 국수 한 사발과 탁주를 먼발치로 얻어먹던 떠돌이들의 매골을 닮아 있었다.

보잘것없는 곤궁한 식탁이었지만 그래도 먹는 행위에 지엄한 질서를 세우고 간섭하며 다스렸던 것은 언제나 어머니 혼자였다. 식탁을 장만한 사람으로서의 권위와 권리는 모두 어머니에게만 있는 것처럼 보였다. 아버지의 시야는 차마 반찬에까지 미치지는 못하였던지 그저 밥그릇에만 황송한 듯 코를 박고 느릿느릿 숟가락을 움직였다.

날마다 자정이 넘도록 실을 잣고 무명을 짰던 것도 어머니였다. 계란 꾸러미를 이고 허위허위 산을 넘어 읍내를 다녀왔던 것도 어머니였고 겨우 내내 화문석에 원앙을 앉히고 '복(福)'자(字)를 다듬던 것도 어머니었다. 새벽 아궁이 앞에서 머릿속으로 중얼중얼 돈계산인가를 하며 내리 한숨을 쉬었던 것도 어머니였다.

어머니는 어째서 그토록 고달픈 삶을 혼자서만 짐지려 했는지 우영으로선 알 수 없었다. 설령 아버지가 게으르고 주변이 없었다고 하더라도 수족이 성한 남자였던 이상 어머니는 종을 부리듯 부려서라도 아버지와 짐을 나눌 수 있었을 것이다. 그러나 어머니는 아버지를 일 못하는 닭이나 토끼 거둘 듯할 뿐이었다. 아버지라고 해서 마냥 놀고만 있었던 것은 아니었으나 어머니는 이미 아버지에게서 어떤 것도 기대하지 않는 눈치였다. 아버지는 아버지대로 한낮을 들판에서 보냈으며 갈잎이 들기 전에 산에 올라 겨울 땔감을 마련했다. 말이 없고 느리고 하루의 종적들이 분명치는 않았지만 식구들로부터 배척을 받을 만큼은 아니었던 것이다.

무엇 때문에 어머니가 아버지를 지아비와 가장으로 받아들이지 않았는지 우영이 모르기는 형제들과 마찬가지였다. 부모간의 특이한 관계가 허구헌날 마찰과 갈등을 빚어 집안이 시끄러웠다면 모를까 평온하달 만큼 싸움이란 게 없었기 때문에 우영과 형제들은 그렇게 세월이 가는 것인가 보다고만 생각했다.

　어머니에게 어떤 바람이 있었다면 그것은 형이었다. 두 딸에 이어 태어난 형은 아버지에게 향했어야 할 어머니의 기대까지 한 몸으로 감당해야만 했다. 보리와 감자로만 연명하던 집에 쌀밥이 처음으로 등장했던 것도 형이 태어나면서부터라고 했다. 우영이 태어나기 7년 전이었다.

　하지만 쌀밥은 어디까지나 어린 형의 몫으로만 딱 한 공기 지어졌을 뿐이라고 우영의 누님들은 그때를 회상하곤 했다.

　어쨌는 줄 아니? 우영의 큰누님은 그 시절을 회상할 때마다 어쨌는 줄 아니,라는 말로 시작했다. 쌀밥은 꼭 한 공기만 하는 거야, 어무니가. 밥 한 공기를 어쩌면 그렇게 태우지도 않고 잘하셨는지 몰라. 얄밉도록 말이야. 그땐 정말 그게 얼마나 신경질이 났는지 몰라. 밥을 하다 보면 조금 많이 할 수도 있고 조금 적게 할 수도 있는 건데 쌀알을 세어서 넣으셨던 건지 꼭 한 공기였어……조금 많이 했다고 해서 우리들한테 돌아올 차지는 없었겠지만 하여튼 나와 쟤는 날마다 오늘은 쌀밥이 한 숟갈 정도만이라도 더 나오지 않을까 애를 태웠지……큰누님은 둘째누님을 가리키며 동의를 구하는 시늉을 했다. 옛날 일을 들먹일 때마다 그들은 웃었지만 말을 꺼내기가 무섭게 그들의 눈에는 눈물이 어리곤 했다. 그리고 또 어쨌는 줄 아니? 큰누님은 벌개진 눈을 손등으로 훔치며 말했다. 어떤 날 밤이었는데, 아마 겨울이었던 것 같애. 아주 밤이 길게 느껴지던 날이었으니까. 내가 저고리에 동정을 다느라고 쌀밥 반 숟갈을 어머니한테 얻은 거야. 한 숟갈도 아니고 반 숟갈을 말이야. 그때가 기껏해야 열 서너 살쯤 됐을 땐데 내 손으로 저고리며 치마를 직접 만들어 입었댔지……동정을 달려면 밥풀이 있어야 되잖아. 보리쌀로는 그게 안 되지. 그래서 합법적으로……큰누님은 합법적이라는 말을 해놓고는 또 웃으며 울었다. 그래, 합법적으로 쌀밥 반 숟갈을 얻어다 동정을 달았어. 침침한 등잔불 밑에서 눈을 비벼 가며 달았지. 다 달고 났더니 밥풀이 조금 남더라. 그래서 그걸 낼름 먹었는데 갑자기 난리가 난 거야. 큰누님은 둘째누님을 손가락으로 가리키며 말했다. 쟤가 글쎄, 그 밥을 나 혼자 다 먹었다고 길길이 날뛰면서 왜장을 치지 않겠니? 대문짝만한 년이 동정 달고 남은 밥을 혼자 다 처먹었다고……등잔이 넘어져서 하마터면 불이 날 뻔했던 것만 봐도 쟤가 얼마나 한밤중에 지랄을 떨었었는지 알겠지? 둘째누님은 얼굴이 벌개진 채 웃고 있었다.

우리에게는 왜 쌀밥을 주지 않는 거냐고 감히 투정을 부릴 수 없었을 것이다. 아버지와 어머니와 어린 남동생을 향했어야 할 원망과 시샘이 불쌍하고 애꿎은 사람에게로 뻗친 꼴이었다.

두 누님의 엉뚱한 상잔(相殘)은 어머니의 한마디 외침으로 간단히 평정이 되었겠지만 그때 어둠 한켠에서 그 광경을 지켜보고 있었을 아버지의 마음은 어떤 것이었을까. 누님들은 그 아버지에 대해선 얘기하지 않았다. 아버지는 그 세월들을 어떻게, 무슨 생각으로 지내고 있었던 것일까.

아버지가 집안에서 자취를 감춘 것은 그후로도 오랜 시간이 더 지난 뒤였다. 우영이 태어나고도 5년인가 6년이 흐른 뒤였으니까.

우영은 그날, 그러니까 아버지가 흔적도 없이 사라졌던 날 밤을 기억하고 있었다. 봄이었다. 텃밭 감나무길에 참새 부리만큼씩 쑥이 자라 오를 즈음이었다.

우영보다 두 살 위인 누나는 그날 저녁 실성한 아이처럼 싱긋싱긋 웃으며 거울에 자신의 모습을 자꾸 비춰 보고 있었다. 등잔 심지를 낮춘 방은 여느 날보다도 어두웠다. 그러나 거울에 비친 누나의 얼굴은 매번 해맑았다.

우영은 누나가 어째서 거울 앞에서 터무니없이 해맑은 웃음을 연거퍼 흘리고 있는 건지 알 수 있었다. 이미 어두워진 저녁이었지만 누나는 그때까지 한낮의 개나리꽃길에 파묻혀 있었던 것이다.

비석거리는 노란 개나리꽃 천지였다. 해마다 그곳에는 꼭 그만큼씩의 개나리가 흐드러졌기 때문에 마을 사람들에겐 그다지 새로울 일도 아니었다. 그러나 봄이 되어 긴 가지 끝끝마다 샛노란 꽃잎들이 무더기무더기로 피어나면 비석거리를 오가던 사람들은 남녀와 노소를 불문하고 마치 처음 대하는 놀라운 광경에 사로잡히듯 걸음을 멈추고 가쁜 숨을 몇 차례 토해 내곤 했다.

그 개나리꽃 풍경 속으로 누나가 끝도 없이 폴짝폴짝 뛰어들었다가 뛰쳐나오는 광경을 우영은 삘기를 뜯다가 우연히 보았다. 누나는 방긋방긋 웃으며 혼자서 개나리꽃 풍경 속으로 뛰어들었다간 빠져나오기를 반복했다. 혼자 그러는 거였지만 누나 앞에는 마치 사진기를 든 사진사라도 있는 것처럼 보였다. 누나는 지치지도 않고 문희나 남정임이라도 되는 양 제법 어른스럽고 그럴싸한 표정을 지었다.

밤이 되어서도 누나는 개나리꽃 풍경 속에 빠져 있었다. 방 안의 어둔 벽 한켠에 걸린 달력 속의 윤정희도 개나리꽃을 배경으로 누나처럼 웃고 있었다. 그러나 등잔 심지 낮춘 방 안의 어둠 때문에 누나의 표정은 한낮처럼 밝을 수는 없었다. 구경조차 해보지 못한 사진기에 찍혀 보고 싶은 누나의 소망은 밤이 깊을수록 어둑신한 그늘에 시나브로 묻혀 가고 있었다.

그때 방문이 열리며 어둠속에서 아버지가 나타났다. 아버지는 품속에서 똬리처럼 크고 둥글게 생긴 물건을 은밀히 꺼내 누나에게 건넸다.

"무어에요, 이게?"

누나가 놀라 물었다.

"오래된 지남철이란다……."

조금은 자랑스럽게 아버지가 말했다.

“나침반 같은 거잖아요, 이거?”

누나가 물었다.

“지관한테서 그걸 얻느라고 오늘 하루 종일 지관 집 이엉을 엮어 줬다.”

아버지의 대답은 진지했다.

“바늘도 없어서 쓸 수가 없는 건데 뭘…….”

누나가 시큰둥하게 말했다.

“하지만 아주 오래된 거란다…….”

“오래된 거면 뭘 해. 쓸 수가 없는 걸. 아부진 어째서 오래돼서 쓸 수도 없는 걸 나한테 주는 거예요?”

“언젠간 너한테 필요할지도 모른다는 생각을 했다……늬 어머니도 틈만 있으면 오래된 재봉틀 하나만이라도 있으면 좋겠다는 말을 했거든.”

누나는 무슨 말인지 몰라 어리둥절해 있었다. 아버지가 말했다.

“그러니까 간직해 두거라. 너도 나중에 엄마처럼 크면 오래된 뭔가가 필요할지도 모르니…….”

아버지의 의중을 누나와 우영은 알 길이 없었다.

결국 그날 밤 아버지가 하루 종일 이엉을 엮어 주고 얻어 온 지관용 나침반이 문제가 되었다.

“기집애를 염쟁이로 만들 것도 아니고……아니, 염쟁이로 만들려고 했대도 그렇지. 개도 물어 가지 않을 헌 지남철을 뭣에 쓰겠다고 하루 품으로 바꿔 오누…….”

언제나 그랬듯이 어머니의 말은 낮고 날카롭고 싸늘했다. 그러나 길게 타박하는 어머니가 아니었다. 한마디면 끝이었다. 아버지 또한 언제나 그랬듯이 어머니의 경멸 어린 푸념을 조용히 받아 넘겼다. 그래서 싸움 같은 걸로 이어지지 않았다.

하지만 그날의 나침반이 문제가 되었던 거라고 우영이 생각했던 데는 그날 밤 아버지가 사라지는 일이 벌어졌기 때문이었다. 과연 나침반 때문이었는지, 우영은 그 뒤로도 확신할 수 없었다. 다만 처음으로 딸에게 무언가를 선물하고 스스로 대견해할 수 있었던 아버지가 어머니의 말에 큰 충격을 받았을 거라는 건 짐작할 수 있었다.

나침반으로 비롯된 그날의 작은 마찰도 집 안에서 언제나 볼 수 있었던 다른 사소한 서걱임들과 조금도 다르지 않은 거라고 우영은 처음에 생각했었다. 그런데 바로 그날 밤 아버지는 사라졌고 영영 돌아오지 않았다.

깊은 똥물에 빠져 허우적거리는 꿈을 꾸다가 우영은 잠에서 깨어났다. 밤똥을 누러 마당까지 가는 게 죽기보다도 싫었지만 더 이상 지체할 수 없을 만큼 급했다. 이부자리에서 빠져나와 방문을 열다가 안방 발치에 버려져 있던 낡은 나침반을 밟았다.

그믐밤이었다. 닭장 곁 먼 뒷간까지 가지 않고 마당에다 똥을 눌 수 있었던 것은 막내인 우영에게만 허락된 일이었다. 우영은 마당에 쪼그려 앉으면서 엉덩이가 꽝꽝 어는 겨울이 아니라서 다행이라고 중얼거렸다.

우영이 똥을 누어 놓으면 이른 아침에 아버지가 삽으로 떠다 버릴 것이었다. 안마당에는 그래서 여기저기 곰보 자국처럼 똥삽 뜬 자국이 패어 있었다.

어둠과 봄추위에 떨면서 우영은 똥을 누었다. 그러다가 우영은 어둔 공기의 느린 움직임을 느꼈다. 달도 없는 그믐밤이어서 눈에 보이는 것이라곤 아무것도 없었다. 그러나 우영은 분명 느낄 수 있었다. 사랑채 헛간 속에 고여 있던 어둠이 끓기 직전의 가마솥 물처럼 아주 느리게 용도리를 치고 있는 것을.

엉덩이를 깐 채 아랫배에 힘을 주던 우영은 눈을 흡뜨고 어둠의 움직임을 노려보았다. 땔나무를 쌓아 놓은 헛간이었다. 가을이 시작되기 전 아버지가 산에서 해온 땔나무들이었다. 조선낫으로 오리

나무 도토리나무 개암나무의 잔가지들을 베어 새끼로 묶은 겨울용 땔감들이었다.

아버지는 하루에 한 차례씩 산에 올라 한 묶음씩 겨울 땔나무를 해왔었다. 한 묶음으로도 지게가 가득할 만큼 큰 것이었다. 그 땔나무들을 헛간에다 차곡차곡 쌓아 놓았었던 것인데 그중 한 묶음이 천천히 허공으로 떠오르는 것이 보였다.

귀신이 조화를 부리는 것 같았다. 사색이 된 우영은 소리를 지를 수도 몸을 움직일 수도 없었다. 저절로 허공에 떠오른 나뭇단이 느리디느리게 반 바퀴를 돌더니 잠깐 동안 어둠 한가운데 머물러 있었다. 그리곤 이내 대문 쪽을 향해 비행접시가 사라지듯 사라져 버리고 말았다. 대문이 여닫히는 소리 따위는 들리지 않았다.

자신이 누어 놓은 똥이 마당에 그대로 있는 것을 본 아침에서야 우영은 아버지가 집 안에 없다는 사실을 알게 되었다. 지난밤 아버지가 집 안에 없었다는 사실을 어머니나 형제들은 조금도 이상하게 여기지 않았다. 아버지는 종종 식구들이 알지 못할 곳에서 밤을 새곤 했었으니까.

어머니는 다만 땔나무를 훔쳐 간 그 누군가를 향해 빌어먹다 거꾸러질 놈이라며 짧은 저주를 퍼부었을 뿐이었다. 아버지의 묘연해진 행방과 나뭇단의 증발을 누구도 연관짓지 못했다. 우영도 마찬가지였다. 그러나 나흘이 지나 닷새가 되도록 아버지가 돌아오지 않자 우영은 아버지가 사라지게 된 데에는 그날 밤의 나뭇단과 무슨 연관이 있지 않을까 생각하게 되었다. 나뭇단이 마치 날개 달린 벌나비처럼 저 혼자 허공으로 붕 떠올라 소리없이 어둠속으로 사라져 버리던 기억이 아버지가 없는 날들이 계속될수록 더욱 선명해졌기 때문이었다.

명색 한 집안의 가장이면서도 가족과 어울리지 못하고 배돌던 아버지가 가끔씩 나뭇단 속에 혼자 누워 허공을 쳐다보던 모습을 본

적이 있었다. 그날도 어쩌면 어머니의 지청을 들은 아버지가 나뭇단 속에 혼자 누워 있었을지도 모른다고 우영은 생각했다. 그때 아버지의 생각이 무엇이었고 어떠했는지는 모르지만 하여튼 아버지의 간절한 소망이나 염력 같은 것이 아버지가 들어가 누워 있던 나뭇단을 통째로 움직이게 했을지도 모른다고 생각했다.

어둠속에 혼자 떠오르던 나뭇단의 움직임은 슬픈 듯이 느렸고 대문 쪽으로 빠져나가기 직전에는 한참 동안 망설이기까지 했었다. 그러나 나뭇단이 사라졌던 것은 순식간이었다. 그 빠르고 날렵한 증발 뒤에는 체념과 결단과 한숨들이 쏟아 낸 것만 같은 뭉클한 여운이 오래도록 어둠으로 소용돌이치고 있었다.

그래서 지금도 아버지를 생각할 때마다 우영은 나뭇단을 타고 어둔 명부의 세계를 끝없이 떠도는 아버지의 슬픈 눈빛을 먼저 떠올리게 되는 것이다.

집에는 아버지의 도민증과 신발과 곰방대와 털벙거지가 그대로 남아 있었다. 조끼 주머니에 있던 구겨진 10원짜리 지폐에서도 아버지의 손아귀가 생생하게 느껴졌다. 아버지가 남기고 간 것들은 모두 아버지가 언제라도 문을 열며 불쑥 들어설 거라고 말하는 듯했다.

그러나 아버지는 오지 않았다. 보았다는 사람마저 없었다. 가족과 마을을 떠나서는 하루도 살 수 없는 사람이라고 마을 사람들은 입을 모았다.

그래도 아버지는 돌아오지 않았으며 시신을 인수해 가라는 연락 같은 것도 받은 적이 없었다. 불가사의였다. 아버지에 대한 가족이며 이웃들의 생각이 그때처럼 혼란스러웠을 때가 없었다. 아버지는 모든 사람들의 기대를 배반했고, 섣부른 추측과 확신들에 대해 뒤통수를 쳤다.

처음엔 무능으로 인한 어머니의 배척 때문에 집을 나선 거라고만 생각했던 우영도 점차 또 다른 이유들을 생각하게 되었다. 서울에 올라와 고등학교에 다닐 때에는 아버지가 오롯이 아버지 자신일 수 있는 삶의 환경을 적극적으로 찾아 나선 것인지도 모른다고 생각했었다. 대학 1학년 때에는 심지어 아버지가 지하 혁명당의 일원이었을지도 모른다는 생각까지 했었다. 그리고 아버지가 아무도 모르게 누군가를 사랑했었을지도 모른다고 생각한 것은 최근이었다.

하지만 우영은 알 수 없었다. 아버지가 사라질 수밖에 없었던 이유마저, 나뭇단을 통째로 실어 나갔던 그날의 어둠이 가뭇없이 가져가 버렸던 것이다. 어둠 외에는 대답을 기대할 곳이 없었다. 그러나 그 동안 밤은 여전히 밤으로만 침묵했고 어둠은 어둠으로만 적막했다.

설거지를 끝낸 우영은 손의 물기를 천천히 키친타월로 닦았다. 남은 총각김치와 장조림은 랩으로 싸서 냉장고에 넣었다. 우영은 느릿느릿 움직였다. 몸을 움직일 때마다 자신을 감싸고 있는 어둠들이 서걱이며 부서져 내릴 것 같았다.

어제 저녁까지만 해도 물로 흥건했던 뒷베란다에는 물 대신 어둠이 가라앉아 있었다. 바깥 추위를 피해 숨어든 겨울 어둠이 온순한 들짐승처럼 웅크린 채 잠들어 있었다.

방 안에는 여전히 낮은 촉수의 스탠드 불빛이 언저리의 어둠에 감싸여 있었다. 늦은 저녁을 먹었던 탁자 앞에 앉아 우영은 TV 리모컨을 집어들었다. 붉은 버튼을 눌렀지만 TV는 켜지지 않았다.

리모컨 건전지에 허연 버캐가 앉아 있었다. 우영은 벽에 붙어 있는 시계를 올려다보았다. 열한 시였다. 어둠 한켠에 물러나 앉아 있는 TV까지 다가가 전원 버튼을 누르고 싶지 않았다. 버캐가 앉은 건전지를 쓰레기통에 버렸다.

그때 전화벨이 울렸다.

"여보세요?"

리모컨을 탁자 위에 내려놓고 우영은 수화기를 집어들었다.

"나다……."

늙지도 젊지도 않은, 우영의 나이쯤 된 목소리였다.

"누, 구신지요?"

우영이 물었다.

"애비다. 벌써 목소리도 잊었느냐?"

"아, 잘못 거신 것 같습니다. 몇 번에다 거셨나요?"

"너, 우영이 아니냐?"

단호한 목소리는 아니었지만 전화 속의 음성은 확신에 차 있었다.

"이우영입니다만……."

우영이 말끝을 흐렸다.

"그래……이우영이고 말고. 이우영이니까 내가 전화를 걸었지……."

전화 속의 목소리도 마침내 흐려졌다.

잠시 침묵이 흘렀다.

우영은 어둠 한켠에 물러나 있는 TV를 물끄러미 바라보았다. 벽에 걸려 있는 시계를 한 번 더 올려다보았다. 열한 시 이 분이었다. 스탠드 불빛이 탁자 위의 유리에 반사되어 우영의 얼굴에 비쳤다. 우영은 큰 숨을 들이켰다.

"아버지?"

조심스럽게 물었다.

"그래……나다……."

다시 침묵이 흘렀다.

우영은 고개조차 움직일 수 없었다. 어둠이 흩어질 것 같았다. 간신히 한 손을 뻗어 스탠드를 껐다. 방 안은 삽시간에 어둠에 휩싸였다.

우영은 섣부른 감상이나 감정에 휘둘리고 싶지 않았다. 들이켰던

숨을 잘게 부수어 소리나지 않게 조금씩 내뱉었다.

"궁금한 게 있어요……."

"그렇겠지. 많을 테지……."

오히려 전화 속에서 한숨이 터져 나왔다.

"어쩌다 귀한 조기가 밥상에 오르면……아버진 창자가 맛있다며 창자만 드셨는데요……."

"그걸 기억하고 있는 걸 보니 내 아들이 맞구나……."

"정말……창자가 맛있었나요?"

"궁금하다는 게 그거냐?……."

"어렸을 적엔 아버지가 정말로 조기 창자를 좋아한다고 믿었죠. 어른들은 아이들과 입맛이 다른 거라고 생각했다는 말입니다……."

"그런데?……."

"그래서 은근히 조기 대가리나 창자는 아버지 차지로 양보했었지요. 그러는 게 기분이 좋았구요. 그런데 조금씩 나이가 들어 가면서……아버지가 집을 나간 뒤이기는 하지만……하여튼 철이 들면서는 아버지가 우리들 먹으라고 살코기를 양보했다는 생각이 들기 시작했어요. 자식들한테 살코기를 먹이려고 일부러 창자만 드셨다는……."

"……."

전화 속에서는 숨소리만 들렸다.

"그런데 더 나이가 들어 조기를 먹어 보니까 창자가 정말로 맛있는 거예요."

"네 나이가 올해 마흔넷이니까 그럴 만도 하겠지……너와 헤어질 때 내 나이도 꼭 마흔넷이었으니까……."

마흔넷……우영은 속으로 중얼거렸다.

"모르겠다는 거예요. 아버지가 창자만 드셨던 진짜 이유를. 나이에 따라 세월에 따라 이유들이 자꾸 달라지니까요. 아버지가 집을 나가게 된 이유도 그런 거겠지요…….”
“그런 거겠지…….”
“어떤 건데요?”
“너도 이제 마흔넷이잖니…….”
“하지만 모르겠어요. 뭐 그렇다고 아버지를 원망하거나 그랬던 것은 아닙니다.”
“안다. 알고 있다. 그러니 너에게 전화를 했지.”
대답이 아니었다. 우영이 다시 물었다.
“제 이름이 어째서 우영입니까?”
“너, 늬 누나한테 내가 헌 나침반을 주었던 거 기억하니?”
“기억하고 말고요……그날 아버지가 집을 나가셨는걸요.”
“니 이름도 그런 거였던 모양이다. 난 니가 잘 되기를 바랐다. 이름을 잘 지으면 이름대로 잘 살 수 있을 거라 믿었다. 그런 믿음을 가졌던 나를 이해할 수 있겠니? 내가 할 수 있었던 일이란 그런 것뿐이었단다.”
“헛된 믿음 같긴 하지만…….”
“나에겐 결코 헛된 믿음이 아니었다. 안쓰러운 믿음이었다면 모를까. 간절했으니까……늬 누나한테 헌 나침반을 선물했던 것도 잘못이었는진 모르지만 하여튼 그때도 난 무언가에 간절했었던 것만은 사실이다. 늬 누나도 그걸 알까 모르겠다.”
“정말 궁금한 게 있어요…….”
“그럴 거다…….”
“아버진 어머니와 그다지 사이가 좋지 않으셨죠. 아니, 어쩌면 어머니 쪽에서 일방적으로 아버질 좋아하지 않으셨던 건지도 모르겠어요. 물론 어머니께도 나름대로 그럴 만한 이유는 있었겠지만 말예요. 그런데…….”
“말하거라.”

"그러면서도 두 분이 자식은 낳으셨단 말이지요. 두 누님과 형 뒤로도 두 누님과 저를 또 낳으셨잖습니까?"

"그랬지……그랬어."

전화 속에서 한숨이 흘러나왔다.

"궁금한 것이란……그겁니다."

"네가 그렇게 물을 줄은 미처 생각지 못했다."

"궁금하긴 하지만 반드시 알고 싶다는 건 아닙니다."

"대답 못할 건 아니다. 다만 어떻게 대답해야 좋을지 모르겠구나. 너도 알다시피 늬 어머니와 난 하루 종일 말 한마디 나누지 않던 날이 많았다. 말만 나누지 않았던 게 아니었지. 나란히 누워 본 적도 거의 없었다. 늬 어머니가 내 접근을 거부했기 때문이 아니라 나 스스로 어머니 곁에 가지 않았다. 그렇게 하는 것이 어머니를 편하게 해주는 일이라고 생각했지. 나만큼 늬 어머니에게 못마땅한 존재는 없었으니까. 세상 그 누구도 나만큼은 아니었을 테니까……."

우영은 아내를 생각했다. 그리고 처음으로 아버지에게가 아닌 어머니에게 다른 사람이 있었던 것은 아니었을까 생각했다. 아버지가 어째서 조기 창자를 좋아했었던 건지 우영은 점점 더 알 수 없었다.

"제가……아버지 자식인 건 맞습니까?"

우영은 질끈 눈을 감아 버렸다. 어둠속이었으므로 눈은 감으나 마나였다.

"쓸데없는 생각은 말아라……."

전화 속에서 길고 깊은 한숨이 터져 나왔다.

"……여섯 모두, 내 자식이다. 외려 그게 더 눈물겹다."

"눈물겹다고요?"

"나와 늬 어머니는……더 이상 함께 자식을 낳을 수 없을 만큼 사랑도 정도 없었다. 그저 서로를 실망시키고 서로에게 실망하는 세월이었지. 한숨조차 메말랐었단다. 그런 늬 어머니와 내가 어쩌다 일 년에 한 번쯤 이미 다 메말라 버린 한숨을 짜내며 한숨으로 시작해서 한숨으로 끝나는 일을 했다고 생각해 보아라. 엄연한 또 하나의 목숨으로 태어나고야 말 그 어둔 밤의 한숨을 생각해 보아라. 사람이라는 것이, 무언가를 요구하지 않을 수 없는 몸뚱어리라는 것이 그토록 비참하게 여겨질 수가 없었다. 더 안타깝고 눈물겨웠던 것은 끝내 먼저 간절해지곤 하던 어머니의 눈빛을 내가 뿌리치지 못했었다는 것이고, 앙다문 어머니의 입술에서 한숨이 비어져 나오는 걸 들어야만 했었다는 것이다. 나는 그런 어머니를 원망할 수 없었다. 그런 삶을 원망하기만 할 수도 없었다. 눈물겨운 일이었으나 그것이 어머니를 더욱 무참하게 만들까 봐 나는 헛간 나뭇단에 처박혀서야 뒤늦게 눈물을 흘리곤 했단다. 그런 밤이 지나고 나면 어머니는 정말이지 저주스러울 정도로 호되게 자신을 책망할 수밖에 없었지. 너도 어머니가 하루 종일 호열자에 걸린 병자인 양 신열에 들떠 헛소리처럼 나와 세상과 자식들한테 악담을 쏟아 놓던 걸 기억하고 있을 거다……."

"아버지가 집에 계실 적에……아주 가끔씩 그러셨지요."

"그렇게 여섯을 낳았다. 여섯씩이나……."

"너무 긴 세월이었어요, 안타깝게도."

"안타깝지. 안타깝고 말고……천상 그렇게 살 바에야 그럭저럭 살 수 있길 바랐지. 그건 아마 어머니도 같은 마음이었을 거다. 같은 마음이었을 거라고 나는 믿는다……그래서 집에서 나올 수 있었겠지."

"같은 마음이었지만 맘처럼 되지 않았단 말이군요."

"사람살이라는 게, 세상살이라는 게 맘처럼 되지 않는 거더구나. 상대 탓만 할 수 없는 거더구나. 세상 탓만 할 수도 없는 거더구나. 나는 늬 어머니를 원망하지 않았다. 늬 어머니도 나를 원망하지만은 않았을 거라는 생각이 든다. 늬 어머니와 난 불운했던 것뿐이야……늬 어머니한테 미안하고 불쌍하고 그렇다."

전화 속의 음성이 점차 멀어져 가기 시작했다. 시각이 자정을 넘고 있었다.

"지금 어딘가에 살아 계신 겁니까?"

우영이 다급하게 물었다.

"살아 있든 죽어 있든, 그건 중요하지 않다. 왜냐면 살아 있다고 해서 너한테 아무런 도움도 못 되어 주었듯이, 죽어 있다고 해서 너를 영영 나몰라라 할 수도 없는 것일 테니까."

"그렇담 배수구 같은 게 막히면 또 신고해 주실 건가요?"

전화 속에선 잠시 침묵이 흘렀다. 꺼져 있던 스탠드가 저절로 켜졌을 뿐이었다.

"니가 어둠속에 갇혀 있을 때 지금처럼 두어 번 정도는 불을 켜 줄 수는 있겠지……우영이라는 이름을 내가 지어 주었으니."

"아버지…….”

우영은 낮게 아버지를 불렀다.

"말하거라…….”

전화 속의 음성은 조금 전보다 훨씬 멀어져 있었다.

"가시기 전에 저한테 아무 말이라도 좋으니 한마디만 더 해주고 가세요."

"나를 원망하지 않는다고 말했었니?"

"그래요. 원망하지 않아요."

"진심이겠지?"

"진심입니다."

"그렇다면 이제 네 자식들도 너를 원망하지 않을 거라는 걸 알겠구나…….”

그리고 전화는 끊겼다.

방 안엔 스탠드 불빛만 홀로 발갛게 빛나고 있었다.
더 이상 침묵은 언저리의 어둠의 모습이 아니었다.
불빛의 모습이었다.

그림자들

윤성희

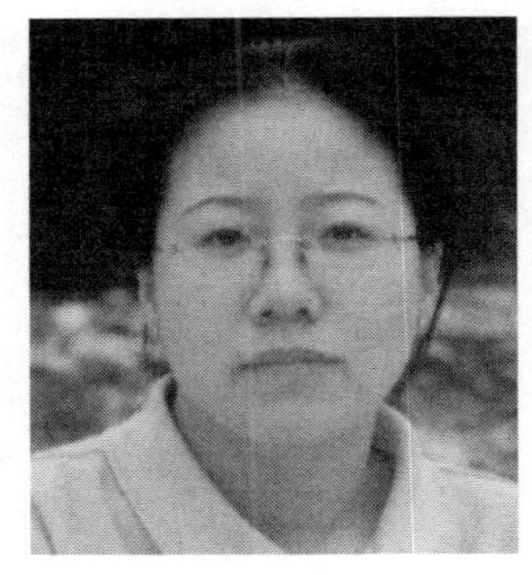

1973년 경기 수원 출생.

청주대 철학과, 서울예전 문예창작과 졸업.

1999년 《동아일보》 신춘문예에

단편소설 〈레고로 만든 집〉으로 등단했다.

그림자들

1

　그는 재떨이에 쌓인 담배꽁초의 수를 세었다. 여덟. 지금 물고 있는 것까지 합하면 아홉이었다. 맞은편에 앉은 여자가 담배연기를 피해 몸을 왼쪽으로 틀었다. 머리에 꽂은 상중(喪中)을 표시하는 리본이 가늘게 흔들렸다. 여자의 어머니는, 주민등록상으로 1946년 3월 19일 생이었다. 죽기에는 조금 이른 나이군. 속으로 중얼거리며 그는 서류를 한 장 넘겼다. 사망 원인은 화재에 의한 질식사였다. 경찰은 기도를 하기 위해 켜 두었던 촛불이 커튼에 옮겨 붙으면서 불이 시작되었을 것으로 추정했다. 돌아가시기 이틀 전, 그러니까 17일이죠, 그날 어머니는 헬스클럽에 등록을 했어요. 그것도 세 달치를 한 번에 냈다구요. 세 달치를. 여자는 그에게 손가락 세 개를 펼쳐 보이면서 세 달이라는 말을 반복했다.

　6개월 과정의 제과제빵학원에 등록한 사람도 있었죠. 그 사람은…….

그는 여자가 매달리고 있는 끈을 끊어 버리고 싶은, 끈 따위는 끊어지면 그만일 뿐 아무 희망도 될 수 없다는 사실을 깨닫게 해주고 싶은 충동이 일었다. 거기까지만 하자. 그는 머리를 흔들었다. 아, 그래요. 여자는 아주 천천히 고개를 끄떡이며 대답했다. 그렇다니. 그는 여자의 대답이 무엇을 뜻하는 것인지 알 수 없었다. 그럴 수도 있겠다는 뜻인지, 그게 자기와 무슨 상관이냐는 뜻인지. 여자는 실망하는 기색도, 당황하는 기색도 보이지 않았다. 그는 서류 한 켠에 이렇게 적었다. 자살이 아닐 가능성은?

죽기 한 달 전에 제빵학원에 등록했던 남자는 사업에 실패한 중소기업 사장이었다. 중학교 1학년인 아들과 초등학교 2학년인 딸, 그리고 부인 앞으로 남겨진 보험금은 모두 13억. 그중에서 그의 회사가 지불해야 할 돈은 8억이었다. 하지만 그들은 한푼의 보험금도 받지 못했다. 교통사고를 위장한 자살이었다. 재판 과정에서 유가족들은, 사업에 실패한 후 한동안 실의에 빠져 지낸 것은 사실이었지만 최근에는 새 삶을 살겠다는 의지가 누구보다도 강했다고 주장했다. 남자는 제과제빵학원에 등록을 했고, 자격증을 따면 빵집을 차릴 것이라며 인근 빵집들의 사진을 찍어 두기도 했다. 노트에는 디자인이 독특한 빵집의 사진이 가득 붙어 있었다. 남자는 시 외곽의 국도에서 교통사고 다발지역이라고 쓴 경고문을 들이박고 죽었다. 사고는 지나치게 깨끗했다. 비 오는 날이었고, 1년이면 열 명은 족히 죽는다고 알려진 도로였다. 새 삶을 살겠다는 의지가 너무 강했으므로 남자의 죽음은 더욱 빛났고, 사람들에게 도대체 산다는 것은 무엇일까 하는 회의를 느끼게까지 했다. 그래서 그는 의심을 품게 되었다. 남자는 왜 교통사고 다발지역이라는 경고문을 들이박았을까? 어떤 말을 하고 싶었던 것은 아닐까? 결코 자살이 아니라고. 단순한 교통사고로 봐 달라고. 남자는 죽으면서까지 완전한 증거를 남기고 싶었던 것이다. 하지만 그것이 실수였다. 교통사고 다발지역. 그것은 죽은 남자가 남긴 유서였다.

여자의 어머니가 가입한 보험은 모두 네 개였다. 그는 머릿속으로, 여자가 탈 수 있는 보험금이 얼마나 되는지를 계산했다. 1억과 1억 5천만 원, 그리고 20년 동안 매년 지급되는 돈이 각각 300만 원과 400만 원이었다. 보험금을 노린 사건치고 큰 액수는 아니었다. 하지만 월 납입료가 많은 부담감에도 불구하고 사망시 유족에게 지급되는 금액이 큰 상품에만 가입했다는 것, 노후보장을 위한 연금성 보험을 두 개나 가입했다는 것이 의심스럽다며 과장이 그에게 이 사건을 넘겼다.

왜 연금성 보험을 두 개나 가입했을까요?

여자는 가방에서 수첩을 꺼내 무엇인가를 찾았다.

박희영 씨네요. 어머니에게 보험을 권했던 설계사분 이름이요. 그분이 그러시는데, 어머니가 자식이라곤 딸이 하나밖에 없어서 연금이라도 많이 가입해 둬야겠다고 했대요.

대부분의 유가족들은 사고였는지 자살이었는지를 알고 있다. 어떤 이들은 죽기 전부터 알고 있고, 어떤 이들은 죽고 나서야 깨닫는다. 죽기 전까지 아무런 증거도 남기지 않으려 애를 쓰겠지만, 자살을 생각한 순간부터 자기의 몸에서 무엇인가가 서서히 빠져나가는 것은 막지 못한다. 그래서 가족들은 자신의 배우자 혹은 부모님이 비어 가고 있다는, 언젠가는 허공이 될 것이라는 사실을 직감할 수 있다. 물론 그가 만난 유가족 중에 그것을 인정하려는 사람은 없었지만. 그래서 그는 자기가 밝혀 낸 자살 중에서, 몇 건이 진짜였는지는 모른다.

그는 서류에 55세라고 적고는 그 위에 동그라미를 여러 번 그렸다. 주민등록상으로 55세가 된 날, 여자의 어머니는 죽었다. 두 개의 연금보험은 55세를 기준으로 각각 100만 원씩이 더 지급된다.

그러나……. 시집도 안 간 딸을 놔두고 자살한 어머니. 그럴 정도의 절박한 상황을 찾아볼 수는 없었다. 5년만 더 있으면 매달 40만 원의 연금이 지급될 것이고, 그러면 멋진 노후를 설계할 수 있었을 것이다.

정말 제 어머니가 자살을 했다고 생각하세요?

그는 여자의 얼굴을 쳐다보았다. 4억이나 되는 보험금을 놓칠지 모르는데도 여자는 초조해하질 않았다. 여자는 말을 할 때마다 오른쪽 입꼬리를 살짝 올렸는데, 그럴 때마다 오른쪽 눈가에 옅은 주름이 생겼다. 그는 서류를 덮으면서 이 일은 그만 마무리해야겠다고 생각했다. 설사 자살이었다 하더라도 입증하기는 힘들 것이다. 그는 여자처럼 입꼬리를 한번 실룩거린 다음, 장난기가 섞인 목소리로 말했다.

그렇다면, 만일 자살이 아니라고 확신한다면, 저를 설득해 보세요.

2

36단 기어가 있는 자전거, 라고 그녀는 수첩에 적었다. 그리고는 그 옆에 괄호를 치고는 자전거 색에 맞는 운동복이라고 썼다. 스포츠용품점을 한 바퀴 도는 동안 수첩 한 장이 가득 채워졌다. 생활용품이 있는 5층으로 올라가면서 그녀는 수첩을 다음 장으로 넘겼다. 백화점에는 유리창이 없다. 그녀는 백화점 식품매장에서 3년을 일했지만, 오늘에서야 유리창이 없다는 사실을 알았다. 식품매장은 지하 1층에 있으니 유리창 따위는 생각해 보지도 않았다. 3층 매장을 돌다, 그녀는 비가 오는 날이면 백화점 정문에서 나눠 주는 우산 덮개 비닐이 쓰레기통에 버려져 있는 것을 보았다. 비가 오나. 그녀는 고개를 들어 밖을 보려 했지만 어디에도 유리창은 없었다.

오늘부터 13일 간 백화점은 세일에 들어갔다. 11시부터 있었던 반짝 세일에서, 그녀는 100상자 한정으로 한우 갈비세트를 판매했다. 물건은 15분이 지나지 않아서 동이 났고 물건을 사지 못한 사람들은 그녀에게 항의를 했다. 발단은 줄을 섰을 때는 분명히 100명 안에 들었다는 한 아주머니로부터 시작되었다. 아주머니는 자기가 분명히 87번째였다고 우겼고, 그 말에 아주머니 앞줄에 서 있던 사람들은 술렁이기 시작했다. 원래부터 물건은 100개가 아니었을지 모른다고 누군가 말하자, 사람들은 소비자권리를 운운하며 책임자를 찾았다. 관리자가 나서 해명을 하는 동안 그녀는 탈의실로 가서 옷을 갈아입었다. 그리고는 1층부터 쇼핑을 하기 시작했다.

　5층에서 한 직원이 그녀를 알아봤다. 언니, 이 시간에 웬일이야. 몇 달까지만 해도 지하 식품매장에서 같이 일을 하던 직원이었다. 나 백화점 그만뒀어. 그녀는 유니폼을 입지 않았다는 것을 강조하기 위해서, 청바지를 손가락으로 가리켰다. 그건 그렇고, 여긴 왜 창문이 없니. 언닌 그것도 몰랐어. 백화점에는 원래 창문이 없어. 시계도 없고. 시간 가는 줄 모르고 쇼핑하라는 뜻이잖아.

　그녀는 패스트푸드점에 앉아서, 도로 건너에 있는 공사중인 건물을 바라보았다. 6층 건물이 철근 구조물에 싸여 있고 인부들이 매달려 있었다. 건물은 새로 짓는 것이 아니라 겉만 보수를 하는 중이었다. 2층 미용실에 사람들이 앉아 있는 것이 보였다. 저 건물 지하에는 카페가 하나 있었다. 자리마다 칸막이가 쳐 있고 조명 대신 촛불을 밝혀 주던 곳. 입구에는 여덟 개의 촛불이 켜져 있었는데 밑에 쌓여 있는 촛농이 가게의 역사를 말해 주고 있었다. 그녀가 처음 그 카페를 출입했을 때가 고등학교 2학년, 촛농이 무릎 높이로 쌓여 있었다. 촛농에 덮여 볼 수 없지만 촛대의 아래쪽에는 정말 근사한 장식이 있다고 그녀에게 카페를 소개시켜 준 E가 말했다. 그런 식으로 E는 자기가 얼마나 오래된 단골인지를 자랑하고 싶어했다. 그곳에 드나들던 친구들이 각자 흩어지면서, 그녀도 발길을 끊었다. 마지막으로 간 게 5년 전인가. 그녀는 수첩을 꺼내 카키색 사파리라고 적었다. 고등학교 때 제일 부러워했던 것은 E가 입고 다니던 카키색의 사파리였다. 그녀는 카운터로 가서 치즈버거와 콜라 하나를 시키고는, 카운터에 있는 시계를 보았다. 3시 23분. 탈의실에서 나왔을 때가 11시 40분쯤이었으니까, 거의 네 시간 동안 백화점을 돌아다닌 것이다.

만약 주변의 누군가 죽는다면, 이런 봄날 죽었으면 좋겠다. 뒷자리에서 들려오는 말에 그녀는 햄버거를 씹다 말고 삼켰다. 주먹으로 가슴을 두들겨 봤지만 가슴에 얹힌 햄버거는 내려가질 않았다. 너, 검은색 정장이 봄옷 한 벌뿐이라 그러지, 미친년. 뒷자리에 앉은 여자들이 낄낄대고 웃기 시작했다. 그녀는 콜라 뚜껑을 열고는 남아 있는 콜라를 마셨다. 컵에 남아 있는 얼음까지 모두 먹은 다음에야 가슴이 시원해졌다.

건물 입구에는 통행에 불편을 드려 죄송합니다, 라는 푯말이 붙어 있었다. 그녀는 아직도 그 카페가 지하에 있는지, 있다면 입구에 밝혀 놓은 촛불도 여전한지를 확인하고 싶었다. 차도 건너편에서 볼 적에는 건물에 많은 사람들이 매달려 있던 것 같았는데, 건물 아래에서 보니 5층쯤에 두 명의 인부만이 보였다. 그중 한 남자가 발을 헛디뎠다. 그 바람에 그녀의 눈에 무엇인가가 들어갔다. 그녀는 손가락으로 눈꺼풀을 벌리고는 다른 손으로 바람을 일으켰다. 눈에 들어간 티가 빠지지 않자 고개를 숙이고는 눈물을 흘려 보려고 애를 썼다. 그 순간, 그림자가 그녀를 스쳤다.

건물에 매달려 있던 남자가 떨어졌다. 건물에 쳐 놓은 안전망은 남자의 무게를 견디지 못했고 안전망을 지탱하던 파이프 하나가 지나가던 사람의 어깨를 내리쳤다. 남자는 그녀 앞으로 떨어졌다. 그녀가 조금만 몸을 돌렸어도 남자는 그녀의 목을 덮쳤을 것이다. 떨어진 남자의 머리에선 피가 흘렀고 그 피가 그녀의 구두 밑창으로 흘렀다. 남자의 오른손은 그녀의 발목에 닿아 있었다. 손에 무엇인가 반짝이는 것을 쥐고 있었다. 그녀는 허리를 숙여 남자의 손을 옆으로 옮기는 척하면서, 쥐고 있는 물건을 꺼냈다. 손목시계였다.

3

그는 C역에서 내렸다. 역 광장은 작고 아담했다. 광장의 오른편에는 햄버거 가게가 하나 있고, 왼편에는 3층이 넘지 않는 건물들이 죽 늘어서 있었다. 그는 햄버거 가게로 가, 광장을 바라볼 수 있게 만든 일자형의 테이블에 앉았다. C역의 주변 건물들은 모두 C역을 닮았다고 그는 생각했다. 그는 건물 꼭대기에 모형 볼링핀이 세워진 건물을 보았다. 그가 중학교 때 지은 건물이었다. 지하 1층의 오락실부터 2층의 당구장까지, 주말이면 학생들로 가득 찼었다. 중학교 2학년 때 같은 반을 했던 아이네 집이었는데, 그들은 그 건물 3층에서 살았다. 그 건물에서 나오는 걸 부모님이나 선생님에게 들키면, 손가락으로 맨 꼭대기 층을 가리키고는 이렇게 말했다. 친구네 집에 왔던 거예요. 볼링장 옆에 지어진 건물들은 그가 C를 떠난 다음에 지어졌다. 1년에 한두 번씩 C에 내려오면 역 주변은 항상 공사중이었다. 하지만 그는 어느 건물에서도 새것이라는 느낌을 받지 못했다. 그리고 새 건물이 지어지면 상대적으로 초라해지게 되는 옛 건물들도 낡았다는 느낌이 들지 않았다. C는 태어날 때부터 조숙한 아이, 그러나 더 이상 자라지 않는 아이와 같았다. C에서 태어나 C에서 자란, 그와 그의 친구들이 그런 것처럼.
　종업원이 다가와 그가 앉아 있는 자리를 닦았다. 더럽지도 않은 탁자를 닦는 것은 음식을 시키든지 이제 그만 나가든지 하라는 뜻이 담겨 있을지도 모른다. 하지만 햄버거 가게에는 햄버거를 사 먹는 사람보다 팔짱을 끼고 누군가를 기다리는 사람이 더 많았다. 그의 옆에 앉은 여자도 한 시간 넘게 누군가를 기다리고 있었다. 통유리로 된 벽에 맞대어 있는 일자형의 탁자에는 그와 그 여자만이 앉았다. 여자는 정장을 입고 있었는데 신발은 옷과 전혀 어울리지 않는 운동화였다. 그는 시계를 한번 들여다보고는 천천히 밖으로 나왔다. 35번 버스가 정거장에 섰다가 두 명을 태우고는 이내 출발했다. 변동이 없다면, 35번 버스의 배차 간격은 15분일 것이다. 35번 버스는 그가 살던 동네를 지나간다. 고향집에는 그의 어머니와 형이 살고 있다. 한번 다녀가라. 어머니는 전화를 할 때마다 그렇게 말했다. 그는 역사로 들어가, 되돌아가는 승차권을 끊었다. 지난 두 달 동안 그는 C역에 여덟 번을 왔다. 토요일 오후 그는 2시 03분이나 2시 16분에 출발하는 기차를 탔고, 햄버거 가게에 앉아 있다가 종업원이 탁자를 닦을 때쯤이면 일어나 집으로 돌아갔다.

주말이라 좌석을 기대하는 것은 거의 불가능했다. 그는 일곱 살 정도 된 계집아이가 앉아 있는 좌석에 몸을 기댔다. 입석으로 갈 때면 그는 어린아이가 앉아 있는 좌석을 찾았다. 어른들보다 덩치가 작아서 손잡이에 앉아 가기가 편했다.

여기 제 자리인데요. ……이봐요. 여기 제 자리라니까요.

C역을 출발한 지 30분 정도 지났을 때였다. 그는 앙칼진 여자의 목소리에 뒤를 돌아보았다. 운동화를 신은 여자가 보였다. C역의 햄버거 가게에서 만난. 푸른 빛이 도는 안경을 낀 여자가 자리에 앉아 있는 운동화를 흔들었다. 잠에서 깨어난 운동화는 눈을 찌푸리고는 주변을 둘러보았다. 사태를 파악했는지 안경 낀 여자에게 사과를 하며 일어났다. 그는 썩 훌륭한 연기군, 이라고 중얼거렸다. 운동화는 잠들지 않았었다. 안경 낀 여자가 흔들어 깨울 때, 운동화는 허벅지에 올려놓은 손가락을 어떤 리듬에 맞춰 움직이고 있었다.

개찰구를 나와 그는 지하 상가로 들어갔다. 우동 한 그릇이요. 가게 주인은 그를 알아보았다. 출장 갔다 오시나 보죠. 그는 수저함에서 숟가락과 젓가락을 꺼내며 고개를 끄떡였다. 이번에는 어딜 갔다 오셨나요? P시에요. 그렇게 출장을 많이 다니면 외롭지 않으세요. 날마다 밥도 혼자 먹어야 하고. 가게 주인은 그 앞에 우동 한 그릇을 내려놓으며 말했다. C시에 갔다 오는 날이면 그는 이곳에서 우동을 사 먹었다. 우동 한 그릇을 다 먹을 동안 그는 한 번도 고개를 들지 않았다. 혼자 밥을 먹는 것은 그의 오래된 습관이었다. 이제 회사 동료들은 점심시간이 되도 그에게 밥을 먹으러 가자고 권하지를 않았다. 혼자 밥을 먹으면서 그는 자기 안에 숨겨져 있는 쓸쓸함을 잊지 않으려고 애썼다. 그것이 고향 C를 떠난 다음에 그가 스스로에게 내린 벌이었다.

어서 오세요. 문에 매달아 놓은 종이 울렸다. 어디 갔다 오시나 보죠. 가게 주인은 그의 앞에 있는 수저함에서 숟가락과 젓가락을 꺼내 갔다. 예, P시에요. 그는 등뒤에 꽂히는 누군가의 시선을 느꼈다. 뒷자리에 앉은 사람은 기차에서 만난 운동화였다. 운동화는 김밥을 먹고 있었다. 그는 운동화가 앉은 탁자로 다가가 맞은편 의자에 앉고는, 말을 건넸다.

잠을 자는 척하던 연기는 좋았어요.

4

경찰에게 전화가 오자 그녀는 짜증이 났다. 어머니가 돌아가시고 난 다음, 그녀는 그날 하루의 일을 다섯 번도 더 반복해서 이야기해야 했다. 또 무슨 일이죠? 그녀의 따지는 듯한 말투 때문인지 경찰은 말을 더듬었다. 저, 저…… 어제 사고 때문에 전화드렸습니다. 목격자로서 몇 가지만 말씀해 주면 됩니다. 사고요? 그제서야 그녀는 그녀의 발목에 손을 얹고 죽은 남자를 떠올렸다.

구두에는 얼룩이 져 있었다. 그녀는 휴지에 물을 묻혀 구두를 닦았다. 휴지가 붉게 변했다. 실족사한 남자의 머리에서 흐른 피였다. 그녀는 가방에서 수첩을 꺼내, 구두라고 적었다. 수첩에는 그녀가 사야 할 물건을 적은 목록이 가득했다.

그녀에게 전화를 건 경찰은 파란 모자를 쓴 사내와 이야기를 나누고 있었다. 경찰은 그녀에게 커피 한 잔을 뽑아 주면서, 조금만 기다려 달라고 말했다. 순식간이었죠. 제 옆에 서서 일을 했는데, 어 하는 소리에 고개를 돌려 보니까, 그만……. 손을 뻗을 시간도 없었죠. 파란 모자는 허공에 대고 손을 뻗는 시늉을 했다. 팔은 시계 자국만 남겨 놓고 검게 그을렸다. 그 자국을 보고 원래는 참 흰 피부구나, 라고 그녀는 생각했다.

의례적인 거니까, 그날 본 것만 말씀해 주세요. 그녀는 조금 전까지 파란 모자가 앉았던 자리로 옮겨 앉으면서 말을 했다. 아무것도 못 봤어요. 눈에 티가 들어갔거든요. 전 그때 눈물을 흘리려고 애를 쓰고 있었죠.

장례식장에는 모두 일곱 명의 장례가 치러지고 있었다. 세 명은 노인이었고, 한 명은 아주머니 또 한 명은 50대의 남자였다. 실족사를 한 남자의 빈소는 초라했다. 영정 속에 있는 남자의 얼굴은 앳되었다. 죽은 남자의 어깨에는 누군가의 손이 올려져 있었다. 친구와 어깨동무를 하고 찍은 사진에서 오린 듯했다. 경찰은 죽은 남자가 스물여섯이라고 했다. 조문객들은 스무 명이 되지 않았다. 모두 두 테이블로 나누어져 있었는데 한쪽은 남자의 친구들인 모양이었다. 눈에는 충혈이 졌고, 서로들 아무 말도 하지 않았다. 다른쪽은 현장에서 같이 일했던 동료들 같았다. 그들의 자리에는 술병이 가득했다. 갑자기 한 사내가 큰 소리를 내며 울었다. 경찰서에서 보았던 파란 모자였다. 하지만 사내의 울음에는 슬픔이 느껴지지 않았다. 정말로 슬픔이 담긴 눈물이었다면, 애써 눈물을 참고 있던 사람들에게 옮겨졌을 것이다. 하지만 죽은 남자의 친구들은 눈에 고인 눈물을 닦고는 이상하다는 듯이 파란 모자를 쳐다보았다. 그녀는 빈소에 봉투 하나를 올려놓고는 밖으로 나왔다.

아파트 경비는 그녀를 보자 경비실 창문으로 고개를 내밀었다. 아가씨. 집은 언제 고칠거요? 그녀는 아파트를 올려다보았다. 유리창이 깨진 베란다와 검게 그슬린 벽이 보였다. 보험금이 나오거든요. 보험금이 나오면, 그녀는 윗집의 베란다를 고쳐 주어야 했다. 불을 맨 처음 발견한 사람은 맞은편 동에 사는 남자였다. 안방의 창문이 베란다와 연결되어 있는 바람에 불길은 베란다를 통해 윗집으로 올라갔지만, 다행히도 불이 더 퍼지기 전에 소방차가 왔다. 불은 안방과 거실을 태우고 꺼졌다. 그녀의 어머니는 현관 틈에 얼굴을 대고 죽어 있었다. 질식사였다. 그래도 어머니의 시신이 불에 타지 않아서 다행이라고 그녀는 생각했다. 추한 모습은 남에게 보이기 싫어하시던 분이었으니까.

그녀의 방은 온전했다. 문이 반 정도 탔을 뿐이다. 화장실 문은 활짝 열린 채로 불에 탔다. 까맣게 타 버려, 건드리기만 하면 폭삭 가라앉을 것만 같은 문을 열고 화장실로 들어갔다. 화장실 바닥에 앉아 오줌을 누다 말고 그녀는 웃었다. 그래도 문이라고, 다 타 버린 문을 열고 닫고 자신이 우스웠다. 이 집에 누가 있다고.

그녀는 검게 탄 텔레비전 앞에 쭈그려 앉았다. 손가락으로 브라운관을 만지자 검은 재가 묻어 나왔다. 브라운관에 네모를 그리고 그 안에 동그라미들을 그려 넣었다. 그러자 꼭 리모컨 같았다. 거실에 있는 시계는 1시 25분에 멈췄다. 그녀는 주머니에서 시계를 꺼내 시간을 보았다. 8시 30분. 어머니가 좋아하는 연속극을 할 시간이었다. 그녀는 브라운관에 그린 리모컨의 버튼을 꾹 눌렀다. 그녀는 수첩을 펼친 다음에, 텔레비전을 적은 장을 찾았다. 무선 다리미, 오디오, 다음에 텔레비전이 적혀 있었다. 그녀는 그 옆에 괄호를 치고는 와일드 평면TV 63인치라고 썼다.

5

왜 매주 C역엘 가죠? 그냥 되돌아올 거면서.

어떻게 알았죠?

그는 맞은편에 앉아 있는 운동화가 어떻게 그 사실을 알고 있는지 짐작조차 할 수 없었다.

어떻게 알았는지 말하면 당신도 이율 말해 줄 거죠?

운동화는 깍지 낀 손에 턱을 괴고는 이야기를 했다. 운동화가 C역에 가길 시작한 것은 올 1월이었다. 토요일 오후면 C역에 가는 기차표를 끊었고, 햄버거 가게에 앉아 C역의 광장을 쳐다보다가 그냥 되돌아오기를 반복했다고 했다. 그를 본 것은 한 달 전. 기차에서였다. 기차에서 본 사람을 햄버거 가게에도 또 보게 되자 이상한 생각이 들었고, 자기처럼 그저 멍하니 광장만 바라보다가 되돌아가는 것이 궁금증을 일으켰다고, 운동화는 말했다. 거기까지 말을 하고는 운동화는 그를 쳐다보았다. 이제는 그가 말할 차례라는 표정으로.

C역은 고향이거든요. 됐죠?

그는 짧게 대단했다.

이율 말해야죠. 왜 역 광장만 멀거니 바라보다 되돌아오는지를. 그 동안 얼마나 궁금했는지 아세요.

나는 당신이 말한 만큼 대답했어요.

운동화는 깍지를 낀 손을 풀고는 의자를 앞으로 당겼다.

좋아요. 사실은 어떤 남자를 찾고 있어요. 내 통장을 가지고 도망 간 놈인데, 고향이 C거든요. 처음에는 막연히 C역엘 갔어요. 광장 에 앉아서 지나가는 사람들만 쳐다봤죠. 혹시 그 남자가 있나 해서 요. 도망가면 쫓아가려고 운동화도 신었다니까요. 사진 보여 드릴 까요? 고향이 C라니까, 혹시 아는 사람일지도 모르잖아요.

그는 사진을 보지 않았다. 그는 그 남자가 친구들 중 하나일지도 모른다는 생각이 막연하게 들었다.

이제 내가 이야길 할 차례네요. 어느 날 고향에 가 보고 싶다는 생각이 들었어요. 그런데 막상 C역에 도착했더니 갈 데가 없더라구 요. 그래서 광장만 쳐다보다가 되돌아왔죠. 왜 매주 갔는지는 설명 할 수 없어요. 정신을 차려 보면 C역이더라구요.

그는 고향집에 있을 어머니와 형을 떠올렸다. 어머니는 점점 빈 껍질이 되어 갔다. 얼마 있으면, 형의 휠체어도 제대로 끌지 못할 것이다. 그의 월급의 반은 자동이체로 빠져나갔다. 고향집의 전화 요금과 전기요금, 그리고 보험납입료였다. 그가 어머니 앞으로 들 어 둔 보험은 세 개였다. 어머니가 돌아가시면 형 앞으로 보험금이 지불될 것이다. 그가 자신 앞으로 들어 둔 보험은 다섯 개. 역시 자 기가 죽으면 모두 형 앞으로 보험금이 지불될 것이다. 어머니가 돌 아가시게 되면, 형은 1억 5천만 원과 1년에 800만 원씩 20년을 받 게 될 것이다. 자기가 죽게 된다면, 형은 4억하고 1년에 200만 원 씩 20년을 받게 될 것이다. C에 가는 기차 안에서 그는 보험금을 계산하는 자신을 발견했다. 두 달 전 토요일, 어머니의 생일날이었 다. 그날 그는 C역에 내렸지만 집에 가질 못했다.

운동화의 직업은 영화 엑스트라였다. 그는 비디오방에 가서 운동 화가 출연했다는 영화를 보았다. 봤어요. 지금 지나갔는데. 첫 번 째로 본 영화에서 그는 운동화를 찾지 못했다. 비디오방은 비디오 를 틀어 주는 곳이 따로 있어서 되돌려 볼 수도 없었다. 미안, 깜빡

졸았나 봐요. 운동화는 그 영화를 찍었을 때는 지금보다 훨씬 살이
쪘었다고, 그래서 알아보지 못했을 거라고 그를 위로했다. 두 번째
로 본 영화에서는 금방 운동화를 찾을 수 있었다. 첫 번째와 달리
대사가 있었던 것이다. 나는 장례식장에 가는 게 제일 두려워. 그
게 운동화의 대사였다. 주인공이 사람들에게 세상에서 제일 두려운
일이 무엇인지를 묻는 장면 중 하나였다. 사실은 대사가 더 길었는
데 편집됐어. 누군가가 죽었다는 사실이 두려운 게 아니라, 장례식
장에서 눈물이 나지 않을까 봐 두렵다는 거예요. 이게 다음 대사였
어. 운동화가 출연했다는 영화를 두 편 더 보고 나니까 아침이었
다. 운동화는 자기가 나올 장면을 미리 알려 주었지만, 그는 운동
화를 찾지 못했다.

그는 설렁탕 두 그릇을 시켰다. 설렁탕이 나오기 전에 운동화는
깍두기 한 접시를 다 먹었다. 운동화가 깍두기를 다 먹은 것을 언
제 보았는지, 종업원은 설렁탕과 함께 접시 한가득 담긴 깍두기를
내려놓았다. 설렁탕을 먹다 말고 그는 운동화에게 들리지 않을 작
은 목소리로 중얼거렸다.

누군가와 같이 밥을 먹는 건, 올해 들어 처음이야.

6

백화점 앞에서 버스는 더디게 나아갔다. 세일의 마지막 날이었
다. 버스가 좌회전 신호를 기다리고 있을 때, 앞에 앉은 남자가 창
문을 열고는 고개를 밖으로 내밀었다. 어, 어. 곧이어 다른 사람들
도 창 밖으로 고개를 내밀기 시작하자 그녀도 밖을 보았다. 파란
모자를 쓴 사내가 거기 있었다. 공사중인 6층 건물에. 일을 하기
위해 올라간 것은 아니었다. 건물에 등을 기대고는 먼 곳에 시선을

두고 있었다. 그녀는 다음 정거장에서 내려, 건물을 향해 뛰었다. 몇몇 인부들이 그에게 다가가고 있었다.

파란 모자는 한참을 그러고 있다가 내려와서는 좌석 버스를 탔다. 자리에 앉자마자 눈을 감더니 내릴 때까지 뜨지 않았다. 한 시간쯤 달렸을까. 마른세수를 한번 하더니 자리에서 일어났다. 그녀는 파란 모자를 따라 내렸다.

버스 정거장에는 인형뽑기 오락기가 있었다. 꼬마아이들이 한 개의 인형도 건지지 못했는지, 에잇 하며 오락기를 발로 걷어찼다. 파란 모자는 편의점에 들어갔다 나오더니 오락기에 동전을 집어넣었다. 편의점에서 동전을 바꿔 온 모양이었다. 오락기에는 한 판→100원, 6판→500원,이라고 적혀 있었다. 그의 주변으로 점점 꼬마아이들이 모여들었다. 이건 말이다, 인형의 생김새를 잘 봐야 해. 겨드랑이와 다리를 잘 노려야 된다구.

파란 모자는 세 번이나 네 번에 한 번 꼴로 인형을 건졌다. 고리가 인형을 들어올렸다가 떨어뜨릴 때면, 그는 아쉬운 듯 얼굴을 찡그렸다. 파란 모자는 열한 개의 인형을 뽑았다. 하지만 가방에 인형을 넣는 파란 모자의 얼굴은 하나도 기뻐 보이질 않았다. 그녀가 사는 아파트 상가에는 두더지 오락기가 있었다. 주머니에 잔돈이 있으면 한 판씩 하곤 했는데, 오락이 끝나고 나면 이상하게 눈물이 나려 했다. 마치 아무도 기억하지 못하는 자신의 생일날, 제일 하찮은 물건을 산 다음 스스로에게 선물을 하는 기분이었다. 그래서 길거리에서 혼자 두더지를 하고 있는 어른을 보면, 그녀는 참 슬프다는 생각을 했다.

혹시, 어디서 봤던가요? 파란 모자는 고개를 갸웃거렸다. 저, 병원 장례식장에서……. 그녀는 자기를 어떻게 소개해야 할지 몰라, 말을 흐렸다. 아! 안녕하세요. 그 자식이 아가씨 자랑 많이 했었죠. 파란 모자는 그녀를 죽은 남자의 애인으로 착각했다. 그래서 그녀는 파란 모자 앞에서 죽은 남자의 애인이 되었다.

그의 마지막 모습을 듣고 싶어요.

파란 모자는 고개를 기울이고는 한쪽 귀를 손바닥으로 건드렸다.

우리는 그냥, 프로야구 이야길 했어요. 야구 초창기 시절, 미국에 도루왕을 노리는 선수가 있었대요. 그 선수는 도루수를 늘리기 위해 1루에서 2루로 도루를 하고는, 2루에서 1루로 다시 도루를 했다나요. 그래서 제가 말했죠. 말도 안 되는 소리라고.

그녀는 파란 모자의 신발을 보았다. 갈색 랜드로바였는데, 군데군데 진한 갈색으로 얼룩이 져 있었다. 파란 모자는 그녀의 시선을 느끼고는, 슬그머니 발을 자기 앞으로 오므렸다. 그 자식을 들것으로 옮길 때 묻었는데 안 지워지네요.

이제 그만 하자고, 그녀는 자신을 타일렀다. 파란 모자가 남자에게 손을 내밀지 않았으면 어떻고, 또 손이 미끄러졌으면 어떤가.

형은 꼭 8번 타자 같아요. 그게 그 자식이 한 마지막 말이에요. 그렇게 말하면서 옆 칸으로 옮겨갔는데, 그때 미끄러졌죠.

그녀는 주머니에서 손목시계를 꺼냈다. 그리고는 파란 모자의 왼손에 난 시계 자국을 가리키며 말했다. 이거 돌려드릴게요.

7

공사중인 어느 건물에 사람이 매달려 있는 것을 보았다고 운동화는 말했다. 일을 하는 사람은 아닌 듯, 철근 구조물 위에 앉아서 먼 곳을 쳐다보고 있었다고. 길을 가다 공사중인 건물을 보면 그는 누군지 모르는 그 사람이 생각났다. 언제? 어디서? 그의 물음에 대답을 하지 못한 걸로 봐서 어쩌면 운동화가 지어낸 이야기일 수도 있었다. 형의 소원은, 음성 인식 휠체어였다. 사고로 척추를 다친 다음부터 형의 소원은 그거 한 가지였다. 형이 움직일 수 있는 것은 목뿐이었으니까. 그는 건물에 매달려 먼 곳을 쳐다보고 있었다는 사내가 부러웠다.

그는 천 원짜리를 백 원으로 바꿨다. 오락실 같은 데서 만나야 한 사람이 늦어도 화가 나지 않는 법이라고, 운동화는 말했다. 그가 할 줄 아는 오락은 테트리스뿐이었다. 요즘 유행하는 오락기가 있는 입구에는 사람이 많았지만 안으로 들어오니 한산했다. 테트리스는 모두 두 대였는데, 그중 한 대가 비었다. 동전을 넣으면서 그는 슬쩍 옆 화면을 보았다. 조각이 거의 꼭대기까지 차 있었다. 곧 죽겠군. 그는 한 판을 끝낸 다음 다시 옆을 보았다. 만약 머리에 꽂은 상장(喪章)을 보지 못했더라면 그는 계속 오락을 했을 것이다.

그 여자였다. 화재로 어머니를 잃은 여자. 그는 머릿속으로 55세, 1억, 1억 5천만 원, 연금성 보험, 3월 19일 밤, 같은 단어들을 떠올렸다.

언뜻 보면, 여자는 오락을 못하는 것 같았다. 조각은 엉뚱한 곳에 놓여졌고 걸핏하면 꼭대기까지 쌓였다. 하지만 신기하게도, 여자는 위태롭게 오락을 이어 가고 있었다. 이제 죽겠군, 하고 생각이 되면 곧 되살아나는 것이었다. 그는 여자가 일부러 그러고 있다는 것을 알아차렸다. 여자는 판을 어렵게 만들고 다시 되살리는 것을 즐기고 있었다.

그는 여자에게 인사를 했다. 여자는 그를 한번에 알아보았다. 보험금이 지급됐죠? 여자는 아직 아니라고 했다. 그러면 곧 지급될 겁니다. 자살일지도 모른다고 끝까지 의심을 가졌다면, 여자는 어떻게 했을까? 그는 생각을 해보았다. 경찰은 단순한 화재사건이라고 결론지었고, 사망자는 거액의 빚도 없었다. 재판까지 갔어도 여자가 이겼을 것이다. 그럼. 여자는 그에게 가볍게 목례를 하고는 밖으로 나갔다. 갑자기 그는 한 가지 사실을 확인하고 싶어져 여자를 뒤쫓았다.

3월 19일 밤에 무얼 하셨죠. 그날, 왜 집에 없었던 거죠.

여자는 그의 눈을 뚫어지게 쳐다보더니 대답했다.

제가 꼭 대답할 의무가 있나요.

그는 다시 오락실로 돌아왔다. 횡단보도 건너편에서 운동화가 그를 보고 손을 흔들었다. 그 여자가 그날 밤에 어딜 갔건 그게 뭐 중요하단 말인가. 그는 운동화에게 손을 흔들었다. 우리 어머니가 죽으면 1억 5천이고 내가 죽으면 4억이지. 그는 운동화에게 말했다. 운동화는 그가 무슨 말을 하는지 알아듣지 못했다.

8

열쇠를 꺼내다가 그녀는 현관문이 열려 있는 것을 보았다. 도둑이 들었나. 그녀는 소리가 나지 않도록 천천히 현관문을 열다가 피식, 웃고 말았다. 도둑이라니. 도둑이 왔다가도 저절로 나갈 텐데. 싱크대 위에는 사기로 만든 작은 항아리들이 있었다. 어머니는 그 항아리에 콩이며 팥이며, 잡곡들을 넣어 두었다. 하나는 바닥으로 떨어져 깨져 있었지만, 군데군데 검게 그슬렸을 뿐 나머지 항아리들은 온전했다. 어머니는 그곳에 지갑을 숨겨 두곤 했다. 그녀는 항아리 뚜껑을 열었고 안을 들여다보았다. 항아리 안은, 그녀가 어머니에게 선물했던 자주색 지갑이 어려 불그스름하게 보였다.

그녀는 헬스클럽 관장에게 어머니의 회원권을 보여 주었다. 회원권은 어머니의 지갑에 들어 있었다. 이걸 등록하시고는 몸이 편찮으셔서 한 번도 나오질 못했어요. 관장은 출석부에서 어머니의 이름을 찾았다. 그렇네요. 한 번도 안 나오셨네요. 관장은 어머니 대신 그녀가 다녀도 좋다고 했다. 특별히 봐드리는 겁니다. 관장은

회원권에 적힌 그녀의 어머니 이름에 두 줄을 긋고는 그 아래에다
그녀 이름을 적었다. 그녀는 가입신청서를 새로 작성했다. 관장은
어머니가 적었던 가입신청서를 빼고는, 그 자리에 그녀가 작성한
신청서를 끼웠다.

　첫날이니까 오늘은 가볍게 걷기 운동만 하죠. 그녀는 런닝머신
위에 올라갔다. 이 버튼을 누르면 점점 속도가 빨라집니다. 그녀는
런닝머신이 돌아가는 속도에 맞춰 걸음을 걸었다. 헬스클럽의 전면
은 통유리여서, 운동을 하면서 밖을 볼 수 있게 되어 있었다. 가게
들이 간판 불을 밝히고 가로등이 켜졌다. 밖이 어두워질수록 유리
에 비친 그녀의 실루엣은 점점 선명해졌다. 유리에 비친 그녀의 실
루엣 너머로 건너편 도로에 있는 가로수가 보였다. 그녀의 가슴에
나무 한 그루가 자라고 있는 듯했다. 그녀는 속도를 조금 높였다.
몸을 조금 움직여 실루엣 안에 가로등이 들어오도록 했다. 가로등
은 그녀의 왼쪽 가슴에서 빛났다. 마치 심장이 뛰듯. 그녀는 가슴
이 따뜻해지는 것 같았다. 심호흡을 한번 하고, 그녀는 천천히 뛰
기 시작했다.

나는 아주 오래 살 것이다

이승우

1959년 전남 장흥 출생.

서울신학대 졸업.

1981년 《한국문학》 신인상에

《에리직톤의 초상》이 당선되어 등단했다.

소설집 《일식에 대하여》·《세상밖으로》·《미궁에 대한 추측》,

장편소설 《생의 이면》·《내 안에 또 누가 있나》·

《식물들의 사생활》 등이 있다.

제1회 대산문학상을 수상했다.

나는 아주 오래 살 것이다

1

　나는 1년밖에 살지 않을 것이다. 아닐지도 모르지만 아마 맞을 것이다. 하기야 6개월밖에 살지 못할 거라는 선고를 받은 사람이 5년 넘게 살아 있기도 하고, 오장육부가 모두 멀쩡하다는 진단을 받은 사람이 병원 문을 나서다가 자동차에 치여 목숨을 잃기도 한다(그런 사람들이 내 주변에 있다. 5년 넘게 살고 있는 사람은 아내의 첫째언니이고, 자동차에 치여 죽은 사람은 대학 동창의 아버지이다). 병으로만 죽는 것이 아니고, 사고로만 죽는 것도 아니다. 병이 있다고 일찍 죽는 것도 아니고, 병이 없다고 오래 사는 것도 아니다. 확실한 것은 없고, 장담할 수 있는 것은 더욱 없다. 세상은 확실한 것을 용납하지 않는다. 가능한 확실한 장담은 사람은 언젠가 죽는다는 것이다. 당장이든 열 달 후든 50년 후든……. 그렇지만 내가 1년밖에 살지 않을 거라는 건 아마 사실일 것이다. 그만하면 충분하다. 아닐지도 모르지만 아마 맞을 것이다.

2

처음에 그는 널을 만들 생각이 없었다. 마지막에도 물론 널을 만들 생각은 없었다. 지금 그 방에 길이가 175센티미터 되는 널이 놓여 있지만 그걸 만들려고 연장을 들지는 않았었다. 결국 만들어져 나온 것이 널이라는 건, 널에 대한 설계도가 의식의 바깥쪽에든 안쪽에든 마련되어 있었다는 증거가 아니냐고 할 수 있고, 그 문제에 대해서는 뭐라 할 말이 없다. 그렇지 않았을 수도 있지만, 그랬을 수도 있으므로.

목재소에 주문한 목재는 일주일 만에 도착했다. 전기톱과 망치와 대패와 니스는 지하실에 있었다. 한 달 전 그는 목수학교에 다녔다. 공구들은 그때 장만한 것들이었다.

일주일 과정의 목수학교에서 그는 톱질하는 법과 못질하는 법과 나무에 홈을 파고 연결하는 법과 반질반질하게 윤내는 법을 배웠다. 물론 거두절미에 주마간산식이었다. 그래도 의자 두 개와 탁자 하나, 화분 받침대 세 개, 식탁 하나를 만들었다. 나무에 못질이나 톱질, 혹은 대패질을 할 때, 혹은 완성된 제품에 니스를 칠할 때 느끼는 몰입의 기분은 그로서는 처음 맛보는 것이거나 아주 오랜만의 것이었다. 목재들이 자신의 손길에 따라 특정한 형상을 이루어 가는 과정을 그는 즐겼다. 무언가를 마음대로 해본 적이 있었던 것 같지 않았고, 무슨 일엔가 몰입해 보았던 것 같지도 않았다. 그런 점에서 보면 목수학교를 알게 된 것은 행운이라고 할 수 있었다.

배달되어 온 적참나무를 손바닥으로 쓰다듬으면서 그는 자신의 손길에 의해 태어날 형상을 상상했다. 가슴이 두근거리고 호흡이 가빠졌다. 그러나 그 순간에 그의 머릿속에 어떤 형상이 그려진 것은 아니었다. 그러므로 엄격하게 말하면 그는 상상한 것이 아니라 기대한 것이었다. 창조자도 자신의 피조물이 어떤 형상으로 나타날지는, 창조가 완성되는 순간까지 알지 못하는 것이 아닐까. 모체(母體)는 자기 몸 안에 열 달 동안 아이를 담고 영양분을 먹이며 키우지만, 그러나 그 아이가 세상에 모습을 드러낼 때까지 어떻게 생긴 아이가 태어날지 알지 못한다. 상상은 하지만 확신하지는 못한다. 모든 창조 행위가 그러하지 않은가. 형상이 모습을 드러낼 때까지 기다리는 시간이 행복하다. 모든 창조자들은 자신의 창조 행위의 결과로 나타날 형상을 상상하거나 혹은 기대하는 즐거움 때문에 창조자가 된다. 신에게 태초의 창조는 아마도 오락이었을 것이다. 태초에 신은 좀 지루했었는지 모른다. 아니면 그가 그런 것처럼 생애 최초로 무언가 몰입할 대상이 필요했을까? 혹시 그도 1년밖에 살 날이 남지 않았던 것은 아닐까? 아닐지도 모르지만 정말로 그랬는지 누가 알겠는가?

그는 두 개의 목재를 같은 크기로 잘랐다. 그리고 한참 동안 내려다보았다. 목재가 스스로 어떤 형상인가를 만들어 내기를, 아니면, 그리스의 어떤 철학자가 구상했던 것처럼 그 목재 안에 들어 있는 본래의 형상이 구현되기를 바라는 것 같은 눈길로. 3년 전에 벌목되어 1년 전에 한국 땅에 건너오고 살 날이 1년밖에 남지 않았다고 생각하는 50대 초반의 남자 집에 오늘 배달되어 온 동부 아메리카 대륙산(産) 적참나무 속에 간직된 형상이 책상이라면 그 목재는 책상으로 변신할 수밖에 없을 것이었다. 그러나 그 목재들이 책상을 구현할지는 알 수 없는 일이었다. 책상을 구현한다면 어쩔 수 없는 일이지만, 그러나 그럴 것 같지는 않아 보였다. 책상이기를 바란 게 아닌 것처럼 다른 어떤 것이기를 바라지도 않았다. 그는 그저 태초의 신이 그랬는지 모르는 것처럼 좀 지루했고, 생애 최초로 무언가 몰입할 대상을 필요로 했을 뿐이었다. 태초의 신이 그랬는지 모르는 것처럼 그는 1년밖에 살 날이 남지 않은 사람이었다.

　두 개의 목재를 기역 자 모양으로 붙였다. 그것을 뒤집자 니은 자 모양이 되었다. 그 순간 아주 잠깐 네 귀퉁이에 다리를 해 붙이면 긴 의자가 될 수 있겠다는 생각을 했던 것 같다. 그러나 오래가지 않았고 구체적이지도 않았다. 나머지 두 개의 목재를 니은 자 모양으로 붙였다. 그것을 뒤집자 기역 자 모양이 되었다. 쇠못을 박는 대신 그는 이음새 부분에 요철을 파서 이었다. 그것은 좀 난해한 작업이었고 따라서 정신을 집중해야 했다. 나무를 깎을 때는 나무를 깎는 일만 중요했고 구멍을 뚫을 때는 구멍을 뚫는 일만 중요했다. 몰입하는 자의 세계에서는 부분이 전부였다. 이마에는 땀이 배었고, 그 땀은 미리 대패질을 당해 매끌매끌하거나 아직 대패 맛을 보지 못해 까끌까끌한 목재의 표면 위로 뚝뚝 떨어져 내렸다. 언뜻 스쳐 간 생각대로 니은 자 나무판의 네 귀퉁이에 짧은 다리를 붙이고, 힘을 균형 있게 받게 하기 위해 중간 부분에도 두 개를 더 붙였다. 그러자 공원이나 기차역 같은 데서 흔하게 볼 수 있는 긴 의자와 비슷한 모양이 되었다. 의자의 형상이 아메리카 대륙의 동부 지역에서 자란 목재 속에 들어 있었는지 모르겠다는 생각을 하며 잠깐 그곳에 엉덩이를 붙이고 앉았다가 그 목재 속에 들어 있는 것이 의자의 형상이 아닐지 모른다는 생각을 하며 엉덩이를 떼어 냈다. 두 개의 목재를 이어 붙인 또 하나의 니은 자 나무판을 그는 오랫동안 노려보았다. 마치 그 안에 감춰져 있는 본래의 형상을 불러내기라도 하려는 것처럼. 그리고 잠시 후에 그는 그 안에 감춰져 있는 본래의 형상이 불러내지기라도 한 것처럼 마침내 그 나무판을 긴 의자처럼 생긴 니은 자의 나무판 위에 기역 자 형태로 올려놓았다. 모서리와 모서리가 맞닿았다. 맞닿는 자리에 굵은 못을 쳤다. 양쪽이 터진 직육면의 나무통이 만들어졌다. (그러나 두 개의 면은

닫히지 않은 상태이므로 직육면체라고 할 수 없는 게 아닌가? 직사면체라고 해야 하는 게 아닐까? 그런 게 있다면) 여섯 개의 발이 달린 직육면, 혹은 직사면의 나무통. 그것은 사각의 터널을 연상시켰다. 아메리카산 목재가 기억하고 있는 원형이 그것이었을까? 아닐 수도 있지만 그럴지도 모르는 일이었다. 그는 양쪽으로 터진 면의 가로 세로 길이를 재고 맞춤하게 나무를 잘랐다. 두 개의 정사각형 나무판 가운데 한 개를 이용해 밑면을 막았다. 입구나 출구 가운데 하나가 막히면서 안과 밖이 비로소 분명해졌다.

그는 땀을 닦았다. 물론 완성이라고는 생각하지 않았다. 무얼 만들어야겠다는 작정이 없었으므로 무얼 만들었다는 성취감도 없었다. 지하실의 불이 나가지 않았다면 거기서 작업을 끝내지도 않았을 것이었다. 정전이 되는 경우가 간혹 있었다. 하지만 대부분 곧바로 불이 들어왔으므로 조금만 기다리면 되었다. 그런데 그날은 그렇지가 않았다. 형광등에 불이 켜지기를 기다리며 어둠속에 웅크리고 앉아 기다렸지만 그날 내내 전등은 다시 켜지지 않았다. 그는 하는 수 없이 한쪽 면이 터진 직육면, 혹은 직오면체(그런 게 있다면)의 나무통을 들고 자기 방으로 올라갔다. 나무통은 제법 무거워서 2층에 있는 방까지 운반하는 데 세 번을 쉬어야 했고, 계단에서는 한 칸씩 발을 바꿔 디뎌야 했다. 그렇게 해서 그 물건은 그의 방에 놓이게 되었다.

3

목수학교를 간 것이 잘한 일일까 잘못한 일일까? 처음 한동안은 잘한 일이라고 생각했었다. 무엇보다 가족들이 반기며 기뻐했으므로 그런 줄 알았다. 아내와 딸은 그가 무엇엔가 관심을 보인 사실만을 중요하게 생각했다. 아마 그들은 그가 미성년의 여자애와 놀아난다고 해도 화들짝 반겼을 것이다. 어쨌든 그들은 그가 유폐의 방문을 열고 바깥으로, 그곳이 어디든, 나가기를 바랐다. 그들은 언젠가부터 그의 눈치만을 본다. 그는 폭력적이지도 않고 괴팍하지도 않은데, 적어도 그 자신은 그렇게 생각하는데, 그런다.

목수학교에 대한 이야기를 꺼낸 것은 딸이었다. 서른 살 먹은 그의 딸 선영이는 새달이 되기 사흘이나 나흘 전에 꼭 자기가 만든 월간지를 가지고 들어왔다. 생활 속의 문화를 표방하는 잡지답게 기사의 내용이 다양했고 읽을거리도 제법 많았다. 그녀는 대학 졸업한 직후부터 잡지 일을 해온 베테랑이다. 2년 전에 이 잡지가 창간할 때 창간 멤버로 스카우트되어 갔고, 지금은 편집장이었다. 목수학교 이야기는 실은 그 잡지 속에 실려 있었다. 평생 대패와 톱을 들고 현장에서 집을 지어 온 대목(大木) 김선 옹(翁)이 그를 따르는 몇몇 건축계 인사와 문화계 인사의 권유와 지원을 받아들여 목수학교를 연다는 내용이었다. 김선 옹을 도와 그 일에 참여한 사람들 중에는 이름이 꽤 알려진 건축가와 영화감독의 이름이 들어 있었다. 국제영화제에서 감독상을 받기도 한 40대 후반의 영화감독은, 55세가 되면 자기는 영화를 그만두고 목수가 될 거라는 놀라운 선언을 하고 있었고, 대한민국의 내로라하는 기념물들을 지은 것으로 알려진 50대 중반의 건축가는 목수학교가 낯설지 않다는 외국의 경우를 예로 들며 우리나라에도 전통적인 목수 기술을 전수할 학교가 생긴 것은 늦었지만 환영할 일이라고 덕담을 했다. 학습 과정도 비교적 자세히 소개되어 있었는데, 6개월과 12개월 과정의 전문가 반말고도 일반인들을 위해 1주와 2주, 그리고 4주짜리 단기 과정이 마련되어 있었다.

딸의 눈에 아버지가 그 기사에 흥미를 느끼는 것처럼 보였던 것일까? "재밌을 거 같죠? 나무로 탁자랑 의자 같은 것 만들고 싶지 않아요?" 아버지 곁에 바짝 붙어 앉으며 짐짓 명랑하게 말을 걸어 왔다. 딸은 아버지를 이해하려고 했고, 아버지는 딸을 이해했다. 드러내 놓고 말하지 않았지만, 무엇엔가 몰입하면 불면증에도 도움이 될 거예요, 하고 그녀는 속으로 말하고 있었다. 의사도 그런 말을 했었다. 그는 아비의 유폐를 못 견뎌하는 딸의 심정을 이해하고 고개를 끄덕였다. "그래, 그럴 것 같구나." 그 목소리는 심드렁했지만, 그러나 그 말을 하는 순간, 그 마음 한쪽에서 정말로 톱질과 대패질을 하고 싶다는 욕망이 꿈틀거렸는지 혹시 모르겠다. 그리고 또 혹시 아는가. 유능한 잡지사의 기자인 딸이 심드렁한 목소리의 안쪽에 은밀하게 도사린 아버지의 욕망을 눈치채 버렸는지.

그녀는 다음날 곧장 목수학교에 그의 이름을 등록했다. 등록증을 건네면서 딸은, 나를 위해서도 둥글고 예쁜 의자를 하나 만들어 주세요, 아버지, 하고 일부러 밝은 목소리를 냈다. 그는 그녀를 이해했다. 마음속의 우울을 감추기 위해 일부러 과장해서 밝은 목소리를 내는 딸을 이해했으므로, 이해해야 했으므로 그는 1주 과정의 목수학교 학생이 되었다.

그가 목수학교에 등록했다는 사실은 아내의 얼굴을 환하게 했다. 그도 그럴 것이 남편이 집 안에 웅크리고 지낸 지가 다섯 달이 넘었다. 정작 집 안에 갇혀 지낸 남편보다 아내가 더 답답했던가 보았다. 그녀는 혹시 그가 마음을 바꾸기라도 할까 봐 걱정이 되는지 필요한 게 뭐냐고 호들갑을 떨며 공구들을 사 오고, 몇 년째 허섭쓰레기들만 쌓아 놓았을 뿐 들어가 본 적도 없는 지하실을 치우는 등 법석을 떨었다. 여기를 작업실로 쓰세요, 하고 말할 때는 그가 무슨 대단한 장인이라도 된 것처럼 대했다. 그러나 사실이 그렇지 않다는 건 그녀도 알고 그도 아는 바였다. 그 말을 할 때 마땅히 쑥스러워했어야 함에도 불구하고 그녀도 그러지 않았고 그도 그러지 않았다. 그녀는 들떠 있었고, 그는 황폐해져 있었다.

4

　그가 목수학교에 가서 목수 일을 배운 걸 아내와 딸이 지금도 잘한 일이라고 여기고 있는 것일까? 그렇지는 않은 것 같다. 아내도 딸도 처음처럼 밝게 웃지 않는다. 일부러 과장해서 명랑하게 웃으려고 하지도 않는다. 요새는 그 방에 들어오지도 않으려고 한다. 그가 만들어 들여놓은 그 직육면체, 아니 직오면체(그런 것이 있다면) 조형물 때문이다. 그는 전보다 한층 더 고립되었고 더 철저히 유폐되었다.

5

　그는 밤에 잠을 잘 못 잔다. 언제부터라고 정확히 집어낼 수는 없지만 꽤 오래되었고, 상태도 조금씩 심해졌다. 의사는 갑작스런 환경 변화나 스트레스가 원인일지 모른다는 소견을 냈다. 아마 맞을 것이다. 회사가 넘어가고, 아들뻘밖에 되지 않은 새파랗게 젊은 노조원들에게 무릎 꿇림을 당하는 수모를 겪었을 때 그의 인생은 끝이 났다. 해외 시장을 넓히겠다는 의욕을 가지고 국내외에서 무리하게 자본을 끌어들인 것이 발목을 잡을 줄은 몰랐었다. 외환 위기와 구조 개혁 바람이 불면서 그의 회사는 채무 비율이 너무 높은 악성 기업이 되었다. 과감한 해외 투자는 재산 도피의 수단으로 매도되었다. 수습을 위해 계열사를 처분하고 인원을 줄이겠다는 방안을 내놓았지만 힘에 부쳤다. 계열사 매각은 흐지부지 시간만 흘러갔고, 인원 감축은 노조의 격렬한 저항을 불러일으켰다. 그들은 그를 악덕 기업주로 간주했고 회사를 파산으로 몰고 간 무능한 경영자로 내몰았다. 노조원들과 담판을 짓겠다고 들어간 농성장에서 그는 달걀 세례를 받았고 옷이 찢겼으며 무릎 꿇림을 당했다. 세상에 태어나서 처음 당하는 수치와 굴욕이었다. 수치와 굴욕은 거기서 끝나지 않았다. 그날, 정부와 채권단은 그의 경영권을 박탈하는 결정을 내렸다. 하루아침에 회사를 빼앗긴 그는 빈털터리가 되었다.

그는 자기의 인생이 그렇게 끝나리라고는 한 번도 생각해 보지 않았었다. 불쑥불쑥 치솟는 울화를 이기지 못하고 밤에 깨어 일어나 괴로워하며 벽을 치고 술을 마시고 소리를 지르게 될 줄은 정말 몰랐었다. 불면증이라니. 그는 누구보다 잠을 잘 잤다. 그는 누구보다 건강했고, 누구보다 자신만만했다. 불면증은 나태하고 현실에 적응하지 못하는, 적응할 능력도 의욕도 없는 쓰레기들이 호소하는 엄살에 불과하다고 생각했었다. 그런데 자신이 불면증이라니. 그의 불면증은 식구들을 괴롭혔다. 치밀어 오르는 울화를 어쩌지 못하고 괴성을 지르거나 쿵쿵거리며 걸어다니거나 쾅쾅 소리나게 벽을 치는 바람에 아내와 딸도 덩달아 잠을 이루지 못했다. "더러운 자식." 아들뻘밖에 되지 않은, 심지어는 아들뻘도 되지 않은 노조원들이 욕을 하며 그의 머리를 탁탁 쳤다. "무릎 꿇어. 무릎 꿇어, 이 쌍놈아." 그들은 억지로 그의 무릎을 꺾었다. 누군가는 침을 뱉었다.

밤만 되면 그날 일이 몇 시간 전에 일어난 일인 것처럼 선명하게 살아났다. 아무리 생각을 하지 않으려고 해도 저절로 생각이 떠오르는 걸 어쩔 수가 없었다. 얼굴이 벌겋게 달아오르고 맥박이 빠르게 뛰었다. 아내와 딸은 저러다가 쓰러지면 어떻게 하느냐고 마음을 졸였다. "제발 마음을 편하게 가져요. 그런다고 사태를 돌이킬 순 없잖아요. 당신 건강이 제일 중요해요. 그래야 나중에 재기를 하지요." 아내는 눈물까지 보였다. 그들은 그가 정신질환의 증세를 보이지 않을까 노심초사했고, 되도록 그의 신경을 건드리지 않으려고 애를 썼다. 정신과 의사를 찾아가 상의를 한 것은 아내였다. 의사가 했다는, 갑작스런 환경 변화나 스트레스가 원인이라는 소리는 하나마나한 소리였다. 그에게는 더욱 그랬다.

6

어디 여행을 좀 다녀오면 어떻겠느냐는 의견은 선영이가 냈다. 선영이는 아비의 치부를 보아 버렸다. 점심을 대접하겠다고 시내로 나를 불러낸 날이었다. 내가 나가지 않겠다고 거절하는데도 떼를 쓰듯 졸랐다. 굳이 그럴 필요가 없는데, 그러지 않았으면 좋겠는데, 나에게 지나치게 신경을 쓰는 딸애한테 미안해서 고집을 부릴 수가 없었다. 호텔 커피숍에 나간 것은 그 때문이었다.

커피숍에 들어가 자리를 차지하고 앉기 전에 나는 건너편 창가에 앉은 두 사람 가운데 한 남자가 고개를 돌리는 걸 보았다. 다른 사람에게 관심을 보일 처지가 아니었으므로 그자가 그렇게 표 나게 고개를 돌리지 않았다면 거기에 누가 앉아 있는지 알지도 못했을 것이었다. 그는 내가 오랫동안 거래했던 은행의 임원이었다. 그는 워낙 붙임성이 좋은 사람이어서 태어나고 자란 지역이 이웃하다는 걸 내세워 나를 형님이라고 불렀다. 예금 유치는 물론이고 지방대학을 나온 자기 조카의 취직 부탁을 해오기도 했다. 대개의 경우 나는 그의 부탁을 들어주었고 그는 그때마다 고맙다고 인사하는 걸 잊지 않았다. 몇 차례 술을 같이 마시기도 했다. 그런 그가 나를 외면했다는 사실이 믿기지 않아서 나는 자리를 잡고 앉은 후에도 그쪽 탁자에서 눈을 떼지 않았다. 그는 얼굴을 반쯤 옆으로 돌린 어색한 자세로 계속 앞사람과 이야기를 나누고 있었다. 그러다가 간혹 내가 있는 테이블을 곁눈질해 보곤 했다. 아마도 내가 아직 자리에 앉아 있는지 확인할 요량으로 그런 모양이었다. 사실이 그렇다면 그는 나를 알아보았을 것이었다. 한 번은 눈이 마주치기까지

했는데도 못 본 체했다. 내가 누구인지 알면서 모르는 체한다는 것
은 무얼까? 원하지도 않았고 그럴 필요도 없었는데, 깍듯이 형님이
라고 부르던 자가 아닌가. 등줄기를 타고 더운 기운이 쭉 올라왔
다. 저자를 어떻게 해야 하지? 다가가서 강 전무 아닌가, 하고 인사
를 해? 아니면 저자처럼 그냥 모른 체하고 있어? 그러나 먼저 움직
인 쪽은 그였다. 그는 대화가 끝났는지 마주 앉아 이야기하던 남자
와 함께 일어났고, 내가 앉아 있는 테이블을 지나가게 되어 있는
빠른 길을 놔두고 일부러 돌아서 카운터 쪽으로 걸어갔다. 그 순간
등줄기를 타고 오르던 뜨거운 기운이 불꽃놀이 할 때 공중에서 터
지는 자잘한 불똥들처럼 파사삭 소리를 내며 폭발했다. "어이, 강
전무." 나는 의자를 박차고 일어서며 고함을 질렀다. 그 커피숍에
앉은 사람들 가운데 강 전무만 빼놓고 모두 그를 쳐다보았다. 그
커피숍에 앉은 사람들 모두 고개를 돌려 그를 쳐다보았지만 강 전
무만은 고개를 돌리지 않았다. 마치 자기를 부르는 소리를 듣지 못
했다는 듯이. 아니면 자기는 강 전무가 아니라는 듯이. 탈없이 그
곳을 빠져나가고 싶었겠지만, 그러나 그는 그럴 기회를 잡지 못했
다. 나의 손이 그의 목덜미를 잡았다. "어이, 강 전무, 너 눈깔 빠
졌어?" 내 입은 험한 말을 쏟아 냈고, 내 주먹은 그의 면상을 향해
뻗었다. "왜 이래요, 이거?" 불의의 일격을 받은 강 전무는 한 손으
로 입술 언저리를 문지르며 완강하게 대들었다. 다른 손으로는 내
손을 뜯어내려 안간힘을 썼다. 그렇지만 육체의 힘으로나 울화의
강도로나 그는 나의 상대가 아니었다. 교양머리 없이, 라는 말이 그
가 내뱉은 마지막 말이었다. 사실은 그 말도 채 끝맺지 못했다. 내
머리가 그의 이마를 받아 버렸기 때문이다. 그는 충격을 받은 듯
어질어질 뒷걸음질을 치더니 그대로 나가떨어져 버렸다. 나는 소리
질렀다. "니놈이 그럴 수 있어? 나 아직 안 죽었어, 임마." 호텔의
직원들이 달려오지 않았다면 그의 얼굴은 내 구둣발에 짓이겨졌을

것이었다. 이빨이 한두 개 나갔을 가능성도 얼마든지 있었다.

아니, 아니었다. 내가 구둣발로 그의 얼굴을 짓이기지 않은 것은 호텔 직원들 때문이 아니었다. 언제 왔는지 선영이가 뜯어말리는 사람들 뒤에 울상을 짓고 서 있었다. 그녀의 얼굴을 보는 순간 입이 닫히고 몸이 굳었다. 등줄기를 타고 올라와서 불꽃처럼 파사삭 폭발하던 울화가 일순간에 사라지면서 치욕의 얼음장이 등골을 오싹하게 했다. 선영이는 이내 울상을 수습하고 가까이 다가와 나를 부축했다. "아버지……." 참담한 기분을 애써 삼키는 그애의 한없이 가라앉은 목소리를 잊을 수가 없다. 나는 변명을 하려고 했지만, 해야 한다고 생각했지만, 그러나 얼어붙은 입은 떨어지지 않았다. 미안하다, 미안하다, 속으로 그 말을 수없이 되뇌었지만 한마디 말도 밖으로 나오지 않았다.

밥도 먹지 못하고 집으로 돌아오는 택시 안에서 선영이가 불쑥 제안했다. "많이 지쳐 있는 것 같은데, 어디 여행을 좀 다녀오시는 게 어때요?"

7

여행을 갔다 와야 할 정도로 지쳤다고는 생각하지 않았다. 아니, 여행을 갔다 오면 지친 데서 벗어날 수 있을 거라는 믿음 같은 것이 선영이에게는 있는지 모르겠지만, 그는 아니었다. 그는 여행에 대해 기대하는 것이 아무것도 없었다. 사업 때문에 여기저기 돌아다녀 본 기억에 의하면 여행은 오히려 심신을 피곤하고 지치게 만들 뿐이었다. 그러나 그는 딸의 제안을 따르기로 했다. 그날, 호텔에서 보인 추태가 딸을 실망시켰으리라는 것은 부정할 수 없는 사실이었다. 그는 그 때문에 괴로웠다. 그는 한층 무기력해졌고 밤에는 더욱 잠을 자지 못하게 되었다. 선영이가 단체 여행권을 두 장 사 들고 와서 엄마와 함께 다녀오세요, 했을 때 그는 거절하지 못했다. 아무래도 혼자 보내는 것이 마음놓이지 않았던 듯 아내까지 붙여서 단체 여행객들 속에 합류시킨 그애의 심정을 이해할 수 있을 것 같았다.

동해안을 따라 남해까지 내려갔다가 내륙을 통해 올라오는 3박 4일 일정의 여행에 대해 그는 아무것도 기대하지 않았고, 여행은 기대하지 않은 만큼 무미건조했다. 어울리지 않게 등산복 차림을 하고 륙색을 짊어진 늙은이들(젊은 친구들이 아주 없는 것은 아니었지만, 일행의 대부분이 회사에서 떨려 나와 특별히 할 일이 없고 마땅한 취미도 없어서 하릴없이 여기저기 기웃거리고 다니는 부류들로 보였다)의 수다와 고성방가를 견뎌 내기가 괴로웠고 짜증도 났다. 불쑥불쑥 등줄기를 타고 오르는 뜨거운 울화도 여행지까지 그를 따라왔다. 여전히 잠을 잘 못 잤다. 그는 거의 말을 하지 않았고, 서먹한 분위기를 의식해서 일행들 속에 끼여들라고 권하는 아내에게 간혹 신경질을 부리기도 했다. 그렇지만 예상한 대로였으므로 이해할 수 없거나 기분이 나쁘거나 하지는 않았다. 그 일이 있기 전까지는.

사흘째 되는 날 오후에 그들을 태운 버스는 우레산 속에 있는 조그만 암자 앞에 멈췄다. 안내인은 절까지 들어가는 은행나무 길이 영화에 나오는 한 장면 같을 거라고 했고, 암자 뒤쪽으로 등산로가 있는데, 그 길을 따라 30분 정도 오르면 산 위에 도착할 수 있다고 했고, 거기서 내려다보는 가을산의 단풍이 환상적일 거라고 덧붙였다. 안내인의 설명이 끝나기 전에 사람들이 은행나무 길을 향해 우르르 몰려들 갔다. 은행나무는 샛노랗게 물이 들어 있었다. 그는 버스에서 내리지 않을 요량으로 움직이지 않고 그냥 있었지만 아내가 팔을 잡아끌며 재촉했기 때문에 하는 수 없이 따라 내렸다. 그러나 일행들이 몰려가는 쪽을 피해 곧장 산신각 뒤쪽의 산길로 접어들었다.

길은 좁았고, 그러나 사람들이 오르내린 발자국으로 단단하고 반들반들했다. 그 단단하고 반들반들한 길이 뻔뻔스러운 것 같아 싫었다. 그는 그 뻔뻔스런 길을 버리고 나무들이 우거진 숲속으로 들어갔다. 밤나무와 소나무, 상수리나무와 단풍나무가 울창했다. 바닥은 몇 해째 쌓인 낙엽들로 푹신푹신했다. 꼭 양탄자를 밟고 지나가는 느낌이 들었다. 잔가지가 어깨에 걸리고 부러진 나뭇등걸이 발에 채였지만 걸어갈 만은 했다. 나뭇잎은 노랗고 빨갛게 물이 들었고 성급한 것들은 벌써 바닥에 떨어져 말라가고 있었다. 그러나 그런 것들은 그에게 아무런 자극도 주지 않았다. 감상이 끼여들 계제가 아니었다.

그러면 그는 무엇 때문에 그 산 속으로 들어간 것일까? 버스 안에서 쉴새없이 주절거리거나 되지도 않는 노래를 불러 대어 신경질을 불러일으킨 일행들, 와글바글 요란하기만 한 그 사람들을 피하고 싶다는 욕심이 앞자리에 있었다. 그렇지만 그것이 전부일까? 혹시 그 순간, 나중에 아내의 입을 통해 조심스럽게 발설된 것처럼, 어딘가 사람이 찾을 수 없는 곳으로 사라져 버리고 싶다는 충동을 느꼈던 것은 아니었을까? 마음의 안쪽 깊은 곳에, 혹은 한 귀퉁이에 그런 욕구가 자리하고 있었을 거라는 추정을 아주 터무니없다고 할 수는 없다. 단속적으로 찾아오는 울화와 수치감, 그리고 자기의 인생이 끝났다는 깊은 절망감은 세상으로부터 자신을 고립시키는 칩거의 형태로 나타났다. 그는 자폐의 어둠속에 스스로를 가뒀다. 그러나 자폐는, 기회가 주어지기만 하면, 예컨대 현실의 안이 아니라 바깥을 향해 나갈 출구가 발견되기만 하면, 언제든지 그곳으로 달아날 준비가 되어 있는 특별한 정신의 상태이다. 세상 밖으로 사라지거나 잠적하고 싶은 욕구는 치명적이지만, 특히 자폐적 인간에게 그것은 숨은 꿈이다. 숨어 있으므로 그 꿈은 겉으로 드러나지 않는다. 추구하지만 함부로 추구되지는 않는다. 아마도 그랬을 것이다. 아내는 눈치챘지만, 그 때와 시기는 알지 못했다. 세상의 바깥으로 나가는 출구, 혹은 세상의 바깥의 안으로 들어가는 입구가 언제 열릴지 누가 알겠는가. 세상도 모르고 그도 모르고 오직 '하늘에 계신 아버지'만이 아시는 일이 아닌가.

8

　사람 하나가 겨우 들어갈 수 있을 만큼 입구가 좁은 동굴을 발견했을 때 잠시 멈춰 섰다가 가쁜 숨을 가다듬고 이마의 땀을 닦은 다음 별 망설임 없이 그 안으로 들어간 것도, 그러니까 세상의 바깥에 대한 그 치명적인 숨은 꿈이 등을 떠밀었기 때문이었을까. 마치 그 동굴을 찾아 거기까지 오기라도 한 것처럼 발걸음이 자연스러웠다. 그야 물론 그 감정, 이를테면 마음속의 숨은 꿈이 이입된 탓이었겠지만, 안에서 들어오라고 손짓을 하는 것 같기도 했다. 허리를 구부리고 동굴 안으로 발을 들여놓자 기다렸다는 듯 어둠이 와락 달려들어 얼굴을 덮쳤다. 순간 움찔했지만, 동굴 안이 생각보다 넓었으므로 허리를 펼 수 있었고, 그러자 이상하게 안도의 한숨이 나오면서 마음이 느긋해졌다. 어둠에 눈이 익기를 기대하며 그는 안쪽으로 천천히 발걸음을 옮겨 디뎠다. 동굴은 처음 생각했던 것보다 깊었고, 굴곡이 심했으며 바닥이 미끄러웠고 축축했고 서늘했다. 얼마만큼 들어가자 졸졸거리는 물소리도 났다. 동굴 안에 물이 흐르고 있는 모양이었다.
　조금 더 앞으로 나아가자 길이 두 갈래로 갈라지면서 그 한복판에 사람이 몸을 누일 만한 크기의 움푹 패인 공간이 나타났다. 더듬더듬 벽을 짚어 그 공간 속으로 들어갔다. 석회석이 차양막처럼 쭉 뻗어 그의 몸을 가렸다. 그 때문인지 벽에 등을 기대고 앉았는데도 별로 냉기가 느껴지지 않았다. 머리 위의 차양막이 햇빛 대신 동굴 안의 습기를 차단하고 있는 듯했다. 걸어올 때는 몰랐는데 엉덩이를 붙이고 앉자 몸이 스르르 가라앉는 느낌이 들었다. 노곤하고 나른했다. 몸의 각 부위가 분리되어 나가는 것 같기도 했다. 다리를 쭉 뻗어 보았다. 맞은편 벽에 발끝이 닿았다. 그래도 자세가 완전하지 않았다. 그는 몸을 옆으로 눕히고 새우처럼 웅크렸다. 그 모양은 좀 기묘했다. 밝은 곳이었다면 차마 그런 자세를 취하지는 않았을 것이었다. 그러나 그곳에는 그 혼자였고, 혼자일 뿐 아니라 어두웠다. 그리고 무엇보다도 그런 자세가 그를 편안하게 했다. 어둠속에 웅크리고 있자 비로소 자세가 완전해진 것 같아지면서 기대하지 않은 뜻밖의 안락감이 신경에 기분좋은 나른함을 주사했다. 모양만 묘한 것이 아니라 기분도 묘했다. 갑작스런 상상이지만, 언젠가 한 번 그곳에 와 본 적이 있는 것 같다는 생각이 들었다. 그의 기억이 미치지 못하는 아주 오래된 과거의 어느 시간에 이 장소와 모종의 인연을 맺었었는지 어떻게 알겠는가. 아니면 꿈속에서라도 혹시 와 봤던 게 아닐까. 아니면, 아니면 무엇이란 말인가, 이 친밀감, 이 완전한 느낌은……. 그런 생각들을 느슨하게 했다. 그러다가, 마취주사를 맞은 환자가 하나 둘 셋…… 아라비아 숫자를 천천히 헤아리다 스르르 잠속으로 빠져드는 것처럼, 어떻게 된 일일까, 그도 모르게 스르르 잠이 들고 말았다.

9

　꿈도 없이 깊은 잠을 잤다. 참으로 오랜만에 참으로 깊은 잠을 오랫동안 잤다.

10

　그와 함께 한 대의 관광버스를 타고 사흘 동안 동해안과 남해안
을 여행하고 내륙을 통해 서울로 올라가는 길이었던 여행객들은 우
레산의 그 작은 암자에 발이 묶였다. 애초에는 그곳에서 두 시간
머물 예정이었다. 정상까지 올라갔다가 내려와도 두 시간이면 충분
하기 때문이었다. 가을해는, 더구나 산 속에서는 빨리 진다. 일행
들은 어두워지기 전에 산을 내려가 근처 도시로 이동하게 되어 있
었다. 그곳에서 저녁식사를 한 후 마지막 밤을 보낼 숙소를 찾아
들어가 짐을 풀어야 했다. 그러나 그들은 그렇게 하지 못했다. 해
가 지고 어두워진 다음에도 그들은 한동안 버스 안에 붙들려 있어
야 했다.

　그가 보이지 않는다는 걸 가장 먼저 눈치채고 안내인에게 사실을
알린 사람은 그의 아내였다. 그러나 안내인은 그녀의 말을 대수롭
지 않게 들었다. "뭐 먼저 단풍을 보려고 앞서서 올라가셨겠지요."
안내인은 그렇게 말했고, 일행 중 한 사람이 산신각 뒤로 올라가는
그를 보았다고 말함으로써 그 말을 뒷받침했다. 그녀는 마음이 불
안했지만, 자기 신경이 너무 예민해서 그런 모양이라고 생각하며
사람들과 어울려 산을 올랐다. 산 위에도 그의 모습이 보이지 않
자, 아마도 벌써 구경을 마치고 내려간 모양이라고 추측들을 했다.
아닌 게 아니라 산을 오르는 것이 힘들다며 도중에 내려가 버스에
서 기다리고 있는 사람이 몇 있었다. "하이고, 오래 살아서 징그러
울 때도 되었겠구만, 그새 안 보인다고 그렇게 애타게 찾아 쌓소."
"영감이 어디로 좀 가 버리면 세상 한갓지고 좋겠더구만……." 우
스갯소리를 해대며 웃기도 했다. 아내는 불안이 가시지 않았지만,
애써 사람들의 의견에 귀를 내줌으로써 스스로를 위로했다.

　그러나 산을 내려가기 위해 주차장에 모여들었을 때 아내는 자신

의 위로가 헛되다는 걸 깨달았고, 비로소 사람들은 상황이 단순하지 않다는 걸 인식했다. 버스 안에는 운전기사를 포함해서 다섯 명이 미리 타고 있었지만 그의 모습은 보이지 않았다. 버스에 타고 있던 사람들은 하나같이 그를 보지 못했다고 증언했다. 그의 아내는 덜컥 겁이 났고, 어찌해야 좋을지 몰라 발을 동동 굴렀고, 경찰이나 119에 신고를 해야 하는 거 아니냐고 법석을 떨었다. 여행사 직원은 그녀의 손을 잡고 진정하라고, 별일 없을 거라고 위로를 했다. 그러나 그 역시 혹시 일이 잘못되어 자기가 책임질 일이 생기는 게 아닐까, 은근히 걱정이 되었으므로 더는 입에 발린 말을 할 수가 없었다. 그는 사람들에게 암자 근처의 산을 함께 찾아보자고 요청했다. 사람들은 자기들끼리 쑥덕거리고 사라진 사람의 아내의 얼굴을 힐끔거리고 쯧쯧 혀를 차고 이런저런 추측들을 늘어놓으며 천천히 산 속으로 걸어 들어갔다. 그들의 표정은 그때부터 그다지 우호적이지 않았다. 해는 이미 산을 넘어가고 있는 중이었다. 그들은 꽤 오랫동안 꽤 적극적으로 수색 작업을 했다고 생각했는지 모르지만, 15분이 지나지 않아 한두 사람씩 관광버스가 서 있는 곳으로 돌아오기 시작했다. 어둠이 조금씩 짙어지면서 실종된 사람을 찾으려다가 오히려 자기가 실종되어 버리는 재수 없는 경우가 생길 수도 있다는 불안이 그들로 하여금 깊은 산 속으로 들어가지 못하게 하는 모양이었다. 실제로 산 속에서는 어둠이 퍼져 나가는 속도가 놀랍게 빨라서 30분쯤 지났을 때 숲은 이미 검은 천을 덮어쓴 것처럼 어둠에 휩싸여 버렸다. 검은 천을 둘러쓴 것 같은 숲은 해가 지기 전의 울긋불긋 화려한 산이 아니었다. 아름다움이나 감상 대신 그들은 검은 산에서 두려움을 느꼈다. 한 사람의 부주의로 말미암은 단순한 실종 사건이었던 것이 집단적으로 불안이 확산되어 감에 따라 흉포한 산이 사람을 집어삼킨 공포극으로 간주되기에 이르렀다. 그런 생각은 사람들의 불안을 더욱 심화시켰고, 사라진 한 사람과 그의 아내에 대한 은연중의 불만으로 발전해 갔다. 사람들은 버스 안에 들어앉아 꼼짝도 하지 않으려 했다. 일단 가지요, 하고 누군가 말했고, 기다렸다는 듯 몇 사람이 그 말을 받았다. 이러고 있어 봤자 아냐? 인질도 아니고, 이거 참, 우리 신세가 뭐야? 날도 어두워졌는데, 뭘 어떻게 해. 일단 도시로 들어가야지. 그 사람, 내내 말 한마디 없더니 결국 말썽을 일으키고 마네. 어쩌 썩 유쾌하지가 않더라니……. 여행사 직원도 결단을 내리지 않을 수 없는 상황이었다. 사라진 사람을 쉽게 찾을 수 있을 것 같지 않다는 판단이 내려졌다면 여행객들을 붙잡아 두는 건 부질없는 일이었다. 그는 버스기사에게 저녁식사를 하기로 예약된 식당 약도와 숙소를 알려 주고 차를 보냈다. 암자에는 사라진 사람의 아내와 안내인만 남았다. 그는 본사에 전화를 걸어 상황을 알리고 경찰서에도 신고를 했다. 본사에서는 말썽 생기지 않게 수습을 잘 하라는 지시만 내렸고, 경찰서에는 조금 귀찮다는 반응을 보였다. 출동은 하겠지만 시간은 걸릴 거라는 것이었다. 여행사의 직원은 어쨌든 기다리겠다고 하고 전화를 끊었다. 사라진 사람의 아내는 안절부절못하며 어떻게 좀 해봐요, 어떻게 좀 해봐요, 소리만 되풀이했다. 그러나 기다려 보는 것말고 달리 어떻게 할 방도가 없었으므로 여행사 직원은 어둠이 점점 두터워져 가는 산을 불안한 눈길로 바라보며 한숨만 쉬었다.

한 시간이 지나서야 일개 소대의 의무경찰이 암자에 도착했다. 산 속으로 30분쯤 들어가면 천연 동굴이 하나 있다는 사실을 알려 준 사람은 그때 마침 시내에 나갔다가 돌아온 암자의 스님이었다. "사람이 들어가 쉴 만한 데는 못 돼요. 너구리 같은 산짐승들이 밤이슬을 피하는 데 같습디다. 그래도 혹시 모르니까…… 안 찾아보셨지요?" 여행사 직원에 앞서 사라진 사람의 아내가 앞으로 나서며, 그런 데가 있는 줄은 몰랐다고 다급하게 대답했다. "저를 따라

오세요." 스님은 손목 굵기의 나무 지팡이를 한 손에 들고 땅을 탕탕 치면서 산 속으로 길을 냈다. 사라진 사람의 아내가 그 뒤를 바짝 따랐다. 한 소대의 의무경찰들이 올라온 것은 그 순간이었다. 그들 역시 잠자코 스님의 뒤를 따랐다.

 일행이 동굴 앞에 도착한 것은 아홉 시 무렵이었다. 스님은 지팡이로 동굴을 가리키며 말했다. "안으로 들어가면 제법 넓은 공간이 있어요. 임진왜란 때 한 가족이 여기 숨어서 난리를 피했다는 이야기가 전해져 오고 있을 정도니까. 자, 누가 들어가 보겠어요?" 사라진 사람의 아내가 앞으로 나서는 걸 여행사 직원이 제지했다. 스님도 말렸다. 그녀는 동굴 앞에 주저앉아 "여보, 거기 있어요?" 하고 소리를 질렀다. "거기 있으면 대답을 해봐요." 그러나 그녀는 울음을 보이지는 않았다. 결국 동굴 안으로 들어간 사람은 세 명의 의경이었다. 그들의 손에 랜턴이 한 개씩 들렸다. 좁고 울퉁불퉁하고 미끄럽고 서늘한 길을 따라 들어간 그들의 걸음이 갈림길에 이르렀을 때, 그들은 자궁처럼 움푹 패인 공간에 태아처럼 웅크리고 누운 한 중늙은이를 발견했다. 그 사람은 깊은 잠에 빠져 있는 것처럼 보였다. 몸을 흔들었지만 깨어나지 않았다.

11

 사람들이 물었다. 왜 그랬어요? 나는 대답을 해야 한다고 생각하지 않았으므로 아무 말도 하지 않았다. 경위서를 작성해야 한다며 파출소로 데리고 들어간 경찰도 결국 그 질문부터 했다. 왜 그랬어요? 나는 내 옆에 앉아 눈물을 찍어 내고 있는 아내의 얼굴을 물끄러미 바라보다가 아내의 얼굴에 주름이 참 많다는 생각을 했고, 세월이 덧없다는 생각을 했고, 그 생각이 구태의연하다는 생각을 했다. 그녀가 어서 말씀하세요, 하고 안타까운 표정을 지으며 말했을 때 나는 어쩌면 아내가 내 마음을 다 읽고 있을지 모르겠다는 생각을 했다. 그녀는 내가 그 동굴에 들어가 무얼 했는지 간파하고 있을 것이었다. 다른 사람에게라면 몰라도 아내에게는 사실대로 말하는 것이 좋겠다는, 말해야 한다는 강박증이 쳐들어와서 입을 열게 했다. "난, 잠을 잤어요." 내 대답은 아내를 만족시켰다. 나는 그렇게 생각했다. 아닐지도 모르지만, 아마 맞을 것이다. 하지만 내 대답은 다른 사람은 만족시키지 못했다. 나는 그렇게 생각했다. 아닐 수도 있지만 아마 맞을 것이다. "그러니까 잠을 자려고 동굴 속으로 들어갔다는 말을 하는 거예요?" 나를 취조하는 순경은 의심이 가득한 눈빛 속에 짜증과 피곤을 감추고 물었다. "나는 불면증이 있어요." 순경은 어처구니없어 했다. 그런데요? 하고 물으면서 볼펜 꼭지를 책상 위에 딱딱 소리나게 부딪치는 것으로 그는 나에 대한, 내 대답에 대한 자신의 의혹과 불만을 드러냈다. "정말이에요, 이이는 오랫동안 잠을 자지 못했어요." 아내의 지원은 순경으로 하여금 피식 맥없는 웃음을 짓게 했다. 그는 자기의 웃음에 동조를 구하는 듯한 눈빛으로 곁에 서 있는 여행사 직원을 바라보았다. 여행사 직원은 무슨 말인가를 하려다가 입을 다물었고, 순경은 어깨를 으쓱해 보였다. 그것으로 그들 사이에 어떤 교감이 이루어진 모양이라고 나는 생각했다. 아마도 그들은 우리 부부를 실없거나 정신이 온전하지 않거나, 혹은 지능이 낮은 부류로 단정하고 있음에 틀림없었다. "불면증이 있는 사람은 동굴로 가나요? 동굴이 무슨 불면증을 치료하는 병원이라도 된다는 말입니까? 동굴에 가면 집에서는 오지 않던 잠이 잘 와요?" 겉으로 드러내지 않으려고 애를 쓰긴 했지만 그는 분명 비아냥거리는 뜻으로 그 말을 했다. 그럼에도 불구하고 그는 내가 할 말을 다 했으므로 나는 오히려 고마움을 느꼈다. 나도 기대하진 않았어요, 거기 그런 데가 있는지도 몰랐는

걸요, 하고 나는 대답했다. "그랬는데, 그 안에 들어가자 잠이 쏟아졌어요. 오랜만에 찾아온 참으로 편안한 잠이었어요. 그것뿐이에요." 순경은 복잡한 감정을 담고 내 얼굴을 쳐다보았다. 믿어야 할지 믿지 말아야 할지 모르겠다는 감정이 그 얼굴에 떠올랐다가 사라졌다. 그리고는 책상 위에 놓여 있는 서류에 무엇인가를 적었다. "됐습니다. 돌아가세요." 순경은 부질없는 일로 더는 시간을 빼앗기고 싶지 않다는 의지를 비교적 노골적으로 드러내면서 손짓을 했다. 그 동안 마음을 졸이며 내 옆에 앉아 있던 아내는 얼른 일어서더니 꾸벅 고개를 숙여 인사했다. "고맙습니다." 나는 그녀가 무엇을 고마워하는지 모르겠다는 심사였지만 말은 하지 않았다.

12

그는 여전히 잠을 자지 못했다. 오히려 불면증이 더 심해진 것 같기도 했다. 그는 다시 칩거에 들어갔고, 말도 거의 하지 않았다. 몸이 가시처럼 말라갔다. 그의 아내는 여행에서 돌아오자마자 우레산에서 있었던 일을 딸에게 이야기했다. 그들은 그 사건을 희망의 전조로 받아들이고 싶어했다. 그러나 그것으로 불안한 마음을 잠재울 수는 없었다. 여행 후에 달라진 것이 없었으므로. 애초에 그들이 여행에 대해 품었던 기대는 물거품이 되었다. 동굴 속에서 그는 꿈도 꾸지 않고 깊은 잠을 잤다. 그렇지만 그를 다시 동굴로 데리고 갈 수는 없었다. 아내도 그랬고 딸도 그랬다. 혹시 그 자신이 그걸 요구한다면 모를까, 이쪽에서 먼저 동굴에 가자고 요청할 수는 없는 일이었다. 아니, 혹시 그가 그런 요구를 해온다고 해도 사정은 다르지 않았다. 그 경우, 옳거니 하고 그를 동굴 속으로 집어넣는 것이 과연 옳은 일일지 확신할 수 없었다. 도대체 그 비좁고 어둡고 축축하고 미끄러운 동굴의 무엇이 불면증에 시달려 온 그를 편하게 잠들게 했단 말인가. 이해할 수 없어 한 것은 그를 취조했던 순경만이 아니었다. 물어보고 싶었지만 물어보지 못했다. 그들은 그의 눈치만 보았다.

13

아내와 딸은 내 눈치만 본다. 그들은 상황이 달라지길 바란다. 물론 나도 그걸 바란다. 그들은 현재의 상황을 바꿀 의무가 나에게 있다고 생각한다. 물론 나도 그렇게 생각한다. 하지만 그들은 나에게 상황을 바꿀 만한 능력이 있다고 생각하지는 않는 것 같다. 물론 나도 그렇게 생각하지는 않는다.

사람들이 궁금해하는 것처럼, 아니, 그 이상으로 나도 그 동굴의 효과에 대해 호기심을 가지고 있다. 동굴에서 나는 네 시간을 깨지 않고 잤다. 꿈도 없는 깊고 편안한 잠이었다. 그들이 깨우지 않았다면 더 오래 잤을 것이다. 기적과도 같은 일이다. 요새 나는 20분을 제대로 자지 못한다. 어떻게 그렇게 오랫동안, 그렇게 편안하게 잠을 잘 수 있었을까. 어두웠지만 나는 어두운 줄 몰랐고, 눅눅했지만 눅눅한 줄 몰랐고, 추웠지만 추운 줄 몰랐다. 공포나 불안은 더욱 없었다. 나를 위해 만들어진 특별한 공간에 제대로 들어앉은 듯한 친밀감. 그걸 어떻게 설명해야 좋을까. 기억은 하지 못하지만, 정말로 언젠가 한 번 그 동굴에 간 적이 있는 것일까. 유년이나 꿈, 또는 여태 믿어 본 적이 없지만, 예컨대 어느 전생의 한 시간에? 생각들이 꼬리를 물고 이어졌고, 그래서 잠은 더 오지 않았다. 어쩌면 유년이나 꿈, 혹은 여태 믿어 본 적이 없는 전생의 한 시간에 있었던 어떤 기억이 내 정신, 혹은 몸의 어디, 그런 곳이 있는 줄도 모르는, 그렇게 깊고 어둡고 후미진 구석에 숨어 있는 것인지 모른다.

어느 날, 나는 혼자서 배낭을 메고 집을 나갔다. 우레산의 동굴이 나를 불러냈다고 해도 틀린 말은 아니다. 동굴에 들어갈 때 이상스런 설렘이 있었다. 나는 동굴에 들어가 몸을 웅크렸고, 그리고 곧장 잠이 들었다. 꿈도 없이 깊은 잠을 잤다.

동굴에서 나왔을 때 아내가 암자에서 나를 기다리고 있었다. 그녀는 내가 어디를 가는지 알고 있으면서도 모른 체했던가 보았다. 나는 그녀가 나를 뒤쫓아와 여태 기다리고 있었다는 걸 알면서도 모른 체했다. 집으로 돌아오는 차 안에서 그녀는 내가 열두 시간 동안 잤다고 말했다.

14

그는 가끔씩 혼자 배낭을 메고 우레산으로 갔다. 동굴은 늘 그곳에 있었고, 그곳에서 그는 열두 시간씩, 심지어 어떨 때는 스무 시간씩 잠을 잤다.

15

뭘 만든 거예요? 하고 아내가 물었을 때, 남편은 자기도 모르겠다는 듯 머리를 흔들었다. 이쪽저쪽 주의 깊게 살펴보던 그녀가 뭐예요, 이게? 하고 다시 물었고, 그는 글쎄, 그게 뭐지? 하고 마치 그것을 만든 사람이 자기가 아니라는 듯 무성의하게 대꾸했다. 무성의하게 들린 건 사실이지만, 그게 뭔지 확신하지 못하고 있는 것도 사실이었다. 아내는 고개를 갸우뚱하고 방을 나갔다. 아닌 게 아니라 그 물건은 좀 야릇했다.

다음날은 딸이 들어와 그것에 대해 물었다. 이번에도 그는 만족스런 대답을 하지 못했다. 딸은 그 직육면체, 아니 직오면체(그런 것이 있다면)를 이리저리 뜯어보고 세워 보고 눕혀 보고 했다. 그러다가 벽에 바짝 붙여 놓고는 그 위에 걸터앉았다. "이렇게 앉으니까 좋네. 이거 소파로 쓰면 되겠어요. 여기 방석 몇 개 올려놓을게요." 생글거리며 방을 나간 선영이는 당장 방석을 들고 들어왔다. 노랗고 빨갛고 파란 세 개의 방석이 위에 놓이자 정말로 소파처럼 보였다. 아버지도 앉아 봐요, 하고 선영이가 그의 팔을 잡아끌었지만 그는 손을 내저었다. "왜요? 좋은데요. 여기 앉아 책을 보면 잘 읽힐 것 같아요." 그녀는 탁자 위에 뒹굴고 있던 책을 집어들고 페이지를 넘겼다. 그녀가 집어든 책은 《포석의 급소》였다. 책장 속에서 잠자고 있던, 언제 샀는지도 기억나지 않는 바둑책을 밖으로 꺼내 놓긴 했지만 진득하게 앉아 공부를 할 여유는 없었다. "바둑판도 여기 올려놓으면 되겠네요." 딸은 어떤 생각이 떠오르면 곧바로 행동에 옮기는 성격이었다. 그녀는 노란색 방석 위에 바둑판을 올려놓고, 자신은 붉은색 방석에 앉았다. 그리고는 바둑판 위에 희고 검은 바둑알을 톡톡 소리나게 떨어뜨렸다. 이윽고 비어 있는 파란색 방석을 눈으로 가리키며 그녀가 말했다. "앉으세요, 아버지. 저랑 한판 두세요." 그는 딸애의 얼굴을 물끄러미 바라보았다. 아버지를 위한 딸애의 마음씀이 그의 마음을 아프게 했다. 그는 파란색 방석에 앉았다. 딸애는 검은 돌을 쥐었다. 그러나 그는 몇 수 두어 보지 않고 딸이 바둑을 전혀 두지 못한다는 사실을 알았다. 착점이 영 엉망이었다. "내가 불안해 보이냐?" 그가 물었다. 그녀가 불안하게 눈을 들어 살피며 대답했다. "아니요. 왜 그런 말씀을 하세요?" 그는, 바둑판에 눈을 박은 채 나한테 신경 쓸 필요없다, 하고 말했다. "신경 쓰라는 말보다 더 무섭게 들리는데요." 그녀는 바둑알을 주워 담았다. "알았어요. 앞으로 바둑 두자는 말은 하지 않을게요." 그녀는 손을 탁탁 털고 일어났다. "여기 이렇게 바둑판 놓고 앉아서 바둑 공부를 하면 되겠어요, 아버지. 바둑판도 하나 만드시구요."

그녀가 나가고 나자 방 안은 조용해졌다. 그녀가 앉아 있던 자리의 붉은색 방석이 말할 수 없이 쓸쓸한 빛을 반사해 내고 있었다. 그는 손으로 그 자리를 가만히 쓸어 보았다. 잡히는 것도 없고 쓸리는 것도 없었다. 을씨년스런 느낌이 들어서 그는 자기 어깨를 팔로 감쌌다.

잠시 후에 그의 아내가 차를 끓여서 들어왔을 때 그는 붉은색 방석 위에 앉아 책을 읽고 있었다. 그의 옆에는 바둑판이 놓여 있었고, 바둑판 위에는 흰 돌과 검은 돌이, 바둑을 둘 줄 모르는 그녀가 보기에는 어지럽게 널려 있었다. 그의 손에 들린 책은 《포석의 급소》였지만, 그녀는 그 책이 무슨 책인지 알지 못했다. 바둑책인지 증권책인지도 몰랐다. 그렇지만 그런 건 중요하지 않았다. 그녀에게는 남편이 책을 읽고 있다는 사실만이 의미 있게 받아들여졌다. 그가 무슨 일인가 하고 있다는 걸 그녀는 희망의 조짐으로 받아들이고 싶어했다. 남편이 만든, 그 이름 붙이기 어렵던 공작품도 그렇게 쓰이니 그럴듯해 보이는구나 싶었다.

그랬다. 그때까지는 괜찮았다. 그때까지는 희망이 있는 것처럼 보였다. 아직은 아니지만, 곧 밤에도 잠을 잘 자게 될 것 같았고, 방문을 열고 밖으로 나올 것 같았고, 사람들과 섞여 농담도 하게 될 것 같았고, 예전의 활력과 기운을 되찾을 것 같았다. 적어도 그의 가족들은 그렇게 기대했다. 그때까지만 해도 그들은 그가 목수학교에 가서 대패와 톱의 사용법을 배운 걸 다행이라고 생각했다. 불면증은 아직 여전했지만, 그에게서 동굴에 대한 유혹을 지워 낸 것만 해도 상당한 성과라고 평가했다. 불면증도 머지않아 치료될

거라고 그들은 믿었다. 그러나 그들의 믿음이 바람에 지나지 않았
다는 사실이 오래지 않아 드러났다.

16

어느 일요일 아침, 그의 아내는 아침식사를 차려 놓고 딸을 불렀
다. 딸은 모처럼의 휴일 아침에 늦잠을 잤다. 조금만 더 잘게요, 하
고 이불 속으로 파고 들어가는 딸을 어머니가 억지로 일으켜 세웠
다. "모처럼 집에 있는데, 아빠와 함께 아침밥을 먹자. 먹고 나서
또 자더라도 우선 일어나라." 아버지에 대한 연민이 딸로 하여금
침대 시트를 들추고 일어나게 했다. 그녀는 하품을 하며 기지개를
켰다. "몇 신데요? 아버지는 내려오셨어요?" "열 시가 다 되었다.
아버지는 아직 안 내려오셨고……. 얼른 일어나서 세수하고 와라."
딸은 하루 종일 잠이나 실컷 잤으면 좋겠다고 중얼거리며 화장실로
들어갔고, 어머니는 그런 딸을 측은한 눈빛으로 바라보다가 남편의
방이 있는 2층 계단으로 올라갔다. 언제부터인지 모르겠으나, 그들
부부는 방을 따로 썼다. 그러자고 합의를 한 것은 아니었고, 사이
가 나빠져서 그런 것도 아니었다. 남편이 낮부터 틀어박혀 지내는
2층의 자기 방에서 밤이 되어도 내려오지 않아 버린 것이 이유라면
이유였다. 처음 몇 번은 잠들기 전에 아내가 부르러 갔고, 남편도
아내를 따라 내려오곤 했지만, 밤새 잠들지 못하고 뒤척거리기만
하던 남편이 한밤중에 벌떡 일어나 밖으로 나가는 일이 번번이 일
어났으므로, 그러면 덩달아 옆에서 자던 아내까지 잠을 설쳐야 했
으므로, 나중에는 밤이 되어도 아예 내려오지 않았고, 그녀도 부르
러 가는 일이 없어졌다. 그는, 어떤 날은 하루 종일 2층에서 내려
오지 않았다. 그렇게 되었다.

나는 아주 오래 살 것이다 181

"일어났어요? 식사해요." 그녀는 문 밖에서 가만히 노크를 했다. 일어났어요, 라니……. 그녀는 자기 말에 실소했다. 남편이 그 시간까지 잠을 자고 있을 거라고 생각했단 말인가. 남편은 저녁에 자고 아침에 깨어나는 사람이 아니었다. 잠들지 않으므로 깨어날 일도 없었다. 방 안에서는 반응이 없었다. 이상한 일이라고 할 수는 없었다. 요 근래 남편은 필요 이상으로 말을 아꼈다. 묻는 말 외에는 입을 열지 않았고, 묻는 말에도 입을 열지 않는 경우가 흔했다. 아예 한마디 말도 하지 않고 하루를 보내는 날도 있었다. 잠들어 있는 것이 아니라면(그녀는 당연히 그렇게 생각했다), 그녀의 목소리를 듣지 못했을 까닭이 없었다. 그러므로 그녀는 식당 방으로 들어가서 밥과 국을 차리면 되었다. 그럴 생각이었다. 한 번쯤 더 식사하라는 말을 하고(가령 선영이가 모처럼 함께 식사를 하기 위해 기다리고 있다는 식으로) 계단을 내려딛을 참이었다. 그런데, 설명할 수 없는 미묘한 기운이 그녀의 발걸음을 멈추게 했다. 섬뜩한 기분이 들면서 누군가 그녀의 머리를 쭈뼛 세우는 것 같았다. 예컨대 방 안이 너무 고요하다는 느낌. 진공 상태에 휩싸인 것처럼, 혹은 현기증이 일어날 때처럼 귀가 멍멍하고 앞이 어질어질해지는 것 같은 그 느낌의 돌연한 엄습이 그녀로 하여금 방문 고리를 쥐게 했다. 어쩌자는 불안한 예감이었을까, 문을 열기 전에 그녀는 심호흡을 해서 두근거리는 가슴을 진정시켜야 했다.

남편의 모습은, 보이지 않았다. 덜컥 가슴이 내려앉았다. 여보, 하고 불렀지만 대답이 없었다. "이이가 어딜 갔지? 밖으로 나가지는 않았는데……." 그녀는 중얼거렸다. 밖으로 나가지는 않았다. 적어도 그녀가 깨어 일어난 다음에 집을 나간 사람은 없었다. 그녀는 여섯 시 오십 분에 습관대로 눈을 떴고, 습관대로 남편의 와이셔츠와 딸애의 블라우스를 다림질하고 화분에 물을 주고 아침 뉴스를 보고 국을 끓이고 밥을 했다. 물론 그녀가 잠에서 깨어 일어나기 전에 밖으로 나갔을 수는 있었다. 그랬다면 당연히 그가 나가는 모습을 보지 못했을 것이었다. 밤중에 집을 나갔다는 말일까? 그런 적은 없지만 그럴 가능성이 아주 없다고 할 수도 없었다. 그렇다면, 그건 무슨 뜻일까? 그녀는 어떻게 된 일인지를 분주하게 궁리하면서 여기저기를 살폈다. 커튼이 쳐져 있었고, 창문은 잠기지는 않았지만 닫혀 있었다. 그녀는 창가로 다가가 무의식적으로 커튼을 걷고 창문을 열었다. 기다렸다는 듯 햇살이 와르르 쏟아져 들어왔다. 햇살은 한 움큼의 바람을 몰고 왔다. 그녀는 자기도 모르게 숨을 들이켰다. 햇살은 따뜻하고 바람은 차가웠다. 2층 아래는 풀밭이었지만, 그리고 실제로 그다지 높지 않았지만, 까마득한 낭떠러지처럼 느껴졌다. 어질어질했다. 그곳에서 뛰어내린다면 무사하지는 않을 거라고 그녀는 생각했다. 그녀는 나쁜 예감을 지우듯 고개를 젓고 문을 닫았다. 눈길이 바둑판에게로 갔다. 바둑판은 남편이 만든, 한쪽 입구가 터진 직육면체, 아니 직오면체(그런 게 있다면) 위에 얌전히 놓여 있었다. 바둑판이 놓인 자리에는 노란 방석이 깔려 있었다. 그 옆의 방석에는 반쯤 펼쳐진 한 권의 책이 등을 보인 채 놓여 있었다. 책등에 '사활의 맥'이라는 글씨가 보였다. 누군가 방금 전까지 그 책을 읽고 있다가 잠깐 화장실에 간 것 같기도 하고, 아주 오래전부터 그 자리에 그대로 놓여 있었던 것 같기도 했다. 책이 놓인 공간의 분위기는 친근하거나 낯설었다. 친근한 것 같기도 하고 낯선 것 같기도 했다. 그녀는 바둑판과 《사활의 맥》과 방석들을 바라보다가 문득 야릇한 느낌을 받았다. 조금 전에 열린 창문을 통해 들어왔던 그 햇살들은 다 어디로 갔을까? 한 움큼의 바람은? 그녀는 그것들이 들어가 있을 유일한 장소가 어디인지를 알아보았다. 방문을 열고 들어올 때 엄습했던 불안한 기운이 다시금 살아나는 듯했다. 예컨대 방 안이 너무 고요하다는 느낌. 진공 상태에 휩싸인 것처럼, 혹은 현기증이 일어날 때처럼 귀가 멍멍하고 앞이 어질어질해지는 것 같은 느낌. 거기에 홀연히 무덤 속에 들어온 것 같다는 느낌이 더해지면서 등줄기가 서늘해졌다. 그녀는 남편이 만든 직육면체, 아니 직오면체(그런 게 있다면)의 터진 면을 들여다보았다. 허헉, 숨이 막혔다. 누군가 뒷머리를 사정없이 가격한 것처럼 아찔했다. 그녀는 비틀거리며 뒷걸음질을 쳐서 그 방을 나왔다. "선영아, 선영아." 계단의 난간을 붙잡고 내려오면서 그녀는 큰소리로 딸의 이름을 불렀다. 왜요? 아직 잠옷 차림인 채 냉장고에서 생수를 꺼내 마시고 있던 딸은 계단의 난간을 붙잡고 서서 화급하게 자신의 이름을 부르는, 거의 사색이 다 된 어머니를 보았다. "왜 그래요, 왜 그래요, 어머니. 무슨 일이에요?" 딸은 자리를 박차고 계단을 뛰어 올라갔다. 난간을 붙잡고 있던 어머니의 손에서 힘이 빠져나가면서 그녀의 몸이 소리도 없이 넘어졌다. 딸의 걸음이 조금만 느렸다면 그녀의 몸은 계단 위로 뒹굴었을 것이었다. 딸은 팔을 내밀어 쓰러지는 어머니의 몸을 받았다. "왜 그래요, 어머니, 왜요……." 놀란 딸이 어머니의 몸을 흔들며 물었지만 어머니는 제대로 말을 하지 못했다. 그저 손을 펴서 아버지의 방을 가리킬 뿐이었다. 딸은 어머니를 부축해서 소파에 눕히고 곧장 2층으로 뛰어 올라갔다.

잠시 후 방문을 열고 나올 때 그녀의 얼굴도 사색이 되어 있었다. 쓰러지지는 않았지만 거의 쓰러질 것 같았다.

17

그들은 이제 그 앞에서 일부러 명랑하게 웃으려고 하지 않는다. 그 방에 들어오지도 않으려고 한다. 그가 지하실에서 만들어 들여놓은 그 직육면체, 아니 직오면체(그런 것이 있다면) 조형물 때문이다. 그는 전보다 한층 더 고립되었고 더 철저히 유폐되었다.

18

　아버지는 온순한 성격이었다. 다른 사람에게 싫은 소리 한마디 하지 못하는 사람이었다. 우리 가족에게도 마찬가지였다. 친척들끼리 모인 자리에서 놀림감이 되는 걸 본 적도 있었다. 얼굴이 벌겋게 상기된 채 항변은커녕 대답도 제대로 못하고 우물쭈물하는 아버지를 보면서 때때로 나는 아버지가 너무 비굴하다는 생각을 하곤 했다. 그런 아버지가 싫었다. 아버지가 왜 그렇게 수모를 받으면서도 참기만 하는지 이해할 수 없었다. 나중에야 아버지가 돈을 벌지 못하는 것이 처가 식구들로부터 무시를 받는 조건이었다는 걸 알았다. 실제로 아버지는 평생 동안 직업다운 직업을 가져 보지 않은 사람이었다. 우리 집의 생활비는 어머니로부터 나왔다. 어머니는 부자였다. 어머니의 아버지가 부자였으므로 어머니 역시 부자였다. 어머니의 아버지는 자식들 중에 어머니를 가장 사랑했고, 그런 딸이 경제적 능력이 없는 놈팡이와 결혼해서 고생하는 걸 늘 마음 아파했고, 그래서 자주 돈을 보냈다. 어머니는 그 돈으로 옷가게와 빵가게를 냈다. 우리 식구들이 먹고 쓰는 모든 돈은 그 옷가게와 빵가게에서 나왔다. 그래서 그랬을까, 아버지는 어머니 앞에서도 대체로 온순했다. 내가 기억하는 한 또렷하게 자기 주장을 하거나 고집을 피워 본 적이 거의 없었다. 평소의 아버지는 그랬다.
　그러나 술이 취하면 전혀 다른 사람이 되었다. 술에 취해서 들어오면 아버지는 목소리가 커졌고, 난폭한 말을 사용했고, 욕을 했고, 힘이 세졌고, 주먹질과 발길질을 했고, 닥치는 대로 물건을 집어던졌다. 아무도 아버지를 막을 수 없었다. 말도 통하지 않았고 힘도 통하지 않았다. 술의 마력을 나는 너무 일찍 알았다. 아버지가 술에 취해 들어오는 날은 말 그대로 공포의 날이었다. 나는 비굴한 아버지도 싫었지만 난폭한 아버지도 싫었다. 비굴하기만 한 것이 아니라 난폭하기까지 했으므로 더욱 싫었다. 비굴할 때는 난폭한 아버지가 떠올라서 더 싫었고, 난폭할 때는 비굴한 아버지가 떠올라서 더 싫었다. 어머니와 나는 아버지가 늦게까지 귀가하지 않고 있으면 잔뜩 긴장을 하고 기다려야 했다. 무사히 넘어가길 바랐지만, 대체로 그런 기대는 실현되지 않았다.

아버지의 폭력을 피하는 유일한 방법은 술에 취해 집에 들어온 아버지의 눈에 띄지 않는 것이었다. 아버지는 눈에 보이지 않으면 없는 것으로 간주했다. 어머니는 그걸 알았다. 그래서 아버지가 만취해서 들어온 날이면 어머니는 나를 벽장으로 올라가게 했다. 읽고 있던 책이나 숙제 공책, 또는 가지고 놀던 구슬 같은 걸 손에 쥔 채 나는 황급히 벽장 속으로 몸을 숨기곤 했다. 벽장의 어둠속에 숨소리를 죽이고 엎드려 있으면 아래쪽에서 와당탕 소리가 끊임없이 났다. 나는 구슬을 만지작거리거나 책을 뒤적거리거나 했다. 달이 밝은 날은 쪽문을 통해 들어온 달빛에 의지해서 큰 글씨의 그림책을 읽는 일이 어느 정도는 가능했다. 그러다가 나도 모르게 스르르 잠속으로 빠져들어가기도 했다. 한바탕 소란을 벌이던 아버지가 제풀에 지쳐 곯아떨어지면 어머니는 어지러워진 방 안을 대충 치운 다음 가만히 올라와서 나를 안고 내려갔다. 그럴 때 어머니는 한숨을 내쉬거나 훌쩍이거나 했다. 정신이 나간 것처럼 말도 하지 않은 채 오랫동안 나를 품에 안고 있기도 했다.

어느 날 밤, 아버지의 손에 의해 벽장 문이 열리는 일이 일어났다. 전에 없던 일이었으므로 나는 당황했다. "거긴 왜요? 거긴 왜 올라가려고 그래요?" 어머니의 다급한 목소리가 들려왔다. 아버지의 팔이라도 잡아끌고 있는 게 분명했다. "이 손 안 치워? 안 치워?

기철이 이놈, 이 위에 있지? 이놈이 애비가 왔는데도 안 내려오고 벽장에서 뭘 하는 거야, 쥐새끼처럼……." 아버지는 술이 몹시 취한 것 같았고 화도 많이 난 것 같았다. 발음이 잘 되지 않았지만 목소리는 어느 때보다 컸다. 퍽 소리가 나고 어머니의 신음소리가 났다. 아마도 어머니는 방바닥에 나가떨어진 것 같았다. 이내 벽장 문고리를 잡아당기는 기척이 느껴졌다. 기철아, 하고 어머니가 큰 소리로 불렀다. 아버지에게 발각되는 순간에 무슨 일이 일어날지 어머니는 알고 있었고 나도 알고 있었다. 어머니는 나에게 그 사실을 경고하고 있었고, 나는 알아들었다. 나는 가만히 있어서는 안 되었다. 벽장 속에 숨어 있어야 하는 몇 시간 동안 이것저것 뒤적거렸으므로 어디에 무엇이 있는지 거의 완벽하게 파악하고 있었다. 뒤주가 눈에 들어왔다. 그 안에 못 쓰는 물건들과 잡동사니들이 먼지를 뒤집어쓰고 있다는 걸 알고 있었다. 나는 황급히 뒤주의 문을 열고 안으로 들어갔다. 뒤주 안은 좁았지만, 그러나 몸을 웅크리고 앉자 맞춤하게 들어맞았다. 아버지가 벽장 문을 열면서 한 차례 기우뚱거리지 않았다면 아마 들켰을 것이다. 아버지가 잠깐 지체하는 틈을 타서 나는 완벽하게 몸을 숨길 수 있었다. 아버지는 벽장의 어둠속에 서서 소리질렀다. "기철이 이 새끼. 어딨어? 빨리 안 나와? 지 에미 닮아가지고 니놈까지 나를 무시한다 그거지. 오냐, 내 손에 한번 걸려 봐라." 나는 어둠속에 몸을 웅크린 채 숨을 죽였다. 풀풀 날리는 먼지가 코를 통해 폐부 깊숙이 스며들었다. 목젖이 간질간질해지면서 재채기가 나오려고 하는 걸 힘들게 참았다. 아버지는 벽장 속에 있는 물건들을 발길로 걷어찼다. 쾅쾅 소리가 나고 우지끈 부러지는 소리가 났다. "죽어라, 죽어……." 아버지의 목소리는 지나치게 높고 갈라져서 거의 우는 것처럼 들렸다. 그러다가 아버지는 중심을 잃고 쓰러졌다. 투덜거리는 소리가 들렸지만 역시 무슨 소리인지 알아먹기 힘들었다. 뒤이어 웅얼웅얼 소리가 들렸지만 무슨 소리인지 알아들을 수 없었다. 아버지는 일어나지 않았다. 아버지는 누운 채로 욕설을 뱉고 무슨 말인지 모를 말을 늘어놓더니 잠잠해졌다. 잠이 든 것이었다. 그러나 아버지가 잠잠해졌다고 해서 곧바로 나갈 수는 없는 일이었다. 나는 뒤주에서 나갈 기회를 엿보며 계속 숨을 죽이고 기다렸다. 처음엔 갑갑하던 뒤주 안이 시간이 지나면서 오히려 견딜 만해졌고, 나중에는 안락하게까지 여겨졌다. 그리고 그것이 정신의 이완을 불렀다. 나는 그 좁은 뒤주 안에서 잠이 들었다.

어머니는 벽장 안에 올라와서도 나를 찾지 못했다. 가만가만 내 이름을 불렀지만 나는 대답할 수 없었다. 어머니는 내가 뒤주 안에 들어 있다는 걸 몰랐다. 그녀는 내가 손바닥만한 벽장의 창문을 열고 밖으로 나갔을 거라고 추측했다고 한다.

그날 이후, 아버지가 술에 취해 늦게 귀가한 날이면 나는 언제나 벽장 속으로 들어갔고, 뒤주 속으로 들어갔다. 뒤주 속에 들어가 문을 닫고 몸을 웅크리고 있으면 근육과 신경이 이상스레 느슨해지면서 기분좋은 안락감이 찾아왔다. 그럴 때 나는 어김없이 잠속으로 빨려 들어갔다. 꿈도 없는 깊은 잠을 맛나게 잤다.

아버지와 상관없이도 벽장 안에 들어갔다. 낮에도 뒤주 속에 들어갔다.

19

그는 하루의 대부분을 자기가 만든, 다리가 달린, 한 면이 터진 그 직육면, 아니, 직오면체(그런 게 있다면) 안에 들어가 보냈다. 밖에 있을 때는 불쑥불쑥 치밀던 울화도 그 안으로 들어가면 눈 녹듯 사그라들었다. 밖에 있을 때는 살 희망이 생기지 않았지만, 안에 들어가면 그런 생각도 나지 않았다. 그 때문에 그는 그 안에 들어가야 했다. 대개는 잠을 잤지만, 책을 읽기도 했다. 나중에는 비스킷이나 빵을 먹기도 했고, 맥주나 커피를 마실 수도 있게 되었다. 어느 날부턴가는 그 안에 누운 채 일기도 썼다. 그 좁은 공간에 하나씩하나씩 물건이 쌓여 갔다. 일기장과 연필이 들어오고 여러 종류의 필기구가 들어오고 책이 들어오고 안경이 들어오고 과자 그릇이 들어오고 자석을 이용한 바둑판이 들어왔다. 그는 그 안에서 바둑도 두었다. 가능한 한 그는 그곳에서 나오지 않으려고 했다. 그의 세계는 그가 들어가 누운 널의 크기만큼 작아졌다. 그렇지만 그는 불행하지 않았고 불편하지도 않았다. 어린 시절에 그는 아버지와 상관없이도 벽장 안에 들어갔었다. 낮에도 뒤주 속에 들어가 시간을 보내곤 했었다. 그때도 그는 불행하지 않았고 불편하지 않았었다.

아내와 딸은 되도록 그의 방에 들어오지 않으려고 했다. 그들은 널 속에 들어가 누운 채 모든 시간을 보내는 아버지와 남편을 보고 싶지 않았다. 그것은 그들에게는 곤욕이었고 고통이었고 슬픔이었다. 그들은 언제나 그를 이해하고자 했고, 이해할 수 있다고 생각했지만, 그러나 결코 그를 이해할 수 없었다.

20

나는 아주 오래 살 것이다. 아닐지도 모르지만 아마 맞을 것이다. 하기야 6개월밖에 살지 못할 거라는 선고를 받은 사람이 5년 넘게 살아 있기도 하고, 오장육부가 모두 멀쩡하다는 진단을 받은 사람이 병원 문을 나서다가 자동차에 치여 목숨을 잃기도 한다(그런 사람들이 내 주변에 있다. 5년 넘게 살고 있는 사람은 아내의 첫째언니이고, 자동차에 치여 죽은 사람은 대학 동창의 아버지이다). 병으로만 죽는 것이 아니고, 사고로만 죽는 것도 아니다. 병이 있다고 일찍 죽는 것도 아니고, 병이 없다고 오래 사는 것도 아니다. 확실한 것은 없고, 장담할 수 있는 것은 더욱 없다. 세상은 확실한 것을 용납하지 않는다. 가능한 확실한 장담은 사람은 언젠가 죽는다는 것이다. 당장이든 열 달 후든 50년 후든……. 그렇지만 내가 아주 오래 살 거라는 건 아마 사실일 것이다. 아닐지도 모르지만 아마 맞을 것이다.

고문하는 고문당하는 자

정영문

1965년 경남 함양 출생.

서울대 심리학과 졸업.

1996년 《작가세계》에

《겨우 존재하는 인간》을 발표하며 등단했다.

소설집 《검은 이야기 사슬》·

《나를 두둔하는 악마에 관한 불온한 이야기》,

장편소설 《핏기없는 독백》·《겨우 존재하는 인간》 등이 있다.

제12회 동서문학상을 수상했다.

고문하는 고문당하는 자

　문이 열리며 그가 어두운 방 안으로 들어온다. 실내의 모든 것이 희미하게 보이지만 그는 익숙하게 걸음을 떼 책상 앞으로 가 그 바로 위, 천장에 매달린 전등 스위치를 찾아 켠다. 원추형의 전등갓이 만들어 낸 환한 불빛 속에, 방 한가운데에, 의자 위에, 마치 몸이 포개진 듯 구부러져 앉아 있는 너의 모습이 보인다.

　잠시 방 안에 서 있던 그가 의자에 앉아 있는 너를 흘낏 내려다본 후 너를 외면하고, 책상을 사이에 두고 맞은편 의자에 앉는 것을 너는 최대한 느리게, 마음속으로 지연시키며 바라본다. 그는 책상 위의 서류들을 뒤적이는 척을 한다. 너로 하여금 그가 조금 후 가하게 될 행위에 대해 너로 하여금 준비를 갖출 시간을 갖게 하는 것이다. 차가운 방 안의 냉기가 그가 내뿜는 콧김을 통해 선명하게 보여진다.

　그는 자신이 할 일을 마음속으로 정리하듯 손가락을 관자놀이에 댄 채로 가만히 있는다. 너는 묵묵히 그를 바라본다. 그와 너는 어떤 식당에서 우연히 자리를 같이하게 된 두 사람처럼 보인다. 어색한 시선이 너희 둘 사이에서 교차된다.

하지만 그와 너는 서로를 너무도 잘 아는 사이이다. 지난 며칠 사이, 그와 너는 갑자기 가까워졌으며, 서로가 서로에게 없어서는 안 되는 어떤 사이가 되었다. 그렇지만 그 사실이 너희 두 사람을 가까운 사이로 만들어 준 것은 아니다.

그는 너를 고문하는 자이다. 그는 네게서 네가 기억하지 못하는, 하지만 네가 그 죄를 저지르지 않은 것이 이제는 불확실해진, 그렇다고 해서 네가 저질렀다고 자신할 수 없는 죄를 캐내는 일을 하고 있다.

그는 잠시 자리에서 일어나 난로의 불을 지핀다. 이내 종이에서 옮겨 붙은 불은 갈탄을 벌겋게 타오르게 한다. 그는 다시 자리에 앉는다. 잠시 그는 아무 말이 없다. 그는 바깥을 내다본다. 닫혀진 창 밖으로, 어둠속에서 흰눈이 내리고 있다. 자못 낭만적인 어떤 밤이다. 가까운 곳에서 크리스마스가 며칠 남지 않았다는 것을 알리는 캐럴 송이 희미하게 들려온다. 세상은 예수 그리스도의 탄생을 헛되게도 축복하고 있다. 하지만 다행히도 닫혀진 창문이 그 소리를 희석시키고 있다. 그럼에도 그 소리는 꾸준하게 들려온다.

그가 너를 흘낏 한번 날카롭게 쏘아본다. 그런 다음 그는 책상에서 연필을 꺼내, 이미 날카로워질 대로 날카로워진 그것을 깎기 시작한다. 그의 그 동작을 통해 너는 너희에게 일어날 일을 기정의 사실로 받아들인다. 그는 마치 자신의 신경을 예리하게 다듬는 것처럼 보인다.

그가 자리에서 일어선다. 이제 곧 본격적인 고문이 시작될 것이다. 이 모든 것은 이전에도 비슷하게 되풀이되었던 과정이다. 지금까지의 고문은 그것 자체로도 고통스러웠지만, 그 지루하고 장황한 과정은 갈수록 네게 더 큰 고통을 안겨 주고 있다. 고문 자체는 이미 의미를 상실한 것이다. 고통은 이제 완전한 무의미를 향해 치달고 있을 뿐이다.

하지만 그는 그대로 우두커니 서 있을 뿐 네게 고문을 가할 어떤 준비도 하지 않는다. 그는 어떤 절차를, 그 순간에 요구되는 까다로운 과정을 생각해 내려는 것 같다. 우리가 어디까지 했었지, 그가 묻는다. 너는 기억을 더듬지만 아무것도 떠오르지 않는다. 하긴 시작조차 시작되지 않았지, 그가 말한다. 어쩌면 시작 이전으로 멀어져 갔다고도 할 수 있을 거야. 나는 너를 그렇게 도왔는데도, 너는 나를 조금도 돕지 않았지. 그는 어떤 시간에, 어떤 범죄 현장에 네가 있게 된 경위를 추궁한다. 너는 과거의 그 시간과 그 장소로 되돌아가기보다는, 나아가려고, 네게 애초부터 그런 것은 없었던 것처럼 여겨지기 때문에, 애를 쓴다. 하지만 아무런 소용이 없다. 며칠 간의 추궁의 과정 속에서 그것은 더욱더 모호한 것이 되어 버렸다. 너는 기억들을 가공하고, 그것들에 세부적인 그림을 그려 넣지만 그것들은 더 이상 알아볼 수 없는 지워진 자국들에 불과하다. 어쨌든 이제 그 내용은 더 이상 중요하지 않은 것이 되어 버렸다.

그 며칠 사이 너의 생각들은 수없이 탈바꿈을 했고, 너는 더 이상 너의 결백을 믿어 의심치 않을 수 없게 되었다. 너는 너의 믿음이 결정적으로 흔들리는, 너의 죄를 자백할 수 있게 되는 지점을 더듬어 찾는다. 그와 동시에 너는 네 안에서 고개를 내미는 너의 확신을 너의 가장 깊은 곳에 숨긴다.

그가 다시 묻는다. 하지만 너는 아무런 말도 하지 않는다. 나는 구체적인 답을 원해, 그가 말한다. 그는 연필을 들어 무심한 태도로 종이 위에 사각형을 그린 다음 그 안에 사람의 형상을 그린 뒤 그것을 빗금으로 채운다. 자신이 그린 그림을 보며, 바로 이런 것을, 하고 그가 말하며 연필을 내려놓는다. 네게는 그가 그린, 종이 위의 그림 또한 구체적이지 않은 어떤 것으로, 간신히 형태를 유지하고 있는 어떤 선들의 집합체로 보여질 뿐이다.

이 고문은 갈수록 네게서 어떤 기억을 떠오르게 하기보다는 너의 생각들을 말끔하게 지워 나가는 것이 되어 가고 있다. 그가 너를 다그친다. 너는 그가 너를 다그치는 것을 보며, 그렇게 해서는 그가 원하는 것을 네게서 얻을 수 없다는 생각을 한다. 그가 책상을 주먹으로 내려친다. 그 충격에 책상 위에 놓여 있던 연필이 굴러 아래로 떨어진다.

너와 그는 책상 밑에 떨어진 연필을 바라본다. 너는 연필을 주워 책상 위에 올려놓는다. 연필은 심이 부러져 있다. 그는 연필을 노려본다. 그는 연필의, 부러진, 하지만 아직 매달려 있는 심을 부러뜨린다. 그런 다음 그는 조심스럽게 다시 연필을 깎기 시작한다. 그의 얼굴이, 마치 그 얼굴이 깎여 나가기라도 하는 듯, 조금씩 일그러지기 시작한다. 저 연필이 저렇게 깎여 나가는 것이 구체적인 어떤 것일 수 있을까, 너는 생각한다. 너는 날카롭게 된 연필심을 바라본다. 그는 너를 노려본다. 너는 얼굴을 옆으로 돌린다. 그 또한 얼굴을 옆으로 돌린다.

지난 며칠 사이 우리는 아무것도 함께 밝혀 낸 게 없어, 네가 힘든 것 이상으로 나 또한 힘들어지고 있어, 갈수록 이건 너를 위한, 네게 유리한, 네가 주재하는 고문이 되어 가고 있는 것 같아, 그가 말한다. 그의 말이 어느 정도는 사실이라는 것에 너 또한 동의할 수 있다. 그의 얼굴이 네가 마음속으로 지정한 정도로 일그러진다. 그는 스스로를 자신의 추한 모습 속에 감춘다. 너는 그의, 표면적인 강함 속에서 드러나는 그 아래의 약함을 네 눈으로 목격한다. 지난번 마지막 고문 때 그는 거의 자포자기 상태가 되었었다. 너는 그의 얼굴이 일그러진 정도로 너의 얼굴을 일그러뜨린다. 너는 그의 섬세한 손등 위로 튀어나와 있는 혈관을, 그 아래의, 뒤엉킨 형태를 본다. 너는 뒤틀린 존재인 그를 그것만큼 잘 보여 주는 것은 없다는 생각을 한다. 그는 그의 그 손등을 얼굴에 문지른다.

오늘의 고문은 비교적 덜 가혹하다. 하지만 그것은 덜 가혹함으로써 가혹함이 지워질 수 있는 가혹함이 아니다. 그것은 네게 아무런 차이도 만들지 못한다. 그것은 고문이라는 점에서는 아무런 차이가 없다.

그와 너는 한동안 아무 말도 하지 않는다. 같은 공간을 점유하고 있는 서로의 존재가 견딜 수 없는 것으로 느껴질 때까지 오랫동안 너희는 그대로 앉아 있다. 너는 너의 고통이 자신의 입지를 넓혀 가는 것을 느낀다. 너의 고통은 내용을 갖지 못하는, 윤곽만을 갖고 있는 어떤 구조의 모습을 취하고 있다. 너는 그것을 바라보는 것으로 그것이 자신의 형태를 허물게 만든다.

너는 너의 고통의 구조를 헝클어뜨리는 또 다른 고통의 구조를 마련한다. 너의 고통이 입지를 넓혀 갈수록 너는 너 자신이 축소되는 것을 느낀다. 너는 너의 축소 속에서 일어나는 또 다른 확장을 느낀다. 그것은 고통에 대한 기대의 확장이다. 하지만 그 확장은 너의 더 큰 축소를 향해 번져 나가는 것이다. 너의 정체는 사라지는 가운데 또렷하게 감지된다. 너는 자신의 존재가 물체로, 아니 물체 이전의 존재로, 아니 물체의 존재 이전의 어떤 것으로 환원되는 것을 느낀다. 너는 물성이 사라진 너에 이르려고 애를 쓴다.

오늘은 끝을 낼 수 있으면 좋겠어, 그가 말한다. 너 또한 이 상황이 어떤 식으로든 끝이 나야 한다고 생각한다. 그리고 이 상황을 끝내는 가장 간단한 방법은 너를 끝내는 것이다. 너는 가까운 곳에 머물고 있는, 머뭇거리고 있는 너의 끝을 불러온다. 너는 숨을 멈춘다. 끝은 의외로 가까운 곳에 있다. 너는 너의 멈춘 숨을 통해 그 사실을 확인한다. 호흡이 정지되는 순간 모든 것은 끝난다. 하지만 숨을 쉬지 않는 것으로 숨을 멎게 하는 것은 어려운 일이다. 네가 내쉬는 숨을 통해 그 끝은 다시 멀어진다.

그가 무슨 말인가를 한다. 너는 그 말들의 울림만을 느낀다. 그의 모든 말은 네게 다가오지 못하고 네 주변에 머물 뿐이다. 너는 무슨 말인가를 하고자 한다. 자신으로서는 그 의미를 알 수 없다는 것을 알 수 있는 어떤 말을. 의미를 벗어나 있으며, 그 상태로 자족적인 어떤 말을. 하지만 너는 어떤 말도 구상할 수가 없다. 너의 모든 생각들은 혼돈 속을 서툴게, 다리를 저는 사람처럼 가로질러 갈 뿐이다. 너는 너의 언어가 고통을 받고 있다고 느낀다.

그때 가까운 곳, 어쩌면 문 쪽에서 어떤 소리가 난다. 너희는 동시에, 닫혀진 문을 향해 고개를 돌린다. 하지만 더 이상 아무런 소리도 나지 않는다. 너희는 서로의 얼굴을 바라본다, 어색한 표정으로. 다시 멀어져 가는 발자국 소리가 들려온다. 그리고는 더 이상 아무 소리도 들려오지 않는다. 어디까지 했지, 그가 묻는다. 하지만 그것은 그가 그 상황의 어색함을 지우기 위해 내뱉은 말일 뿐이다.

며칠 전 쉬는 날에는 아내와 함께 밤을 주우러 갔었어, 갑자기 그가 전혀 엉뚱한 말을 하기 시작한다. 일대가 온통 밤나무로 뒤덮인 밤나무 숲이었지. 그 숲은 지금은 비어 있는 나의 고향집 뒤쪽의 야산에 있어. 매년 가을이 되면 우리 부부는 그곳에 밤을 주우러 가곤 했어. 그는 그 전에도 고문 중간에 느닷없이 그의 가족에 대한 얘기를 하곤 했다. 그 이야기들은 대체로 두서가 없었고, 무엇보다도 네게 낯선 느낌을 줬다.

우리는 땅에 떨어져 쌓인 낙엽이 썩어 가는 냄새가 발을 내디딜 때마다 부드럽게 피어 오르는 밤나무숲을 한참을 걸어갔지. 너는 그것이 어떤 느낌일지를 떠올리려고, 그 느낌에 다가가려고 애를 쓴다. 하지만 그것은 아무런 느낌도, 적어도 네게는, 불러내지 않는 어떤 것이다. 그가 그 전 며칠 동안에 네게 들려준 그의 가족에 관한 모든 이야기는 네가 그를 무심하게, 또는 냉담하게 상대할 수 있게 하는 데 도움이 되었을 뿐이다.

우리는 긴 장대를 들고 밤송이를 땄지. 이미 익을 대로 익어 잔뜩 벌어진 밤송이가 장대로 후려칠 때마다 땅바닥으로 떨어졌어. 우리는 아이들처럼 즐겁게 그것을 주위 모았지. 그 동안 내가 아내한테 소홀했다는 생각이 들었고, 그녀가 웃는 모습을 보자 기분이 좋았어. 한참을 밤을 땄고 지친 우리는 잠시 쉬었어. 조금씩 어두워지고 있었고, 아내는 이제 그만 가자고 했어. 나는 조금만 더 있다가 가자고 했지. 그녀는 다시 땅에 떨어져 있는 밤을 줍기 시작했어. 그런데 어느 순간 나는, 아내가 등을 돌리고 있는 사이, 그녀 위쪽에 있던 밤송이를 내려쳤어. 일부러 그렇게 했던 거야. 밤송이는 그녀의 머리 위에 정통으로 떨어졌어. 커다란 밤송이가 그녀의 머리에 박혔어. 그 순간 그녀의 표정이라니! 많이 아팠을 거야. 그녀는 말을 잇질 못하더군. 그녀의 머리에는 밤송이 가시가 박혀 있었어. 마치 고슴도치가 된 것 같더군. 아내는 울음을 터트렸어. 하지만 나는 웃음이 났고, 그 웃음을 멈출 수가 없었어. 그는 웃음을, 그것의 어색함을 너희 둘 다 느낄 수 있는 웃음을 터트린다. 나로서도 내가 왜 그랬는지 모르겠어. 어쨌든 그 순간, 나로서는 그렇게 하는 것이 당연한 것으로, 그렇게 하지 않는 것은 당연하지 않은 것으로 여겨졌어.

그가 말을 멈춘다. 가끔 그렇게 알 수 없는 충동이 내 안에서 일어. 그러면 그 순간 나는 그 충동을 모르는 척할 수가 없어. 그것을 모면키가 어려운 거야. 분명히 내 안에 실재하지만 그것을 들여다볼 수 없는 어떤 욕망이 있어. 항상 나는 내게 일어날 수 있는 최악의 일을 꾸며 온 것 같아. 어쩌면 그것만이 내가 최선을 다해 견딜 수 있는 것이었으니까.

그때 어디에선가 나타난 모기 한 마리가 그를 상념 속에서 빼내 현실 속으로 데려와 준다. 그는 모기를 때려잡으려 하지만 실패한다. 모기는 공중으로 날아오른다. 너는 모기가 날아가는 것을 바라본다. 그가 너를 바라본다. 너는 웃지도 않는군, 그가 말한다. 내 이야기가 아무것도 아닌 것처럼, 아무런 반응도 보이지 않아. 그의 얼굴에서 웃음이 사라진다.

내가 잘 아는 누군가가 그랬지, 그리고 그건 나의 아버지였어. 그는 모든 것에 대해 무감각했어. 이 순간 나의 기억속으로 오래전 과거로부터의 영상 하나가 떠오르는군. 내가 열 몇 살 때였어. 그 기억의 배경을 이루고 있는 것은 여름의 바다야. 내가 처음으로 본 바다, 그것은 뜨거운 머리를 아래로 젖힌 팔월의 태양 아래에서 오후의 고요 속에 누워 있었어. 복사열을 머금은 부드러운 바람이 바다의 살갗을 스치며 잔잔한 파도가 일고 있었어. 굴곡이 진 해안선을 따라 가지가 육지 쪽으로 휘어진 소나무들이 군락을 이룬 숲이 있었고, 그 앞쪽의, 좁다란 띠 모양을 한 모래사장에는 수영복을 입은 사람들이 파라솔 밑에 누워 있었어. 물 속에는 수영을 하는 사람들도 있었어.

나는 나의 아버지와 함께였어. 그런데 왜 나는 아버지와 함께 그곳에 있었던 것일까? 아버지는 무슨 이유로 나를 그곳에 데려간 것일까? 그것은 알 수가 없어. 그날의 어떤 기억도 내가 궁금해하는 그 이유에 대해 실마리를 제공하는 것은 없어. 그후로도 몇 번이나 나는 나로 하여금 기억속의 그 바닷가를 걷게 하고, 그 모래 위에 발자국을 찍게 해보았지만 단서가 될 만한 것을 떠올릴 수는 없었어.

어쨌든 아버지와 나는 옷을 모두 입은 채였어. 우리는 수영복도, 수건도 준비하지 않은 채였어. 그러니까 우리는 해수욕을 즐기러 그곳에 간 것은 아니었어. 우리는 모래언덕 위에 앉아 있었고, 양복을 입은 아버지는 이마의 땀을 닦으며 수평선을 바라보고 있었어. 나의 시선은 물고기의 비늘처럼 반짝이는 바다를 향해 있었어. 어떤 한 남자가 부표가 있는 곳에 이르러 해변을 향해 손을 흔들고 그러자 해변에 있던 한 젊은 여자가 그를 향해 똑같이 손을 흔드는

것이 보였어. 멀리 먼 바다에서 들어오는 어선 주위로 갈매기 떼가
어지럽게 나는 것이 보였어. 정오의 햇살이 수직으로 떨어지고 있
었고, 그 어디에도 그늘은 보이지 않았어. 한 여자가 딸처럼 보이
는 아이를 그녀의 무릎 위에 눕힌 뒤 머리칼을 쓰다듬어 주고 있었
어. 평화로운 광경이었어. 그런데 그때 우리가 앉아 있는 앞으로
어디선가 날아온 노란 비치볼이 떨어져 굴러갔어. 세 살쯤 되어 보
이는 한 어린 소녀가 모래에 발이 빠져 뒤뚱거리며 그것을 주우러
왔어. 그 아이의 뒤쪽에서 엄마처럼 보이는, 노란색 수영복을 입
은, 그리고 같은 노란색 모자를 쓴 젊은 여자가 웃음을 터트리며
손뼉을 치고 있었어. 자, 그걸 주워 이리로 와, 여자가 말했어. 소
녀는 비치볼을 주워 팔에 안았지만 그것은 아이의 얼굴을 가려, 앞
을 제대로 볼 수 없게 된 소녀는 엉뚱한 방향으로 걸어가고 있었
어. 결국 아이의 엄마가 다가와 공을 안은 소녀를 안아 우리가 앉
아 있는 뒤쪽으로 사라졌어.

　아버지는 내게로 시선을 돌리며 내가 그의 옆에 있는 것을 잊었
던 것처럼 나를 쳐다보았어. 엄마가 보고 싶니? 나는 잠시 할 말을
찾지 못했어. 그 얼마 전 어머니가 죽은 후 아버지는 단 한 번도 그
녀에 대해 얘기한 적이 없었어. 그는 그녀에 대해 잊어버린 듯, 혹
은 그녀가 없는 것이 별로 상관이 없는 듯 그녀에 관해서는 아무런
말도 하지 않았고, 나 역시 아버지 앞에서 그가 원하지 않는 그녀
에 관한 이야기를 꺼낸 적은 없었어. 어머니가 죽은 후 우리 집의
사정은 더 나아지지는 않았지만 더 나빠진 것도 없었어. 나 또한,
내 곁에 없다 해도 별로 아쉽지 않은 어머니에 대해서는 점점 잊어
가고 있었어, 아이의 놀라운 망각의 힘으로. 아니, 사실 나는 그녀
를 잊은 적이 없었어. 그녀에 대한 기억이 조금씩 퇴색되긴 했지만
그녀가 어떤 불치병에 걸려 누워 있던 방의 어둠의 눅눅한 느낌만
큼은 전혀 기억속에서 지워지지 않고 있었어. 엄마는 죽었어, 죽음

이 엄마를 데려간 거야, 죽음이 뭘 의미하는지 아니, 물론 모르겠지, 너는 그것으로부터는 너무 멀리 떨어져 있으니까, 아버지가 말했어. 하지만 나는 그것이 무얼 의미하는지 알고 있었어. 그것은 그녀가 이제 유령으로 살고 있다는 의미였어. 이미 나는 그녀가 내가 있는 곳으로 돌아올 수도, 내가 그녀가 있는 곳으로 갈 수도 없는 먼 곳으로 가 버렸다는 것을 알고 있었어. 또한 나는 죽음이라는 것이, 비록 그것을 볼 수는 없지만, 엄마가 누워 있던, 이제 내가 누워 자게 된 방 안에도 있는 것처럼 가까운 곳에 있다는 것을 알고 있었어. 나는 내가 엄마가 보고 싶은지를 생각해 보았어. 그런 것 같았어. 그리고 아버지가 기대하는 대답 또한 그것인 것 같았어. 하지만 그녀의 모습은 내 기억속에서 너무도 희미했어. 나는 고개를 끄덕였어. 아버지는 나를 바라보며 뭔가를 얘기하려다 말고 시계를 보았어. 아이스크림이 먹고 싶니, 아버지가 물었어. 나는 아이스크림이 먹고 싶지는 않았지만 그가 나를 위해 뭔가를 해주기를 바라며 다시금 고개를 끄덕였어. 나는 해변의 다른 아이들처럼 수영복을 입고, 고무 튜브를 허리에 두르고 물 속에 들어가고 싶었어.

아버지는 내게 그 자리에 꼼짝 말고 있으라고 한 후 소나무 숲 뒤쪽에 있는 가게로 갔어. 나는 아버지가 걸어가는 뒤로 하나씩 늘어나는 모래 위의 발자국을 바라보았어. 나는 그가 남기고 간 발자국을 쳐다보며 그를 기다렸어. 그리고는 잔상 속에 그를 좀더 오래도록 붙들기 위해 눈을 감았어. 하지만 그는 한참이 지나도 내가 있는 곳을 찾지 못하는 듯 돌아오지 않았어. 나는 아버지의 발자국 위로 사람들의 발자국이 찍히는 것을 보았어. 그렇지만 내가 그곳에 있는 한 아버지가 다시 돌아오리라는 생각에 계속해서 기다렸어. 사람들이 나를 보면서 지나갔고, 나는 그들의 눈에 불안해하는 아이로 비춰지고 있다는 것을 내게 길게 머무는 그들의 시선을 통해서 느낄 수가 있었어. 나는 아버지를 찾으러 가야겠다는 생각을 했지만 이미 아버지의 발자국은 다른 사람들의 발자국에 뭉개져 어느 것이 그의 것인지 알 수가 없었어. 시간이 흘렀고 나의 눈에서는 눈물이 고이며 마침내 뺨을 타고 내려온 눈물은 시야를 흐려 놓았어. 나는 신발을 벗고 맨발을 모래 속에 파묻었어. 나는 발가락으로 뜨거운 모래알을 움켜쥐었어.

계속해서 시간이 지나갔어. 조금씩 졸음이 몰려왔어. 졸음의 틈 사이로, 멀리 파도가 그것이 해야 할 다른 일은 없다는 듯 무심하게 출렁이고 있는 것이 보였어. 나는 졸음의 아득한 파도 속에서 그것보다 더 아득하게 날아가고 있는 갈매기들을 바라보았어. 그 갈매기들이 나를 좀더 깊은 아득한 공간 속으로 데려갔어. 이따금 서늘한 바람이 불어와 잠시 정신을 들게 했지만, 그것이 잠잠해지면서 나의 의식은 수평선 너머로 자취를 감춘 갈매기들처럼 희미해졌어. 하지만 그것들은 나의 시야에서 사라진 후에도 잠시 내 머릿속에, 그것들의 날갯짓에서 배어 나온 가물거림으로 남아 있었어. 결국 나는 잠이 들었지.

한참 후 나는 마침내 잠에서 깼어. 나는 모래 위에 몸을 웅크린 채로 누워 있었어. 나는 그곳은 어디인지, 내가 왜 그곳에 누워 있는지 궁금했어. 오후의 기울어 가는 태양 아래로 바람이 어루만지고 있는 바다는 잔잔한 물결의 주름을 만들어 내고 있었어.

해가 사각으로 기울고, 나의 그림자가 내 키만큼이나 길어져서야 아버지가 저쪽에서 걸어오는 것이 보였어. 그의 한 손에는 벗은 양복이, 다른 한 손에는 아이스크림이 들려져 있었어. 갑작스럽게 눈물이 고였어. 눈물이 고인 나의 눈에 그의 모습은 윤곽이 분명치 않았어. 나는 그가 내게 건네주는 아이스크림을 받아 쥐었어. 하지만 그것은 이미 녹아 버려, 껍질을 벗기자 녹은 아이스크림의 끈적끈적한 액이 내 손가락 마디 사이로 흘러내렸어.

아버지는 내 옆에 앉아 바다를 바라보았고, 나 역시 손가락 사이로 흘러내리는 아이스크림을 핥으며 바다를 바라보았어. 하지만 나의 망막에 산란하는 빛 속에서 세상은 눈물에 부서져 모자이크처럼 반짝이고 있었어. 나는 가슴을 압박하는, 현란한 슬픔을 느꼈지만 그것을 참았어. 나는 그 슬픔을, 눈물을 흘리는 것으로 감당했어.

우리는 오후의 나머지 시간을 여름 해수욕장에서 그곳과 무관하게, 뚜렷한 어떤 일도 하지 않으면서 보냈어. 우리는 다시금 나란히 앉아 앞쪽의 바다를 바라보았어. 그 바다는 어쩐지 바다로서는 미흡한 것처럼, 언젠가는 바다가 될 수도 있다는 희망에 빠져, 바다이고자 노력하는 중인 것처럼 보였어. 바다의 표면에 그리고 있는, 수월하지 않은, 안간힘을 다하고 있는 듯한 움직임을 보이고 있는 파도가 내게 그런 인상을 심어 주었는지도 몰라. 나는 아버지의 옆에 앉아, 그의 머리칼을 쓰다듬는 바람이 나의 뺨을 어루만지는 것을 느꼈어.

아버지는 어떤 생각에 잠긴 듯 보였고 나는 그가 있는 곳에서 멀지 않은 곳에서 바지를 걷고 물 속에 들어가거나 모래성을 쌓으면서 시간을 보냈어. 아버지는 해가 지기만을 기다리는 듯 보였어. 마침내 아버지가 자리에서 일어났고, 나 또한 일어났을 때 나는 하늘을 보았고, 거기서 나의 유년기의 가장 슬펐던 날 위에 석양이 걸려 있는 것을 보았어. 세상에 대한 친밀함이 붕괴된, 내 안에서 나의 유년기가 유산된 그 순간 나는 버림받은 느낌에 사로잡혔어.

나는 나의 삶의 근원적인 정조로 자리하게 된, 나의 심연에서 그것을 누르면서 태어난, 그 순간의 예리한 감정, 그 슬픔을 지금도 느낄 수 있어. 슬픔이라는, 세상을 바라보는 투명한 시선이 태어나 내 내면에서 고정된 것은 바로 그 지점이었어. 지금도 나는 나의 모든 감정의 폐허를 떠오르게 하는 그 기억에 얼마간의 망설임이 없이는 이르지 못해. 그후로 슬픔은 나의 감정의 일부가 되었어. 그리고 그 지점에서 나의 모든 감정은 유산된 감정의 형태를 띠게 되었지. 그리고 그 슬픔은 나와 세계 사이의 균열의 크기를 말해주는 것이었어. 그 슬픔은 지금도 그것을 떠올릴 때면 내 뼛속까지 그 느낌이 전해지는, 아무리 시간이 지나도 그 느낌이 희석되지 않는, 그 느낌에 실린 경련을 무마할 수 없는 거야.

바닷가에서의 그날의 경험은 나의 부담스럽고 혼동스런 유년의 시작이었고, 그 유년과 함께 찾아온, 그리고 완성된 슬픔은 나의 동행이 되어 그후 내가 어디에 가건 나를 따라다녔고 많은 시간이 흐른 지금 이 순간에도 그것은 나와 함께하고 있어. 하지만 이제 나는 슬프지 않아. 슬픔은 여과된 듯, 지금 내가 느끼는 것은 중화된 담담함이지. 그 슬픔의 기억들은 내게 아무런 느낌도 주지 않아. 다만 어둠속의 벽을 더듬을 때처럼 메마른 각질의 느낌을 줄 뿐이야.

그런데 왜 내가 이런 말을 하고 있는 거지, 나로서는 누구에게도 하지 않았던, 누구에게도 하려고 생각조차 할 수 없었던 말인데. 그가 잠시 말을 멈추고 너를 바라본다. 너는 그를 똑바로 쳐다본다. 네가 나의 이런 이야기를 듣고 있다는 것이 이상하게 느껴져. 아니, 어쩌면 듣지 않고 있는지도 모르지. 그렇지만 지금 나는 그것을 누가 듣고 있지 않아도 좋은, 혼자 하는 말을 하고 있는 건 아냐. 그럼에도 그것이 네게 하는 말인지는 확실치 않아. 한데 그러한 일이 실제로 있었던 걸까? 그것이 제대로 된 기억인지, 아니면 어떤 유사한 기억에 나의 상상이 첨가된 것인지 나는 알 수가 없어. 그것도 아니라면 어쩌면 그것은 조각난 거울을 다시 맞춘 것처럼 순전히 나의 상상의 콜라주일 수도 있어.

하지만 나의 머릿속에서 형성된 것일 수도 있는 그것은 어느 순간 나의 유년기의 떠나지 않는 인상으로 자리를 잡았어. 그리고 그 기억은 그후, 지금까지도 나의 꿈에서 재구성되어, 거기에 다른 내가 알지 못하는 누군가가 등장하거나, 장소가 해변이 아닌 호숫가

로 바뀌거나, 여름이 아닌, 바다가 텅 빈 봄이나 가을로 둔갑하면
서 끊임없이 재현되곤 하지. 어쩌면 나는 내 생의 밑그림처럼 그려
진 슬픔에, 그 슬픔을 처음으로 내게 소개해 준 나의 아버지를 연
결시키기 위해 그 기억을 가공한 것인지도 몰라. 하지만 어쨌든 그
날의 그 회화적인 기억은 내가 아버지와 나의 유년기를 떠올리는
데 빠져서는 안 되는 것으로 되었어. 그리고 그 정지한 순간의, 하
얀 빛 속의 부동의 이미지는 나의 심연 속에, 그후로 내가 떨쳐 버
릴 수 없었던, 이 낯설기만 한 세상에 대한 나의 희미한 응시를 압
지처럼 눌러 놓았으며 땅 속 깊은 곳의 지진의 진앙처럼 그 이후의
나의 모든 기억에는 그때의 그 기억의 진동이 실려 있어. 그 기억
속에서 의혹과 불안은 친숙함과 교대해 버리고 말았어. 그후로 나
는 세상에 적응하는 대신, 그것에 적응하지 못하는 나 자신에게 적
응하게 된 것 같아⋯⋯.

　말을 끝낸 그는 허공을, 마치 그것에 마음을 뺏기기라도 한 것처
럼 바라본다. 그는 땀을 흘리고 있다. 그의 내면의 흔들림을 보여
주기라도 하듯 그의 입술이 바르르 떨린다. 하지만 그의 그 흔들림
은 끝내 네 안의 어떤 또 다른 흔들림으로 이어지지 않는다. 너는
마음속으로 그를 네게서 퇴치한다. 그는 옆으로 얼굴을 돌린다. 이
미 그때부터 나라는 존재는 왜곡되기 시작했어, 그가 말한다. 나는
왜곡을 통해서만 본래의 나의 모습을 볼 수 있게 되었지. 너는 그
의 옆 얼굴과 앞 얼굴을 일치시킬 수가 없다. 그 두 얼굴은 그것들
사이의 어딘가에서 어긋나 있다.

　그가 자리에서 일어난다. 그는 마치 아무 일도 없었던 것처럼, 아
니, 아무 일도 없었던 것처럼 만들 것처럼 태연히 바지에서 먼지를
턴다. 그의 웃음이 좀더 복잡한 모양을 취한다. 그가 너의 얼굴을,
턱에 손을 대, 치켜 올린다. 아까 하려고 했던, 하지만 잊어버렸던
할 말이 생각이 났어, 그가 말한다. 하지만 그 말을 하는 건 적절치

않은 것 같아. 그는 다시 침묵에 빠진다. 또다시 어색한 시간이 너희 둘 사이를 지나간다. 그의 침묵은 결코 적절하게 사용되지 않는, 어색함을 부풀리는 것일 뿐이다.

내게는 너의 이 무력함이 거의 부러운 어떤 것이기도 해, 내게 그것은 결코 나로서는 가질 수 없는 어떤 커다란 힘 같기도 해, 그가 다시 말한다. 네가 알지 못하는 너의 이 무력함은 무엇이지? 그 정체는? 나는 고통마저도 온전한 형태로 느낄 수가 없어. 마치 나의 고통을 누군가 탈취해 버린 것 같아. 나의 고통을 나의 것으로 만들 수 없는 고통에서 나의 고통은 그 능력을 상실하지. 얼굴 없는 고통. 모든 것이 내 안에서 그것의 구체성을 상실해 버렸어. 나는 더 이상은 견디지 않아도 좋을 정도로, 견뎌서는 안 될 정도로 모든 것을 견뎌 왔어.

그는 네 앞에 주저앉아 네 무릎 위에 고개를 떨군다. 내가 네게 이러는 이유를 만들어 주길 바래, 그가 말한다. 너는 손을 들어 그의 머리 위로, 하지만 그 머리에는 닿지 않게, 허공 위에 올려놓는다. 무슨 말인가를 하고 싶은데 생각이 나질 않아, 그가 말한다. 그는 어떤 말, 그 말 속에서 자신을 떠오르게 만들고, 자신을 구성할 수 있는 어떤 말을 하고자 하는 것이다. 너무 많은 것을 말하지 않는, 정확하게 그 말에 국한되는 내용을 갖는 어떤 말이 필요한 것 같아, 그가 말한다.

너는 너와 그 사이의 말이 너와 그를 공연하고 있다는 느낌이 든다. 그것은 말이 아닌 것 속에서 말로 이루어질 수 있는, 그럼에도 그 말이 아닌 것 속에서 말로 완성될 수 없는 어떤 말이다. 그것은 끝내 말에 말미암는 말이다.

그가 무력해진 자신을 너에게 맡긴다. 너와 그의 주어진 역할이 바뀐다. 역할이 주체를 넘보며, 그것을 교환한다. 주체는 바뀌어진 역할을 통해서 자신을 상연한다.

하지만 그 순간 그는 네게 구토를 일으킨다. 그는 네게 보여서는 안 되는 어떤 것을 보이고 있다. 네 안에서 교란이 일어난다. 네 무릎 위에 얼굴을 기댄 그가 너를 올려다보며 힘없이 웃음을 짓는다. 너는 한편으로는 너의 웃음으로 그의 웃음에 화답하는 잘못을 저지르고 싶기도 하다. 너는 그의 머리 위에 손을 올려놓는 일이 일어나지 않게 그것을 아래로 떨군다. 우리는 자신을 힘겹게 하는 일을 어디까지 할 수 있을까, 그가 말한다. 나는 항상 그것이 궁금했어. 너는 그의 얼굴 위에 손을 올려놓는다. 그의 얼굴을 살며시 쓰다듬는다. 마음속으로 그의 얼굴을 지우며. 그가 눈을 감는다. 너는 너의 손으로 그의 눈을 가린다. 그가 아주 천천히 숨을 쉬는 것이 느껴진다.

너는 바깥을 내다본다. 밤은 점차 깊어 가고 있다. 오르간 소리와 함께, 그 소리를 뒤덮는 합창 소리가 들려온다. 너는 그의 얼굴 위에 올려놓았던 손을 뗀다. 그리고 눈을 감는다. 두 손으로 귀를 막는다. 너는 혼자라는 생각이 들지만 외롭게 느껴지지는 않는다.

너는 다시 눈을 뜬다. 그가 정색을 하고 너를 바라보고 있는 것을 본다. 내가 이런 상황을 허락할 수 있다고 생각해, 그가 말한다. 갑자기 몸을 일으킨 그가 너의 뺨을 갈긴다. 갑작스런 가격에 너는 균형을 잃고 의자 아래로 쓰러진다. 그는 그로서도 놀란 듯 너를 내려다본다. 방금 있었던 일은 이해를 요구하는 어떤 일처럼 너와 그의 자세를 부동으로 만들어 놓는다.

그는 지금껏 직접 그의 손을 네 몸에 댄 적이 없었다. 그는 항상 어떤 도구를 사용했다, 마치 그가 어떤 힘을 행사하는 대상과 그 사이를 간접적으로 매개하는 뭔가가 없어서는 안 된다는 듯이. 고문자로서 그에게 그것은 일종의 원칙과도 같은 것이었다. 그는 자신의 희생자의 고통이 자신의 살에 직접적으로 전해지는 느낌을 혐오했고 두려워했다. 그리고 그 방 안에는 서로의 거리를 유지하면서 행할 수 있는 다양한 고문 도구들이 구비되어 있다. 하지만 이번에는 그는 자신의 손을 사용했다.

너는 그의 손길이 닿은 곳의 마찰의 여운을 느낀다. 하지만 그것은 아무런 통증도 수반하지 않는 것이다, 아직까지는. 단지 놀라운 것은 그것의 선명함이다. 너는 타인의 존재가 네 몸에 기록되는 느낌을 그토록 강렬하게 가진 적이 없었다. 네게는 그의 가격이 거의 애무의 어루만짐처럼 여겨진다. 너는 그가 어루만진 곳을 너의 마음으로 쓰다듬는다. 그 순간 네가 미뤄 온 너의 통증이 느껴진다. 그것은 순수한, 또는 순수하게 느껴지는 것이다. 너는 네 몸에 기입된 통증을 통해 너 자신을 그 순수한 통증의 세계 속에 가입시킨다. 그러자 너의 통증은 그 즉시 너의 몸을 떠나 공중으로 분사되며 증발된다. 하지만 그 통증은 사라진 것이 아니라, 다만 사장된 것일 뿐이다. 그것은 그가 그의 뻐근해진 손목을 쓰다듬는 행위를 통해 그의 손의 표면 아래에 숨어든 통증과 동일한 것이 된다.

그 순간 그가 웃음을 터트린다. 갑작스럽게 웃음을 멈추며 그는 너를 외면한다. 그는 마치 어떤 잊은 것이 있기라도 한 것처럼 책상 쪽으로 가 서랍에서 술병을 꺼내 그것을 병째 들이킨다. 하지만 병은 이미 거의 바닥이 나 있어, 그 술로는 그는 목을 축일 수도 없다. 오히려 그것은 고갈의 느낌을 더해 줄 뿐이다. 이건 나의 약아빠진 수작에 지나지 않아. 그는 병을 내던지고, 병은 소리를 내며 깨진다. 우리 사이에는 약간의 오해가 있을 뿐이야, 그가 말한다. 풀 수 없는, 그리고 풀어서는 안 되는. 그는 깨진 병조각 하나를 손에 집어들어 주먹을 쥔다. 그의 손가락에서 붉은 피가 흘러내린다.

너는 그의 고통을 느낀다. 너희 두 사람의 고통은 유사한 것이 되어 가지만 그 과정에서 끝내 동일한 것이 되지는 않는다. 너는 너의 고통을 실행함과 동시에 취소한다. 너의 고통은 네가 그것을 실행하는 순간 취소된다. 너는 살아 있는 무감각을 생생하게 느낀다.

너는 결코 너의 고통의 당사자가 될 수가 없다.

어디에서 시작되었지, 그가 묻는다. 너는 줄곧 네가 바라보고 있던 지점을 응시한다. 그는 그의 시선을 너의 시선 아래로 떨군다. 너의 시선은 그것 아래로 내려진 그의 시선을 딛고 스스로를 일으킨다. 너희는 너희들의 고통과 맹목성 위에 동시에 포개진다. 여기서 너는 누구인가, 그리고 그는 누구인가, 그 질문이 성립될 수 있는 것인가를 너는 질문해 본다. 우리는 가장 무의미한 일에 우리의 최상의 노력을 기울이고 있어, 그가 말한다.

너는 눈을 똑바로 뜨고 그를 바라본다. 너의 앞에서 그가 슬며시 사라진다. 너는 유사한 방식으로 너를 네게서 사라지게 만든다. 너는 너의 사라짐 속에 너의 자리를 마련한다. 너는 너를 너의 부재 속에 저장한다.

그가 비틀거리는 걸음으로 창가로 걸어간다. 그는 창문 앞에 우뚝 서, 마치 그것을 깨트릴 것처럼 노려본다. 그는 손바닥으로 창문을 쓰다듬는다. 창문이 그의 손에 의해 부드럽게 열린다. 열린 창문 사이로 크리스마스 캐럴 송이 분명하게 들려온다, 그 완벽한 소음의 모습으로.

모든 고통은 지어낸 것에 지나지 않아, 그가 중얼거리는 소리를 너는 듣는다. 온전한 삶을 찾을 수 없는 내게 삶의 그 무엇도 직접적으로 느껴지지 않는 이 경이로운 느낌만이 유일하게 온전한 거야. 그의 중얼거림은 점차 커져가는 캐럴 송에 묻혀 버린다.

비파나무 그늘 아래

조용호

1961년 전북 좌두 출생.

서울대 신문학과 졸업.

1998년 《세계의 문학》에

〈베니스로 가는 마지막 열차〉로 등단했다.

주요 작품으로 〈베니스로 가는 마지막 열차〉·

〈그 동백에 울다〉가 있다.

비파나무 그늘 아래

높은 창 너머로 세심당 처마 한쪽과 휑한 하늘만 보인다. 세심당 (洗心堂)은 허공에 떠 있는 것 같다. 미황사에 온 날이 어제인지 삼 일 전인지 심지어는 한 달 전인지조차 가물거린다. 어쩌다 이곳 땅 끝 달마산까지 오게 됐는지, 스님에게 물어도 희미한 미소만 지을 뿐 분명한 대답을 하지 않는다. 점심 공양을 마친 뒤 부도원까지 산책을 다녀왔다. 부도원에 가려면 짙은 청록의 활엽수림이 무성한 숲속으로 한참이나 걸어 들어가야 한다. 병풍처럼 늘어선 달마봉 바위 아래 노란 원추리와 개망초에 둘러싸인 부도밭에서 고승들은 저마다 다시는 깨어나지 못할 깊은 잠에 빠져 있었다. 날벌레들이 끊임없이 귓전을 맴돌며 시끄럽게 군 것만 빼고는 맑은 새소리며 멀리 해무가 낮게 깔린 다도해의 풍경은 쾌적하고 정겨웠다. 이렇 게 풍광이 좋고 아무도 간섭할 이가 없는 곳에 있다 보면 나의 기 억력도 조금씩 회복될지 모른다. 의사는 장기간 술을 끊고 영양을 보충하면 점차 나아질 수도 있다고 충고를 했다 한다.

일어나서 덧창을 연다. 덩굴들이 친친 휘감아 올라간 활엽수들은 세심당 아래로 암록의 수해를 이루고 있다. 아스라이 퍼져 있는 해무는 갈 데 없는 구름 형상이다. 아닌게아니라 요즘은 구름을 밟고 서 있는 느낌이다. 기분이 좋다는 황홀한 얘기가 아니다. 발 아래가 금방이라도 꺼져 버릴 듯한 불안한 하루하루를 보내고 있다. 무심코 걷다가 계단이라도 헛밟은 양 깜짝깜짝 놀란다. 어쩌다 이렇게까지 됐는지 답답하다. 오늘은 기필코 스님에게 내가 미황사에 오던 날의 풍경을 물어야겠다. 어쩌다 이곳에서, 하루 세 끼의 공양을 축내며 민폐를 끼치게 됐는지, 나같은 하찮은 미물을 이렇게 받아들여 주는 이유가 무엇인지, 궁금하다. 관음보살님의 대자대비한 가피 덕일지는 모르나 이렇게 식구들도 많지 않은 조용한 절에서 군식구를 아무 말 없이 거두기는 쉬운 일이 아닐 것이다.

아내가 언제 어떻게 내 곁에서 사라졌는지에 생각이 미치면 가슴만 무거워질 뿐 뚜렷하게 기억이 나질 않는다. 아내는 예전에도 그랬던 것처럼 소리없이 내 곁에서 다시 사라져 버렸다. 밤이 돼도, 아침이 밝아 와도, 아내는 보이지 않았다. 아내가 두 번째로 사라진 뒤부터 더욱 심하게 술에 빠져들었던 것 같다. 물론 그 전에도 일이 끝나면 술자리에 빠지는 법은 없었다. 하지만 아내가 마지막으로 종적을 감춘 뒤에는 술자리가 생기지 않아도 스스로 어떤 명분이라도 만들어 기어코 술자리를 펼쳤다. 그런 자리조차 없을 때는 자주 가는 단골 식당에 들러 소주 한 병 정도는 혼자서라도 마셔야 집에 갈 수 있었다. 술을 마시고 난 다음날 아침에 지나간 밤은 항상 암전이었다. 술자리에 갈 때까지만 어렴풋이 기억날 뿐 그 뒤의 일은 항상 희미했다. 상대방에게 무슨 말을 했는지, 누구와 싸우기라도 했는지, 아니면 누구에게 전화를 걸어 속사포처럼 허튼 말이라도 쏘아 댔는지…… 필름이 끊어지는 것 따위로 처음부터 의사까지 찾아갈 생각은 없었다. 폭음을 일삼는 주당들에게는 술 마실 때의 상황을 기억 못하는 것 정도야 대수롭지 않은 일이다. 하지만 술이 깨고 난 뒤에도 내가 어디에 있는지 헷갈리는 경우가 생겨나고, 방금 전의 상황까지도 기억이 안 나는 일이 빈번해지면서 나는 점점 불안해지기 시작했다. 의사는 꽤 심각하게 말했다고 한다.

"당신은 지금 알코올 의존 단계의 맨 마지막에 와 있습니다. 필름이 끊긴 알코올 중독자가 술이 깬 후에도 각종 기억장애를 보이는 알코올 코르사코프 증후군이라는 게 있는데, 이 단계에 오면 자신이 있는 장소나 상대방을 잘 몰라보고 최근의 일도 기억하지 못하게 되죠. 특히 심각한 것은 기억하지 못하는 시간에 대해 있지도 않은 일을 꾸며 내 마치 현실인 것처럼 믿고 지내기도 합니다. 너무 걱정하진 마십시오. 지금부터라도 술을 완전히 끊고 마음을 다스리면서 영양 보충만 잘 하면 조금씩 회복될 수도 있습니다."

*

네 살쯤 돼 보이는 작은 사내아이 하나가 공양간에 서 있다. 아이는 맑은 미소를 띠며 친근한 표정을 짓는다. 마흔을 갓 넘겼을 법한 공양주 보살이 아이의 엉덩이를 툭툭 털어 주며 밥을 먹자고 채근한다. 보살은 행복한 표정으로 아이의 볼을 손등으로 연신 훔쳐 내며 밥을 떠 먹인다. 아내가 이 자리에 같이 있었더라면 아이를 껴안고 볼에 입이라도 맞추었을 것이다. 낮에 절 마당을 세발자전거를 타며 돌아다니던 그 아이다. 스님들은 녀석을 볼 때마다 아는 체를 하며 미소를 지었다. 아이도 마냥 천진하고 맑은 표정으로 스님들에게 응석을 부렸다. 저녁 공양을 마칠 무렵에는 해무가 대웅전까지 슬금슬금 기어올라와 있었다. 푸르스름한 빛깔의 저녁 이내를 보고 절집 벽화를 보수하기 위해 동원된 인근 대학의 미대생들은 산 아래에 불이 났다고 떠들었다. 대웅전을 굽어보는 달마산 병풍바위도 서서히 안개로 지워져 갔다.

　저녁 공양을 마치고 세심당에 돌아와도 주위는 여전히 환하다. 여름 해가 길기는 긴 모양이다. 갑자기 황금빛이 방 안에 가득 들어찬다. 고개를 들어 창 밖을 보니 막 붉어지기 시작하는 노을빛이 하늘에 가득하다. 이제 겨우 구름에서 벗어난 석양이 얼굴을 드러내기 시작한다. 주황에서 주홍으로, 다시 핏빛으로 변해 가는 저녁 태양은 저녁 예불을 시작하는 대웅전의 목탁소리가 텅, 텅, 울릴 때마다 조금씩 바다 쪽으로 떨어진다. 목탁소리의 진동에 몸을 떨며 오늘 하루의 생을 차츰 포기해 가는 듯한 모습이다. 양순한 어린 새끼들처럼 누워 있는 다도해의 낮은 섬들은 하늘에서 떨어지는 핏덩이를 받기 위해 숨을 죽이고 온 가슴을 열고 있다. 그들도 그 숨죽인 흥분 때문에 온몸이 벌겋게 달아오르기는 마찬가지다. 세심당 아래쪽 청록의 활엽수림도 일제히 황금빛으로 물들었다. 풀숲의 벌레들이 목탁소리와 엇박으로 장단을 맞추며 노래를 부른다. 해가 하루의 수명을 다하자 무대 위의 조명이 꺼지듯 땅끝의 활엽수들은 어두운 청록으로 돌아간다. 조명은 꺼졌지만 그 여운은 은은하게 미황사를 감싸고 쉬 사라지지 않는다. 풀벌레와 새들은 무대가 어두워져도 계속되는 목탁소리에 장단을 맞추어 정밀하게 울어 댄다.

　차가운 장판지에 등을 대고 누워 목탁소리와 어우러진 새들의 노래를 눈을 감고 가만히 듣는다. 어슴푸레한 영상 하나가 눈앞을 오락가락한다. 어떤 여인이 키가 큰 사내와 다정하게 누워 있다. 사내는 낯이 설지만 여인은 어디선가 본 듯한 얼굴이다. 사내는 여인의 볼을 어루만지며 사랑스러움을 참지 못하겠다는 듯이 가끔씩 여인의 입술에 자신의 입술을 가져다 댄다. 평화로운 분위기를 누리던 그들은 어느 순간 소스라치게 놀라 자리에서 일어난다. 여인이 방 구석으로 뒷걸음질치는 동안 사내는 순식간에 자취를 감추어 버렸다. 여인은 그 자리에 주저앉아 공포에 질린 얼굴을 무릎 사이에 파묻고 어깨를 들썩이며 흐느낀다. 어디선가 아이 우는 소리가 들려온다. 아이의 울음소리는 크고 맑고 높은 음색이다. 서러운 것 같기도 하고, 듣기에 따라서는 배가 고파서 우는 것도 같다. 새소리도 들려온다. 새가 울기 시작하자 아이의 울음소리도 뚝 그치고 어디선가 서늘한 바람이 불어온다. 눈을 뜬다. 열어 놓은 창문으로 밤바람이 들어오고 있고 목탁소리는 그쳤지만 새소리는 여전하다.

공양간 마당에 놓인 기다란 식탁에서 점심 공양을 한다. 식탁 위로 어룽지는 오래된 단풍나무 그늘은 뾰족한 잎사귀들이 흔들릴 때마다 미세한 햇빛 가루들을 뿌리며 촘촘한 빛의 무늬를 만들어 낸다. 단풍나무 곁의 비파나무와 부엌 뒤편으로 무성하게 솟아 있는 대나무들도 바람이 불 때마다 덩달아 수런거리는 소리를 낸다. 스님이 먼저 방에서 공양을 마친 다음 마루에 나와 앉아 마당 옆에 배를 깔고 엎드려 있는 커다란 황갈색 개를 가리키며 불공드리러 올라온 동네 아낙에 말을 건넨다.

"저놈은 그전에 있던 녀석이 산 아래 동네를 돌아다니면서 바람을 피워 낳은 놈입니다. 에미 되는 녀석은 한번 절을 떠난 뒤로는 돌아올 생각을 안 해요. 그 녀석을 보았다는 사람들은 더러 있는데 사람들에게 친근하게 다가오지 않고 야생동물처럼 저 혼자 떠돌아다닌다더군요. 거기에다 성질도 아주 사나워졌대요."

스님과는 오래전부터 면식이 있었던 양 스스럼이 없는 아낙은 엉뚱하게도 자신이 기르던 개가 죽자 천도를 부탁하러 올라온 모양이었다.

"아이고, 시님. 좌우지간 사람 천도허는 디도 바쁘신디 이런 것까장 부탁혀서 정말 죄송허지만 말이라, 쬐까 신경 잠 써 주시드랑게요. 고놈이 어찌나 살아생전에 우리집 식구들을 따랐는지, 다른 집 개들은 모다 복날에 잡아먹어도 그놈만큼은 우덜이 절대적으루

다가 보호했구만이요. 그럼, 지는 밥도 먹었응게 그만 갈라요."

아낙은 치마 속주머니에서 꼬깃꼬깃한 만 원짜리 지폐 두 장을 꺼내어 애써서 반듯하게 펴는 시늉을 하며 스님에게 천도 비용으로 쓰라고 떠맡긴다. 스님은 하릴없이 알았다고 대답하며 웃는다. 아내도 강아지를 유달리 좋아했다. 아이가 죽은 뒤에는 거의 강아지에 매달려 살다시피 했다. 정성을 들여 목욕을 시키고 강아지의 털을 커다란 빗으로 자주 빗겨 주곤 했다. 하지만 그 녀석이 함부로 아파트 거실에 실례를 한 뒤 구석에 쪼그리고 앉아 끙끙거리는 날이면 모질게 매질을 했다. 다 해어진 대뇌 신경세포의 필름에 인화된 영상을 애써서 되작여 보면 매질을 할 때 아내의 눈빛은 푸른 빛이었던 것 같다. 그 푸른 빛을 쥐어짜면 물 한 방울이 떨어질지도 모른다. 매질을 하다가 얼핏 눈이 마주치면 아내는 금세 표정을 바꾸어 환하게 웃으며 무슨 말인가를 했던 것 같다.

*

우리의 아이가 태어날 때 내지르던 그 우렁찬 울음소리는 아내와 나에게는 황홀한 기쁨의 노래로 들렸다. 건강한 남자아이였다. 하지만 불행하게도 그 아이는 우리들 곁에서 만 육 년을 살다가 저 세상으로 먼저 떠났다. 아이의 육신은 화장을 한 뒤 납골당에 안치했다. 사람들은 그 납골당을 죽은 자들의 아파트라고 불렀다. 서울시 본청에서 근무하다가 시설관리공단 산하의 그 납골당 업무 쪽으로 굳이 근무처를 옮긴 것은 아이가 외롭지 않도록 조금이나마 가까이에서 어린 영혼을 위로하고 싶었기 때문이다. 정확하게 말하자면, 나의 의지보다는 아내의 뜻이 더 강하게 작용했다고 볼 수 있다. 아내의 모성은 동물적인 구석이 있었다. 아이가 죽은 후 곡기

를 끊고 자리에 눕는 바람에 해골처럼 앙상해질 때에서야 병원에
실어 가 겨우 소생시킬 수 있었다. 나라고 해서 그 상황을 잘 견딜
수 있었던 건 아니다. 사는 게 근원적으로 늘 허전하고 어디 쉽게
마음 붙일 곳을 찾지 못하던 차에 아이까지 그렇게 가 버리자, 솔
직히 나는 아내보다 더 혹독한 심리적인 공황 상태를 겪어야 했다.
하지만 아내와는 달리, 나에게는 결정적으로 술이라는 벗이 있었
다. 근무 시간에 술을 마시는 것은 징계 사유에 해당됐지만 조문객
들이 놓아두고 간 소주를 입에 대기 시작하면서 늘 낮에도 취해서
살았다. 퇴근 무렵이면 근무일지를 야근자에게 넘겨주고 동료들이
나 친구들과 또다시 저녁 술자리를 가졌다. 아내는 늘 그런 나를
타박했다. 새 아이를 만들어야 하지 않느냐고 침울한 목소리로 채
근하곤 했다. 그러나 어쩌다 잠자리를 가져도 새로운 영혼은 우리
에게 깃들지 않았다. 공단에서 운영하는 인터넷상의 ‘사이버 추모
의 집’이 세상에 알려지기 시작하면서 나의 일거리도 늘어났다. 일
일이 추모의 글을 모니터하면서 그중에서 가장 슬프고 고인에 대한
절절한 감정이 묻어 나는 편지를 골라서 글을 올린 유족들에게 답
장을 띄우는 게 나의 새로운 일거리였다.

번호 325 / 작성자 김소희 / 게시일 1999.03.04 / 제목 보고 싶은
아가야 / 조회수 172
  아가야, 너를 보내고 난 뒤 엄마는 단 한 번도 너를 잊은 적이 없
구나. 따뜻하고 발그레한 너의 볼을 한 번이라도 좋으니 다시 부벼
볼 수 있다면 엄마는 다른 소원이 없겠다. 아가야, 이 편지 받는다면
잠시만이라도 엄마 앞에 나타나 줄 수 없겠니? 무엇이 그리 급해서
네 생일을 하루 남겨 두고 그렇게 서둘러 떠나 버렸니? 이렇게 네게
편지를 쓸 수 있다는 사실만으로도 엄마는 고마워해야 되는 거니?
아가야, 네가 이 편지를 읽을 수 있다면, 제발, 엄마에게 꼭 답장이

라도 해주렴. 감기 조심해라. 못난 에미가.

번호 344 / 작성자 / 김소희 / 게시일 1999.03.04 / 제목 보고 싶어
미치겠다 / 조회수 57

아가야, 눈만 뜨면 먼저 네 생각이 나서 가슴이 터져 버릴 것 같
다. 1분, 아니 10초라도 좋으니 내 앞에 한 번만 얼굴 좀 보여 줄래?
보고 싶어 미치겠다. 그곳에선 엄마에게 사 달라고 조르지 않아도
네가 먹고 싶은 달디단 사탕들이 널려 있겠지? 그곳에선 아무리 먹
어도 이빨이 썩지 않는단다. 아가야…… 미안하다. 네 생각만 하면
엄마가 못해 준 것들이 너무 많아 시멘트 바닥에라도 머리를 부딪치
고 싶은 마음 간절하다. 어저께도 혼자서 울다가 눈이 퉁퉁 부어 버
렸다. 너무 보고 싶다. 너 보고 싶을 때 어떡하면 좋으니? 심심하지
는 않지? 옆집, 앞집…… 아파트에 사니까 재미있지?

번호 351 / 작성자 하늘나라 / 게시일 1999.03.04 / 제목 325, 344
번에 대한 답장 / 조회수 00

귀하의 슬픔을 진심으로 위로합니다. 당신의 아이는 이곳 하늘나
라에서 행복하게 살고 있습니다. 편지는 잘 전해 주겠습니다. 부디,
너무 비통해 하지 마시고 지상에서 편안하게 살다가 그곳의 세월이
다하면 이곳에서 반갑게 상봉하시기 바랍니다.

사이버 추모의 집에 마련된 '하늘나라 우체국'에는 하루 종일 다
양한 내용의 글들이 올라왔다. 남편에게, 죽은 형부에게, 혹은 처
제에게, 아버지 어머니에게 올리는 다양한 그리움과 추모의 정이
가득 찼다. 게시판을 지켜보고 있노라면 이렇게 죽은 이들이 많을
까 새삼스럽게 전율이 일 정도였다. 조문객들이 망자의 아파트 앞
에 놓아두고 간 술들을 거두어들인 후 퇴근 무렵에 몽롱한 기분으

로 답장을 쓸 때쯤에는 석양이 납골당 구석구석을 황금빛으로 비추어 내곤 했다. 그럴 수밖에 없는 일이지만, 나에게는 수많은 추모 편지 중에서도 어린아이의 죽음을 애도하는 글들이 유독 눈에 띄었던 게 사실이다. 아이들의 죽음을 애통해하는 모든 글들이 마치 내 아이에게 보내는 편지처럼 읽혔다.

지금 생각하면 내게 일어난 그 이상한 일들이 알코올 코르사코프 증후군으로 인한 착각 때문이었는지도 모르겠다. 아니, 아무리 나의 대뇌 신경세포가 기능을 다했다 해도 그건 사실이었을 것이다. 나의 영혼을 믿어야 할지, 대뇌의 세포들을 믿어야 할지 혼란스럽다. 어쩌다 일찍 퇴근해 집에 들어가면 아내는 컴퓨터 앞에 앉아 열심히 죽은 아이에게 편지를 쓰고 있었다. 어깨 너머로 아내가 쓴 편지 번호들을 메모해 두었다가 나는 성실하게 '하늘나라' 이름으로 답장을 썼다. 아내는 한동안 시들어 메말랐던 화초가 비를 맞고 다시 생동하듯 활기가 돌았다. 물론 아내 또한 사이트 담당자가 형식적인 관리 차원에서 보내는 답신이라는 걸 알고는 있었다. 그렇지만 답장을 보낸 사람이 구체적으로 자신의 남편이라는 사실만은 모르고 있는 터였다. 아내가 그토록 생동하는 모습을 본 건 아이가 죽은 후 처음이었다. 죽은 아이에게 편지를 쓸 수 있고, 또한 답장을 받을 수 있다는 사실은 적지 않은 위안이었다. 하지만 아내는 하늘나라 우체국에 다분히 병적으로 집착하고 있었다. 컴퓨터에 문제가 생겨 하루라도 아이에게 편지를 쓰지 못하는 날이 생기면 신경이 예민해져서 극도의 불안증세를 보였다. 하늘나라 우체국은 처음에는 위로의 기능으로 작동했지만, 정작 아이의 죽음에서 해방되지 못하도록 아내를 옥죄고 있었던 것이다. 언제까지나 아내에게 답신을 보내는 '하늘나라'의 주인공이 다른 사람이 아닌 바로 그네의 남편이요, 죽은 아이의 아빠라는 사실을 감출 수는 없었다. 나는 아내가 하루빨리 죽은 아이에게서 해방돼 현실로 돌아오길 바랐다. 그래서 그런 답신을 남겼던 것이다.

번호 956 / 작성자 하늘나라 / 게시일 1999.07.25 / 제목 941번에
대한 답장 / 조회수 00
아이의 부탁으로 귀하에게 마지막 답신을 보냅니다. 귀하의 편지
들은 아이에게 잘 전달되고 있습니다. 아이는 귀하께서 새로운 삶을
시작하기를 간절히 바라고 있습니다. 귀하의 슬픔을 위로하기 위해
당신의 둘째아이의 몸을 빌어 다시 돌아가겠다고 하오니, 귀하께서
는 다시 올 새 아기를 위해 마음을 가다듬으시고 새 생활을 도모하
시기 바랍니다.

아내가 '하늘나라 우체국'에 주술적인 차원으로까지 의지했던 만
큼 답신의 효력은 금방 나타났다. 아내는 내가 아무리 늦은 밤에
술에 취해 귀가해도 그냥 자지 않았다. 내 사타귀를 더듬으며 가슴
패기로 파고들곤 했다. 하지만 새 아이는 쉽게 오지 않았다. 아내
의 성화 때문에 함께 병원을 찾기도 했다. 의사는 아내는 물론 나
에게도 아무런 문제가 없다고 아주 심드렁하게 말했던 것 같다. 그
렇게 불임의 세월, 그 몇 달이 흐르자 아내는 다시 절망하기 시작
했고 그 즈음부터 바깥나들이가 잦아졌던 것 같다. 그리고 훌쩍 온
다간다 말도 없이 사라져 버린 것이다.

*

바람이 불자 밤새 열어 놓은 덧창이 벼락치는 소리를 내며 창틀
에 부딪치는 바람에 잠에서 깨어났다. 비도 오지 않는데 숲속의 나
무들이 일제히 바람에 흔들리며 저마다 소리를 내기 시작하자 밤의

적막은 완전히 깨져 버렸다. 폭풍우 치는 날 바다의 파도소리와는 사뭇 다르다. 바람 부는 수해(樹海)의 파도소리는 곡성처럼 길고 깊은 장단을 지녔다. 나무들이 저마다 산발한 채 바람이 부는 방향에 따라 일제히 몸을 기울이며 아우성을 친다. 나무들의 아우성을 빼놓고는 절간은 깊은 정적 속에 빠져 있다. 심한 갈증이 느껴져 바람 부는 바깥으로 나선다. 하늘에는 별들이 촘촘하게 박혀 있다. 대웅전 앞 너른 마당 귀퉁이에 흐르는 차가운 샘물로 목을 축이기 위해 캄캄한 계단을 조심스럽게 올라간다. 순간, 개 짖는 소리가 요란하게 정적을 깬다. 온몸의 솜털이 쭈뼛거린다. 낮에 공양간에서 보았던 황갈색 개가 뛰어나오더니 주변을 맴돌며 사납게 짖는다. 모두가 잠든 밤에 캄캄한 대웅전 앞마당에서 사나운 개는 절간 사수를 책임이라도 지겠다는 듯 자지러지게 짖어 대며 바지를 슬쩍슬쩍 이빨로 물어뜯는다. 언제 살까지 물어뜯길지 모른다. 섬뜩한 공포가 밀려든다. 개에게 공격의 빌미를 주지 않기 위해서는 그 자리에 고목나무처럼 붙박여서 꼼짝도 하지 말아야 한다. 샘물은 정적 속에서 더욱 큰 소리로 흘러내리고 개는 주변을 계속해서 맴돌며 내 손가락을 길고 축축한 혀로 핥기까지 한다. 바람난 어미가 낳은 새끼, 그 새끼가 이렇게 커서 사람을 꼼짝 못하게 위협하는 훌륭한 절지기 개로 성장한 것이다. 오랫동안 서 있었던 것 같다. 천천히 움직여 보니 개는 다시 컹컹 짖으며 앞을 막아선다. 그때 구원의 불빛처럼 대웅전 옆 요사채에서 사람의 목소리가 들려오면서 랜턴의 긴 불빛이 마당을 비춘다. 새벽 예불 시각이 된 모양이다. 목탁소리가 수해의 파도소리에 뒤섞이기 시작하자 절간은 순식간에 다시 살아난다. 그제서야 개는 대웅전 뒷전으로 슬그머니 사라진다. 스님 한 분이 개를 맞아들여 목덜미를 부드럽게 쓰다듬으며 속삭이는 소리가 들린다. 다음 생에는 부디 사람의 몸을 받거라……

*

“그 동안 별일 없었지요? 우리 아기 좀 보세요. 너무너무 예쁘죠. 보세요. 우리 금동이를 똑 빼다 닮지 않았어요?”

아내는 며칠 간 어디 친정나들이라도 다녀온 여자처럼 스스럼없이 말했다. 사라졌던 아내가 갓난아이를 안고 돌아온 것은 집을 나간 지 팔 개월 만이었다. 아내의 얼굴은 기쁨으로 가득했다. 미치지 않고서야 아내가 그처럼 천연덕스럽게 나를 대할 수는 없는 일이었다. 나의 몸과 정신은 그 즈음에는 술로 인해 연옥 근처까지 내려가 있었다. 태어난 지 갓 한 달이나 될 성싶은 아이는 새까만 눈동자를 빛내며 방실방실 웃었다. 우리 아기라니! 그렇다면 아내는 그동안 아이를 낳으러 어디 다녀오는 길이란 말인가. 혼돈스런 기억을 정리하느라 체머리를 흔들었다. 하지만 아무리 나의 대뇌 신경세포가 형편없이 망가졌다 해도 아내가 임신했다는 얘기는 들어 본 적도 없고, 집을 나가면서 일언반구 이렇다 저렇다 나에게 이해를 구했던 일도 없었다. 아내는 아이를 보료 위에 눕혀 놓고 젖병을 삶는다, 기저귀를 빤다, 여기저기 집 안 청소를 한다, 부산하게 움직였다. 나는 거실 소파에 앉아 아내의 행동을 멍하게 지켜보는 수밖에 없었다. 아이가 배가 고픈지 소리내어 울기 시작하자 아내는 정신없이 달려가 아이를 품에 안고 가슴패기를 헤집어 젖을 물렸다. 한 손으로는 아이의 궁둥이를 받치고 어르면서 노래까지 불러 주었다.

“아이의 이름은 정했소?”

애써 마음을 진정시킨 뒤 짐짓 아이의 이름을 물었다.

“이름은 옛날에 우리가 지었잖아요. 애가 다시 이승에 온 건 비록 한 달밖에 되지 않지만 나이는 그 전에 살던 것까지 합하면 벌써 아홉 살이예요. 우리 금동이 벌써 잊었어요?”

아내는 조금도 감정이 흔들리지 않는 모습으로 천연덕스럽게 대답했다. 어이가 없었지만 아내의 하는 양을 좀더 지켜보기로 했다. 아니 솔직하게 말하자면, 그 아이는 내가 뿌린 씨앗이었고 나의 치매현상 때문에 그 동안 그 사실을 까맣게 잊고 있었던 것이라고 굳게 믿고 싶었다. 아내가 돌아왔으니 시시비비를 가리기에는 시간이 충분했다. 그리 급하게 몰아붙일 일이 아니었다. 더욱이 지금 아내는 갓난아이를 품에 안고 있는 어미가 아닌가. 아무리 미물이라 하더라도 새끼를 보듬고 있는 어미를 다그칠 수는 없는 일이었다. 하지만 이미 나의 언어들은 통제를 벗어나 시위를 떠난 뒤였다.

"암내를 풍기며 저잣거리를 돌아다니다 새끼 하나 낳아 온 게 그리 대단하다고 내 앞에서 위세를 떠는 거야? 새끼가 당신에게는 세상 모든 인연보다 더 중한가? 이 씨알머리도 모르는 새끼가 그래 내 새끼라고?"

말이 한번 터지자 걷잡을 수 없었다. 처음에는 차근차근 따져 보려 했지만 목소리가 나도 모르게 높아지더니 급기야 고함을 치는 형국이었다. 아내는 아이 옆에서 불화살이라도 맞은 듯 굳어진 표정으로 나를 빤히 바라보고 있었다. 눈가에는 예의 푸른 빛이 감돌고 있었다. 아내의 침착한 표정에 더욱 흥분된 나는 말 대신에 아이 옆에 놓여 있던 젖병과 기저귀 따위를 발로 차다가 급기야는 싱크대 위의 유리그릇들을 닥치는 대로 바닥에 팽개쳤다. 아이가 자지러지게 울기 시작했지만 아내는 꿈쩍도 하지 않고 돌부처처럼 그 자리에 앉아 아이만을 뚫어져라 응시하고 있었다. 아내의 침묵이 나를 더욱 흥분하게 만들었다. 나는 뛰어가 아이를 덥썩 안아서 현관 쪽으로 달려나갔다. 그제서야 아내는 불에 덴 듯 화들짝 놀라 기겁을 하며 필사적으로 나에게 달려들어 아이를 빼앗으며 소리쳤다.

"아이에게는 털끝 하나 손대지 말아요. 당신 씨고 아니고가 그리 중요해요? 아이는 분명히 내가 낳았어요. 그리고 분명히 죽은 금동

이가 다시 돌아온 거예요. 금동이도 당신 씨가 아니었나요? 생명이
란 게 누구의 씨라서 소중하고 다른 사람의 씨면 함부로 다루어도
되는 건가요? 당신 정신이 멀쩡한 사람이예요?"

　나는 어이가 없어 아내를 그저 쳐다만 볼 따름이었다. 아내는 분
명히 제정신이 아니었다. 금동이가 죽은 게 그리도 큰 상처를 남겼
을까. 그 상처에서 헤어 나오는 길은 꼭 이 방법밖에는 없었단 말
인가. 행여나 나의 빈약한 대뇌 신경세포를 의심하면서 저 아이가
나의 씨였기를 바랐지만 아내는 여지없이 나의 기대를 짓밟아 버렸
던 것이다. 거짓말이라도 좋으니 명확하게 저 아이가 내가 뿌린 씨
였다고 말해 준다면, 나 또한 종국에는 그리 믿고 말았을 것이다.
아내는 거기에다 결정적인 쐐기까지 박고 나섰다.

　"당신도 하늘나라 우체국에서 보냈던 답신을 기억하지요? 그 답
신에서 누구의 씨라야만 내 배를 빌리어 다시 올 아이가 금동이라
고 못박은 적 있었나요? 두 번째 아이야말로 금동이가 다시 올 그
릇이라는 얘기가 아니었던가요? 당신, 그 하찮은 씨알머리 때문에
우리 아이가 다시 우리 품으로 오겠다는데 막을 수 있는 건가요?
지금부터 당신 마음대로 하세요. 나는 다시 온 우리 금동이와 지옥
끝까지라도 같이 가겠어요."

*

　지난밤에 잠을 설친 탓인지 눈을 떴을 때는 이미 아침 공양 시각
이 지나 버렸다. 세심당 아래쪽 숲에서 새들은 요란하게 노래를 부
르고 있고, 아침 해무는 달마봉을 감싸고 있다. 대웅전 앞 샘물로
얼굴을 씻고 스님이 계시는 달마전 쪽으로 걸어간다. 스님은 마침
뜨락을 산보하는 중이었다. 스님은 나를 발견하더니 반가운 표정으

로 성큼성큼 걸어온다.

"오늘은 처사님 안색이 비교적 좋아 보이십니다. 이리 올라와서 차나 한잔 하시죠."

스님이 찻물을 끓이는 동안 그 동안 참았던 질문을 서둘러 꺼내 놓았다.

"스님, 제가 왜 이곳에 있는지요? 오늘은 꼭 대답을 듣고 싶습니다."

"……."

스님은 다탁에 즐비하게 놓인 찻잔들을 묵묵히 솔가지로 씻어 낸 뒤 찻수건으로 깨끗이 닦고만 있다. 찻잔들을 말끔하게 닦아 한 쪽에 나란히 진열해 놓은 뒤 스님은 눈을 들어 멀리 다도해의 섬들을 감싸는 해무를 지그시 바라본다.

"모든 것이 인연이지요. 처사님은 전생에 이곳 달마봉에 누운 소였을지도 모를 일입니다. 우리 부도원까지 산보나 하십시다."

달마봉의 소라니, 스님은 더 이상 그 의미에 대해 부연하지 않고 자리에서 일어난다. 나 또한 묵묵히 스님 뒤를 따르는 수밖에 없다.

부도원으로 가기 위해 스님을 따라서 숲을 가로질러 바닷가 쪽으로 걷는다. 울창한 숲에서는 바람도 제대로 길을 찾지 못하고 우왕좌왕하는 모양이다. 파도가 지나가듯 바람 한 무더기가 숲 저편에서부터 술렁거리며 몰려왔다가 사라지곤 한다.

"처사님, 미황사의 유래를 아십니까?"

두어 발짝 쯤 앞서서 걷던 스님이 묵묵히 앞만 보고 걷다가 불쑥 말을 꺼낸다.

"지금으로부터 일천삼백여 년 전 신라 경덕왕 때 달마산 아래 사자포에 배 한 척이 홀연히 나타났더랍니다. 그런데 그 배는 사람들이 다가가면 멀어지고 돌아서면 가까이 오기를 여러 날 계속했습니다. 그 배를 결국 가까이 오게 한 사람은 의조화상이었습니다."

전설이란 늘 누군가를 영웅으로 내세우지 않으면 신비스런 얘기는 더 이상 진행될 수 없는 법이다. 스님은 뒤를 돌아보며 나의 표정을 살핀 뒤 이야기를 이어갔다.

"의조화상이 사미승과 향도들을 데리고 목욕재계한 후 기도를 하니 배가 드디어 육지에 닿았는데 배 안에는 금으로 된 뱃사공과 금함, 육십나한, 탱화 들이 가득 차 있었답니다. 특이한 것은 배 안에 있던 검은 바위였는데, 배에서 바위를 내릴 때 실수로 바닥에 떨어뜨리자 바위가 쫙 갈라지면서 송아지 한 마리가 뛰쳐나와 순식간에 큰 소가 되었다는군요……."

이날 의조화상의 꿈에 금빛 가사를 걸친 사람이 나타나서 자신은 우전국(인도) 사람인데 이곳 산세가 일만 불을 모시기에 좋아 보여 인연토(因緣土)로 삼기로 했으니 경전과 불상을 소에 싣고 가다가 소가 누워서 일어나지 않는 곳에 절을 세우라고 했다는 것이다. 다음날 스님은 꿈속에서 들은 대로 소 등허리에 불경을 싣고 그 뒤를 따랐다. 달마산 중턱에 이르러 소가 한 번 넘어졌다가 일어나 한참을 가다 크게 울면서 다시 넘어지더니 일어나지 못했다. 그리하여 처음 소가 누운 자리에는 통교사를, 마지막으로 누워 다시는 일어나지 못한 자리에 바로 미황사를 세웠다는 전설이다. 통교사는 부도원 곁에 있던 바로 그 집이었다. 입적한 고승의 부도들이 밭을 이루고 있는 달마봉 밑의 숲속은 아늑하다 못해 신비로운 정적이 감도는, 숨어 있는 명당자리였다. 주춧돌만 남아 있던 자리에 기둥을 세우고 서까래를 얹는 공사가 진행중이었지만, 불사가 여의치 않은 듯 삽이나 수레 따위의 장비들만 주변에 널려 있고 폐가처럼 버려져 있었다. 이곳에서 소가 처음으로 휴식을 취했고, 미황사 자리에 이르러 바다를 바라보면서 크게 세 번 울고 죽었다는 것이다.

"그런데 왜 미황사(美黃寺)라고 명명했는지 아시겠습니까? 소가 마지막으로 쓰러져 울 때, 달마산 전체에 메아리지던 그 울음소리가 지극히 크고 아름다워 미(美)자를 취했고, 꿈속의 금인(金人)이발하던 황홀한 빛을 상징하여 황(黃)자를 취했다고 합니다."

스님의 설명은 미황사 안내판에서 보았던 것도 같다. 하지만 미황사라는 이름은 전설보다는, 다도해의 아름다운 황금빛 낙조 때문에 지어진 이름이었을지도 모른다. 황금빛에서 핏빛으로 물들어 가는, 미황사 대웅전에서 바라보이는 다도해의 해질녘 풍경은 속세의 모든 고통들을 진무할 만큼 장엄한 장면이었다. 불경을 등에 진 소가 쓰러지면서 냈다는 크고 아름다운 울음소리는 무엇을 의미하는 걸까. 아름다운 울음소리란, 사실 모순 아닌가. 고통스럽고 서러워서 내는 게 항용 울음소리일진대, 그 소리가 아름다우려면 어떤 경지에 도달해야 하는 걸까. 수많은 세월 동안 바위 안에 갇혀 지내다 성스러운 불경을 등에 지고 산에 오르던 황소의 울음소리란 울음이 아니라 황홀한 기쁨의 노래였던 것일까. 그때 섬뜩한 생각이 정수리가 뜨거워지는 충격과 함께 문득 치밀어 올라 걸음을 멈추고 그 자리에 우뚝 서고 말았다. 하늘나라 우체국 우편 배달부. 소가 등에 짊어진 불경이란, 하늘의 뜻을 담은 서신들이 아니런가.

＊

부도원에서 돌아와 세심당으로 다시 들어선다. 스님은 왜 미황사에 내가 와 있느냐는 질문에 달마산에 누운 소를 거론했다. 나의 '인연토'가 미황사이기에 와 있다는 선문답 같은 이야기다. 발끝만을 바라보며 걸어가다 무심코 고개를 들어 보니 공양간에서 보았던 아이가 세심당 문턱에 걸터앉아 한 손으로 턱을 괴고 달마산 정상을 바라보고 있다. 마치 그림에 나오는 어린 동자승 같은 표정이다. 사람이 들어서는 기척이 나자 아이는 얼른 일어나 뛰어온다. 절에서 자유롭게 방목되는 아이여서 그런지 아이는 낯선 사람에게

비파나무 그늘 아래 229

도 전혀 거리낌이 없다. 바지 자락을 붙잡고 아이는 볼을 부비며 고개를 들어 나를 빤히 쳐다본다. 아이의 얼굴에 그윽하고 해맑은 미소가 어린다. 톡 튀어나온 짱구 이마와 상고머리, 새까만 눈동자. 아이를 번쩍 들어올려 무동을 태우고 세심당으로 들어선다. 아이는 어깨 위에서 말을 타는 동작으로 신이 나서 엉덩이를 들썩거린다. 무동을 태운 채 아이를 데리고 방에 들어와 창문 앞에 섰다. 창 밖으로 보이는 풍경에 아이는 신이 나서 더욱 들썩거리며 떠들어 댄다.

"치사님, 치사님…… 쩌그, 대사님…….”

아이가 불분명한 발음으로 떠드는 말에 무심코 밖을 보니 스님이 멀리 창 아래에서 아이를 향해 손을 흔들고 있다. 스님이 사라지자 아이는 이제 말을 배우는 더듬거리는 억양으로 애를 써서 무언가를 물어보려 하는 것 같다.

"치사님, 치사님. 보살님언…… 어데 가쩌?”

아이가 엄마처럼 따르는 공양주 보살을 찾는 모양이다. 아이를 어깨에서 내린 후 손을 잡고 방을 나서 공양간으로 향한다. 공양주 보살이 설거지를 하다 말고 인기척이 나자 부엌에서 고개를 내민다.

"아이구, 아가야. 어디 갔다 이제 왔어. 우리 아가 좋아하는 누룽지 만들어 놨는디.”

아이는 좋아라 뛰어가 부엌으로 사라져 버렸다. 보살이 앞치마에 손을 닦고 나오더니 단풍나무 그늘에 앉아 손짓을 한다.

"이리 좀 앉아 보시오, 처사님. 그려, 요새는 몸 좀 나아지셨소. 우째 그리 마나님을 고생시켰소 그랴. 그날 보니께 마나님 마음고생이 이만저만이 아니더구만. 아이구, 차에서 끌어내려도 인사불성이더구먼. 그려, 마나님은 언제 다시 온답디여?”

마나님? 노랗게 익어 가는 비파가 공양주 보살 앞으로 툭 떨어진다. 아이가 어느새 뛰어나와 비파나무를 흔들어 대는 중이다.

"나는 본시 여그 공양꾼이 아니여. 처사님을 모시고 온 마나님이 여그서 공양 보살을 허고 있고만이라. 근디 처사님 정신이 온전해 질 때까지만 날 보고 시님들 공양을 모셔 달라고 혀서, 지금 여기 있당게. 자우지간 이자는 마나님 고상 그만 시키고, 빨리 정신 차 려서 데려가드랑게요."

때마침 불어오는 바람 한 줄기가 단풍나무를 흔들고 지나간다. 세 상이 꿈인가, 꿈속이 세상인가. 내가 잠속에 있는가, 잠속에 내가 있는가. 아내가 이곳 미황사에서 공양주 보살이었다니⋯⋯. 아이가 흔들기에 힘이 부치자 높은 가지에 노랗게 매달린 비파를 따려고 힘차게 뛰어와 제 몸을 비파나무에 부딪친다. 아이를 번쩍 들어올 려 비파 가까이에 아이의 얼굴을 가져간다. 아이는 얼른 노란 열매 하나를 딴 뒤 내 입에 열매를 들이민다. 입 속에서 비파를 굴리다 가 아이에게 입술을 맞추며 열매를 아이의 혀에 올려놓았다. 아이는 좋아라 다시 열매를 내 입속으로 작고 빨간 혀를 굴려 들이민다. 처 소로 돌아간 줄 알았던 스님이 아이와 노는 모습을 비파나무 뒤에 앉아서 지켜보고 있다가 앞으로 나서며 나직이 얘기를 시작한다.

"부인이 처사님을 이곳으로 모셔 왔습니다. 처사님은 여기에 올 때만 해도 인사불성이었지요. 부인께서는 이곳에 가끔 와서 죽은 아이 천도제도 지내고 새 아이를 점지해 달라고 간절히 기도하기도 했습니다. 불공 드리는 모습이 하도 간절하고 극진해서 오랫동안 기억에 남았던 부인이었습니다. 나중에 이곳에 와서 봉사하고 싶다 고 부탁했을 때 쉽게 받아들일 수 있던 것도 그런 인상 때문이었습 니다. 젖먹이 하나 안고 와서 한 육 개월 이곳에서 좋이 일했지요."

아내는 간신히 이곳까지 나를 차에 태우고 와서 스님에게 신신당 부를 했다고 한다. 내 정신이 온전해질 때까지만 이곳에서 아무 이 야기도 하지 말고 돌보아 달라고. 내가 직장에서 강제로 퇴직당한 후 부랑인으로 떠돌다가 일제 단속에 걸려 서울시립갱생원에 수용

됐었다는 얘기다. 갱생원 쪽에서 수차례에 걸쳐 가족과 연락을 시도했지만 아내가 집에 없어서 여러 단계를 거쳐 연락이 닿았다는 것인데 나는 적어도 그런 기억들은 전혀 나지 않는다. 이야기를 마친 스님은 다도해 쪽을 한참이나 바라보다가 달마전을 향해 비파나무 뒤편으로 천천히 걸어갔다. 스님이 자리를 비우자 아이는 다시 비파나무를 흔들기 시작했다.

날더러 믿으란 말인가. 알코올성 치매환자가 지어낸 이야기 같은 저 이야기를 믿으란 말인가. 말도 안 되는 말이다. 아내는 분명히 집을 나갔고, 이곳 땅끝의 절까지 와서 밥을 지을 여자도 아니거니와, 분명히 아이의 씨앗 주인을 찾아가 지금쯤 황홀한 새 삶을 꾸리고 있을 게 확실하다. 공양주 보살과 스님이 하는 말이 거짓인가, 아니면 내 생각이 착각인가. 치매라는 게 분명 사람이 사람을 알아보지 못하는 병증도 보인다는데, 지금 내가 그 병증에 심하게 사로잡힌 건 아닌가. 어느 쪽이 진실인가. 꿈이로다 꿈이로다 모두가 다 꿈이로다. 꿈깨니 또 꿈이요, 깨인 꿈도 꿈이로다. 머리가 깨질 듯이 아파와 조용히 공양간을 떠나 세심당으로 돌아와 깊은 잠에 빠져들었다.

*

기화요초가 만발한 정원에 서 있다. 멀리서 아내가 뛰어오는 모습이 보인다. 공양간에서 만났던 아이가 아내 뒤에서 촐랑거리며 따라온다. 아내가 가까이 올수록 아내 뒤에서 따라오던 아이들의 숫자가 하나에서 둘로, 다시 넷으로, 급기야는 수십 명으로 늘어나 저희들끼리 왁자지껄 장난질까지 치면서 다가오고 있다. 아이들 뒤로 황금빛으로 빛나는 커다란 황소 한 마리가 경전을 산더미처럼

등에 지고 어슬렁거리고 있다. 가까이 다가선 아내의 얼굴은 푸른
달처럼 환하다. 아내가 다정하게 내 손을 잡고 아이들 쪽으로 이끈
다. 어디선가 바람이 불어오기 시작한다. 바람은 시간이 흐를수록
거세어지더니 정원의 꽃들을 통째로 날려버릴 듯 광포해진다. 정원
한가운데에 서 있던 비파나무가 와지끈, 소리를 내며 쓰러져 버린
다. 급기야 하늘이 어두워지면서 눈앞의 아이들은 물론 정원의 모
든 존재들을 하늘로 띄워 올린다. 이상하게도 바람이 나만은 피해
가는 것 같다. 정원이 한꺼번에 뭉개지는 참혹한 모습을 나는 그
자리에 선 채로 뚜렷이 바라볼 수 있다. 아내와 아이들은 보이지
않는다. 광포한 바람에 사나운 빗줄기까지 가세한다. 어디선가 독
경소리와 목탁 두드리는 소리가 들려온다. 그 소리에 섞여, 황소의
큰 울음소리가 길고 깊게, 어둠속으로 퍼져 나간다.

모든 나무는 얘기를 한다

최 인 석

1953년 전북 남원 출생.

1980년 《한국문학》 신인상에

희곡 〈벽과 창〉이,

1986년 《소설문학》 장편소설 공모에

《구경꾼》이 당선되어 등단했다.

소설집 《인형만들기》·《내 영혼의 우물》·《나를 사랑한 폐인》,

장편소설 《안에서 바깥에서》·《잠과 늪》·

《내 마음에는 악어가 산다》 등이 있다.

백상예술상(1983)·대한민국문학상(1985)을 수상했다.

모든 나무는 얘기를 한다

1

내가 처음 만났을 때에 장수호는 유능한 광고 카피라이터였다. 내가 회사에 입사하여 인사를 하러 가서 만난 그의 몰골은 참으로 기괴했다. 머리를 감은 지 얼마나 된 것인지 기름때가 낀 산발에 기르는 것은 분명히 아닌데 면도를 몇 주일이나 하지 않은 건지 코 밑이고 턱이고 비죽비죽 함부로 비어져 나온 수염에다가 눈에는 눈곱이 끼고 길게 자라난 손톱 밑에는 때가 끼어 있었다. 더러운 운동화를 한쪽은 신고 한쪽은 벗은 채 다리를 책상 위에 올려놓고 원고를 읽던 그는 내가 들어서자 말했다. 김중호 씨 자신을 소개해 봐요. 내가 무슨 학교를 다녔고, 전공이 뭐고, 취미가 뭐고…… 하고 늘어놓자 그는 구경하는 것 같은 시선으로 멀거니 나를 쳐다보고 앉아 있다가 고개를 저었다.

"그런 거 말고. 광고 회사에 들어왔으면 광고처럼 소개를 해야지.

20초 안에. 얼마짜리 시간인지 알아? 3천만 원짜리야.”

내가 우물쭈물하는 동안 그는 손목시계를 보며 시간을 쟀고, 20초가 지나자 회전의자를 빙글 돌려 나를 외면하고 책상을 향해 돌아앉았다.

“됐어. 잘 들었어.”

장수호는 그런 사람이었다. 그렇다 하여 그가 건방진 사람이라거나 남을 쉽게 무시해 버리는 사람이었다는 뜻은 결코 아니다. 광고 카피팀의 장(長)이었던 그는 오히려 나를 포함한 신입사원들에게 가장 친절한 고참이었다. 아니, 어쩌면 무심했다고 해야 할지도 모른다. 물론 그가 나에게 세심하게 일을 가르친 것은 사실이지만, 그것은 어쩌면 팀을 효율적으로 관리하기 위해서였을 뿐일 수도 있다. 업무 외의 일에 대해, 특히 사적인 일에 대해 그와 깊은 얘기를 나눠 본 기억은 별로 없다. 거의 없다 해도 과언이 아니었다. 적어도 내가 그에게서 돈을 빌리기 전까지는 말이다.

언제나 텁수룩한 머리칼에 들쭉날쭉한 수염에다가 별로 깨끗해 보이지 않는 청바지에 낡은 코르덴 양복 윗도리를 아무렇게나 걸치고 다니는 그는 전형적인 자유주의자, 자신감에 찬 자유주의자로 보였다. 그래서 그가 대학 다니던 시절 학생운동 과격파였으며, 그로 인해 감옥살이까지 한 적이 있을 뿐만 아니라, 위장취업을 했던 공장에서 만난 여공과 결혼하여 아직까지도 금슬 좋게 같이 산다는 것을 알게 되었을 때에 나는 그것을 쉽게 믿을 수 없었다. 술을 마시는 자리에서 그에게 은근히 물어본 적이 있었다.

“한때 마르크스주의자였다면서요?”

그는 간단히 대답했다.

“지금도 그래.”

광고 회사에서 카피팀을 이끄는 연봉 1억의 마르크스주의자라, 하고 내가 혼자 그의 대답을 음미하고 있을 때에 그가 덧붙였다.

"타락한."

나는 농담이라 생각하고 웃음을 터뜨렸으나, 그는 웃지 않았다. 술잔을 비워 내고 내게 내밀며 말했다. 내 카피를 잘 들여다봐. 선전 선동이라구. 빨리 소비하고 많이 소비하고, 빨리 망해 버리고 많이 망해 버리자, 그런 내용의. 그러나 그것은 1억 원의 사적 이익이 생기는 선전 선동이었다. 나는 그가 농담을 하는 건지 진담을 하는 건지 알 수가 없었다. 멍한 얼굴의 나에게 그는 말했다. 웃어. 그러면 돼. 비로소 그의 입술에 미소가 얼핏 떠올랐고, 나는 다시 웃었다. 그는 웃는 나에게 역시 웃는 얼굴로 농담인지 진담인지 알 수 없는 냉정한 어조로 말했다. 마르크스가 이미 살아 있을 때에 자신은 마르크스주의자가 아니라고 말한 적이 있다는 얘기는 들어 봤을 거야. 그런 의미에서 난 마르크스주의자 아닌 마르크스주의자야. 타락한 마르크스주의자. 마르크스주의자들은 날 마르크스주의자로 쳐 주지 않을 거야, 아마. 그러니까 어디 가서 그런 소리 하지 마. 마르크스의 마자도 모르는 놈이라고 망신이나 당할 거야.

그는 야근을 하거나 밤을 새우는 것을 주저하지 않았고, 집들이나 MT를 갔을 때는 직원들과 술이나 도박으로 밤을 새우는 것도 마다하지 않았다. 브레인스토밍을 위하여 MT를 갔을 때에는 탁자에 마주앉아 30분 간의 명상, 또는 잡념, 또는 침묵으로 회의를 시작하여, 한 시간 회의에 20분 휴식이라는 원칙을 고수했다. 아무리 바쁜 상황에서도 마찬가지였다. 그것이 효율적이기 때문이라는 것이었다.

그는 가끔 연락도 없이 출근을 하지 않는데도 회사에서는 걱정을 하지 않았다. 그런 날이면 으레 오후 늦게 그가 전화를 했다.

"여기 홍콩이다. 골머리 아파 놀러 왔다. 그렇게 알고 있어."

홍콩일 때도 있고 홋카이도일 때도 있었다. 월출산이기도 했고 울릉도이기도 했다. 가끔 그런 곳에서 팩스로 카피가 날아들어오는 적도 있었다. 회사에서는 그의 일에 별로 간섭을 하지 않았는데, 그것은 간섭하지 않는 것이 그를 가장 효율적으로 관리하는 길임을 알기 때문인 것 같았다.

2

MT를 나선 길이었다. 회의를 겸한 MT가 아니라 날밤을 새우고 일에 매달려 좋은 성과를 얻어 낸 카피팀 전원에 대한 위로와 격려를 겸한 사실상의 단체 휴가 여행이었다. 장수호의 말대로 많이 소비하고 많이 망해 버리자는 짓인 듯, 속초에서 배 터지게 회를 먹고 술을 마시고, 설악산에는 삭도(索道)를 타고 권금성까지만 올라갔다가 내려와서, 전원이 벌거숭이로 온천에 들어가 땀을 빼며 고스톱을 치며 간밤의 취기와 피로를 풀고 나와서, 다시 회와 술을 배 터지게 먹고 마시고, 그 다음날에는 차를 몰고 대한민국에서 가장 풍광(風光) 좋은 도로 가운데 하나라는 7번 국도를 타고 한쪽으로는 바다를, 반대편쪽으로는 산을 바라보며 남쪽으로 치달려 강릉까지 내려간 다음 경포대 바닷가에서 다시 회와 술을 배 터지게 먹고 마시고, 그 다음날 온종일 차를 달려 도착한 곳이 울진의 불영사 앞이었다. 술과 포식의 강행군에 지친 일행은 민박집으로 숙소를 정하자마자 절에 올라가는 것도 다음날로 미루고 저녁도 뜨는 둥 마는 둥 여기저기 쓰러져 잠이 들었다.

이튿날, 나는 새벽에 잠에서 깨어나 뒤척거리며 게으름을 피우다가 절에나 올라가 보자, 하는 생각으로 숙소를 나섰다. 길고 긴 산길을 따라 올라가다가 나는 장수호를 발견했다. 그는 도로 한쪽에 콘크리트로 만들어 놓은 벤치에 앉아 고개를 꺾어 허공을 멍하니 올려다보고 있었다. 내가 인사를 하자 그는 반은 정신이 나간 사람

처럼 응, 하고 대답할 뿐, 여전히 허공에 던진 시선을 옮기지 않았
다. 그렇다 하여 넋을 놓고 앉아 있거나 생각에 잠겨 있는 것도 아
니었다. 그의 눈은 허공에서 뭔가를 열심히 찾고 있는 것처럼 보이
기도 했고, 무슨 충격에 사로잡혀 있는 것처럼 보이기도 했다. 올
라가는 길이세요, 내려가는 길이세요? 내가 묻자 그는 여전히 허공
에 던진 시선을 옮기지 않은 채 반문했다. 응, 왜? 내가 대답했다.
올라가는 길이시면 같이 가자구요. 그는 내려가는 길이라고 말했
고, 나는 다시 혼자서 절을 향해 발을 옮겼다.

　새벽의 절간은 엷은 안개와 정적에 잠겨 신비스러웠다. 호수에
비치는 불상(佛像)의 영상이 아니라 해도, 절 자체가 오래되어 잊혀
진 꿈의 자취 같았다. 희미하게 기억은 나지만 그 실감은 온전히
포착되지 않는, 꿈이었는지 생시였는지조차 자신있게 말할 수 없는
그런 꿈, 또는 기억. 절 안을 혼자 느린 걸음으로 한 바퀴 돌아보는
동안 나는 시원한 물 속을 벌거벗은 몸으로 힘들이지 않고 헤어다
니는 기분이었다. 물, 물 속처럼 절은 고요했고, 가끔 풍경이 울리
면 그 소리의 물결이 정말 보이는 듯했다.

　절에서 내려오다가 나는 다시 장수호와 마주쳤다. 그는 아까 내
가 본 바로 그 자리, 그 벤치에 앉아 있었고, 그의 시선은 여전히
맞은편의 허공에 던져져 있었다. 아직 안 내려가셨어요? 뭐 하세
요? 그의 얼굴이 공포에라도 질린 사람처럼 먹먹했다. 그는 나를
돌아보지도 않고 말했다.

　"내려갈 수가 없어."

　그의 음성이 떨렸으므로, 나는 놀라 한 걸음 그를 향해 다가갔
다. 무슨 일이라도 생긴 것일까? 나는 왜냐고 물었다. 그는 대답할
듯 입을 열었다가 다물었다. 그것이 몇 차례나 반복되었다. 마치
갑자기 말을 잃은 사람 같은 꼴이었다. 입을 벌려 허공을 한 입 베
어물었다가 다물고, 다시 벌려 또 한 입 허공을 베어물고. 내가 대

답을 듣기를 포기할 즈음에야 그의 목구멍에서 겨우 말소리가 새어
나왔다.

"저놈이 나한테 말을 한다."

그는 여전히 시선을 허공에 던져 놓은 채로 몸을 부르르 떨었다.

"누가요?"

"저놈이, 저 나무가."

나무가? 말을? 나는 다시 한 번 놀라 그의 곁으로 다가가 그의 시
선을 따라 고개를 돌렸다. 기이한 일이었다. 그가 보고 있는 나무
가 어떤 나무인지 나는 한눈에 알아보았다. 키가 높다란, 소나무들
너머로 서너 자 더 높은 키로 하늘을 향해 머리를 높이 세운 자작나
무였다. 엷은 안개 너머에서 자작나무의 나뭇잎들이, 모든 나뭇잎들
이 손짓하듯 흔들리며 희미하게 퍼져 나가기 시작하는 아침 햇살을
반사하고 있었다. 과연 말을 한다는 느낌이 들 법한 광경이었다.

"그런데 알아들을 수가 없어, 무슨 말인지."

그의 어조는 너무나 침통했다. 정말 그는 그 나무가 말을 하는 것
이라 생각하는 것일까? 나는 할 말을 잃고 그의 얼굴과 그 나무를
번갈아가며 쳐다보았다.

"말인데 못 알아듣다니. 내가 어떻게 된 것일까? 저놈은 지금 인
간의 언어와 너무나 가까운 언어로 말하고 있는데."

그의 자책 또는 낙심은 옆에서 보기에도 안타까웠다. 그는 술이
덜 깬 것일까. 아니면…… 미쳐 가는 것일까. 잠깐 내 뇌리에 스쳐
간 생각이었다. 나는 얼른 그 불길한 생각을 뿌리쳤다. 그는 말하
고 있었다. 저놈을 봐. 다른 놈들은 전혀 나뭇잎들을 흔들어 대지
않고 있어. 바람이 부는 건 아니라는 뜻이야. 저놈만이 나뭇잎들을
흔들어 대고 있어. 손짓하는 것처럼.

"그걸 어떻게 아세요?"

"뭘?"

"저 나무가 인간의 언어와 가까운 언어로 말한다는 걸요."

"그렇지 않다면 내가 저놈이 말을 하는 걸 어떻게 들었겠냐? 저놈이 말을 하는 걸 어떻게 알았겠어?"

어떻게 보면 논리적인 대답이었다. 그러나 나무가 말을, 인간의 언어와 가까운 언어를 구사하다니? 결코 그럴 수는 없는 일이었다. 나는 판을 깨뜨리기로 마음먹었다. 장난 고만하고 어서 내려가요. 내려가서 해장술이나 하시든지, 식사를 하시든지……. 술을 덜 먹어서 그런 게 들리는 모양이네요. 그는 실망한 눈으로 나를 돌아보며 물었다. 안 들리냐, 너한테는? 나는 통명스레 대답했다. 들리긴 뭐가 들린다고 그래요? 참 형님도. 그는 고개를 저었다. 아냐, 그렇지 않아…….

장수호는 새벽에 누군가가 부르는 것 같은 소리를 듣고 잠에서 깨어났다. 그를 부르는 사람은 없었다. 그 소리는 아마도 꿈에서 들은 것이었을까. 아직 하늘에는 어둠이 가시지 않아 반투명의 검푸른 허공에서 어둠과 빛이 교차하고 있었고, 새벽별이 하나둘, 하품을 하며 빛의 장막 너머로 뒷걸음질치고 있었다.

그는 숙소에서 나와 천천히 산길을 오르기 시작했다. 안개가 차츰 엷어지면서 나무들이, 길과 하늘과 산과 물이 모습을 드러냈다. 처음부터 절에 올라갈 생각은 아니었으나, 그는 길을 나선 김에 절까지 올라가 보기로 했다.

쉬다 갈 생각으로 콘크리트로 만든 벤치에 엉덩이를 붙였다. 담배를 붙여 물고 고개를 든 순간, 그 나무가 눈에 들어왔다. 엷은 안개 속에, 키가 큰 선비처럼 그 나무는 단아하고 의젓했다. 그 나무가 그에게 나뭇잎들을 흔들어 대고 있었다. 바람은 없었다. 다른 나무들은, 나뭇잎들도 전혀 흔들리지 않았다. 그는 아직 그 나무가 말을 한다거나, 하는 생각은 하지 않았다. 아무 생각 없이 그 나무를 바라보며 담배를 피우며 쉬다가 계속해서 산길을 올라가 절로 들어섰다.

안개는 연못에서, 대웅전의 지붕에서, 대웅전 문에서도 피어나오고 있었다. 어쩌면 그 자신의 몸에서도 피어나고 있는 것 같은 기분이었다. 엷은 안개 속을 휘적휘적 걸어다니는 맛은 각별했다. 부처의 미소는 아무 걱정할 것 없다, 걱정하는 너도 없고, 니가 걱정하는 걱정도 없다, 하고 말하는 듯했고, 그래서 그는 나는 아무 걱정도 없습니다, 하고 말하고 싶었으며, 그 다음 순간에야 정말 자신에게 아무 걱정도 없는지를 돌이켜보았고, 걱정이 없다는 것은 어쩌면 생각이 없는 것과 통하는 것은 아닐까, 하는 생각이 들었고, 자칫 그런 생각 때문에 머리가 아파올 것 같았으므로 그는 부처를 흉내 내어 생각도 없고 통하는 것도 없고, 없다는 것도 없다, 하고 중얼거렸다.

절에서 내려오는 길에 그는 무심코 한 나무의 등걸을 짚었고, 그 순간 그 나무의 음성을 들었다. 그는 고개를 들었다가 그 나무, 절로 올라갈 때에 본 바로 그 나무가 그를 굽어보며, 나뭇잎들을 흔들며 그에게 말을 건네는 것을 보고는 소스라쳐 그 자리에 얼어붙었다. 말, 말이었다. 그 나무는 말을 하고 있었고, 그는 분명히 그 말을, 적어도 그 목소리를 들었다. 다만 그것이 무슨 말인지 알아듣지 못한 것뿐이었다.

"내가 미련해져서 말이야."

그는 벤치에서 일어나 그 나무 밑으로 걸어갔다. 한참 동안이나 고개를 꺾어 그 나무를 올려다보던 그는 손을 들어 나무 등걸을 쓰다듬으며 사람에게 하듯 이렇게 말했다.

"미안해. 못 알아듣겠어. 나중에 다시 올게."

그날, 우리 일행은 근처의 성류굴과 원자력 발전소를 둘러보고 무영계곡에 들어가 또다시 술로 회로 배를 채웠다. 그러나 장수호는 숙소를 떠나지 않았다. 일정을 마치고 숙소로 돌아온 다음에야

나는 그가 말하는 나무 앞에 가서 깔개까지 하나 깔아 놓고 거기
앉았다 누웠다 하며 술을 마시다 책을 읽다 낮잠을 자다 일어났다
앉았다 하며 하루 종일 시간을 보냈다는 것을 알게 되었다. 내가
물었다. 그래서, 그놈이 하는 말을 알아들었어요? 뜻밖에도 그는
빙그레 미소하며 고개를 끄덕였다. 조금은.

3

　어머니가 암으로 쓰러지자 수술비와 입원비 등 치료비를 마련할
길이 없었다. 백방으로 알아보았으나 돈을 구할 수가 없었다. 사람
이란 묘한 존재다. 돈을 빌리자고 한다면 장수호에게 상의하는 것
이 가장 확실한 길이리라는 것을 나는 짐작하고 있었다. 그것은 가
난한 자의 직감이었다. 그런 생활을 오래 해본 사람은 안다. 누구
에게 돈을 쉽게 빌릴 수 있는지, 누구에게선 결코 돈을 빌릴 수 없
는지를. 겉으로, 평상시에는 돈에 대해 지극히 초연한 듯 대범한
듯한 태도를 취하는 사람들이 있다. 그러나 막상 곤란한 형편이 되
어 그런 사람에게 도움을 요청하면 그들에게는 언제나 거절할 수밖
에 없는 이유 또한 준비되어 있고, 그 이유를 너무나 초연하게, 너
무나 대범하게 늘어놓는다는 것을 알게 된다. 오히려 인색해 보이
거나 앞뒤 꽉 막힌 듯 보이는 사람들, 남의 일에 무심한 듯 보이는
사람들이 뜻밖에도 까다롭지 않게 도움을 베푸는 경우가 많다. 가
난한 자들은 본능적으로 누구에게 도움을 청해야 하는지를 알게 되
는 것이다. 어쩌면 이 세상이 그런 감각을 훈련시킨다고 해야 할까.
　또한 묘한 것은 가난한 자의 심리다. 나는 어째선지 장수호에게
는 돈 빌리자는 얘기를 하고 싶지 않았다. 어쩌면 그가 나와는 너
무나 거리가 먼 곳에서 생활해 온 사람이라는 점 때문이었을 수도

있다. 그에게는 나의 구차스러운 꼴을 결코 보이고 싶지 않았다. 그러나 사정이 다급해지자 어쩔 수 없이 나는 그에게 어렵게 말을 꺼냈다. 내가 말을 마치자마자 그는 나가자, 하고 일어섰고, 그 길로 나를 데리고 은행에 가서 1천만 원을 인출하여 내 손에 건네주었다. 어디에 쓸 거냐거나, 언제 갚을 수 있느냐거나 따위의, 돈을 빌려주는 사람이 으레 하게 마련인 질문 같은 것은 하지 않았다. 오히려 그것이 섭섭할 지경이었고, 그 때문에 반감이 생길 정도였다. 회사에 다시 들어서면서 그가 한 말은 이자 줄 생각 말라는 것이 다였다.

그 빚을 갚는 데에는 2년이 걸렸다. 그 동안 그는 그 돈에 대해서는 단 한마디도 언급하지 않았고 눈치도 한 번 준 적이 없었다. 점심시간에 미리 은행에 들러 그의 통장에 돈을 입금시키고, 그에게 형수님까지 같이 모시고 저녁 식사를 대접하고 싶으니 시간을 내달라고 부탁을 했다. 퇴근 뒤에 나는 장수호 부부와 함께 아내가 미리 예약을 해둔 음식점으로 갔다. 은행에서 받은 무통장 입금증을 내밀자 그는 고맙다, 하고 말했다. 그뿐이었다.

식사를 마치기까지 그는 별로 말이 없었다. 나와 아내는 몇 번 거듭하여 고맙다는 말을, 돈을 빌려준 것도 고맙고, 말 한마디 없이 2년 동안이나 기다려 준 것도 고맙다는 말을 했으나, 그는 그때마다 괜찮아, 괜찮아, 했다. 그의 성격을 알기 때문에 나는 높은 이율이 아니라 은행 이율을 적용시켜 계산한 이자를 봉투에 넣어 그에게 내밀었다. 그는 그것이 무엇인지 묻지도 않고 이러지 않기로 했지, 하고는 나에게 돌려주었다. 나는 다시 그에게 봉투를 내밀었고, 그는 다시 뿌리쳤다. 이번에는 아내가 말했다. 그러시면 저희가 너무 죄송해져요. 마침내 그가 나를 쳐다보며 투덜거리듯 말했다.

"맛있는 저녁 얻어먹는 것으로 됐어. 밥맛 술맛 다 떨어지니까 그거 어서 주머니에 넣어 둬."

나는 그것이 그의 본심이라는 것을 알 수 있었다. 더 이상 고집을 부릴 수 없었다. 돈을 빌리는 원인이 되었던 어머니가 돌아가셨다는 것은 그도 이미 아는 사실이었다. 그 역시 문상을 왔었으니까.

그의 아내는 아름답고 섹시하고 조용했다. 공장 노동자 출신이라는 것이 믿어지지 않을 만큼 작고 가는 몸집에 둥근 어깨, 허리는 수호의 팔뚝 굵기밖에 되지 않을 것 같았고, 손가락에 보석 하나 박히지 않은 소박한 실반지 하나가 이채로웠으며…… 얼굴과 몸 전체에서 어딘지 노곤한 피로감 같은 것이 느껴졌다. 식사가 끝나기까지 그들 부부와 우리 부부 사이에서는 영화 얘기가 띄엄띄엄 오갔고, 회사 돌아가는 형편 얘기도 드문드문 오갔으며, 정치 얘기도 한두 마디 오갔던 것 같다. 그의 아내와 내 아내는 고들빼기 김치 담그는 법에 대해서도 얘기를 주고받았을 것이다. 직장 선후배 부부가 만나 저녁을 같이 먹는 자리에서 오갈 법한 대화의 선을 넘지 않는 평범한 얘기들이었다.

그래서 밥과 함께 몇 잔 술을 마시고 식당에서 나와 헤어지려는 때 그가 문득 내 어깨를 잡으며

"씨이발, 세상 좆같아. 그렇지?"

하고 말했을 때에는 나도 내 아내도 깜짝 놀랐다. 그가 돌연 어떤 선을 뛰어넘었다는 것을 나는 짐작했다. 얼핏 눈물이 솟았으나 나는 애써 참았다. 그는 담배꽁초를 길바닥에 내던지며 투덜거렸다. 좆도 아닌 돈 몇 푼이 사람을 왜 이다지 주눅들게 만드는지. 그것은 꼭 내가 해야 할 말 같았다. 이리 와, 임마. 여자들은 집으로 돌아가라고 하고 우리끼리 술이나 더 퍼먹자. 아내가 얼른 말했다. 그러세요. 그럼 저희 먼저 갈게요. 그의 아내도 까딱 고개를 숙였다. 그들 두 여자가 멀어져 가는 것도 돌아보지 않고 그는 내 어깨를 잡아끌었다. 씨발놈, 눈물은. 2년 동안 니가 그 꼴이 뭐냐, 임마. 이게 뭔데 이런 거 때문에 그 동안 내내 내 눈을 똑바로 못 봐?

이리 와, 씨발놈아. 그는 허름한 소주집으로 나를 끌어들였다.

그날 밤, 그와 나는 술에 만취하여 여관방에 들어가 잤다. 아마 나는 우리 집 사는 꼴을, 너무나 가난하여 방 한 칸을 얻을 수 없었기 때문에 전국의 친척집에 뿔뿔이 흩어져 어린 시절을 보내야 했던 우리 집 형제 자매들 얘기를 포함하여 내가 그때까지 살아온 꼴을, 어머니의 죽음에 이르기까지 눈물 콧물을 섞어 가며 늘어놓았던 것 같다.

그때 그는 뜬금없이 이런 얘기를 했다. 얼마 전에 돌연 안기부 수사관들이 그의 집에 들이닥쳐 온 집안을 발칵 뒤집어 놓았다고 했다. 머지않아 그의 집만이 아니라 아내 집쪽의 친가와 외가 양쪽 집안 모두, 그리고 그 방계(傍系) 집안 모두가 같은 날 같은 시각에 같은 일을 당했다는 것을 알게 되었다. 수사관원들이 그들에게 한 질문도 똑같았다. 그의 아내 유영선의 막내 숙부가 근래에 찾아온 적이 없었느냐는 것이었다. 막내 숙부라니? 장수호는 그제서야 유영선의 집안 어른을 통하여 영선의 아비의 동생 가운데 6·25 동란 중에 월북한 사람이 하나 있었다는 것을 알게 되었다. 영선에게는 막내 숙부가 되는 셈이었다. 그런데 어디까지가 사실이고 아닌지는 알 수 없으나, 안기부 수사관들에 의하면, 그 막내 숙부가 북한 당국으로부터 모종의 임무를 띠고 공작원으로 남파되었다는 정보가 입수되었다는 것이었다. 특히 장수호 부부가 받은 조사가 가장 가혹하고 치밀했다. 그것은 아마도 그들 부부의 전력 탓이었으리라는 것이 수호의 추측이었다. 얘기 끝에 그는 낄낄거리며 이렇게 덧붙였다.

"너 나한테 빌렸던 그 돈, 잘못하면 공작금(工作金)으로 오인받아 조사받게 될지도 모르겠다."

술김에도 나는 모골이 송연해졌다. 아홉 시 뉴스 시간에 종종 간첩단이네 지하당이네 하는 사건들이 터져 공안 검사들이 연락책이니 자금책이니, 하는 직함을 써 붙인 조직표를 그려 놓고 기자회견을 하는 광경이 방송되던 시절이었다. 그런 방송을 볼 때의 느낌이란 반신반의(半信半疑), 그리고 두려움이었다. 세상에 온통 간첩들이 우글거리는 것은 아닌가, 하는 두려움, 그리고 어쩌다 재수 없으면 나 같은 별볼일 없는 자도 저런 조직표에 이름이 내걸리게 될지도 모른다는 두려움이 그것이었다. 가끔 저런 사건을 만들어 내어 공표하는 자들의 목적은 바로 그런 것인지도 몰랐다.

그가 웃어 대고 있었으므로, 그리고 그런 무서운 이야기를 너무나 아무렇지도 않게 하고 있었으므로, 나 역시 배포가 커졌던 것일까. 나는, 괜찮아요, 망할 놈의 세상, 하고 내뱉었다. 큰일날 뻔했군요, 선배님. 다친 데는 없으시구요? 내가 묻자 그는 여전히 킬킬거렸다.

"다친 데는 없다, 적어도 나는. 하지만 마누라는 다쳤다. 내 자식 놈도 다치고."

그들 부부에게는 자식이 없다는 것을 나는 알고 있었다. 그는 있었다고 말했다.

"마누라 뱃속에 있었어. 그런데…… 잃었다. 마누라는 출산 능력을 상실하고."

돈 벌려고 안달복달하지 말아. 그가 말했다. 우리가 돈을 버는 게 아니야. 우린 공작금을 받는 거다, 이놈의 세상으로부터. 그러니까 돈 때문에 비굴해지는 놈도 추해지는 놈도 다 바보다. 그렇게 되지 않는 사람이 드물긴 하지만. 날 포함해서. 돈 때문에 난 내 자식을 잃고 마누라는 출산 능력을 잃었다. 그 대가로 난 공작금을 받고 산다. 너도 마찬가지다. 바로 이놈의 세상이 너에게 나에게 온 세상 사람들에게 돈으로 공작(工作)을 하는 거다. 북한이 아니라, 간첩이 아니라, 내가 아니라, 바로 이놈의 세상이. 우린 다 공작금을 받아먹고 사는 거다. 뭘 해도 공작이다. 술을 먹어도 공작, 술을 토

해도 공작, 횡단보도를 건너도 공작, 잠을 자도, 코를 골아도 공작, 다 공작이다. 돈을 빌려도 공작 빌려줘도 공작. 울어도 웃어도 다 공작이다. 공작 안 하려면 죽거나 미치거나 폐인이 되는 수밖에 없다. 이놈의 세상 톱니바퀴에서 벗어나야 하는데, 벗어날 수만 있다면 길이 보일지도 모르는데. 봐라, 아무리 발버둥쳐도 우린 어느새 이놈의 세상 기계의 어느 부분에선가 톱니바퀴가 되어 공작을 하게 되고 말아. 맞어. 그래서 난 아이를 잃고 마누란 출산 능력까지 잃은 거야. 그런데 어째서 비굴해져야 하냐. 어째서 안달복달해야 해?

말이 되는 얘기 같기도 하고 터무니없는 술주정 같기도 했다. 그날, 나는 불영사에서 있었던 일에 대해서도 물어보았다. 형님, 그 나무가 뭐라고 그러던가요? 그는 무슨 나무, 하고 반문하지 않았다. 곧 알아들었다. 그 뒤로 혼자서도 가고 마누라하고 같이도 가고 여러 번 갔다. 그 나무가 뭐라고 하는지 알아들었어요? 내가 묻자 그는 고개를 끄덕거렸다. 조금은. 그의 어조가 자신감에 차 있는 것에 나는 놀랐다. 알아들었다구요? 뭐라고 하는데요? 그는 웃었다. 내 몸속에도 가슴속에도 머릿속에도 내 것이 아닌 것이 너무 많다고 하더라. 그걸 다 내 거라고 착각하지 말래. 너도 한번 그놈한테 가 봐라. 내가 알아들었는데 너라 해서 못 알아듣겠냐? 너한테도 뭐라고 얘기해 줄지 모르지.

4

1987년 초부터 그는 거의 일을 하지 않았다. 회사로 출근하는 것이 아니라, 나이에 어울리지 않게, 마스크와 치약과 빈 병과 음식 포장용 비닐을 배낭에 짊어지고 거리로 나섰다. 박종철 고문 치사

사건으로 나라 안이 들끓고 있었다. 그는 눈밑에는 치약을 바르고, 이마와 눈에는 랩을 붙이고, 코와 입은 마스크로 가리고, 대학생 아이들과 함께 휩쓸려 전투경찰들에게 돌멩이를 던지고 최루탄에 쫓겨다녔다. 그는 퇴근 시간이 가까워져서야 회사에 나타났고, 그의 옷에서 나는 최루탄 냄새 때문에 사무실 안에서는 여기저기 재채기가 터져 나왔다.

전투경찰에 밀린 시위대가 명동성당으로 쫓겨 들어가고, 전투경찰이 성당을 포위하였을 때에 그는 그곳을 떠나지 않겠다며 아예 출근도 하지 않았다. 처음에는 성당이고 뭐고 경찰을 풀어 강제 해산을 시킬 듯 붉으락푸르락하던 전두환 정권은 어째선지 차일피일 경찰 투입을 미루고 있었다. 나는 명동성당에 몰래 들어가 그와 함께 하룻밤을 새운 적이 있었다. 장수호만이 아니라 그의 아내 유영선까지 거기 와 있었다. 그녀는 농성하는 군중들 앞에서 팔을 휘두르며 목에 시퍼런 핏줄을 돋궈 피를 토하듯 외쳤다. 군부독재 타도하여 민중정권 수립하자! 몇 발자국 저편에 중세의 기사들처럼 갑옷과 곤봉과 방패로 무장한 전투경찰이 도열한 것이 뻔히 보이는 곳에서, 어둠속에 얼핏얼핏 스쳐 가는 손전등 불빛 속에 서서 주먹을 휘둘러 허공을 치는 그녀의 몸짓과 외침은 살이 떨릴 만큼 선동적이었다. 나는 군중들이 어둠속에서 한 목청으로 그녀의 구호를 따라 합창하는 것을 들으며 그 가늘고 둥근 어깨와 가느다란 허리의 여자에게서 그런 외침과 몸짓이 나오는 것에 충격을 받았다. 그러나 나를 향해 다가와 고개 숙여 인사를 건네는 그녀는 또다시 어느새 지친 것 같은 나른한 여자의 모습으로 돌아가 있었다.

장수호는 격앙하여 말했다. 엎어야 돼. 이번 기회에 엎어 버려야 해. 제기랄. 정권 쥔 놈들만 빼고 지금처럼 온 나라 위아래가 하나의 목표로 단결했던 적은 아마 없었을 거다. 농성하는 젊은이들 가운데 몇몇이 그에게 수호 형, 하고 인사를 건넸다. 아, 영선이 형도 여기 있네! 수호와 영선은 그들 가운데 몇몇과는 발을 동동 구르며 반가워했다. 내가 그 자리를 떠나며, 내일은 출근할 거냐고 묻자 그는 나를 위아래로 훑어보며 이 녀석이 지금, 하고 화를 냈다. 나는 그의 눈이 그처럼 뜨겁게 불타는 것을 처음 보았다.

"지금 출근이 문제냐? 계엄군이 나오면 당장이라도 시가전이 벌어질 판인데. 넌 정세 파악이 그렇게 안 되냐? 지금이 바로 혁명적 시기라는 거야. 정권은 지금 양보를 하는 것도 때를 기다리는 것도 아니야. 민중의 단호함과 힘에 놀라 주저하고 있고 패주하고 있는 거야. 밀어붙여야 해."

그의 판단이 옳았는지 어쨌는지는 모르지만, 결국 명동성당의 시위대는 무사히 성당에서 빠져나왔다. 그것은 내가 보기에도 그들이 거둔 작은 승리, 작지만 의미 있는 승리였고, 정권의 양보가 아니라 패배인 것 같았다. 어쩌면 1979년과 80년에 총칼과 탱크로 무장하고 무수한 상관들과 동료들을 죽이고 체포하고, 비무장 시민들을 무참하게 학살하는 것으로 권력을 만들어 낸 당시의 서슬 퍼렇던 군사정권의 패배가 시작된 것은 바로 그때부터였는지도 모른다.

그 무렵부터는 장수호만이 아니라 회사의 직원들도 이따금 일부러 짬을 내어 거리로 나가 시위에 참가하기 시작했다. 사람들은 스스로 자신들의 힘에 놀랐고, 그 힘이 뭔가를 해낼 수 있다는 데에 격앙되었으며, 자부심을 느꼈다. 나 역시 점심 시간 같은 때 틈이 나면 동료들과 함께 이곳저곳을 쏘다니며 호헌철폐(護憲撤廢) 독재타도(獨裁打倒)를 외쳤다. 나와 내 옆 사람의 외침이 거대한 함성이 되는 것을 들으면 괜시리 가슴이 뿌듯했다.

마침내 서울역과 시청과 명동과 남대문과…… 서울 시내가 시민들로 뒤덮였다. 상당한 수효의 회사 직원들이, 카피팀의 경우에는 거의 전원이 시위에 참가했다. 일주일쯤, 사는 것은 축제 같았다. 서울역 앞 광장에 새하얗게 뒤덮인 학생과 시민들 속에 끼여 구호를 외치고 발을 구르고 최루탄에 쫓겨다니고 돌을 던지다 회사로 돌아오는 길에 장수호는 말했다.

"씨발놈들, 계엄군은 왜 아직 안 나오는 거야? 빨리빨리 나와야 결판을 낼 텐데. 이번엔 안 밀릴걸."

나는 놀랐다. 그는 계엄령이 떨어지고, 그리하여 계엄군이 거리로 나오기를 바란다는 것인가? 그는 이번에는 80년 광주에서처럼 당하지만은 않을 것이라고, 시민군이 조직될 것이요, 바리케이드가 처음에는 하나둘에 불과하겠지만, 결국에는 그 바리케이드가 정권을 포위해 버릴 것이라고 말했다. 그는 시민들이 외치는 구호가 어째서 바뀌지 않는지 이해할 수 없다고 말했다. 호헌철폐 독재타도 정도로는 안 된다는 것이었다. 호헌철폐, 독재타도, 정권인수, 이렇게 발전되어야 한다는 것이었다.

결국 노태우 민정당 대표가 헌법 개정과 민주적 선거를 약속하는 성명을 발표했을 때에, 그것은 정권의 전면적인 패배를 인정하는 항복 선언이나 다름없는 것으로 여겨졌다. 모든 사람들이 그것을 승리라 생각했다. 시위는 물거품처럼 잦아들었다. 그러나 장수호의 생각은 달랐다. 그는 이제까지는 승리였으나, 이제부터는 쓰디쓴 패배가 계속될 것이라고 말했다. 언제나 그랬다는 것이다. 동학농민전쟁 때도, 4 · 19 시민혁명 때도 이런 어정쩡한 승리 뒤에 언제나 패배가, 승리 자체를 무의미하게 만드는 패배와 분열이 시작되었다는 것이었다. 그렇다면 어떻게 해야 하는데? 그는 권력을 시민이 장악해야 한다고 했다. 민중 소비에트를 구성하여 그 소비에트가 권력을 장악, 군부 독재자들을 철저히 패배시키고 응징해야 한다는 것이었다. 언제나 그렇게 하지 못하는 것이 문제라는 것이었다. 그의 주장에 따르면 계엄군이 나왔어야 하고, 계엄군과 시민들이 맞붙어 싸웠어야 하고, 계엄군을 패배시켰어야 하고, 그리하여 권력을 시위 지도부가 완전히 장악하여 국회와 정부와 청와대를 접수해야만 했다는 것이었다. 자신은 그렇게 되기를 기대하고 지난 겨울부터 모든 것을 다 내버리고 그토록 열심히 시위에 참여해 왔다는 것이었다. 술자리에서 그는 말했다. 결국 민중들은 배신당할 거야. 새로운 일도 아니지. 늘 그랬으니까.

 그의 눈이 다시 그때처럼 타오른 것은 그해 여름, 전국의 노동자들이 서울까지 올라와 시위를 벌였을 때였다. 그러나 이번에는 그 눈빛은 이삼일 만에, 신문과 방송, 그리고 여론이 그들을 난타하는 것을 보고 사그라들었다. 딱 한 번 술을 마시다가 직원 누군가가 그 노동자들의 상경 시위가 걱정스럽다는 얘기를 했을 때에 장수호는 흥분하지도 않고, 나직나직하게 이런 얘기를 했다. 난 그런 얘기 들을 때마다 이해가 잘 안 돼. 도대체 너 같은 사람들이 불안하다는 게 뭔지를 모르겠어. 뭘 빼앗길까 봐 불안하다는 건지를 모르겠어. 자기네들이 돈이 있어, 권력이 있어? 왜 불안하지? 아무것도 없으면서 뭔가 가졌다고, 빼앗길 만한 걸 가졌다고 착각하는 거 아냐, 혹시? 민주적인 헌법이 있는데 그것이 개악될까 봐 불안해? 아직은 민주적인 헌법도 없어. 그저 믿을 수 없는 자들이 한마디 내뱉은 약속이 있을 뿐이야. 이제껏 피비린내가 자욱한 독재정권에서 살면서는 불안하지 않았어? 편안했어? 너 같은 사람들은 뭔가 착각하고 있는 게 분명해. 아무것도 없으면서 뭔가를 가졌다고. 지켜야 하는 뭔가가 자기네들에게 있다고 착각하는 거야. 아니면 자기네들이 이 체제의 상층부에 있다고 착각하거나, 혹은 상층부로 진입할 수 있는 후보자들이라고 착각하거나. 하지만 천만에. 지금 우리들이 노동자들을 배신했듯이 우리들 역시 머지않아 배신당하고 말 거야.

 수호가 없는 자리에서는 직장 동료들은 그가 너무 과격하다는 얘기를 주고받았다. 그런 사람이 어떻게 직장생활을 하고 있을까? 무기 들고 산으로 들어가기라도 해야 하는 것 아니야? 더구나 직업이 카피라이터라니. 너무나 유능한 카피라이터잖아. 자본가들의 유능한 세일즈맨 노릇을 하느라고 우릴 독려하여 허구한 날 날밤을 새우게 만들고.

대통령 선거에서 김영삼과 김대중이 패배하고, 민정당의 노태우 후보가 당선되었을 때에 그는 크게 실망하지도 않았고 놀라지도 않았다. 당연한 귀결이라는 것이었다. 지난 6월 29일, 거리로 뛰쳐나와 호헌철폐 독재타도를 외치는 수많은 시민들을 전투경찰을 풀어 최루탄과 곤봉으로 진압하는 한편 저희들끼리 체육관에 모여 앉아 대통령 후보자로 지명한 노태우 후보가 나중에 6·29선언이라고 명명된 대폭적인 양보를 하자 시민들이 그것을 고분고분 받아들이고 해산했을 때에 이미 예정된 일이었다는 것이 그의 생각이었다. 그럼 어떻게 해야 한다는 겁니까? 누군가가 묻자 장수호는 대답했다.

"엎어야지. 다시 들고 일어나 엎어야 해. 선거 다시 하는 거야."

내가 물었다. 정말 그렇게 생각하시는 겁니까, 형님은? 장수호는 그럼, 하고 말했다. 손에 똥이 묻어서 물을 얻어서 씻고 나서는 고맙습니다, 인사하고 나오다가 다시 똥을 짚은 거야. 어쩌겠냐? 당연히 다시 들어가 손을 또 씻어야지.

그러나 그런 일은 벌어지지 않았다. 그렇게 시위와 정치의 계절은 지나갔다. 세상은 너무나 갑자기 너무나 조용해졌다. 직선으로 대통령을 뽑았는데, 그 사람이 바로 1980년의 광주 학살의 장본인 가운데 한 사람이었다는 사실에 대해, 6월 항쟁을 통하여 뿌리를 도려내고자 했던 바로 그 장군들 가운데 하나였다는 사실에 대해 사람들은 누구나 허탈감에 빠졌으나, 어쩔 수 없었다. 손에 다시 달라붙은 그 똥을 씻어 낼 방법은 없었다. 그저 다시 5년 동안 그 똥을 묻힌 채 살아가는 수밖에. 직장 동료 가운데 한 사람의 말대로 나 역시 그토록 간절히 희구했던 민주주의라는 것이, 직접선거라는 것이 무엇인지에 대해, 그것이 기실은 얼마나 하찮은 것인지에 대해 다시 한 번 생각해 보았다. 어쩌면 민주주의란 우중(愚衆)

의 허영을 만족시킬 수 있을 뿐, 군중을 분리하고 이간시키고 조작하고 관리할 수 있는 능력과 힘을 가진 자들에게는 이리 끼웠다 저리 맞췄다 할 수 있는 장난감에 불과한 것인지도 모른다는 생각을 뿌리칠 수 없었다. 조롱당했다는, 속았다는 생각보다 더 기분 나빴던 것은 그 이상 무엇을 어떻게 해야 하는 것인지 길이 보이지 않는다는 사실이었다.

장수호는 다시 침울하고 묵묵한 카피팀장으로 돌아갔다. 혁명은 잊혀졌다. 이제 크고 작은 상품 샘플과 책상 위에 쌓이는 카피 원고들이, 시시때때로 소집되는 화급한 회의들이, 매력적이고 아름다운 거짓말을 만들어 내기 위한 브레인스토밍이야말로 우리가 매일 맞서야 하는 바리케이드였다.

5

장수호가 처음으로 직원들을 집으로 초대한 것은 골드카피 메달을 수상했을 때였다. 대개 사람들을 집으로 초대하는 경우 그것은 신혼 집들이라거나 이사를 했다거나 아이 돌 잔치 같은 때였는데, 그들 부부에게는 아이도 없었고 이사를 한 적도 없었던 것이다.

내가 20평짜리 전세를, 집다운 집을 겨우 마련했을 무렵이었는데, 그는 50평짜리 아파트에 살고 있었다. 현관문에 들어선 순간 나는 놀라 아, 하고 소리를 질렀다. 다른 직원들도 마찬가지였다. 우리들은 우뚝 멈춰 선 채 눈을 커다랗게 뜨고 눈앞에 펼쳐진 정경을 넋을 잃고 한동안 바라보아야 했다. 위아래층이 트인 복층(復層) 아파트의 거실 가득 나무들이, 소나무, 감나무, 사과나무, 단풍나무……들이 들이차 있었고, 마루바닥에는 흙인지 먼지인지 알 수 없는 것들이 나뭇잎들, 더러는 떨어진 감이나 사과 열매와 더불어 쌓여 있었다. 거실이 아니라 숲속 같았다. 커다란 화분들이 거실을 가득 메우고, 그 화분 하나하나에 아파트에서는, 아파트가 아니라 단독주택에서도 실내에서 키운다는 것은 도저히 상상도 할 수 없을 나무들이, 그러나 분명히 그 우람하고 당당한 둥치를 들이박고 높다랗게 서서 우리를 내려다보고 있었다. 사람이 아니라 바로 그 나무들이 그 집의 주인인 것 같았다. 나무들이 뿜어내는 향기가 집 안에 가득하여 머리가 환해지는 느낌도 들었으나, 나는 잠시 혼란에 빠졌다. 이곳은 그러나, 집이 아닌가.

나는 불영사의 말하는 나무를 떠올리고 자작나무가 있는지를 살펴보았다. 자작나무는 보이지 않았다. 그 자작나무의 말을 듣고 집을 이런 식으로 꾸민 것일까? 그렇다면 장 선배는 분명히 정상이 아니었다. 장 선배는 그렇다 치고, 그의 부인은 집이 이 지경이 되도록 그냥 두고만 보았을까? 수수께끼 같은 일이었다. 일행 중에 한 사람이 중얼거렸다. 이게 웬일이야. 우리가 집에 온 거야, 공원에 온 거야? 이상하게 으스스하네. 그랬다. 어딘가 으스스한 기분, 집이 아니라 특별한 공간, 썩 기분이 좋을 것 같지는 않은, 낯설어서 호기심이 나는 게 아니라 낯설어서 두렵고 피하고 싶은 기분이 드는 공간이었다.

커다란 나무들 사이로 비좁은 통로가 나 있었고, 그 통로로 우리는 걸어 들어갔다. 계단을 따라 윗층으로 올라간 다음에야 비로소 정상적인 실내의 정경이 나타났다. 방마다 가득 꽂히고 쌓인 책들, 그리고 그림들. 벽에 빈 공간이 보이지 않을 정도로 그림들이 빽빽이 걸려 있었다. 유명한 작가들은 아니었다. 큰 규모의 작품도 없었다. 소품들, 그중에서도 풍경화들이 많았다.

나는 고교 시절 그림을 그리고 싶었고, 미대에 들어가고 싶었다. 그러나 형편이 허락하지 않았다. 아버지는 시장의 청소부였고, 어머니는 동네 골목에서 좌판을 놓고 옥수수나 감자를, 김치나 멸치

볶음을 팔았다. 근근히 대학을 졸업하자마자 방송국에 입사 시험을 쳤으나 떨어지고, 곧 광고의 세계에 들어선 가난뱅이였다. 늘 그림에 관심을 가지고 살았으나, 전시회에 쫓아다니지는 않았다. 관심도 차츰 멀어졌다. 그러니까 내가 그림에 전문적 식견을 지니고 있다고 할 수는 없었으나, 적어도 내가 보기에는 과장이 없고 건전한, 균형 잡힌 작품들이었다. 누군가가 여기저기 전시회를 다니다가 자신의 눈에 드는 소품들을 큰 돈 들이지 않고 마련했을 듯한 작품들이었다.

"그림 그리셨다구요."

달동네의 골목길을 세밀하고 길다랗게 잡아 넣은 그림을 보고 있는 내 곁으로 장수호의 아내가 다가왔다.

"아닙니다. 그림은 무슨……."

그녀는 계속해서 말했다.

"나는 풍경화가 좋아요. 그림 한 장에 무수한 얘기들이 들어 있어요. 이 덜 탄 구멍탄 좀 봐요. 구멍가게 앞에 내놓은 찐빵틀, 그 앞에 둘러선 아이들, 넘어진 세발자전거, 창문에 유리 대신 붙은 신문지와 비닐 조각, 지붕에 얹은 기름 천막 위에 올려진 돌덩이, 그 옆에 기우뚱한 텔레비전 안테나……. 꼭 옛날 우리 살던 사연이 다 들어 있는 것 같아요."

나는 그녀의 긴 얘기에 잠시 기가 질렸다. 그녀는 그 그림에서 나보다 훨씬 더 많은 것을 보아 내는 듯 여겨졌던 것이다. 몇 해 전 명동성당에서 봤을 때도 그랬지만, 그녀의 눈빛은 기이했다. 눈 속 깊은 곳에 외로움이, 두려움이, 그리고 슬픔이 담겨 있는 것 같은, 그런 것을 극복해 낼 의지 같은 것을 이미 오래전에 상실한 것 같은, 어딘가 힘이 없는 것 같은, 힘을 내기를 이제는 그만 포기해 버리고 만 것 같은 그런 눈빛, 만일 내가 그녀를 그린다면 그 눈빛을 포착하고 표현하기 위해 가장 공을 들여야 할 그런 눈빛. 나는 그녀가 출산 능력을 상실했다는 사실을 상기해 냈고, 그녀의 숙부가 간첩으로서, 어쩌면 이 순간에도 수사관원들에게 쫓기며 남한 어딘가에 잠복해 있을지도 모른다는 것을, 그로 인해 늘 그녀가 불안감에 시달리고 있으리라는 것을 어렵지 않게 짐작했으며…… 어쩌면 그 때문인지도 모른다, 저 눈빛은.

식구란 장수호와 그의 아내 유영선뿐, 당연히 집안은 쓸쓸했다. 그러나 쓸쓸하다고 한마디로 말하기를 주저하게 만드는 뭔가가 그 집에는 있었다. 나무들 때문이었다. 나무들, 윗층의 방에 앉아서도 방문 밖으로 커다란 나무들이 내다보였다. 어디에서도 그 나무들이 고개를 들이밀고 이쪽을 넘겨다보는 것 같은 기분, 이쪽 일에 참견을 하는 것 같은 기분이 들었다. 집이 참…… 독특하네요. 누군가가 말하자 저마다 한마디씩을 내놓았다. 독창적이에요. 희한해요. 나무에서 벌레 안 생겨요? 술을 마시며 헛소리를 늘어놓다가 문득 고개를 들면 나무들 너머에서 누군가가 이쪽을 넘겨다보며 비웃음이라도 보내고 있을 것 같은 생각이 드는 것이었다.

그날, 밤이 깊도록 우리는 술과 포커를 즐겼다. 유영선도 같이 술을 마시고 포커를 쳤다. 장수호는 별로 말도 없이 술과 포커에 열중했으나, 유영선은 우리들의 농담에 웃기도 하고 만만찮은 기지가 엿보이는 대꾸를 내놓아 자리를 즐겁게 만들었다. 가까이서 보면 볼수록 그녀가 고등학교를 다니다 만 여공 출신이라는 것은 믿어지지가 않았다. 그녀는 공장 노동은커녕 아침 설거지만 끝마쳐도 그만 피로해져서 창백해진 얼굴로 눕듯이 소파에 몸을 기대어 숨을 몰아쉴 여자, 전람회에나 다니며 그림이나 사 모으고 집으로 돌아오면 큰 중노동이라도 한 듯 옷도 갈아입지 못한 채 소파에 쓰러질 여자처럼 보였다. 장수호나 그녀나 아무리 뜯어봐도 마르크스주의자라거나 과격한 노동운동가 출신으로도 보이지 않았다. 그저 유복하고 원만한, 나 같은 밑바닥 출신과는 거리가 먼 부르주아지일 따름이었다.

　그렇구나, 장수호. 나 같은 자는 오직 살아남기 위하여 세상이 살라는 고대로만 살고, 운동도 한 적 없고, 물론 감옥에도 간 적 없지만, 겨우 이 지경으로 살 수밖에 없는 것이고, 너 같은 자는 마르크스주의자였다가도, 감옥을 갔다 와서도, 더구나 북한에서 친척이 간첩으로 넘어오는 일이 벌어져도 이렇게 살 수가 있는 거로구나. 그날 나에게 이런 생각도 없지 않았다는 점을 얘기하지 않는다면 나는 거짓말을 하는 셈이 될 것이다. 그러나 나는 명동성당에서 보았던 것이다. 그녀의 목에 시퍼렇게 돋아나던 핏줄과 쨍쨍한 목청으로 사람들에게 구호를 외치며 팔을 휘두르던 그녀를……．

　공장에서 무슨 일을 하셨어요, 형수님? 짓궂은 녀석 하나가 물었다. 야 임마, 그런 걸 물으면 어떻게 하나? 그렇게 제지하면서도, 또 장수호의 눈치를 보면서도 우리들은 모두 호기심을 품고 그녀의 대답을 기다렸다. 그러나 장수호의 눈치를 볼 필요는 없었다. 수호나 영선이나 지극히 태연했다. 그녀는 제일 기억에 남는 곳은 제본 공장이에요, 하고 대답했다. 한국에서 가장 큰 제본 공장이었어요. 여러분들 가운데 아마 제가 제본한 책 한번 읽지 않은 사람 없을 거예요. 교과서에서부터 잡지, 싸구려 책에서부터 학술 서적까지 안 만들어 본 게 없으니까요. 잘 모르시겠지만, 공장 안은 뿌연 종이 먼지로 가득해요. 하지만 온전한 환풍기도 몇 개 없이 우린 마스크 하나 쓰고 일해요. 당연히 늘 기침을 달고 다녀요. 기관지나 폐를 앓는 사람들이 많구요. 하지만 그런 것보다도 더 힘든 건 싸구려 책을 만들 때예요. 제본을 하다 보면 보지 않으려 해도 저절로 책의 내용을 알게 되는데, 그 내용이 한심할 땐, 더구나 야근에 시달리거나 피로에 지쳐 있을 때면 더욱 맥이 풀려요. 이 따위 책 만드느라고 고향에도 못 가 보고 데이트도 못 하는구나, 싶어서요. 동료들 가운데는 그런 데 대한 반발로 이해할 수도 없는 책을, 좋은 책을 읽어 보려고 애를 쓰는 애들도 있었구요. 거기 공헌한 사람이 바로 여기 앉아서 지금…… 뭐 하는 거예요, 왜 남의 카드를 훔쳐봐요? 그녀는 장수호의 어깨를 딱, 쳤다.

우리는 새벽녘에야 한 사람 두 사람 쓰러지기 시작하여 잠자리에 들었다. 여섯 사람의 직원이 두 개의 방에 나뉘어 쓰러져 잠들었던 것 같다. 꿈이었을까? 어쩌면 꿈이었는지도 모른다. 그러나 그 기억이 아직까지도 너무나 생생한 것을 보면 꿈이 아니었을 수도 있다. 뿌옇게 먼동이 터오는 거실, 키가 커다란 나무들이 목을 꺾어 내려다보는 가운데, 흙과 나뭇잎과 떨어진 열매들 위에 벌거벗은 유영선과 장수호가 정사에 몰두하고 있었다. 그녀의 흰 몸 위에, 둥근 어깨에, 그의 굳건한 다리와 목덜미에 하늘하늘 나뭇잎이 떨어지고, 꽃잎이 떨어지고, 사과알이 떨어지고, 솔방울이 떨어지고, 청설모가 나무둥치로 뛰어다니고, 하늘 다람쥐는 이 나무 저 나무로 날아다니고, 잠자리떼들이 짝짓기를 하며 날아다니고, 개미들이 교미를 위해 떼를 지어 하늘로 날아올라 천장에 부딪고 벽에 부딪고, 꽃뱀과 흰뱀이 나무둥치를 타고 기어내리며 허공을 날아오르며 흙속을 파고들며 기나긴 교미를 하고…… 영선의 신음소리와 수호의 외침은 북소리와 장구소리처럼 어우러져 절정을 향해 치달아올랐다.

6

1992년 여름, 그는 갑자기 서울에서 사라졌다. 그가 사표를 제출했을 때에 우리들 대부분은 거의 이견 없이 그가 마침내 독립하여 회사를 만들 작정인 것이라고 예상했다. 그것이 아니라면 어딘가 커다란 회사로 거대한 액수를 받고 스카우트를 받아 가기 위한 준비일 것이라는 의견도 나왔다. 그 무렵이 그런 일이 종종 벌어지던

모든 나무는 얘기를 한다 261

시절이었다. 한두 번 몸을 팔면 수억의 상여금에 연봉이 몇 배로 뛰었다. 한두 사람, 장수호가 정치 쪽에 발을 들여놓을 생각인 것 같다는 추측도 나왔다. 장군들의 독재가 청산되면서 과거에 변혁운동을 하던 사람들이 이곳저곳에서 국회의원으로, 구청장이나 시장으로 몸을 바꾸던 시절이었다.

그 어느 쪽도 아니라는 것이 시간이 흐르면서 저절로 밝혀졌다. 그는 다만 감쪽같이 사라져 버렸을 뿐이었다. 어디에서도, 광고업계에서도 정치판에서도 그를 볼 수가 없었다. 어느 쪽을 통해 봐도 연락이 되지 않았다. 그의 행방을 아는 사람이 없었다. 그의 집에 전화를 해보았으나, 없는 국번이라는 안내원의 음성이 반복될 뿐이었다. 그의 집으로 찾아가 본 다음에야 나는 그 아파트가 처분된 것이 이미 오래전이라는 것을 알게 되었다. 그렇다면 그들 부부는 이렇게 돌연 사라져 버리기로 작정을 하고 있었던 것일까. 그 나무들은 어떻게 했을까? 다 싣고 떠났을까? 혹시…… 신상에 무슨 일이 벌어진 것은 아닐까? 영선의 숙부는 간첩이요 수호는 비록 타락했다고는 해도, 마르크스주의자였다는 것을 나는 상기했다. 어디, 지상에 겨우 서넛밖에 남지 않은 사회주의 나라로 이민이라도 떠난 것일까? 아아, 월북이라도 한 것은 아닐까…….

그가 사라진 것에 대해 한동안 광고업계에서는 온갖 소문들이 떠돌았다. 장수호가 결국 여공 출신 아내와 살지 못하고 이혼을 한 다음 폐인이 되었다는 얘기가 떠도는가 하면, 주식에 투자했다가 집이고 뭐고 다 날렸다는 얘기, 여기저기 빚까지 얻어 주식투자에 들이밀었는데, 그 빚을 갚지 않기 위해 재산을 빼돌리고 해외로 도피할 계획이라는 소문도 잠시 나돌았다. 그러나 그뿐, 차츰 그에 관해서는 잊혀졌다. 몇 달이 지나지 않아 사람들은 그를 더 이상 기억해 내지 않았다.

그가 회사를 떠난 뒤에 카피팀은 현저히 활력을 잃었다. 나는 두 차례의 스카우트를 통하여 한 광고전문 회사의 카피팀장이 되었고, 머지않아, 장수호와 마찬가지로, 여행이 나의 취미가 되었다. 머릿속에 뜨거운 여름날의 말라 버린 냇물바닥처럼 자갈만이 가득하여 아무리 광고문안을 짜내려 해도 아무런 생각도 나지 않고 뜨겁게 달구어진 자갈들이 맞부딪는 소리 같은 것만이 머릿속에 가득차 오면 나는 무작정 차를 몰고 서울을 떠나 아무데로나 달려갔다. 때로는 내변산의 깊은 골짜기에서, 때로는 한적한 어촌에서, 관광지와는 인연이 먼 작고 한적한 절간에서 며칠 동안을 아무 생각도 않고, 술을 마시다 잠을 자다 깨어나 배가 고프면 먹고 다시 졸리면 자고 심심하면 그저 마을이나 거리를 오락가락 서성거리다가…… 하는 식으로 며칠을 지내다가 보면 머릿속에서 자갈 부딪는 소리가 잦아들었고, 그러면 부상으로부터 회복되어 전출을 신청했으나 거절당하고 다시 전선(前線)으로 투입되는 전투병의 심정으로, 마음속에서 억지로 투지를 불러일으키려 애쓰며 서울로 돌아왔다.

그 사이 아이가 둘이 생겼고, 20평짜리 전세집에서 45평짜리 아파트로 집을 옮길 수 있었으며, 생활비를 걱정하며 봉급이 눈곱만큼 오를 때마다 하늘만큼은 기뻐하던 아내는 자기 차의 차종을 잘못 선택한 것을 후회하며, 2년마다 차를 바꿀 궁리를 하며 내가 일에만 매달린다고 불평을 했고…… 나는 이혼을 했다.

가정법원에서 나오는 길로 나는 택시를 잡아탔다. 차창 밖으로 아내가, 아니, 나의 아내였던 여자가 걸어가는 것이 보였고, 그 순간 나는 지금 내린 결정이 무엇을 뜻하는지를 다시 한 번 뼈 아프게 실감해야 했다. 남들과는 달랐다. 이제 다시 나는 혼자라는 것을, 어쩌면 영원히 혼자이리라는 것을 뜻했다……. 다시는 결혼이라는 그 지옥의 울타리로 돌아가고 싶지 않았으나…… 나에게는 집이, 가정이 필요했다. 내가 이놈의 세상에서 바라는 것이란 오직 하나, 번듯한 가정, 나를 남편이라 부르는 아내가 있고, 나를 아빠라 부르는 아이들이 있는 가정, 흩어지지 않고 언제나 저녁이면 모여 앉아 같이 밥을 먹고 같이 잠드는 가정이었다.

텅 빈 집이 나를 맞았다. 아내의 짐은 이미 사라진 지 오래였다. 아내가 집을 떠난 이튿날, 나는 아이들을 광주의 형님 댁으로 보냈다. 아내와 아이들이 떠난 빈 집은…… 폐허와 같았다. 옷을 갈아입기 위해 안방 문을 열었다가 나는 거기, 열린 채 옷가지들이 함부로 흩어지고 뒤엉킨 옷장을 발견했다. 이미 아침에 나갈 때에 그 꼴이었다는 것을 뻔히 알면서도 그 광경을 본 순간 울화가 치밀었고, 나는 아아악, 고함을 지르며 문짝을 주먹으로 후려쳤다. 내 고함소리가 텅 빈 방 안에 메아리가 되어 내 귓전을 울렸고, 무릎이 휘청 꺾였다. 나는 침대를 향해 돌아섰으나, 침대가 사라진 자리에는 색이 달라진 장판지, 먼지, 내가 며칠 전 벗어 던진 양말, 구겨진 신문지, 받침이 깨어진 화분이 놓여 있었고, 물컵이 뒹굴고 있었으며, 나는 문턱에 털썩 주저앉았다.

집, 그것은 더 이상 내가 꿈꾸던 집이 아니었다. 하나의 집을 마련하는 것, 그것이 젊은 시절 이래 나의 소망이었다. 그러나 그 소망은 이제 망가졌다. 내 집은 파괴되었다. 나는 그 집을 복구할 수 없을 것이다. 나는 실패했다. 아비와는 이유는 다르지만, 나는 내가 그리던 가정을 이루는 일에 실패했다. 아이들, 아이들을 어쩔 것인가? 나는 찬장을 열어 술병을 잔을 찾아내고, 냉장고에서 물병을 꺼냈다. 아침에 우유 한 잔을 마셨을 뿐, 그 뒤로는 자동판매기에서 흘러나온 커피라는 이름의 달고 쓴 정체불명의 액체를 몇 잔 마신 것이 전부였으나, 시장기도 느껴지지 않았다. 식탁이 놓여 있던 자리도 휑뎅그레하게 비어 있었다. 나는 아무데나 벽을 등지고 쪼그리고 앉아 잔에 위스키와 물을 따라 번갈아 가며 마시기 시작했다.

어째서 아내는 낡은 침대와 식탁을 그토록 악착스레 가져가려 했을까? 이해할 수 없는 일은 하나둘이 아니었지만, 침대와 식탁에

대한 아내의 집착은 징그러워 보일 정도였다. 집 꼴이 망가지는 것
이 싫어서 돈을 따로 줄 테니 새 침대와 식탁을 마련하라고 권해
보았으나, 그녀는, 화가 났을 때는 가져가서 불태워 버리겠다거나
깨뜨려 버리겠다고 했다가, 화가 가라앉으면 침대와 식탁을 여기
두고 가서는 밥을 먹을 때마다 잠자리에 들 때마다 속이 불편하여
밥도 못 먹고 잠도 못 잘 것 같다고 호소했다. 짜증을 냈다가 애걸
을 했다가 다시 화를 내기를 반복하면서도 그녀는 결코 양보하려고
는 하지 않았고, 나는 이번에도 아내의 고집을 꺾을 수 없었다. 아
내는 나에게 이런 빈 자리를 보여 주기 위해 일부러 고집을 부렸던
것은 아닐까.

　아이들을 어찌 할 것인가? 나는 급히 위스키를 삼켰다. 아내는 아
이들을 맡을 생각을 하지 않았다. 하기야 그녀에게는 아이를 맡길
수가 없는 형편이었다. 그녀는 돈을 벌어야 했다. 5억, 그것이 3년
사이에 그녀가 진 부채였다. 나의 전 재산을 다 털어 넣어도 오히
려 부족했다. 단순히 빚 때문이었다면 다른 방법을 모색해 볼 수도
있었을 것이다. 그러나 그녀는 돈을 벌어야 한다고 생각했다. 이번
고비만 넘기면 떼돈을 벌 수 있다고 확신했다. 5억 같은 것은 새발
의 피로 여겨질 큰돈을 곧 만질 수 있으리라고, 그녀는 확신해 마
지 않았다. 늘 그 확신이 문제였다. 그녀가 그런 확신을 지니고 살
던 3년 동안 생긴 것이 바로 5억의 부채였다. 그런데도 그녀의 그
확신은 흔들리지 않았다. 그녀가 떼돈을 버는 방법이라고 철썩같이
믿고 있는 것은 다름아닌 다단계 판매, 돌침대와 고급 소파와 가구
와 보석 따위를 파는 일이었다. 어쩔 수가 없었다. 그녀가 그 생각
을 버리지 않는 한 내가 회사에서 받는 봉급은 부채의 이자로도 부
족했다. 나는 그녀에게 다단계 판매를 그만두라고 요구했다. 그녀
는 거부했다. 그 외의 길은 이혼뿐이었고, 그녀가 선택한 것은 이
혼이었다.

모든 나무는 애기를 한다　265

무엇 때문에 이런 일이 벌어진 것인가? 무엇이 쥐꼬리만한 봉급으로 두부를 사 지지고, 콩나물을 사 국을 끓여 깍두기와 함께 작은 소반에 내놓으면서도 흐뭇해하던 나의 아내를 이렇게 기괴스럽게 뒤바꾸어 놓은 것인가? 나는 아직도 아내의 그런 급격한 변화를 이해할 수 없었다. 집은 깨어지고 아이는 온전히 나에게 남았다. 나는 아이들을 사랑하지만 혼자서 길러 낼 자신은 없었다.

전화벨이 울렸다. 형이었다. 그는 큰아이를 바꿔 주었고, 아이는 나에게 물었다.

"엄마는? 엄마는 어딨어?"

다섯 살이었다. 그러나 집안에 무슨 일인가가 벌어졌다는 것만은 민감하게 알아채고 있었다. 아내는 이미 나에게는 남이었다. 그러나 나의 아이에게는 엄마였다. 도저히 적응할 수 없는 모순이었다. 그리고 그 모순 가운데에서 나는, 나의 아이들은 평생을 살아야 할 것이다……. 나는 아이에게 거짓말을 했다. 엄마는 미국에 갔어. 여러 밤 자야 오실 거다. 아이는 으으으, 울음을 내놓았다. 사내녀석이 울면 안 돼. 누이동생이 울어도 니가 달래야 할 텐데 울긴. 아이는 울음을 그치려 안간힘을 다했다 우린 언제 서울로 돌아가? 아이의 음성 뒤쪽으로 여기 설렁탕 둘이요, 하는 소리가 들려왔다. 소주 하나 추가, 하는 소리가 이어졌다. 형은 아이를 데리고 가게에 나와 있는 것이 분명했다. 나는 벽시계를 보았다. 여덟 시 반이었다. 아아, 아이를 어서 데려와야 했다. 그러나…… 어떻게 보살필 것인가? 야근을 밥 먹듯 해야 하는 직장이 아닌가.

아이가 울기 시작하자 나 역시 울음을 삼켜야 했다. 전화를 끊은 나는 다시 술을 한 잔 마시고 오래도록 차디찬 물을 마셨다. 뺨으로 눈물이 흘러내려 목줄기를 적셨다. 이번에는 휴대전화의 벨이 울렸다. 회사의 서주희였다. 나는 그녀에게 미리 써서 책상 서랍에 넣어 둔 휴가원을 내일 아침에 출근하는 대로 회사에 제출해 줄 것을 부탁했다. 알았어요, 팀장님. 괜찮으세요? 제가 친구해 드려요? 어디세요? 제가 갈까요? 제가 술 한잔 사 드릴게요. 나는 잠시 망설였다. 그녀는 지금의 내 처지를 놓고 엉뚱한 생각을 할지도 모른다. 나는 그녀와 몇 차례 여관에 출입한 적이 있었다. 그러나 가정을 깰 생각은, 나도 그녀도 해본 적이 없었다. 적어도 내가 알기로는 그랬다. 어디에요? 그녀가 다시 물었고, 나는 머뭇거리다가 집이라고 대답했다.

주희는 한 시간이 채 지나지 않아 도착했다. 그녀가 아파트 현관에 들어선 순간 나는 그녀를 불러들인 것을 후회했다. 어쩌면 주희는 내일 이곳에서 출근하게 될 것이다. 그녀는 현관에서 나의 목을 껴안고 등을 다독다독 두드려 주었다. 괜찮아요, 아무렇지도 않아요, 우리 악돌이. 악돌이, 나의 별명이었다. 악착스럽다는 뜻이었다. 악착스럽게 집을 세우고 지키려 했으나 그 악착은 어쩌면 집을 깨뜨리는 짓을 거든 노릇에 불과했던 것은 아닐까. 돈을 벌려는 아내의 악착스러움이 결국 부채만을 늘려갔듯이. 나는 술잔을 들고 있어 그녀를 마주안을 수가 없었다. 그러나 술잔 탓만이 아니었다. 나의 어줍잖은 자의식이 그녀를 안는 것을 방해했다. 이혼을 한 당일 아니냐, 조금 전 아이와 통화를 하며 눈물을 흘리지 않았느냐, 하고 그 자의식은 말하고 있었다.

그녀의 팔에서 풀려나오자 나는 같은 자리로 돌아가 앉아서 계속해서 술을 마셨다. 주희는 나에게 저녁을 먹었는지 물었고, 나는 먹지 않았으나 생각 없다고 대답했다. 그녀는 옷을 갈아입고, 세수를 하고, 라면을 끓이고, 햄과 치즈를 잘라 소반에 가져다 놓은 다음, 빈 잔을 찾아 들고 내 앞에 돌아와 앉았다. 나는 그 잔에 술을 채워 주었다. 주희는 잔을 내밀며

"악돌이의 자유를 위하여"

하고 말했고, 나는 잔을 내밀며

“깨어진 나의 집에게”

하고 말했다. 부딪친 우리 두 사람의 잔이 서로 다른 소리를 냈다. 자유라. 이것을 그렇게 말할 수도 있다는 것이 놀라웠다. 자유, 그러나 이것은 자유와는 거리가 멀었다. 주희는 말했다. 집, 멀쩡한데요. 물론 농담이었다. 그러나 그것으로 나는 그녀와 내가 서 있는 곳이 너무나 멀다는 것을 다시 한 번 확인했다. 그녀도 같은 것을 의식한 것일까. 그녀가 손을 내밀어 내 뺨을 쓰다듬었을 때에 그것은 어색한 변명처럼 여겨졌다. 나는 혹시라도 그녀가 엉뚱한 생각을 품는 일은 없도록 못을 박아 둬야 한다고 생각했고, 어떻게 하면 그녀의 기분을 다치지 않고 그런 의사를 전달할 수 있을 것인지를 궁리하기 시작했다. 싸움을 할 작정이 아니라면 단도직입적으로 난 재혼할 생각 없어, 하고 말할 수는 없는 일이었고, 싸움, 특히 여자와의 싸움은 이제 넌덜머리가 났다.

한밤, 요의(尿意) 때문에 잠에서 깨어났을 때에야 나는 깨달았다. 나는 안방, 침대가 놓여 있던 자리에 편 이부자리에 주희와 더불어 벌거숭이 몸으로 누워 있었다. 악착스레 침대를, 그리고 식탁을 가져가겠다고 고집을 부린 아내의 생각이 무엇이었는지를 나는 비로소 이해할 수 있을 것 같았다. 만일 침대와 식탁이 있었다면 나는 그 침대에서 주희와 동침을 하고, 그 식탁에서 그녀와 밥을 먹고 술을 마셨을 것이다. 아내는 나 자신보다 나를 더 잘 알고 있었던 것일까.

이튿날, 나는 서울을 떠났다.

7

목적지는 따로 없었다. 광주로 내려가 볼까, 하는 생각도 있었으나, 나는 강원도 쪽으로 길을 잡았다. 길을 좀 돌기도 했지만, 정선에 이르자 간밤 늦게까지 마신 술 때문에 더 이상 운전을 계속할 수가 없었다. 어딘들 무슨 상관이랴. 나는 민박집이 눈에 띄자 차를 세웠다. 거기 주저앉아 자고 먹고 마시고 또 자고 먹고 마시며 며칠을 보냈다. 그러나 이번에는 쉽게 머리가 조용해지지 않았다. 아이들의 전화를 받을 때마다, 형에게 전화를 할 때마다, 그리고 주희와 통화를 할 때마다 머릿속은 더욱 시끄러워졌다. 아이들을 데리고 이민이나 가 버릴까. 호주나 뉴질랜드로. 그런 나라는 탁아소나 유치원을 믿을 만하다니까. 주희와의 관계는 사실 청산된 것이나 다름없었다. 그런데…… 다시 이 지경이 되고 말았다. 이혼 때문이었다. 그날 술을 마시기 전에 그녀의 전화를 받았더라면 그 지경이 되지는 않았을 것이다. 술이 판단력에 혼란을 가져왔던 것이다. 내가 아내에게 무엇을 잘못한 것일까? 아내는 무엇 때문에 나를 혐오한 것일까? 살아남기 위해 발버둥치는 꼴이 혐오스러웠을까? 내 직업이 혐오스러웠을까? 너무나 가정적이었으므로 나를 혐오한 것일까? 가난에서 벗어난 지 겨우 서너 해였다. 아내는 돈이 아니라 비만을 걱정하기 시작하고 있었고, 테니스를 다니다가 에어로빅을 다니다가 신문사의 교양강좌에 다니다가…… 남아나는 돈을 소비하기에 바빴다. 걱정도 불안도 더 이상 없는 것 같았다. 그런데 돌연 그녀는 나에게 알리지도 않은 채 다단계 판매에 뛰어들었고, 이 지경에까지 떨어진 것이다…….

장날이었다. 나는 민박집에서 한낮까지 뒹굴다가 어슬렁어슬렁 읍내로 걸어나와 장터를 기웃거리고 다녔다. 가을이 깊어 겨울 문턱이라는 것이 실감이 났다. 산촌의 계절은 빨라 얼굴에 와 닿는 공기가 제법 쌀쌀하고 상쾌했다. 끈질긴 질병처럼 지긋지긋하던 여름이 물러난 것이 바로 엊그제 같은데 벌써 장터에는 김장용 배추와 무가 산더미처럼 쌓여 있었다. 도토리묵과 산나물을 파는 아낙, 더덕을 까는 노파, 아직도 찾는 사람이 있는 것인지 검정 고무신 흰 고무신이 수레 가득 쌓여 있는데도 벌써 떨이를 외치는 목청 좋은 장사치……. 나무 궤짝에 송이버섯이 한 움큼 올려져 있는 것이 보였다. 근처에 다가가자 벌써 짙은 송이냄새가 코를 찔렀다. 나무 궤짝 너머에 우두커니 앉아 있는 사내는 텁수룩한 머리칼에 얼굴을 뒤덮은 구레나룻과 수염까지 온 얼굴이 털투성이였고, 두터운 입술에는 담배가 타들어가고 있었으며, 곧고 긴 콧날이 붉으레한 것이 벌써 술이라도 한 잔 걸친 것처럼 보였다.

서울로 돌아가는 길에 송이나 좀 사다 회사 사람들에게 나눠 줄까, 하는 생각으로 나는 그에게 다가가 값이 얼마나 하는지를 물었다. 그가 고개를 들어 나를 바라보았다. 그 사람과 눈이 마주친 순간 나는 깜짝 놀라 어, 하고 소리를 질렀다. 그 얼굴, 그 표정. 내가 그것을 잊을 리 없었다. 장수호, 대원 광고기획 카피팀장이었다. 장 선배! 내 목에서 비명처럼 새된 소리가 밀려나왔다. 나를 쳐다보는 그의 시선은 조금도 흔들리지 않았다. 웬일이냐, 이 산골 구석에? 그는 어제 만난 사람을 대하듯 범연하게 물었다. 목소리도 높이지 않았다. 난 여기…… 여행중에……. 내가 말을 잇지 못하자 그는 빙긋 웃었다. 우물쭈물하는 버릇은 여전하구나. 그는 나를 바라보던 시선을 거둬들이더니 궤짝 위에 놓여 있던 송이를 한꺼번에 신문지에 둘둘 말아 쌌다.

"가져가라. 너한테 돈 받겠냐?"

그는 나에게 그것을 내밀었다. 나는 얼결에 그것을 받아 들었다. 그는 장사에 이골이 난 장꾼처럼 중얼거리며 일어섰다.

"니 덕분에 속 시원히 떨이를 했구나."

그는 엉덩이와 바지자락을 툭툭 털고 나서 궤짝 안을 뒤적거려 국방색 천조각을 꺼내자 그것으로 능란하게 멜빵을 만들어 나무 궤짝에 걸었다. 나는 그것이 무엇을 뜻하는 행위인지 알지 못한 채 그를 지켜보고 있었다. 그가 여기 장터에서 송이를 팔고 있다는 것이 믿어지지가 않았다. 그와는 전혀 어울리지 않는 모습이었다. 그 사이에 그는 나무 궤짝을 등에 짊어지더니 뒤도 돌아보지 않고 휘적휘적, 시장 안쪽을 향해 걸음을 옮겨놓기 시작했다. 나는 황급히 그 뒤를 따랐다. 내 눈에는 그가 도망을 가려는 것처럼 보였던 것이다. 나는 터무니없이 큰 목청으로 말했다. 장 선배님, 이게 어떻게 된 일이에요? 그는 나에게는 시선 한번 주지 않고 서두는 것이 아닌 걸음으로, 그러나 따라올 테면 오고 말 테면 말라는 식의 무심한 걸음으로 사람들이 붐비는 장터 안으로 걸어 들어갔다. 우리 어디 가서 술이라도 한잔 해요. 이게 몇 년 만입니까, 장 선배님? 이렇게 헤어질 순 없잖아요. 나는 그의 팔을 붙들고 늘어졌다. 헤어지긴. 술도 좋고 밥도 좋다만, 우선 마누라 얼굴이나 보고 나서. 그는 여전히 발을 재게 놀리며 말했고, 나는 허둥지둥 그의 뒤를 따랐다.

난전이었다. 그릇전 옆에 잡화전이, 그 옆에 건어물전, 깨와 조와 찹쌀 따위를 파는 작은 잡곡전이, 그리고 또 바로 그 옆에는 채소전, 그 옆에는 차 옆구리에 천막을 치고 양복과 원피스 따위를 파는 사람……. 닭을 서너 마리 묶어 놓고 앉아 있는 노파에 반찬 몇 가지를 늘어놓고 쪼그리고 앉아 있는 아낙, 망치와 펜치, 드라이버 따위의 연모들을 수레에 실어 놓고 손님을 기다리는 젊은이……. 장수호가 걸음을 멈췄다. 난전 한가운데였다. 그가 큰 소리로 말했다. 난 떨이했어. 벌써요? 대꾸하며 일어서는 여자가 있었다. 사과 궤짝 위에 더덕을 쌓아 놓고, 과도로 더덕 껍질을 벗겨 가며 손님을 기다리던 여자였다.

“손님이 왔어. 누군지 알지, 당신도?”

수호가 말하자 그 여자는 머리에 둘렀던 노란 수건을 벗으며 나에게 고개를 숙였다. 검게 그을은 얼굴, 아무렇게나 흘러내린 머리칼, 더덕을 까느라 젖은 손은 투박했다. 운동복 바지에 푸른 스웨터를 걸친 그 여자가 바로 장수호의 아내 유영선이라는 것을 나는 어렵지 않게 알아보았다. 나는 얼른 허리를 굽혔다. 그녀는 환히 웃으며 물었다. 이렇게도 만나게 되네요. 그간 별고 없으셨어요? 나는 할 말을 잃었다. 그녀 역시 너무도 아무렇지도 않은 얼굴, 평범한 이웃을 며칠 만에 다시 만나는 것 같은 심상한 얼굴이었다. 수호는 그녀에게 국밥집에 가 있을 테니까 이따가 와, 하고 말하고 다시 걷기 시작했고, 나는 유영선에게 뭐라 온전한 인사말도 건네지 못한 채 그 뒤를 따랐다.

장수호를 따라 들어선 집은 시골 장터 부근에 흔한 국밥집이었다. 막걸리 좀 주쇼. 그가 외치자 방문이 열리고 한참 동안이나 부스럭거리는 소리가 난 다음에야 하품을 베어물며 덩치가 산만큼이나 되는 아낙이 한 사람 나타났다.

"장씨는 벌써 떨이했어?"

수호는 거침없이 대꾸했다.

"아따 장날인데 이 집구석은 어째 이리 한가해?"

"색시는 어떻게 하고 혼자 왔어? 아니, 손님이 오셨는가?"

아낙이 나를 빤히 쳐다보았다.

"마누란 아직 떨이가 멀었거든. 어서 막걸리나 좀 내놔. 선지국 좀 내오고."

"선지국은 시간이 좀 걸리는데……. 장국밥부터 먼저 하지 그래, 장씨?"

"그러든지."

장꾼과 국밥집 주인의 수작은 한참 동안이나 이어졌고, 그런 그를 지켜보면서도 나는 충격을 아직 가시지 못하고 있었다. 그가 바로 저 자신만만하던 카피팀장 장수호라는 것이, 서른댓의 약관에 골드카피를 수상한 사람이라는 것이 믿어지지가 않았다.

장국밥을 뜨며 막걸리를 몇 잔 주고받는 동안 나는 서울 소식을 이것저것 전했다. 누구는 아이를 낳고, 누구는 교통사고를 당하고,

누구는 결혼을 하고, 누구는 이혼을 하고, 누구는 독립하여 광고회
사를 차렸고, 누구는 승진하여 팀장이 되고, 누구는 스카우트 몇
번에 연봉이 얼마로 오르고, 누구는 쫓겨나고…… 내가 이혼을 했다
는 얘기는 하지 않았다. 그는 건성건성 얘기를 들을 뿐, 별 말이 없
었다. 술이 적당히 오르자 나는 마침내 묻고 싶었던 질문을 던졌다.
　"서울을 어째서 그렇게 갑자기 떠난 겁니까?"
　그의 대답은 너무나 간단했다. 그냥. 나는 다시 물었다. 그런데
어째서 지금 여기서 이 지경이 되어 송이를 팔고 더덕을 팔며 살고
있는 것인가? 이번에도 그의 대답은 간단했다. 먹고는 살아야 하니
까. 재미도 있어. 송이 캐는 일이나 더덕 캐는 일이나.
　"이런 일이나 하려고 서울을 떠났단 말이에요?"
　내가 힐문하자 그는 대답했다.
　"응. 좋아. 이렇게 사는 게."
　나는 말문을 잃었다. 무슨 사연이 있는데 그가 감추고 있는 것이
분명했다.
　"장 선배, 내가 아무리 힘없는 봉급쟁이라고는 해도 장 선배 한
사람 자리는 당장이라도 만들 수 있습니다. 서울로 돌아갑시다."
　"난 거기 돌아갈 생각 없어."
　'거기'라고 그는 말했다. 전혀 아무런 관심도 인연도 없는 것에 대
해 말하듯. 나는 유영선이 저렇게 사는 게 속이 편한지 물었다. 그는
고개를 끄덕였다. 나도 편해. 마누라도 편하고. 건강해졌어, 옛날보
다. 유영선이 몸이 약했던가? 그녀가 몸이 가냘팠다는 것은 사실이
었으나, 몸이 약하다는 얘기를 들은 기억은 나지 않았다. 그렇다면
무슨 몹쓸 병에라도 걸린 것일까? 그것이 서울을 떠난 이유였을까?
　"왜요? 왜 이렇게 사시는데요?"
　"그냥 이게 좋다니까."
　그는 웃었다. 아무렇지도 않은, 감출 것도 드러낼 것도 없는 자약

한 웃음이었다. 나는 그를 이해할 수가 없었고 답답했다. 무엇을 피하여 이런 곳에서 숨어 사는 것일까?

"댁은 어디에요?"

"멀어. 산골짜기야."

"나도 거기 한번 가 봅시다. 얼마나 좋은 덴지."

나는 그가 고개를 저으리라고 생각했다. 무엇인가로부터 도망하여 숨어 사는 처지니까 어쩌면 그것은 당연한 일이었다. 그러나 뜻밖에도 그는 고개를 끄덕였다. 좋아. 마누라 장사 끝나면 같이 가지, 뭐. 그때까지 우린 술이나 마시며 기다리고.

긴장감, 그의 어조에서 긴장감이 사라져 있다는 것을 나는 느꼈다. 그는 더 이상 5초, 3초, 1초, 10분의 1초, 20분의 1초…… 따위와 싸울 필요가 없을 것이다. 그런 그를 멀거니 쳐다보다가, 나는 처음으로 그가 지금도 여전히 자신 있고 당당하게 살아가고 있는 것인지도 모른다는 생각이 들었다. 그는 지금 만족하고 있는 것 같았다. 저 광고회사의 카피팀장이었을 때와 다름없이. 그러나 어떻게 이런 생활에 만족할 수 있는 것일까? 나는 그의 이상한 아파트와 거실을 가득 메우고 있던 거대한 나무들을 떠올렸고, 그날 새벽 그들 부부의 뜨거운 정사를 떠올렸다. 그렇다. 그는 서울 한복판의 아파트에서도 그렇게 괴상하게 살 수 있었던 사람이었다. 그러니까 지금도 깊은 산 골짜기에서 그렇게 괴상하고 살고 있을지 모른다.

그러나 어째서? 송이 장사라니! 더덕 장사라니!

8

유영선은 오래지 않아 국밥집에 들어섰다. 남은 더덕을 어떤 음식점에 한꺼번에 갖다 주고 왔다고 했다. 그녀는 국밥집 주인 아낙과 형님 동생 하며 인사를 주고받으며 주방으로 들어가 세수를 하고 세수수건으로 얼굴의 물기를 닦으며 우리 앞에 마주앉았다. 그녀는 나와 장수호가 주는 대로 막걸리를 받아 마시며, 음 맛있다, 하고 연발했다. 비록 볕에 그을은 얼굴에 손은 투박하고 거칠었으나, 그녀의 얼굴은 밝고 쾌활했으며, 그녀의 웃음은 아름답고 싱싱했다. 무엇이 고등학교도 졸업하지 못한 영선을, 지금은 장바닥에 나와 앉아 더덕이나 까고 살면서도 이렇게 맑고 아름답게 만든 것일까? 나를 떠날 무렵의 아내의 얼굴이 생각났다. 탐욕과 욕구불만과 적의와 불안감과 초조와 자의식으로 갈가리 찢긴 어둡고 앙칼진 얼굴, 무엇이 내 아내를 그렇게 만든 것일까? 하기야 나 역시 그녀가 보기에는 마찬가지였을 것이다. 나는 장꾼이 된 그들 부부가 아니라 여전히 서울에서 잘 먹고 잘 사는 그들 부부와, 여전히 가진 것 아무것도 없고 아는 것 아무것도 없는 가난뱅이 신입사원으로서 마주앉아 있는 것 같은 기분이 들었다. 당당한 장꾼 부부 앞에서 나는 옛날과 마찬가지로 주눅이 들었다. 아이는 몇이나 낳았어요? 영선이 물었을 때 나는 대답했다.

“나 이혼했어요.”

잠시 수호와 영선 부부가 나를 빤히 쳐다보다가 농담이라고 생각한 듯 웃었다. 나는 다시 말했다. 정말이에요. 이혼했다니까요. 가정법원에서 나온 이튿날 서울을 떠나온 겁니다. 차마 가정법원에서 나온 바로 그날, 아내와 아이들이 떠난 빈 아파트에 정부(情婦)를 불러들여 술을 마시고 질펀하게 정사를 벌였다는 얘기까지 털어놓을 수는 없었다. 왜 이혼을 했느냐구요? 왜냐하면…… 글쎄, 우리는 왜 이혼을 했을까? 나는 심리적으로 자꾸만 수호 부부에게 의지하려는 자신을 발견했다. 이해할 수 없는 일이었다. 이들은 이미 내가 의지할 수 있는 그런 존재가 아니었다. 나는 그런 자신을 자제시키기 위해 거듭 술잔을 비웠다.

술은 짙고 달았고, 산촌의 밤은 가차없이 깊어 갔다. 형님, 그때 생각나요? 우리 부부랑 형님 부부랑 음식점에서 나와서 택시를 잡으러 길로 나가다 말고 갑자기 형님이 나한테 뭐라고 했는지 알아요? 씨이발 좆같다, 그랬어요. 씨이발, 좆같다. 세월이 그렇게 흘렀는데 여전히 마찬가지네요. 씨이발, 좆같아요. 20평짜리 전셋집에서 45평짜리 고층 아파트로 집을 옮겼는데도 여전히 씨이발 좆같아요. 말이 좋아 스카우트지 몸값 받고 팔려다니기 두 번에 연봉이 1억 5천이 됐는데도 여전히 씨이발 좆이에요. 수호가 말했다. 너 공작금 많이 받아먹고 사는구나. 수호 부부가 웃어 댔고, 나도 덩달아 따라 웃었다. 형님, 그 나무들은 다 어떻게 됐습니까? 형님 댁 거실에 화분, 그 나무들. 그걸 가지고 다니겠냐? 아파트 뜰에다 옮겨 심고 왔지.

수호가 나에게 송이를 내놓으라고 말했다. 내가 송이를 내 주자 그는 국밥집 아낙과 흥정을 하여 그 송이로 술값을 지불했다. 내가 술값을 내겠다고 나섰으나, 그는 그 특유의 힘이 실린 눈빛으로 나를 막았고, 나는 신입사원처럼 물러났다. 그런 눈빛으로 나 같은 사람 정도는 막을 수 있을지 모른다. 그러나 이 세상을 막아 낼 수도 있을까?

내가 국밥집에서 나왔을 때에 수호는 소 달구지 옆에 서 있었다. 요즘도 이런 물건이 다닌다는 것이 신기했다.

"우리 집에 갈 생각이면 거기 올라타라."

나는 이게 형님 자가용입니까, 하고 큰 소리로 웃어 댔다. 싸늘한 산촌의 밤공기 속에서 내 웃음소리가 공허하게 메아리쳤다. 나는 감자자루와 쌀자루 옆에 누웠다. 별들이 쏟아져 내릴 듯 가득한 하늘이 눈에 들어왔다. 뭔가가 그리워야 하는데, 하는 생각이 들었다. 그러나 아무것도 그립지 않았다. 아내가 원망스럽고 아이들이 걱정스러울 뿐이었다. 내 가슴을 뚫고 산골의 바람이 휑, 지나갔

다. 나는 부르르, 몸서리를 치며 시선을 하늘에서 거둬들이고 몸을
잔뜩 웅크렸다. 이미 취할 대로 취한 형편이었는데도 내 몸은 다시
술을 요구하고 있었다.

영선이 옆에 올라와 앉았다. 수호는 고삐를 잡고 달구지 앞쪽에
자리를 잡았다. 이려, 이려. 가자, 견우 이놈아. 그는 능란하게 소
를 몰았다. 삐끄덕이는 소리와 함께 달구지가 움직이기 시작했다.
길 모퉁이에 아직 문을 열어 놓고 있는 편의점이 있었다. 잠깐만
요. 나는 달구지에서 뛰어내려 캄캄한 거리를 달려갔다. 취기다,
이것은. 나는 눈물을 훔치며 중얼거렸다. 여섯 개 포장의 깡통맥주
를 둘 사들고 나는 달구지로 돌아왔다. 수호에게 깡통맥주를 건네
며 나는 음주운전 좀 해보쇼, 하고 소리치고 또다시 큰 소리로 웃
어 댔다. 취기로 가득한 머릿속이 우렁우렁 울렸다. 나는 차디찬
맥주를 그 머릿속에 들이부었다.

깜빡 졸았던가. 귓전에 달구지가 여전히 삐걱거리는 소리가 들리
고, 이려, 소 모는 소리가 들리고, 소가 똥이라도 싼 것일까, 소똥
냄새가 얼핏 코를 스치고, 내 몸이 아무렇게나 흔들리는 것이 느껴
지고…… 나는 눈을 떴다. 여기는 어디일까. 나는 어디쯤 가고 있
는 것일까. 나는 정신을 차려 사방을 둘러보았다. 어둠, 사방이 깊
은 어둠속에 잠겨 있었다. 완벽한 어둠, 빛이라고는 바늘 끝만큼도
보이지 않았다. 어둠, 도시에서는 결코 한순간도 볼 수 없는 완벽
한 어둠이 부피를 지닌 물체처럼 온천지를 빽빽하게 채우고 있었
고, 소는 물론이요 소를 몰고 있을 수호도, 바로 코앞에 쪼그리고
앉아 있을 영선도 기척뿐, 모습은 보이지 않았다. 구름이 낀 것일
까. 하늘 가득 빛나던 별도 어느새 어둠속으로 숨어 보이지 않았
다. 어둠, 천지에 가득 어둠의 물결이 넘실거렸고, 달구지는 그 어
둠 속으로 끄떡끄떡 걸어 들어가고 있었고, 다리를 건너는 것일까,
물소리가 서늘하게 귓전을 적셨다. 물 속의 자갈돌이 훤히 보이는

듯, 물고기가 튀어오르는 것이 보이는 듯 물소리는 맑고 찼다.

"형님, 길이 보입니까?"

내가 묻자 수호의 대답이 어둠속에서 넘어왔다.

"눈 감고도 간다. 걱정 말고 잠이나 더 자라."

나는 다시 그에게 물었다.

"형님, 이제 말씀 좀 해보세요. 어떻게 된 겁니까?"

"어떻게 된 거 아무것도 없다."

나는 문득 그들의 서울 집을 상기했다. 집 안에 아이는 없고……
나무들만이 가득했다. 나무들, 소나무, 사과나무, 감나무, 단풍나
무…… 청설모가 뛰어다니고 뱀이 교미를 하고……. 그들은 이제
산 속에서 그처럼 거침없이 소리지르고 외치며, 짐승처럼 교미를
할 것이다. 어떻게 된 건 이미 그때부터였는지도 모른다. 나는 달
구지의 흔들림에 몸을 맡기고 멍하니 어둠을 넘겨다보았다. 어둠은
기이하게 머릿속을 비워 갔다. 이혼도 아이들 걱정도…… 그 어둠
저편으로 멀어져 간 듯했다. 천지가 어둠에 덮여 있는데도 멀리 산
의 능선은 조각도로 오려 놓은 듯 선명했다. 어딘가에서 빛이 스며들
어오고 있다는 것을 뜻했다. 이 어둠속으로, 어딘가 보이지 않는 곳
에서, 광원(光源)은 보이지 않고 그것이 내는 빛만이 흘러나오는 것
이다.

"괜시리 서울을 떠나 이렇게 사시는 건 아닐 거 아닙니까. 무슨
동기나 계기가 없다면 이럴 리가 있어요?"

나는 그의 대답을 기다리다가 다시 달구지 바닥에 몸을 웅크리고
누워 눈을 감았다. 눈을 뜨나 감으나 한가지였다. 어둠, 어둠속으
로 나는 끝없이 흘러 들어가고 있었고, 달구지는 삐끄덕거렸고, 물
소리는 끊겼다 이어지고, 그랬다가는 어느새 멀리 어둠 너머로 사
라져 버렸고, 나는 수호의 대답을 들어야 한다고 생각하면서도, 일
순 그가 과연 소를 몰고 있기나 한 것인지 의심스러워졌고, 소가

가는 대로, 어둠이 이끄는 대로 끝도 없이, 밤이 새도록 가고 가는 것은 아닐까, 막연히 두려운 한편 알 수 없는 자포적(自暴的) 기대로 설레기도 했으며…… 나는 잠과 취기 속으로 혼곤히 빠져들어갔다.

눈을 떴을 때에 나는 무수한 별들이 반짝이며 하늘을 흘러가는 것을 보았다. 별들은 어둠의 바다 속을 떠도는 물고기떼처럼 서서히 유영하며, 어둠에 길게 빛의 꼬리를 남기며 하늘을 가로질렀다. 나는 말을 잊은 채 숨을 죽이고 그것을 지켜보다가 그것이 사라진 다음에야 비로소 겨우 입을 열었다. 선배님, 그거 봤어요? 형수님, 보셨어요? 그거, 별들, 지금 하늘에……. 영선은 잠이 든 것일까, 대답이 없었다. 수호도 대답하지 않았다. 나는 아직도 가슴이 두근거리고 그 아름다운 광경이 눈앞에 선한데, 수호는 엉뚱하게 맥주나 하나 달라고 말했다. 그가 맥주를 들이키는 소리가 들렸다.

"끝내 얘기 안 하실 겁니까?"

그는 중얼거렸다. 글쎄…… 할 얘기가 없는데 무슨 얘기를 하나……. 나는 일어나 앉아 맥주깡통을 땄다.

"산 속에 들어와 게릴라를 양성하는 것도 아니고, 뭐 하는 거냐구요."

그의 음성이 넘어온 것은 내가 천천히 맥주깡통을 다 비웠을 무렵이었다.

"버리기로 한 것뿐이야."

버리다니? 뭘 버린다는 것인가?

"세상을."

세상을 버린다…… 그럴 수도 있는 것일까. 세상을 도대체 어떻게 버려요? 이건 도피에 지나지 않아요. 도피도 세상을 살아가는 한 가지 방식에 불과해요. 어차피 형님은 송이를 따고 더덕을 캐서 팔아야 먹고 살 수가 있잖아요. 내가 추궁했으나 그는 대답하지 않았다. 삐걱삐걱, 달구지가 흔들렸다.

젠장, 세상을 버려야 할 사람이 있다면 그것은 바로 나였다. 그가
무엇이 아쉬워 세상을 버린단 말인가. 아름다운 아내에 좋은 직장
에…… 새삼스럽게 갈증이 치밀었고…… 아이들 얼굴이 눈앞에 떠
올랐다. 지금쯤 잠이 들었을까. 가게 구석방에서 담요조각이나 덮
고 누워 자다가, 아직까지 나처럼 술을 퍼마시는 술꾼들의 주정이
나 싸움박질에 잠이 깨어 칭얼거리는 것은 아닐까. 좋은 직장이 아
니었다. 날밤을 새우는 것이 예사였고, 식구들과 오붓한 시간을 보
낸다는 것은 불가능했다. 아내의 불만, 혹은 탐욕은 어쩌면 그것으
로부터 비롯된 것인지도 모른다. 이 좋은 세상을 왜 버립니까? ‘좋
은 차 좋은 세상’, 그거 선배님이 만든 카피 아닙니까. ‘좋은 차 좋
은 세상’은 그의 명성을 높인 작품 가운데 하나였다. 그는 길게 한
숨을 내쉬더니 같은 말을 반복했다. 버리기로 했어. 세상 가는 꼴
이 마음에 안 들어 거기 매달려 살지 않기로 했어.
“세상이 주는 공작금 받기 싫다, 이겁니까?”
수호는 작은 소리로 웃을 뿐이었다.
“선배님은 여전히 마르크스주의잔가요?”
그렇게 물은 다음 나는 덧붙였다.
“타락한?”
그가 또 덧붙였다.
“괴상한.”
“불영사 앞에 그 자작나무가 선배님한테 들려준 얘기가 그런 거
였습니까?”
“그 나무는 하나도 특별할 것 없었어. 모든 나무들이 얘기를 하
니까.”
모든 나무들이 얘기를 한다? 그는 그럼, 하고 단언했다.
“그 얘기를 다 알아들어요, 선배님은?”
“넌 내 얘기 다 알아듣냐? 나무들하고도 마찬가지야. 알아듣기도

하고 못 알아듣기도 하고."

그때 어둠속에서 영선의 음성이 들려왔다. 그녀는 마치 깊고 오랜 정사라도 치르는 듯 축축한 음성이었다.

"아, 젖이 너무 많이 나와요."

젖이라니? 장수호가 말했다.

"참, 우리 애기 생겼다. 아들놈은 벌써 다섯 살이다. 하나는 아직 젖먹이고. 이려, 어서 가자, 견우야. 새끼가 우릴 기다린다."

9

다 왔다. 그가 달구지를 세웠다. 주인이 돌아오는 기미를 알아챈 것일까. 개가 먼저 뛰쳐나와 짖어 댔다. 영선이 먼저 달구지에서 내려 젖가슴을 부여안고 허겁지겁 안으로 달려들어갔다. 어린 사내아이 하나가 손전등을 쥐고 숨을 몰아쉬며 달려나왔다. 수호가 말했다. 준아, 인사드려라. 아빠 친구다. 아이는 고개를 숙여 인사했다. 안녕하세요. 산골에서만 자라 수줍은 것인지 아이는 얼른 아비의 뒤로 숨어 이쪽을 넘겨다보았다. 수호는 감자자루는 짊어지고 쌀자루는 손에 들고 비탈길을 느릿느릿 걸어 올랐고, 그 뒤를 아이가 따르고, 내가 따랐다.

영선이 아기에게 젖을 물린 채 마루 끝에 서 있는 것이 보였다. 옛날에 고향 마을에서 흔히 볼 수 있던 농가, 흔히 볼 수 있던 광경이었다. 처마 끝에 알전구가 매달려 어둠을 밝혔고, 개는 이리 뛰고 저리 뛰며 마당을 헤집고 다녔으며, 아이는 어느새 그 개를 쫓고 있었다. 영선이 젖을 물리고 있었으므로 나는 가까이 다가가 갓난아기를 볼 수가 없었다. 나에게는 젖을 물린 여자의 모습은 낯설었다. 옛날과는 달리 요즘은 거의 볼 수 없는 광경이었으니까.

모든 나무는 애기를 한다 281

사방에 나무들이 빽빽이 들이차 있었다. 나무들, 나뭇잎들 냄새가 대기 중에 가득했다. 어디선가 물이 흐르는 소리가 들렸다. 저 물 참 맑다. 저 물 먹고 산다. 겨울이면 따스하고 여름이면 시원하고. 수호가 산골 사람처럼 물자랑을 했다. 저 산꼭대기 부근에 샘이 있는데, 거긴 고라니랑 야생 염소가 왔다갔다 해.

"고라니랑 염소가요, 마당에까지 와서 나랑 놀아요. 염소 똥이 콩하고 똑같이 생겼는데요, 우리 강아지가 그 똥을 콩인 줄 알고 막 먹으려고 해요."

준이가 수줍어하면서도 자랑했다. 수호와 영선이 웃어 댔다. 어서 들어가세요. 영선이 방문을 밀었다. 수호가 물었다. 술 더 할래? 더덕술 있다.

허리를 굽히고 들어가야 하는 낮은 방문을 들어서자 방구석 한쪽 귀퉁이에 엉뚱하게 토머스 모어와 크로폿킨과 살바도르 아옌데의 사진이 사진틀도 없이 나란히 붙어 있었다. 그것은 기묘한 조합이었다. 방에는 가구라고는 앉은뱅이책상 하나와 반닫이 하나뿐이었다. 접힌 이부자리와 베개가 반닫이 위에 올려져 있었다. 컴퓨터는 물론 텔레비전도 없었다. 거기 붙은 벽시계를 보고 나는 놀랐다. 한밤중인 줄만 알았는데, 겨우 열한 시 반이었다. 버리고 나니까 좋습니까? 내가 물었다. 네, 하고 대답한 것은 영선이었다. 나는 설명을 기다렸으나 그녀는 젖을 빠는 아기에게 열중하고 있었다.

잠시 후 그녀가 내온 술상에는 감자와 버섯, 더덕, 그리고 산나물들이 놓여 있었다. 준이가 술상 앞으로 다가와 감자를 집어 입으로 가져갔다. 나는 아이의 손을 보고 소스라쳤다. 가슴이 덜컥 내려앉았다. 아이의 손, 그것은 손이 아니라 단풍잎, 초록색의 단풍잎이었다. 아이는 그 손으로 아무렇지도 않게 에미의 옷자락에 매달리고 아기의 뺨을 간지르고 젓가락질을 했다. 나는 수호와 영선을 번갈아 쳐다보았으나 그들은 원래 아이들의 손이란 그런 것이라는 듯 너무나 태연했다. 나는 내 눈이 잘못된 것은 아닌지 몇 번이나 확인했으나, 아이의 손은, 양쪽 손 모두 틀림없는 단풍잎이었다. 나는 이번에는 영선이 안고 있는 아기를 돌아보았고, 다시 한 번 충격을 받았다. 아기의 손가락은 덩굴, 나팔꽃 같은 식물의 연록색 덩굴손이었다. 아이의 손목에서 스프링같이 돌돌 말린 덩굴손이 하나, 둘, 셋, 넷, 다섯 가닥 뻗어나와 에미 손가락에 매달리고 제 눈을 비벼 댔다. 나는 수호에게 말했다. 아이들 손이……. 수호도 영선도 말없이 웃을 뿐이었다.

이상한 일이었다. 그 아이들을, 그 손을 본 순간 나는 나의 아이들이 생각났고, 당장 보고 싶어 안달이 났다. 당장 아이들을 내 곁에 데려다 둬야 한다는 생각으로 마음 편히 앉아 있을 수가 없을 지경이었다. 밤새도록 술을 마셨으나, 내 생각은 내내 아이들에게, 나의 아이들에게 가 있었다.

날이 밝자마자 나는 길을 나섰다. 수호가 데려다 주겠다고 했으나, 나는 굳이 뿌리치고 그의 집을 나섰다. 당장 정선읍내로 내려가서 차를 몰고 광주로 갈 생각이었다. 매일 아침 아이들을 놀이방에 맡기고 출근을 해야 한다 할지라도, 애 보아 주는 사람을 따로 고용하는 한이 있더라도 아이들을 내 곁에 둬야 한다는 생각이 나를 압박했다. 알 수 없이 초조해져서 나는 진땀까지 흘리며 분주히 걸음을 재촉했다.

중턱쯤 내려왔을 때에 나는 자전거를 타고 산길을 올라오는 경찰관을 한 사람 만났다. 나는 그에게 이 길이 산을 내려가는 길이 맞는지를 확인했다. 그 경찰은 맞다고 대답하고 나서 잠시 뭔가를 망설이는 듯 나를 쳐다보았다. 내가 걸음을 옮기기 시작하자 그는 돌연 눈에 날을 세우고 뚜벅, 물었다.

"어디에 왔다 가는 길이십니까?"

그의 모자에 붙은 모든 금속 장식들이 햇빛을 받아 번쩍거렸다.

나는 선배네 집에 왔다 가는 길이라고 대답했다. 그는
"장수호 유영선이네 집?"
하고 물으며 나를 위아래로 훑어보았다. 나는 그렇다고 대답했다.
"무슨 일로?"
그는 반말이었다. 나는 도전적으로 대답했다.
"놀러요."
"무슨 선밴데?"
굳이 대답할 필요가 없다고 생각하면서도, 대답을 거부할 수도 있다는 것을 알면서도 나는 그의 질문마다 꼬박꼬박 대답하고 있었다. 나는 그런 나 자신이 못마땅했으나 그의 질문이 나오면 나의 의지와는 거의 상관없이 내 입이 열리고 대답이 나왔다. 내 입은 내 것이 아니라 그의 입인 것 같았다.
"직장 선배요."
"무슨 직장?"
왜일까? 무엇이 내 속에서 저절로 대답을 만들어 내고 대답하게 하는 것일까? 이 산길에서 우연히 마주친 낯선 사람이 이런 식으로 질문을 한다면 내가 이처럼 고분고분 대답을 하고 있을 리 없었다.
"대원 기획이오."
그는 모자를 벗어 이마의 땀을 닦고 다시 썼다.
"뭐 하는 회산데?"
나는 기계 같았다. 그가 단추를 조작하면 나는 작동했다.
"광고회사요."
"신분증 좀 내놔 보쇼."
그가 손을 내밀었다. 나는 운전면허증을 꺼내 주었다. 그는 푸른 색 제복 주머니에서 수첩을 꺼내 꼼꼼하게 내 주민등록번호와 주소와 이름을 적어 넣었다.
"여긴 언제 왔어요?"

나는 어젯밤에 왔다고 대답했다.

"몇 시에?"

나는 수호의 방에 걸려 있던 벽시계를 떠올리며 정확한 시각을 또 대답했다. 그는 내 대답 하나하나를 수첩에 써넣고 나서 나를 곁눈질로 쳐다보며 혼잣말 하듯 중얼거렸다.

"무슨 일로 갑자기 여기까지 선배를 보러 왔을까? 무슨 큰일이라도 있었나?"

나는 이건 정확히 질문은 아니니까 대답하지 않아도 무방하다고 생각했다. 내가 대답하지 않자 그는 다시 물었다.

"무슨 일로 여기까지 왔어?"

나는 오랜만에 어제 정선 장터에서 우연히 만났다고 대답했다. 그는 믿지 않는 기색이 역연했다. 그런 기색을 감추려고도 하지 않았다.

"그것 참 굉장한 우연이네. 그건 뭐요?"

그가 고갯짓으로 내가 손에 들고 있는 비닐주머니를 가리켰다. 영선이 싸 준 송이와 더덕, 간밤에 마시다 남은 더덕술이었다.

"봅시다, 좀."

그는 비닐주머니를 열어 안의 물건들을 확인했고, 나는 그것을 지켜보았다. 그는 무례했고 나는 무력했다. 제복, 내가 거역하지 못하는 것은 그의 제복이라는 것을 나는 깨달았다. 그는 수첩을 주머니에 넣으며 말했다. 기분나빠 하지 마쇼. 댁은 선배 잘못 둔 탓이라도 있다지만, 나야 이거 무슨 죄요? 그런 사람들이 하필이면 이런 데로 들어오는 바람에 허구한 날 여기까지 오르락내리락……젠장. 다른 데로 이사 좀 가라고 권해 보쇼. 조금만 더 내려가면 콘크리트 포장길이 나올 거요. 그는 자전거를 끌고 산길을 올라가기 시작했다.

터덜터덜 산길을 내려가다 말고 나는 그늘에 주저앉았다. 슬픔,

원인을 알 수 없는 슬픔으로 눈앞이 뿌옇게 흐려졌다. 나 자신에 대한 혐오감으로 내 몸이 징그러웠다. 공기의 밀도가 갑자기 수십 배 수백 배가 높아져 몸이 짓눌리는 것만 같았다. 공기 속에 쇳조 각들이 가득 들이차 순간마다 몸 이곳저곳을 베고 들어오는 것 같 았다. 나는 장수호가 이 깊은 산골까지 들어온 까닭을 막연하게나 마 처음으로 이해할 수 있을 것 같았다. 도피냐 아니냐 따위는 더 이상 아무 상관이 없었다. 그가 더 깊이 더 멀리 들어갈 수 없다는 것이 안타깝고, 그는 세상을 버리고자 하지만 세상은 끝내 그를 놓 아주지 않는다는 것이 안타까웠다.

세상의 끝으로 간 사람

한창훈

1963년 전남 여수 출생.

한남대 지역개발학과 졸업.

1992년 《대전일보》 신춘문예에 〈닻〉이 당선되어 등단했다.

소설집 《바다가 아름다운 이유》·《가던 새 본다》,

장편소설 《홍합》 등이 있다.

제3회 한겨레문학상을 수상했다.

세상의 끝으로 간 사람

네가 걷고 있는 것은 길이 아니다.
그것은 너의 발걸음이다.
— 바짜야나

1. 밤

밤이 다가오는 것을 바라만 보고 있는 사이에 주변은 어느새 컴컴해져 버렸다. 빛은 스스로 죽음을 향해 치달렸고 얼마 있지 않아 빛의 반대되는 것들이 지배하는 시간이 되었다. 한번 떠나 버리는 것은 무어든 가속도가 붙었다. 붉고 노란 색이던 바다는 순한 물색으로 서서히 바뀌었다가 그대로 어둠의 한 부분이 되어 버렸다.

한번 가기로 마음먹은 것들은 빨리도 가 버리는군.

사내는 중얼거렸다. 그는 그렇게 혼자서 중얼거렸는데 그게 자신에게 하는 소리인지 아니면 누군가 들어주기를 바라고 하는 것인지 스스로도 몰랐다. 어둠이 오기 전 해가 낮아지면서 서쪽 하늘에 노랗게 물을 들였는데, 갈매기도 한두 마리 천천히 날고 있어서 시간이 정지된 것 같았고, 그럼으로써 마침내 다다라야 할 곳에 도착한 듯도 해서 처연해졌는데, 짧은 순간의 기쁨과 긴 시간의 고통을 주는 무슨 환각제를 마주 대한 듯 오래지 않아 이처럼 어둠과 직면해 버리고 만 것이다.

빨리도 가 버려. 하지만 시간이 지나면 해는 다시 나오겠지. 다시 와. 다시 온다는 것은 참 좋은 것이야.

이번에도 대꾸를 해주는 이는 없었다.

밤이 왔어, 어둠이. 씨이발, 깜깜해져 버렸단 말이야.

사내는 평생 동안 단 한 번도 이렇게 외따로 떨어진 상태에서 홀로 밤을 보낸 적이 없었다. 어릴 적부터 부모와 형제, 이웃과 친구들, 심지어는 군대에서조차도 동료 병사가, 그리고 결혼해서 지금까지 아내가 늘 곁에 있었다. 철썩. 파도가 쳤다.

어둠이 밀려오자 알 수 없는 그 무엇들이 주변에 가득한 듯했다. 허공을 돌아다니며 모색을 끝낸 그것들의 방문을 받게 될지도 몰랐다. 눈이나 손이나 그림자나 어떤 소리나 색깔의 모습으로 찾아올 모양이었다. 압력에 못 이겨 오그라지는 양철동이처럼 사내의 몸이 명치 깊숙한 곳을 향해 좁혀들고 있었다.

그리고 어둠속에서 기거하는 것들이 모여들기 시작했다. 동그란 머리에 꼬리가 달린 것, 모가지가 서너 발 되는 것, 내장이 바깥으로 비어져 나온 것, 머리카락으로 몸뚱이를 칭칭 감은 것들이 어둠 속에서 탄생하여 파도를 타듯 그의 주변에서 날아다니기 시작했다.

하지만 정작 보이는 것은 없었다. 그리고 그게 더 많은 것들이 주변으로 모이게끔 만들었다. 사내는 움직일 수 있는 기회를 놓쳐 버린 거였다.

……

무섭다고 말하고 싶었으나 할 수 없었다. 말이란 아주 묘한 힘을 가지고 있어서 무섭다는 말을 내뱉으면 걷잡을 수 없이 공포의 소용돌이 속으로 빨려들 것 같았다. 입을 굳게 다물었으나 무서움이 바이올린 줄처럼 지나갔고 곧바로 온갖 종류의 더듬이가 껍질을 찢고 고개를 세워 올렸다. 머리에서 돋아난 더듬이는 소리를 찾아 곤두서고 등에서 돋아난 더듬이는 물체의 모양을 감지하려 파르르 떨었으며 가슴에서 돋아난 더듬이는 색깔이나 빛을 따라가려고 팽팽해졌다. 그리고 어떤 더듬이는 다른 더듬이들의 흥분 상태를 바로잡으려 했으나 힘은 미약했다.

뜨거운 쇳물 같은 것이 양미간에서부터 시작해서 동그랗게 퍼지다가 발끝에서 싯, 빠져나갔다. 동시에 세포들이 소스라치며 일어났다. 살갗에는 수없이 많은 무덤들이 생겨났다. 무서워 눈을 질끈 감으면 이번에는 뜨고 싶어서 참을 수가 없었다. 눈을 감으면 그의 주변에 모여든 것들의 형체가 뚜렷이 보였고 눈을 뜨면 깊이를 알 수 없는, 무언가로 가득 차 있는 듯한 어둠이 가로막았다. 그는 급기야 부르르 떨면서 불에 댄 벌레처럼 몸을 뒤틀었다. 세상이란 사람 혼자서 견디기에는 너무 넓고 크고 무서운 거였다.

배낭에서 칼을 꺼냈다. 칼은 어둠속에서 여인의 울음소리처럼 가늘고 날카로운 기운을 내뿜었다. 그는 잠시 이 무서움에서 벗어나는 한 방법으로 칼끝을 안으로 돌려 자신의 심장을 찌르는 것을 머릿속에 그렸다. 날카로운 칼끝이 심장을 파고들고 피가 분수처럼 솟구치며 단말마의 비명 소리 하나 생기고 갈증이 솟고 졸음이 오다가 모든 게 끝나는 것. 어쩌면 그러기 위해, 그럴 만한 장소를 찾아왔는지도 몰랐다.

칼을 휘둘렀다. 쉭. 허공 갈라지는 소리가 났다. 수평선 하나가 나타났다가 사라졌다. 그러자 서너 뼘의 공간이 그의 것이 되었다. 사내는 칼을 사기 잘했다고 생각했다. 멀고먼 옛날 석 달 열흘 바위를 녹인 제련 끝에 쇠붙이 하나를 가슴에 품게 된 어떤 인물처럼 그는 한 뼘 칼에 육신을 의지하게 된 것이다. 하지만 칼 하나로 세상을 상대할 수 없듯, 자신의 것으로 확보한 서너 뼘의 공간이란 게 너무 작기도 하거니와 그것 때문에 스스로 고립되기도 하는 것이라 화약이 폭발하듯 텐트 바깥으로 뛰쳐나왔다.

그리고 가슴이 딱 막혔다. 무언가가 있을 것 같은, 비어 있는, 어두운 공간만이 가득했다. 어둠이 그를 내려다보고 있었고 그 무엇들은 그 속에서 꾸물거리고 있었다.

덤벼.

그는 악을 썼다. 소리가 너무 커서 자신이 더 움찔 놀랐다. 너무 크다는 것은 허황하기도 한 것이라 그 소리가 자신의 것이 아닌 듯했다. 그리고 어둠은 거대한 모습 그대로였다. 그는 고무공처럼 튀어 올랐다.

와 보라니까. 죽이려면 죽여 봐, 와서 니 마음대로 해봐.

철썩, 파도가 쳤다.

덤벼, 이 새끼들아.

파다닥, 새 한 마리가 날아올랐다.

상관없으니까 니 마음대로 해보라니까. 내 앞에 나타나 봐.

철썩, 다시 파도가 쳤다. 아무도 덤벼들지 않았다. 그는 자신이 어두움에 대해 어린아이처럼 떼를 쓰고 있는 듯해, 부끄럽고 스스로에게 화가 났다. 모든 게 금속처럼 차가웠다.

그 무엇들이 하나씩 눈앞에 나타난 듯했다. 아니 처음부터 그것들은 사내 옆에서 얼굴과 몸을 드러내고 있었는지도 몰랐다.

넌 뭐야. 넌 누구고. 도대체 뭐야. 그렇게 가만히 있지 말고 차라리 이빨로 내 목을 물어뜯어 버려. 손톱으로 내 눈을 쑤셔 버리란 말야.

어둠은 길었다. 세상의 절반은 어둠이라는 걸 사내는 모르고 있었다.

2. 길

　나흘 전 그는 아파트 문을 열고 나왔다.

　하루 종일 가만히 앉아 있던 뒤였다. 견디기 힘든 것은 오후의 시간이었다. 오전에는 시간이 잘 갔다. 회사와 이제야 소식을 들었다고 친구 둘이 차례대로 전화를 걸어왔다. 아파트 앞으로 과일 파는 트럭도 왔다. 내려가서 사과를 5천 원어치 샀다. 사과는 그대로 냉장고로 들어갔고 자신이 왜 사과를 사왔는지를 생각해 보다가 이유를 알 수가 없어 밥을 지었다. 전기 밥솥에서 밥이 뜸을 들이는 동안은 아주 지루하고 배가 고파서 짜증이 났으나 막상 김치를 꺼내고 계란 프라이를 해서 밥을 먹으려 하다가 그대로 숟가락을 내려놓고 말았다.

　이것 봐. 백화점에서 경품에 당첨되어서 받아 온 거야.

　아내는 비닐 봉투에서 광택 나는 프라이팬을 꺼냈다.

　무슨 프라이팬이 그리 커. 쓸데없이.

　쓸데가 왜 없어? 우리 쓰던 게 너무 작다 싶었는데 잘됐지. 호호. 어제 꿈에 아버지가 뵈더니.

　장인 어른이?

　응. 우리 딸 시집 잘 못 가서 고생 많지? 하시며 어찌나 슬픈 표정을 지으시든지 꿈속에서 내가 다 눈물이 났다니까.

　참 나. 장인 어른 현몽이 고작 프라이팬이야?

　말 함부로 하지마. 경품 처음 타 본 거야. 한번 타 보고 싶었거든.

　아내는 그것으로 요리하기를 즐겼다.

　그는 계란 프라이 하나 오도막히 앉아 있는 팬을 들여다보다가 슬며시 손잡이를 잡았다. 불에 달구어진 온기가 마치 아내의 체온인 듯했다. 뱀이 알을 삼키듯 계란만 꿀떡 삼키고는 밥을 다시 솥 안에다 쏟았다. 빈 밥공기에 대여섯 개의 밥알과 서너 방울의 물

알갱이들이 남았다.

오후 2시가 지나면서 시간이 가지 않았다. 전화도 더 이상 오지 않고 물건 팔러 오는 차도 없었다. 어린이 놀이터에서 아이들 떠드는 소리와 나가고 들어오는 차 엔진 소리만 간간이 들렸다. 2시 47분 20초에 베란다로 나가 화분에 물을 주었다. 다섯 개의 화분에 물을 주고 들어오니 2시 47분 53초였다. 설거지를 하고 방과 거실과 탁자, 심지어는 탁자 뒤 벽에 걸린 네모난 사진틀까지 꼼꼼히 닦았으나 고작 25분 밖에 지나지 않았다.

다시 소파에 앉았다. 그리고 계란을 먹고 나서 물을 마시지 않았다는 것을 생각해 내곤 물병을 꺼냈다. 물은 상해 있었다. 언제 사왔는지 기억나지 않은 식혜 캔을 따서 마셨다.

식혜 좀 해줄래?

갑자기 웬 식혜?

어제 식당에서 제대로 담근 것을 한 잔 얻어먹었는데 맛있더라고. 자꾸 생각이 나서.

먹고 싶은 것도 많다. 나 자신 없는데.

물어봐서 한번 담가 봐.

꼭 담가 먹어야 돼? 그냥 더 얻어먹거나 사 먹으면 안 돼?

집에서 한 게 먹고 싶다니까.

알았어. 인상 쓰지 말고 얼른 출근해. 해볼게.

빈 캔 하나가 달랑 테이블 위에 앉았다. 그는 그것을 휴지통에 넣었다가 다시 꺼내 와서 담배를 피웠다. 재떨이가 도대체 어디로 갔을까. 왜 모든 것들은 여차하면 눈앞에서 사라져 버리는 것인가. 담배연기는 테이블 위 허공에 아주 오래도록 머물렀다. 밖에서 아이들 떠드는 소리와 차 엔진 소리가 끊어질 듯 이어지고 있었다.

5시 30분에 그는 바깥으로 나와 동네 시장으로 걸어갔다. 정육점과 갈치 파는 곳을 지나 우리분식으로 들어가 칼국수를 시켰다.

왜 오늘은 혼자 왔어요?

그는 칼국수에 양념을 잔뜩 넣고 먹었다. 몸이 독한 것에 대해 배고파하고 있었다. 계산을 치르는데 주인 아주머니가 다시 말을 걸어왔다.

일전에 새댁이 부탁한 고추씨 기름 갖다 놨다고 일러 줘요. 이따가라도 가지러 오라고.

고추씨 기름. 사내는 육개장이나 순두부를 먹을 때 그게 있어야 맛있어했다.

필요없어요.

왜, 구했나? 우리 게 맛있다고 부탁하길래 일부러 우리 고향에 연락해서 가지고 온 건데.

죽었어요.

어머나.

죽어 버렸으니 무슨 소용 있어요.

바깥으로 나왔다. 저기, 잠깐만요. 아주머니가 따라왔으나 그는 다시 걸었다. 시장을 벗어나고 카 센터와 식당 거리를 지났다. 가로수 무성한 거리와 육교와 빌딩을 지났다. 그러다가 야, 걷는 게 괜찮군, 걸어간다는 게 좋아, 중얼거렸다. 걷는 게 갑자기 좋아진 것이다. 꼭 책갈피에 숨겨 놓은 돈을 여러 해 뒤에 우연히 발견한 것처럼 즐거워져서 계속 걸어가고 싶었다.

어떤 충동에 이끌려 레저용품을 파는 가게로 들어가 등산용 칼을 샀다. 잘 고르셨습니다. 특수 합금에 열처리까지 완벽하게 한 겁니다 예, 곰 배때지나 멧돼지 모가지를 찔러도 푹 들어갑니다, 기스 하나 안 납니다. 칼 넣을 배낭과 간이용 텐트를 샀다. 한순간에 여행 떠나는 짐이 되어 버렸다. 다시 걸었다. 다리가 아팠지만 무슨 퀴즈의 핵심을 찔러 가는 것 같은 기분이 들었다. 걷다 보니 밤늦어 역에 도착했고 기차를 탔다. 한 밤은 기차 안 통로에 앉아 보내

고 한 밤은 낯선 도시의 여관에서, 또 한 밤은 작은 읍의 여인숙에
서 잤다.

　습기를 찾는 벌레처럼 사내는 자꾸 바다 쪽으로 걸었다. 발에 물
집이 생기고 먼지를 뒤집어쓴 운동화는 아주 오래전에 산 것처럼
되어 버린 데다 머리카락은 바람에 부풀어올랐고 속옷은 땀에 절어
살갗에 지분거렸다. 하지만 마치 오래전의 고향을 찾아가는 나그네
처럼 피로하면 피로할수록, 자신도 모르게, 무언가에 덤벼들듯, 자
꾸 걸었다. 여러 날 걷는 동안 그렇게 두어 꾸러미의 짐을 지고 걷
는 게 그에게 부과된 어떤 임무처럼 느끼게 되었다.
　비빔밥을 사먹고 걸었고 물을 마시고 걸었고 담배를 피우고 나서
걸었고 잠자고 나서 걸었다. 그 동안 아무런 생각이 나지 않았다.
즐겁지도 괴롭지도 않았다. 회사를 출근하듯, 거래처 사람을 만나
듯, 도보가 그에게는 하나의 일이, 업무가, 노동이 되었다. 머리는
정지되어 차가워지고 발은 끝없이 길을 만나 뜨거웠다.
　수도하는 사람들이 걷는 이유를 알겠어. 생각을 없애기 위해 걸
었던 거야. 그들은 생각이 괴로웠던 거야. 맞아, 생각이라는 것은
마음속에서 기생하는 벌레 같은 것인지도 몰라.
　사내는 중얼거리며 직행버스 매표소와 중화반점과 잡화점과 시내
버스 정류장과 집들과 산을 지났다. 경운기와 트럭이 먼지를 피우
며 가까워지고 멀어졌다. 들판을 지나 다리 있는 곳에 다다르자 강
이 나타났다. 그는 잠시 서서 내려다보다가 강을 따라 걸었다.
　물은 자꾸 아래로 흘러가는 것이고 그렇게 낮은 곳으로 가다 보
면 바다를 만나게 마련이어서 사내와 강은 행선지가 같았다. 무엇
인가가 끌어당기거나 밀거나 둘 중 하나였다. 움직일 수만 있으면
계속 움직였다. 그는 다만 자신이 어딘가로 이동하고 있다는 것만
알 수 있었다. 생각보다 마음이 안온했는데 간혹 그게 두려웠다.

그리고 육지의 끝인 바다가 어느 순간 나타났다. 강물도 그곳에서 긴 생을 마감하며 스스로를 지웠다.

사내는 바다가 마주 보이는 바위 끝에 서서 자신이 이곳에 온 이유를 생각했다. 그것은 아내 때문인 듯도 했고 시간 때문인 듯도 했고 저 자신 때문인 듯도 했지만 습기 때문이라고 결론지었다. 무언가에 젖고 싶었던 것이다. 육신이 메말라서 햇살에 바스러지려고 하면 어쨌든, 습기를 찾게 되는 것. 바다 쪽에서 물 알갱이 서넛이 굳어 있는 살갗으로 다가왔을 때 그는 갈증과 주림의 고장인 사막 한가운데서 반 홉의 물과 한 조각의 빵을 만난 것처럼 몸을 떨어 댔다. 세계와 사람의 몸이 이어지는 통로란 이렇게 아주 작고 좁고 약한 것이었다.

가느다란 선(線) 하나로 이 세상을 양분시켜 놓고 있는 수평선과 오랜 시간 닳아져서 구멍이 층계처럼 만들어진 바위들. 잡목 숲을 떠받치고 있는 깎아지른 절벽. 군데군데 물웅덩이가 있고 멀리 산을 따라 전봇대가 줄지어 가고 있는 곳에서 그는 더 이상 갈 곳이 없었다. 더 이상 갈 곳이 없는 곳을 찾고 있는 중인지도 몰랐다.

바다는 넓었고 넓고 큰 것은 별 움직임 없이 그냥 그대로 있었다. 일을 마친 기분이었으나 도무지 하루 일과를 마쳤을 때 찾아오는 뿌듯한 피곤함은 생기지 않았다. 오후 내내 시간은 더디게 흘러갔고 그러다가 노을이 졌다. 바위에 부딪힌 파도가 하얗게 부서지며 후두두둑 떨어져 내렸다. 함박눈 같았다.

3. 추억

밤새 해를 껴안고 있는 게 너무 고되어 바다는 신열에 들뜨기 시작했다. 물 속에서 불의 기운이 퍼져 나왔다. 은밀한 잠의 끝이란 그렇게 얼굴에 홍조를 남기게 마련이기는 했다. 검푸른 수면 위로 붉은 기운이 납작 눌려진 회오리처럼 모아지고 퍼지고를 되풀이하기 시작했다.

사내는 텐트에서 기어 나와 휴대용 가스레인지를 켰다. 만약 거울이 있다면, 추위와 무서움에 찌든 자신의 모습을 비춰 보는 순간 죽고 말겠구나, 생각했다. 추워서 몸이 달팽이처럼 동글게 말아졌다. 바람은 없고 대신 지상의 기후란 원래가 몹시도 추운 거라는 생각이 불어왔다.

그렇지. 세상이란 참 추운 거야. 춥기 때문에 집을 짓고 옷을 만들고 사랑을 하고 결혼을 하고 하는 거야. 그리고 그것을 잃었을 때 다시 추워지는 거야. 내가 추운 것은 그것 때문이겠지.

그는 이빨을 부딪히며 불빛을 받아 노랗게 변해 있는 두 손을 바라보았다. 손으로 할 수 있는 게 없었다. 단지 몸에 필요한 열기를 주둥이처럼 그곳이 빨아들이고 있을 뿐이었다. 세상이란 추운 곳이고 사람의 몸이란 게 추위를 잘 타는 물건이었다. 늘 추위를 탔던 아내의 손은 가늘고 희었다.

예전의 그 무엇이 가늘고 희었다는 건 참으로 가슴 아린 것이구나.

사내는 또 중얼거렸다.

어렸을 때 보았던 소녀의 창백한 얼굴, 흰 꽃, 하얀 집, 흰 도화지, 흰 구름, 흰 눈, 흰 손, 가늘고 희었던 손. 희었던 것은 모두 사람을 슬프게 한다니까. 정말 내가 하얗게 되도록 춥군. 더럽게 추워, 선영아. 너는 안 춥니? 춥지 않아?

선영아, 생각나? 눈(雪) 말이야. 태어나서 가장 많은 눈을 봤던 날 말이야. 그래, 싸웠었지. 우린 어디 한 군데를 놀러 가더라도 그렇게 싸우고 나서야 가곤 했잖아. 싫다는 나를 붙들고 한 번만, 딱 한 번만 겨울산에를 가자고, 그래, 네가 이겼어. 그리고 네 말이 맞았어. 딱 한 번만 가게 되었으니.

함박눈이 며칠째 내려 산은 온통 하얀 눈으로 뒤덮였잖아? 길이 끊겨 사람이라곤 우리 둘뿐이었고. 저쪽 소나무들이 양쪽으로 벌어져 있는 가운데 하얀 길이 이쪽으로 미끄러져 오고 있고 말이야. 그곳에 가서야 난 내가 왜 가기 싫다고 고집을 부렸는가 후회했어. 가 보면 기분이 달라질 거라고, 그래, 네가 그랬어. 그것도 네 말이 맞았어. 지금 나에게 단 하루만 선택해 보라면 그날을 꼽겠어. 그 하얀 산. 우리들이 찍어 놓은 발자국은 산 아래에서부터 시작해서 등성이와 고갯마루까지 이어졌고 말이야. 눈은 바위나 황토나 풀밭이나 나뭇가지 위에 온통 쌓여 있고.

선영아, 네 몸에도 눈이 하나 가득이다.

흰 눈. 흰 얼굴. 온통 흰 세상. 어디서 하얀 색의 음악이라도 들리지 않았을까. 흰 눈으로 된 휘장이라도 둘려 있지 않았을까. 어디쯤이었나. 네가 갑자기 나를 밀었던 거 생각나?

잠깐만.

어디 가는 거야. 위험해.

잠깐이면 돼.

하늘에서는 눈이 다시 떨어져 내렸고 너는 소나무 숲 사이로 들어갔어. 내가 뒤따라갔던 것을 처음엔 몰랐지? 아, 흰 엉덩이. 어린아이 같은 모습. 어린아이. 너는 하나의 조각처럼, 어떤 위대한 존재가 과거로 되돌아가고 싶어서 순간 만들어 놓은 그런 모습 같았어. 푸른 소나무와 흰 눈. 눈의 길. 일부러, 축복처럼 쏟아지던 눈. 선영아, 그곳 생각나지? 내가 죽었더라도 못 잊을 거야.

그걸 배경으로 너의 검은 머리는 땅을 향해 폭포처럼 쏟아져 내렸고 어깨에 주황색 네모 단을 댄 감청색 파카는 아랫배에서 위로 말렸는데 너의 흰 엉덩이는 그곳에서 시작해서 동글 비죽하니 솟았다가 급한 곡선으로 마무리되고 있었어. 아, 선영아. 그 모습을 한 번만 더 볼 수 있다면. 네 종아리를 감싸고 있는, 온통 운동화를 덮고 있는 청바지와 둥그런 엉덩이. 눈 더미에 생긴 동그란 자국. 사람이 오줌 누는 장면이 이렇게 아름다울 수 있다니. 난 저 높은 곳에서 내리는 눈이나, 때가 되면 찾아오는 추운 겨울이나 이런 것들이 한꺼번에 무너지는 모습을 보았어. 글쎄, 선영이 네가 오줌 줄기 하나로 겨울과 통째로 서로 연결된 듯한 느낌이 들었다니까. 정말이지 눈덩이와 너의 몸이 무슨 말을 주고받는 듯했어. 사람의 몸에서 그토록 맑은 물이 나오다니.

일어서 봐.

싫어, 언제 왔어?

얼른.

왜?

키스하고 싶어.

잠깐 옷 좀 입고.

그냥 서.

싫어. 시려워.

부탁이야.

우린 그 자리에서 입을 맞췄잖아? 바람에 차가워진 입술끼리. 너도 못 잊지? 그래 맞아. 우리가 영원히 잊지 못할 날이었어. 하하, 세상에. 눈 위에서 섹스라니. 네가 사 준 바바리코트가 이불이 되다니. 빨갛게 얼어붙은 엉덩이는 또 어떻고. 난 가장 행복한 날이었어, 선영아, 가장 행복한 섹스였어. 그날만큼은 누가 봐도 좋았어. 어때, 우리가 주인공이었는데.

그런데 선영아. 너는 지금 어딨어? 춥지 않아? 난 이렇게 추운데, 넌 어때? 어디쯤에 있는 거야?

그러다가 사내는 고개를 마구 저었다. 그걸 생각하고 있는 스스

로가 너무 가련한 데다 한심하기까지 했고, 그리고, 그리고 보면,
사내 속에는 여러 개의 사내들로 꽉 차 있어서 그 충만이 두려웠
다. 끊임없이 또 다른 스스로가 생겨났고 교체되었다. 회사를 나가
는 자신과 바다 속으로 들어가려고 하는 자신과 아내를 그리워하는
자신과 바다를 무서워하는 자신들 중에 어느 것이 진정한 스스로인
지 알 수 없었다. 그게 모두 스스로라면 왜 그것들은 한 색깔로 뒤
섞이지 못하고 각자 따로따로 나타나는지 또한 알 수 없었다.

　추위하는 것은 엉뚱하게도 다른 곳에 있었다. 바위나 나무가 모
두 한치 불꽃을 향해 모여들고 있었다. 가스레인지를 가운데 두고
서로 뒤섞이며 밀어제치고 있었다. 살아 있는 것은 모두가 추위를
타는 모양이군.

　그는 또 중얼거렸다.

　그러니 선영이는 춥지 않겠어.

　그리고 손 잔등으로 눈자위를 쓸었을 때 눈물이 묻어나면서 바위
와 나무들은 모두 제자리로 돌아갔다.

　바다는 마침내 해를 보내 주었고 해가 점차 떠오르자 벌써부터
기다림이 시작되었는지 더욱더 붉게 일렁대기 시작했다. 해가 떠올
라서 그는 절망했다. 하루가 다시 시작되고 있었다.

4. 불

　해가 높이 솟자 바다는 미련을 버리고 차분해져서 절삭시켜 놓은
금속의 표면처럼 잘게 나뉘어진 물결마다 흰 빛을 반사하기 시작했
다. 그래서 거대한 존재가 커다란 용기에 부어 놓은 무슨 용액 같았
고 비로소 세상의 물건들은 뚜렷한 제 모습을 되찾아 놓고 있었다.

　총알에 몸을 관통당한 것처럼 물새는 허공의 한 지점에서 멈추었

다가 순간 급강하로 떨어져 내렸다. 각도가 너무 선명해 사내에게
는 바깥에서 안쪽으로, 허용되지 않은 곳에서 허용된 곳으로, 떠난
곳에서 떠나왔던 곳으로 한 물건이, 어떤 존재가 급하게 스며드는
것처럼 보였다. 하늘과 바다. 그 상이한 두 세계가 아주 짧은 순간
하나의 통로로 연결되었다.

사내는 간밤의 무서움이 너무 낯설어졌다. 주변은 여전히 나무가
자라고 있고 바위가 침묵하고 있었다. 그러고 보면 무서움이란 눈
〔眼〕 때문에 생기는 거였다. 보이지 않을 때의 두려움이었고 눈이
란 끊임없이 무엇을 확인하고 싶어하는 것이었다.

그리고 연거푸 넘쳐 나는 것은 시간(時間)이었다. 세상이란 원래
아주 많은 시간이 담겨져 있는 곳이란 것을 사내는 이곳에 와서 알
게 되었다. 할 일은 없는데 그가 보내야 할 하루의 시간은 몸을 3
천 발도 넘게 늘어뜨리고 그를 향해 주둥이를 벌리고 있었다.

그렇다고 돌아가거나 할 마음이 들지는 않았다. 아파트로 돌아가
아내가 떠나 버리고 없는 빈자리와 함께 밥 먹고 청소하고 잠자고
할 자신이 없는 데다 무언가가 자꾸 그를 이곳에 붙들어 두려고 하
는 듯싶기도 했지만 무엇보다도 덜 젖어 있기 때문이었다.

사내는 바닷가를 배회했다. 철썩. 파도 하나에 1.5초씩 시간이
지나갔다.

너는 참 온건한 몸을 가지고 있구나. 머리부터 끝까지 아주 매끄
럽고 깨끗해. 너는 참으로 품위 있는 죽음을 맞이하였구나.

사내는 죽어 있는 물고기를 발견해 놓고 있었다.

비록 곧 썩어서 흉하게 되겠지만 너는 아주 단정한 몸으로 죽음
을 만났어. 죽음은 너를 아주 깨끗하게 살아 있던 모습 그대로 받
아들였겠구나. 육신을 그대로 가지고 죽음으로 들어간다는 것이,
예전에는 몰랐는데, 정말 고마운 거란다. 네가 부럽다.

물새는 안쪽의, 허용된, 떠나왔던 곳의 방문을 마치고 다시 허공

으로 날아올랐다.

거래처를 돌고 와서 컴퓨터를 켜고 그날의 거래 목록을 정리하면서 새로 생긴 거래처 과장과 술 약속을 했다는 것을 기억하고는 막 전화를 하려는 차에 전화가 왔다. 그는 세상이 한순간에 사라지는 영화 화면 같을 수도 있다는 것을 알게 됐다.

그러니까 그가 점심때 친구인 이 대리와 함께 삼계탕을 먹을 때 아내는 차를 몰고 나갔고 회사 휴게실에서 동료 직원들과 자판기 커피를 마실 때 친정으로 가는 지름길인 외곽도로에 들어섰고 오후 일과를 점검하고 나서면서 차를 쓰겠다고 고집을 부리던 아내가 떠올라 고시랑대며 지하철을 향할 때 신호 대기가 풀렸으며 2호선에서 4호선으로 갈아탈 때 맞은편에서 과속으로 중앙선을 넘어오는 차를 발견하고는 순간 핸들을 틀었으며 손잡이를 잡았을 때 갓길 벽을 들이박았으며 혹시 남은 신문이 있나 두리번거릴 때 세 번 네 번 차도를 뒹굴었으며 신문을 포기하고 창밖에 눈길을 주었을 때 죽어 버린 것이다.

그리고 요행히 빈자리가 나서 앉았을 때 차 오일과 피가 한데 뒤섞여 도로를 적셨으며 거래 회사에 들려 담당자와 새 제품 샘플 건을 상담하면서 피곤한데 얼른 마무리짓고 어디 사우나에나 좀 들려볼까, 궁리하고 있을 때 견인차가 왔고 악수를 하고 나왔을 때 경찰 백차가 도착했으며 사우나 가기를 포기하고 회사로 돌아오는 도중에 앰뷸런스가 도착했으며 회사에 도착했을 때 아내는 병원 영안실로 옮겨졌다.

아내는 냉동 관 속에 들어가 있었고 여러 사람들이 그의 죽음을 증언하고 있었다. 피 묻은 아내의 핸드백과 신발과 옷가지 따위가 그의 손에 들어왔다. 아내는 조각 나 죽은 것이다. 관은 죽음을 알려 주고 있었지만 직접 확인하는 것을 가로막고 있었다.

아내는 화장을 했다.

불은 오래도록 타올랐다. 그는 동그란 유리창을 통해 타고 있는 아내를 바라보며 불이 마치 날개 같다고 생각했다. 어디로 날아갈까 저 불꽃들은. 어디로, 왜. 그는 울지 않았다. 도대체 모든 것을 현실로 받아들일 수가 없었다. 오래 묵은 종이 한 장 살라 보낸 듯도 싶었다. 아무리 생각해 보아도 사람이란 태워 없애는 그런 존재가 아니었다. 아침마다 물기 젖은 머리카락이, 웃고 말하고 찡그리고 기침하고 투정하고 울던 얼굴이, 가느다란 목이, 그가 사랑했고 또 귀찮아했던 가슴과 아랫배가, 두 다리가 그렇게 한줌 재가 된다는 것을 믿을 수 없었다. 아내는 잠시 보이지 않을 뿐, 어떤, 다분히 형식적인 의식(儀式) 하나를 치르기 위해 불을 붙인 것 같기도 했다.

어떡할 거야?

누군가 물었다.

글쎄, 모르겠어.

어쨌든 기운을 좀 추슬러야지?

어떡할까. 알면 좀 알려 줘. 내가 뭘 어떡하면 되지?

장갑은 왜 자꾸 벗는 거야. 끼고 있어.

머릿속이 텅 비어 있는 것 같애. 그냥 노란 불꽃만 자꾸 보여.

정신 차려.

누가 좀 알려 줘. 내가 어떡해야 되지?

우선 뿌려야지.

그, 그래. 그런데 어디다?

5. 바다

무거운 것은 허공이었다. 시간의 벽들이 층층 쌓여 있는 허공이 천천히 돌아 깔때기처럼 변해 맨 밑바닥의 꼭지점이 지상의 한 점,

사내에게 맞춰졌다. 허공의 날카로운 축이 정수리를 꿰뚫어 찢어진 물의 날처럼 만들려고 했다. 살점들이 허공 속으로 난파하려 했다. 땅이 밀쳐 내 사내는 퉁겨 나왔다.

허공의 축이 그를 따라 이동을 했다. 바위가 밀어냈고 반대편으로 서너 걸음 밀려나 소나무에 부딪혔다. 허공의 축이 그를 따라 이동했다. 소나무가 그를 밀쳤다. 허공의 축이 거듭 그를 따라 이동했다. 무거웠고 아팠다. 까악. 사내는 골이 부서지도록 비명을 질렀다. 잠시 허공의 축이 흔들렸다.

사내는 춤추기 시작했다. 이리저리 달렸다. 바위가, 소나무가 거듭 밀어냈고 그럴 때마다 몸이 팽그르르 돌았다. 팔을 휘두르고 어깨를 흔들며 허리를 비틀었다. 발바닥에서 피가 터졌다. 각지어 태어난 따개비가 핏물을 한 방울 받아 머금고는 입을 다물었다. 키햐악. 심장이 터지도록 비명을 질렀다. 하늘이 돌고 뼈와 살과 피가 한쪽으로 거듭 쏠렸다. 허공의 축이 흔들렸다. 바위를 타고 흐른 핏물이 바다로 떨어져 아메바처럼 몸을 늘렸다.

선영아.

사내는 아내를 불렀다. 허공 속에서 심장이 뛰는 소리가 들렸다. 아아, 선영아. 선영아. 그는 미친 듯 뛰면서 옷을 벗었다. 심장 소리가 더욱 커지고 살갗이 찢겨져 나갔다.

사내는 울기 시작했다.

제발, 한 번만 그녀를 내 앞에다 데려다 줘. 세상에 이런 일이 있어? 단 한 시간만. 남은 내 삶을 모조리 퍼 가도 좋아. 단 한 번만 만나게 해줘. 이렇게 모든 게 마무리 될 수는 없어. 이런 식으로 끝이 날 수는 없는 거야. 말도 안 돼. 이건 누군가 꾸는 꿈이야. 내 이야기가 아니야.

그가 부서지면서 그를 짓누르던 허공의 축도 금이 갔다.

그렇게 지루했던 시간들은 모두 어디로 가 버린 거야. 그 숱한 시간들, 모두 어디로 가 버렸기에 나는 지금 이 시간에 서 있는 거야. 누구 없어? 누가 선영이를 단 1초라도 내 앞에다 보내 줘, 제발.

금이 갔던 허공이 찢어지며 바다가 가까이 다가왔다.

무엇 때문에? 물어볼 게 있어. 뭘 물어볼 건데. 여러 가지, 아니 딱 하나. 말해 봐. 우리가 사랑하면서 살았었나? 우리는 행복했었나? 네가 알고 있지 않아? 모르겠어, 난, 그래서 선영이한테 물어보고 싶어, 결혼해서 살아온 시간들이 우리에게는 행복한 거였는지.

바다는 일렁이면서 그를 휘감기 시작했다.

무엇을 하고 살았지? 그냥 살았어, 달리 대답할 말이 없어, 그냥 살았어, 잘 모르겠어, 늘 선영이가 있었고, 그리고 나는 일 때문에 바빴어. 그건 대답이 되지 않아, 그 애를 사랑했니? 글쎄, 그걸 잘 모르겠어, 싸움도 자주 하고 토라지기도 했지만 사랑해서 우린 결혼을 했어, 그리고 그다지 나쁘지 않게 살았어, 그게 잘못된 거야? 잘못된 것은 없어.

사내는 휘감겨 오는 바다 속으로 휘말려들었다.

난 열심히 일을 했고 선영이는 나를 위해 여러 가지를 해주었어, 주말이면 선영이가 좋아하는 연극도 자주 보러 갔고, 원하는 만큼 자주 여행을 하지는 못했지만 난 늘 선영이가 즐거워하는 것을 생각하곤 했어, 결혼기념일이나 생일은 한 번도 빠지지 않고 꼭꼭 챙겨 주었고 선영이도 몹시 즐거워했어, 그러니까 우린 평범한, 평범하게 사랑하는 부부였어. 알고 싶은 게 무엇인데?

바다는 더욱 몸을 부풀려 그를 헤엄치게 했다.

갑자기 선영이가 없어져 버리고 나니까 그 모든 게 다 거짓말 같아, 우리가 만나서 사랑했던 것도, 싸우고 토라진 것도, 모두 오래된 동화책 속의 글자들 같아진 거야, 죽음도 믿기지 않고 같이 살았던 것도 믿어지지 않아, 독한 꿈을 꾸었던 것 같기도 하고. 꿈이라고? 그래, 꿈, 그런데 이게 꿈이라면 난 원래 무엇이지? 도대체 무엇이건데 이런 혹독한 꿈을 꾸는 거지?

사내는 바다 속에서 소용돌이 당했다.

모두 현실이다, 꿈이 아니야. 그런가? 그렇지? 그러니까 같이 살다가 선영이가 죽어 버린 게 실제인 거지? 그래. 그런데 왜 이렇게 비현실적이지? 넌 벌써 잊어버리려고 노력하고 있구나. 아니야, 그건, 이렇게 괴롭게도 그리운데. 잊어버리려는 게 아니라면 넌 그 애를 잘 모르고 있었다는 소리이지. 몰라? 내가 선영이를 몰라? 그렇다니까.

바다는 거듭 소용돌이를 일으키며 파도를 키웠다.

웃기지 마, 내가 선영이를 왜 몰라, 당연히 알고 있지. 정말 그 애를 전부 알고 있다고 생각하니? 그렇지. 그 애가 어떤 빛깔의 영혼을 가졌으며, 날마다 어떤 생각을 하고, 어떤 꿈을 키웠으며, 너와 관련된 것 중에 무엇을 참고 견뎠으며, 무엇을 희망으로 삼았으며, 너에게 어떤 원망이나 바람을 가지고 있었는지를 알고 있다는 말이니?

…….

그 애 입 바깥으로 나온 것만 알았을 테지. 네가 확인하고 싶어하는 이유는 바로 네가 그 애를 잘 모르고 있었기 때문이야.

바다는 순간 일렁임을 멈추고 그를 바라보았다.

맞아, 선영이가 누구인지를 모르겠어, 난 모르고 살았어, 아는 게 없어, 어떡해야 되지? 무엇을 어떻게, 난, 난, 지금 부서지고 있어, 파손되어 가고 있다고. 이곳은 네가 태어난 자궁, 그러기에, 탄생을 얻은 곳에서 파괴되는 것.

……누군가요, 당신은. 바단가요? 어머닌가요? 선영이니?

해일이 밀려오듯 부서진 공간이 회복되며 순간 바다는 멀리 수평선으로 밀려났다.

몸 깊숙한 곳에서 어떤 기운이 습자지 만난 물처럼 젖어 올라왔다. 몸의 세포들이 일제히 움직이기 시작하고 맥박이 빨라졌으며 피가 파도를 일으키며 흐르기 시작했다. 바위틈으로 파고들어 천 년 움직이지 않는 소나무 뿌리처럼 질 깊숙한 곳으로 들어가, 알처럼 웅크리고 싶었다. 선영이가 있다면 그 안에서 잠자고 그 안에서 눈뜨며 그 안에서 호흡하고 싶었다. 점차 호흡이 가빠지며 달아올랐다. 성욕이었다.

그 흔했던 밤들 중 하나만 되풀이될 수 있다면. 기분이 상하여 등 돌리고 자던 숱한 밤 중 단 하루만 제공될 수 있다면. 조각 나고 불타 버린 그 몸이 단 한 시간만 회복될 수 있다면, 자궁 속으로 들어가 잉태의 씨앗이 되어 버릴 것을. 그 흰눈의 세상에서 결합되었던 것처럼 단단하게 얼어붙었다가 같이 녹아 사라질 것을.

사내는 열에 들떠 몸을 뉘었다. 바지를 벗고 팬티도 벗었다. 그러나 성기는 발기되지 않았다. 손으로 만져도 발기되지 않았다. 그는 그동안 한 번도 발기부전이나 임포텐츠에 빠진 적은 없었다. 그것은 발기되지 않는 상태에서의 성욕이었다.

배설하고자 하는 욕구가 아니었다. 성교를 원하는 건 성기가 아니라 몸이었다. 팔을 가슴에 얹었다. 그러자 가슴과 배 깊숙한 곳이 뜨거워지기 시작했다. 사내는 순간 자신이 여자가 되는 듯한 착각에 빠져들었다. 그리고 자신에게 생겨난 이 이상한 욕구가 섹스보다는 무엇인가를 잉태하고 싶은 욕구라는 것을 알아냈다. 그 텅 비어 있는 몸에 무언가를 키우고 채우고 싶었던 것이다.

그는 바위 위에 누워 다리를 벌렸다.

너를 잉태하자. 선영아. 들어와라. 너를 수태하도록 해다오.

바다 위에 눈〔眼〕 하나가 떠서 그를 바라보고 있었다.

그 섬에 가기 싫다

조성기

1950년 경남 고성 출생.

서울대 법학과 졸업.

1971년 《동아일보》 신춘문예

〈만화경〉이 당선되어 등단했다.

소설집 《안티고네의 밤》·

《우리는 완전히 만나지 않았다》·《실직자 욥의 묵시록》,

장편소설 《우리시대의 사랑》·《너에게 닿고 싶다》·

《종희의 아름다운 시절》 등이 있다.

제15회 이상문학상을 수상했다.

그 섬에 가기 싫다

무인도(巫仁道) 씨가 집에서 나온 것은 저녁 6시 무렵이었다.

고지대에서 아래로 내려가는데 왼편의 정육점을 보다가 문득 이상한 예감에 사로잡혔다.

이 세상에서 한 번도 일어나지 않은 일이 오늘 저녁에 일어날 것만 같았다.

정육점 갈고리에 걸려 있는 소와 돼지의 벌건 몸뚱어리들이 으메 으메, 꿀꿀, 살아서 걸어 나오는 일도 이 세상에서 한 번도 일어나지 않은 일이었다.

하지만 무언가 다시 살아 나오는 그런 것보다는 무언가 사라지는 일이 벌어질 것만 같았다.

내가 사라지는 것일까.

하긴 그것도 이 세상에서 한 번도 일어나지 않은 일인 셈이었다.

그러고 보니, 정육점 아저씨가 두 팔을 약간 비스듬히 올리며 하품을 하는 것도 이 세상에서 한 번도 일어나지 않은 일이었다.

가만히 주변을 살펴보니 온통, 이 세상에서 한 번도 일어나지 않은 일들 투성이였다.

범주 개념으로 생각해야 돼, 범주 개념으로.

무인도 씨는 머리를 잠시 흔들었다.

이 세상에서 한 번도 일어나지 않은 범주의 일이 오늘 저녁에 일어날 것이다.

문장이 다소 이상하긴 했지만 무인도 씨는 그렇게 속으로 중얼거렸다.

그러나 조금 더 아래로 내려와 대형 슈퍼에 들어서서 물건을 고를 때까지도 무인도 씨는 실제로 무슨 일이 일어났는지 눈치를 채지 못했다.

무인도 씨는 무슨 화학이라는 회사에서 나온 두충차 곽을 선반에서 꺼내어 유통기간 표시를 살펴보았다.

한국에서 나오는 제품들은 유통기간 표시가 어찌해서든지 잘 보이지 않도록 해놓는 것이 특징이다.

유통기간 같은 것에 신경 쓰지 말고 무조건 믿고 먹으라는 것이다.

신흥종교가 따로 없다.

무인도 씨가 겨우 유통기간 표시를 찾아 읽어 보니 유통기간이 지난 지 벌써 여섯 달이 넘었다.

그렇다면 이 제품을 만든 지는 3, 4년이 지났는지도 모른다.

이런 녹차는 아무리 뜨거운 물을 부어도 우러나지 않는다.

이런 제품이 아직도 슈퍼 선반에 진열되어 있는 것은 제품을 만든 회사 책임인가, 도매점 책임인가, 슈퍼 주인 책임인가.

무인도 씨가 그 두충차 곽을 집어 계산대로 다가가 남자 종업원에게 건넸다.

"삼천팔백 원입니다."

"유통기간이 지났어."

무인도 씨는 뒤도 돌아보지 않고 슈퍼를 나왔다.

"씨팔, 왜 저런 게 아직도 돌아다니지."

종업원의 목소리가 무인도 씨의 귓등을 긁었다.

왜 저런 게?

유통기간이 지난 두충차를 두고 하는 말이라면 '왜 이런 게'라고 해야 하지 않는가.

그렇다면 나보고 '왜 저런 게'라고 했단 말인가.

무인도 씨는 갑자기 자기 자신도 유통기간이 지난 제품 같은 생각이 들었다.

아무리 뜨거운 물을 부어도 우러나지 않는 녹차.

아무리 뜨거운 여자가 다가와도…….

무인도 씨는 콧구멍으로 한숨을 내쉬었다.

무인도 씨는 언제부터인가 한숨을 쉬더라도 입을 벌려 쉬지 않고 콧구멍으로 내쉰다는 원칙을 지켜 오고 있었다.

그것만이 운명에 대항하는 유일한 몸짓인 셈이었다.

무인도 씨가 '왜 저런 게'라는 의미를 희미하게나마 깨닫기 시작한 것은 그 슈퍼를 나오고 나서도 한참 지난 후였다.

좁은 길 양편에 잡다하게 늘어선 가게와 노점상들을 기웃거리며 계속 아래로 내려가고 있는데 이상하게도 동네 전체가 이전과는 달리 활기가 넘치고 있는 듯했다.

보통 때는 할머니들이나 나이 든 아주머니들이 노점상을 지키고 있었으나 지금은 주로 2,30대 여자들이 자리를 펴고 앉아 수다를 떨며 깔깔거리고 있었다.

아무리 나이가 많아도 40대가 넘는 아주머니는 찾아볼 수 없었다.

가게를 지키는 남자와 여자들이나 길거리의 행인들도 마찬가지였다.

시장인지 골목인지 구분하기 힘든 이 거리로 나오면 언제나 중간치의 나이로 인하여 안정감을 얻곤 했던 무인도 씨였으나 오늘 저녁은 갑자기 늙어 버린 것 같았다.

늙어도 보통 늙은 것이 아니라 이 세상에서 가장 많이 늙어 버린 것 같았다.

무인도 씨는 종종 약을 사기 위해 들렀던 약국으로 가 보았다.

거기에는 늘 약사 남편인 60대 아저씨가 약품 진열대 위에 반쯤 팔꿈치를 걸치고 졸고 있다가 손님을 맞곤 하였다.

약국에서 그 아저씨를 보게 되면 꺼림칙한 예감들이 달아날 것도 같았다.

"여기 약국 주인 아저씨 어디 갔죠?"

무인도 씨가 약국 진열대 안쪽에 멀거니 서 있는 남자에게 물었다.

"내가 주인인데요."

"약국 주인이 바뀌었나요?"

"네. 무슨 약을 사러 오셨죠?"

"언제 바뀌었나요? 약국 이름은 그대로인데."

"사흘 정도 되었어요. 약을 사러 온 건가요? 이전 주인 아저씨를 찾으러 온 건가요?"

무인도 씨는 더 이상 대꾸를 하지 않고 약국을 나왔다.

씨팔, 왜 저런 게 아직도 돌아다니지.

약국 주인이라는 남자도 슈퍼 종업원처럼 그렇게 내뱉을 것 같았다.

무인도 씨는 무의식적으로 귓등을 세웠으나 벌러덩, 약국 문 여닫히는 소리만 들려왔다.

그래, 복덕방이야, 복덕방에 가 보면 알아.

무인도 씨는 조금 걸음을 빨리 하여 표구사 옆에 있는 복덕방으로 갔다.

할아버지들이 바둑이나 장기를 곧잘 두곤 하던 복덕방인데 그날따라 할아버지들은 한 사람도 보이지 않고 30대 중반의 남자가 공인중개사 명패가 놓인 책상 너머에 앉아 있었다.

"아, 여기 할아버지는 어디 가셨어요?"

복덕방 주인 노릇을 하던 할아버지를 찾는다는 말이었다.

"제가 아들입니다."

아들이 가업을 이어받았다는 말인가.

무인도 씨는 좀더 자세히 물어보려다가 남자가 전화를 받는 바람에 그냥 복덕방을 나왔다.

거리는 제법 어둑어둑해졌다.

초여름으로 접어드는 즈음이라 날씨는 저녁인데도 약간 더운 편이었다.

이제 골목을 벗어나 큰길로 나온 셈인데 여전히 나이 든 사람들은 보이지 않고 주로 10대, 20대, 30대들이 몰려다니고 있었다.

40대는 간혹 눈에 띨 뿐이었다.

행인들의 모습을 바라보고 있던 무인도 씨의 두 눈이 와락 커졌다.

무인도 씨는 그때쯤에야 비로소 행인들 중에서 자기보다 나이 많은 사람은 하나도 보이지 않는다는 사실을 깨달았다.

내 나이 또래의 사람들은 이 시간에 쓸데없이 나와 돌아다니지 않을 거야.

무인도 씨는 지금까지 한 번도 떠올려 보지 않은 생각을 해보았다.

무인도 씨는 이제는 자기보다 나이가 들어 보이는 사람을 찾아야 한다는 조바심에 쫓기기 시작했다.

근처 가게들을 차례로 살펴 나갔다.

중국집으로 들어가 손님들과 주방 조리사들을 훑어보고, 노래방으로 들어가 방문들을 슬쩍슬쩍 열어 보았다.

서점과 팬시점, 문방구에도 들어가 보았다.

호프집, 레스토랑, PC게임방, 김밥집, 전통찻집, 레코드 가게, 헬스 클럽, 볼링장, 금은방, 전기재료상, 철물점 등등을 돌아다녔다.

그 어디에도 무인도 씨보다 나이가 든 사람은 보이지 않았다.

어디를 가나 사람들은 무인도 씨를 피하는 듯한 표정을 지었다.

특히 호프집이나 레스토랑, PC게임방 같은 데 들어가면 나이에 맞지 않은 사람이 들어왔다는 표정들이 역력하였다.

물론 이전에도 그런 경우를 자주 당하였으나 오늘만큼 당황스럽지는 않았다.

전에는 소외감을 느끼는 정도에 불과하였지만 오늘은 공포에 가까운 느낌을 받았다.

나보다 나이 든 사람들은 가게에도 나와 있을 시간이 아니야.

다들 집 안방에 앉아 연속극들을 보고 있겠지.

무인도 씨는 가게 뒤편으로 즐비하게 늘어선 주택들로 들어가 보고 싶은 충동을 억누르기 힘들었다.

다행히 다세대 주택들이 많아 출입을 하는 데는 별로 어려움이 없었다.

현관이나 방문까지는 열어 보지 못하고 창문 너머로 방 안의 사람들을 훔쳐보았다.

몇 집을 거치는 동안 무인도 씨의 콧구멍에서는 연신 한숨이 새어나왔다.

이제는 콧구멍으로 한숨을 쉰다는 원칙마저 아예 무너질 판이었다.

마침내 무인도 씨는 입을 크게 벌리며 휴우, 한숨을 내쉬고 말았다.

어떤 집에도 무인도 씨보다 나이 든 사람은 눈에 띄지 않았다.

무인도 씨는 어느 집 대문을 나서며 자기도 모르게 가볍게 손뼉을 쳤다.

거기로 가 보는 거야.

무인도 씨는 버스를 타는 것도 잊고 서너 정거장이나 떨어져 있는 네거리로 달려갔다.

사람들은 그 네거리를 '송사리'라는 별명으로 불렀다.

'송'은 송 뭐라고 하는 동네 이름의 준말이고 '사리'는 '사거리'의 준말이었다.

특히 중고등학교 아이들이 '나, 송사리 간다'는 말을 즐겨 사용하였다.

무인도 씨는 송사리에 도착하여 일단 호흡을 가다듬었다.

송사리에 송사리처럼 우글거리는 인간들이 대개 10대, 20대들이라고 하여 새삼 놀랄 일은 아니었다.

요즈음 10대, 20대를 겨냥한 상권이 압구정동이나 방배동 쪽보다 더욱 활발하게 송사리에 형성되고 있었다.

송사리 곳곳에서 울려 퍼지는 힙합 음악소리, 핸드폰 선전하는 소리들 때문에 귀가 멍멍할 지경이었다.

어느 화장품 가게는 새로 개업을 하였다고 풍선 아치를 만들어 놓고 어마어마한 스피커를 양쪽에 설치하고는 빨간 초미니를 입은 두 아가씨들의 춤과 노래를 선보이고 있었다.

아가씨들은 엉덩이를 흔들다가도 가게를 선전하는 일을 잊지 않았다.

그 가게 앞을 지날 때는 아예 두 손으로 귀를 막아야만 하였다.

천국이나 극락은 소음이 없는 곳일 거야.

행상 트럭도 없고, 선거 유세차도 없고.

소리를 먹고 사는 송사리들 속에서 무인도 씨가 자기보다 나이 든 사람을 찾을 리는 없었다.

무인도 씨는 전철역으로 내려가는 지하 층계를 향해 다가갔다.

그 층계 중간쯤에 백발 노파가 늘 양손에 껌을 쥐고 앉아 '하나만, 하나만' 하고 중얼거리고 있었다.

무인도 씨도 전철에서 내려 층계를 올라오면서 천 원을 노파에게 건네고 껌 한 통을 집어 오곤 하였다.

굳이 껌을 집어 온 것은 그 노파를 걸인으로 만들지 않기 위해서였다.

전에는 '하나만, 하나만'이 부담스럽기 그지없었는데 오늘은 그 목소리가 몹시 그리웠다.

하지만 '하나만, 하나만'은 들리지 않고 그 대신 '믿어 주세요, 믿어 주세요'가 들리고 있었다.

노파가 앉았던 층계에 30대 여자 하나가 아이를 안고 굽신거리고 있었다.

무얼 믿어 달라는 건가.

노태우 대통령도 저런 말을 자주 했는데.

무인도 씨가 다가가 보니 여자의 목에 마분지로 만든 팻말이 걸려 있었다.

자기의 어려운 사정을 검정 볼펜으로 큼직큼직하게 적어 놓은 팻말이었다.

팻말에 적힌 내용을 믿어 달라는 것임에 틀림없었다.

무인도 씨는 우선 천 원짜리 한 장을 꺼내어 그 여자의 손에 쥐어 주었다.

"믿어 줄 테니까 말해 봐요. 여기 있던 할머니 어디 갔죠? 머리가 하얗게 세었는데."

그 할머니 딸이에요, 설마 이런 대답은 하지 않겠지.

무인도 씨는 여자가 안고 있는 아이의 맑은 두 눈을 잠시 지켜보며 대답을 기다렸다.

"몰라요. 난 오늘 처음 나왔어요. 믿어 주세요."

무인도 씨는 층계를 뛰어올라가 송사리에 가득 진치고 있는 여관들의 간판을 둘러보았다.

송사리들은 시냇물 덤불 속에 많이 숨어 있었다.

그 덤불들을 발로 자근자근 밟으면 송사리들은 망태 그물 속으로 도망을 쳐 왔다.

문득 그 여관들이 송사리들이 숨어 있던 덤불들로 보였다.

저 속에는 있을 거야.

'하나만, 하나만' 이라도 있으라.

무인도 씨는 기도하는 마음으로 여관으로 다가가 현관을 들어섰다.

그 순간, 무인도 씨는, 여기서는 어떻게 확인을 한담, 하고 난감해졌다.

이쪽에서는 훔쳐볼 창문도 없고, 방문들은 굳게 잠겨 있을 것이고.

"혼자 오셨어요? 혼자는 곤란한데."

여관 접객실에서 투덜거리는 여자 목소리가 새어 나왔다.

"여관에 혼자 오지, 둘이 와요?"

무인도 씨는 괜히 심술을 부리며 시간을 끌어 보았다.

"이 아저씨, 겁도 안 나요?"

40대 초반으로 보이는 여자가 창구에서 고개를 내밀며 빈정거렸다.

그러자 무인도 씨는 아닌 게 아니라 슬그머니 겁이 났다.

여자가 어디론가 전화를 걸어 신고를 할 것만 같았다.

그때 윗층으로 통해 있는 계단을 따라 남녀 한 쌍이 내려오고 있었다.

얼핏 보기에 남자 머리가 훤하게 벗겨진 것이 무인도 씨보다 나이가 더 들어 보였다.

그래 오늘 '하나만'이라도 찾으면 되는 거야.

둘도 바라지 않아, '하나만' 있으면 돼.

그러나 무인도 씨 옆을 스쳐 지나가는 남자는 얼굴 전체에 윤기가 흐르는 30대 장년이었다.

여자는 손 대면 톡 터질 것 같은 20대의 싱싱한 몸매를 하고 있었다.

"여기 나보다 늙은 사람은 없나요?"

결국 무인도 씨는 바보스런 질문을 하고 말았다.

"글쎄, 겁도 나지 않느냐구요?"

접객실 여자는 창구 쪽에 놓인 전화기를 매만졌다.

"없다는 말이군요. 알았어요."

무인도 씨는 얼른 여관 현관을 나왔다.

무얼 알았다는 것인지 무인도 씨 자신도 알지 못했다.

앞쪽에서 조금 전 그 남녀가 약간 서로 떨어진 채 골목을 빠져나가고 있었다.

순혜한테 확인해 보면 돼, 그래 순혜에게.

무인도 씨는 가슴이 뛰기 시작했다.

'여보세요' 순혜 목소리만 들으면 모든 것이 확인되는 셈이었다.

무인도 씨는 골목을 벗어나자마자 길가에 세워진 공중전화 부스로 뛰어들어갔다.

다이얼을 돌리고 신호음이 가기를 기다렸다.

무인도 씨는 신호음이 울리는 것을 들으며 자기가 누른 번호를 다시 눈으로 찍어 보았다.

맞어, 맞게 눌렀어.

나중에는 아마 손가락으로 누르지 않고 눈으로 찍기만 해도 전화가 걸리는 시대가 오겠지.

더 나아가 생각만 해도 전화가 걸리고 생각을 생각으로 받는 무선 무성전화 시대가 곧 올 거야.

그러면 핸드폰으로 떠드는 소리도 길거리에서 사라질 거고.

"여보세요."

그러면 그렇지.

무인도 씨는 오늘 저녁 6시 무렵부터 지금까지 콧구멍이나 입으로 내쉰 한숨과는 성격이 다른, 그야말로 안도의 한숨을 내쉬었다.

그런 한숨은 콧구멍으로 쉬든 입으로 쉬든 상관이 없는 일이었다.

"순혜 씨!"

무인도 씨는 반가움에 두 다리가 떨릴 지경이었다.

"저는 여동생이에요, 막내 여동생. 큰언니랑 목소리가 같다고들 해요."

무인도 씨는 한숨을 콧구멍으로 내쉴 것인가 입으로 내쉴 것인가 잠시 망설였다.

"언니는요?"

"제가 여동생이라니까요."

"글쎄, 언니는 어디 있느냐구요?"

"당신은 어디에 있죠?"

"말장난 하지 말고 대답해요. 언니가 어디에 있는지."

"우리는 서로 어디에 있든지 간섭하지 않아요."

"모른다는 뜻인가요?"

뚝, 전화가 끊겼다.

이쯤 되면 마지막으로 친구들에게 전화를 걸어 보겠다는 계획은 포기하는 것이 나을 것 같았다.

마지막 희망마저 날려 버릴 수는 없는 일이 아닌가.

무인도 씨는 자기 나이 또래의 친구들이 여전히 이 지구상에 존

재하고 있을 것이라는 믿음만은 어설픈 확인 과정을 거치다가 사라
지게 하고 싶지 않았다.

그 믿음을 가지고 있으면 언젠가는 친구들이 내 앞에 나타나겠지.

설마 친구들이 내가 죽을 때까지 나타나지 않는다 하더라도 그
믿음은 여전히 유효한 거야.

믿음은 유효기간이 없는 거야.

'믿어 주세요, 믿어 주세요' 무인도 씨는 다시 그 여자 목소리가
듣고 싶어져 만 원짜리 지폐 한 장을 지갑에서 꺼내면서 전철역 쪽
으로 달려갔다.

"신은 이미 유통기간이 지났습니다. 이제 새로운 도를 일으켜야
합니다."

지하 층계 맨 꼭대기에서 20대 청년들이 사람들에게 팸플릿을 나
눠 주고 있었다.

무인도 씨도 얼떨결에 그 팸플릿을 받아들었다.

팸플릿에는 '천기, 지기, 인기' 어쩌고 하는 한문들이 섞여 있었다.

"새로운 도를 일으키려면 '무인도'는 어떻습니까?"

무인도 씨의 말에 청년들이 비웃는 표정을 지으며 서로 눈길을
주고받았다.

"무인도요? 사람이 살지 않는 섬? 그게 아니면 인자가 없는 무자
비한 도? 무인들이 닦는 도? 후후."

"무당 무 자가 무슨 뜻인지 아시오? 원래 소매를 펄럭이면서 춤을
춘다는 뜻이었소."

무인도 씨는 이제 청년들은 상대하지 않기로 하고 층계 중간쯤에
앉아 있을 여자를 찾았다.

그런데 그 여자도 갓난아이도 보이지 않았다.

"저기에 앉아 있던 여자 못 보았소? 믿어 주세요, 믿어 주세요 하
던 여자 말이오."

무인도 씨가 다시 청년들을 돌아보며 물었다.

"우리가 전도하는 도를 믿어 달라고 외치는 줄 사람들이 오해할까 봐 그 여자를 쫓아 버렸소. 거지 여자가 믿어 달라고 외치는 도를 누가 믿으려고 하겠소?"

"그 도라는 것도 거지를 내쫓는 교회와 별 다를 바 없군요. 신은 유통기간이 지났다고 하면서 당신들도 이미 유통기간이 지난 도를 가지고 나왔군요."

"이 아저씨, 겁도 나지 않는가 봐."

청년들의 말투가 여관 접객실 여자처럼 바뀌었다.

그 순간, 무인도 씨는 자기도 모르게 달아나기 시작했다.

마치 청년들에게 잡히면 끝장이라도 날 것처럼.

무인도 씨는 자기 집 쪽으로 달아나지 않고 송사리에서 봉사리 쪽으로 달아나고 있었다.

봉사리도 봉 뭐라고 하는 동네 이름에서 따 온 별명이었다.

무인도 씨는 봉사리 쪽으로 달려가다가 왼편으로 꺾어 이전에 무슨 사관학교 운동장이었던 넓은 단지로 들어섰다.

그곳에는 큰 병원도 들어서 있고 주상복합 건물들도 마천루를 이루고 있었다.

하늘로 치솟은 건물 사이를 지나 계속 달리자 커다란 연못이 나타났다.

연못 안에 작은 섬도 하나 만들어져 있었다.

언젠가 순혜와 함께 와서 앉았던 벤치도 그 연못가에 그대로 있었다.

'우리는 서로 어디에 있든지 간섭하지 않아요.' 순혜 여동생의 목소리가 무인도 씨의 귓전을 울렸다.

그 말은 무인도 씨가 대학시절에 신을 향하여 사르트르 흉내를 내며 외치던 절규이기도 했다.

우리 서로 어디에 있든지 간섭하지 말기로 합시다, 제발.

연못가에 이르러 무인도 씨는 그만 온몸이 굳어지고 말았다.

연못은 여전히 출렁거리고 있었는데, 가득 채워진 물이 출렁이고 있는 것이 아니라 뭔가 이상한 물체들이 출렁거리고 있었다.

무인도 씨는 연못에 빠질 듯이 바짝 다가가 그 물체들을 살펴보았다.

아악.

무인도 씨는 힘껏 혀를 깨물며 비명을 삼켰다.

비명소리를 내다가는 자기 목도 연못 속으로 굴러 떨어질 것 같았다.

연못 속에는 무수한 목, 그러니까 목 잘린 머리들이 아직도 살아 있는 듯 우글거리고 있었다.

연못 주위의 가로등 불빛이 희미하긴 했지만 그 머리들의 윤곽은 그런대로 드러나고 있었다.

그 머리들 속에 약국 주인 아저씨 머리도 있고, 복덕방 할아버지들 머리도 있고, 지하 층계에 앉아 껌을 쥐고 있던 할머니 머리도 있고, 순혜 머리도 있었다.

더군다나 놀랍게도 무인도 씨 친구들의 머리도 거기에 있었다.

한 친구의 머리로 다가가 무인도 씨가 물었다.

"너희들이 왜 여기에 목이 잘려 있는 거야?"

친구의 머리가 되물었다.

"너는 왜 아직도 목이 잘려 있지 않은 거지?"

그때서야 무인도 씨는 슈퍼 종업원이 내뱉던 말이 확연히 이해되었다.

왜 저런 게 아직도 돌아다니지.

"나는 자를 목이 없으니까. 작가는 원래 목이 없거든."

친구의 머리가 무인도 씨를 부러운 듯이 바라보았다.

"50세 이상은 모두 목을 잘라 버렸어. 거지이든 부자이든 청소부이든 장관이든."

"대통령도 목이 잘렸겠네? 대통령 머리는 어디 있지?"

무인도 씨가 연못을 다시 훑어보았다.

친구의 머리가 저쪽 구석으로 눈길을 보내며 대답했다.

"전직 대통령 머리들은 저기 동물원 앞쪽에 모여 있잖아. 동물원 타조들이 쪼아 먹어서 조금 상했어. 눈알도 빠지고."

"지금 대통령은?"

"목 자르는 일을 전국적으로 하려면 대통령이 있어야 하잖아. 일단 목 자르는 일을 마치면 자기 목도 내놓겠지. 40대 대통령이 나오면 문제는 간단히 해결되겠지."

"그럼 지금 우리나라에 50세 이상은 한 사람도 없단 말이야?"

"거의 그럴 거야. 보길도, 독도 같은 외딴섬들을 제외하고는 모두 잘랐어. 그 섬들도 조만간 50세 이상은 살아남지 못할 거야."

"난 무인도에 사니까 완전히 제외된 모양이군."

무인도 씨가 쓸쓸하게 웃었다.

"잘 생각해 봐. 왜 네 목은 잘리지 않고 있는지."

친구의 머리도 그 이유를 다시 생각해 봐야겠다는 듯 갸웃거렸다.

"아, 이제야 알겠어. 내 호적이 1년 잘못되어 있거든. 원래 내 생일은 1950년 4월 20일인데 말이야, 큰아버지가 출생신고를 늦게 해서 1951년 5월 2일로 되어 버렸거든. 그러니까 너희들 머리가 잘릴 때 나는 1년을 번 셈이군. 근데 언제 너희들 목이 잘린 거야?"

"바로 어젯밤이야. 통고도 없이 전격적으로 잘라 버렸어. 너도 1년 후에 우리와 같은 신세가 되겠구먼. 그래도 그 1년이 어디야?"

친구의 머리가 연못 위에 떠올라 있는 것을 더 이상 견디지 못하겠는지 푸우, 숨을 내쉬며 물밑으로 가라앉았다.
　그렇게 수많은 머리들이 떠올랐다 가라앉았다 하느라고 거대한 연못이 출렁이는 듯이 여겨지고 있었다.

신경숙의 수상 소감과 문학적 자서전

● 수상 소감

나를 여기에 두고 저만치 가 버리는 그런 것, 소설

저는 제 한계 앞에서 미완성의 제 길을 갈 따름이지만 간혹 읽는 사람들은 저의 비극적이고 불온한 세계관으로부터 이탈해서 인간이 지닌 귀한 가치를 느낄 수 있기를 희망합니다. 어떤 얘기를 하든 궁극적으로 제가 발견하고자 했던 것은 인간이라는 이름으로 꾸려지는 우리 생에 대한 가치였을 테니까요.

● 나의 문학적 자서전

'문학'은 생의 불빛

소설을 생각하면 불끈 자존심이 세워지던 연유는 소설을 통하여 인간의 가치를 성찰할 수 있었기 때문이었다. 앞으로도 얼굴이 퉁퉁 붓는 것같이 막막한 일들이 많이 있겠지만 어떤 상황에서도 문학을 생의 불빛으로 여기며 더듬더듬 길을 찾을 때와 같은 마음을 잃지 않으려고 한다.

나를 여기에 두고 저만치 가 버리는 그런 것, 소설
—치유될 수 없는 이 괴리가 내 운명

저는 제 한계 앞에서 미완성의 제 길을 갈 따름이지만 간혹 읽는 사람들은
저의 비극적이고 불온한 세계관으로부터 이탈해서 인간이 지닌 귀한 가치를 느낄 수
있기를 희망합니다. 어떤 얘기를 하든 궁극적으로 제가 발견하고자 했던 것은
인간이라는 이름으로 꾸려지는 우리 생에 대한 가치였을 테니까요.

신 경 숙

엄청난 폭설이 내려 이틀째 꼼짝 못하고 집 안에 틀어박혀 있다
가 수상 소식을 들었습니다. 반도의 수많은 영(嶺)이 통제되고 고
속도로나 국도변에도 자동차들이 눈을 덮어쓰고 서 있습니다. 사람
들이 눈에 갇혀 오도가도 못합니다. 당장 제 집에도 수도꼭지가 얼
어붙어 물이 끊기고 바깥으로 나가는 계단은 미끄러워 한 발짝도
내딛을 수가 없습니다. 비닐하우스에 딸기를 재배하는 농부들이 폭
설에 주저앉은 비닐하우스를 멍하니 바라보고 있는 모습이 화면에
잡히고, 수확기의 남쪽 바닷가 김 양식장이 순식간에 몰아친 강풍
에 단박에 쓸려 내려가 버렸다는 소식이 이어서 전해집니다.

어린 시절 이렇게 폭설이 내렸던 무렵에 도시에 나가 있던 사촌
언니가 제가 살던 시골집을 방문한 적이 있었습니다. 그이를 무척
따랐던 저는 그이를 보내기가 싫어서, 하룻밤만 더 자고 갔으면 좋
겠어서, 그이의 신발 한 짝을 눈 속에 파묻어 놓은 적이 있습니다.

그러면 안 갈 줄 알았습니다. 아니, 못 갈 줄 알았겠지요. 그런데 그이는 다른 신을 빌려 신고 눈 속을 헤치고 기어이 가 버렸습니다. 제게 소설이란 여태 그런 것입니다. 언제나 저를 여기에 두고 저만치 가 버리는 그런 것. 딴엔 눈을 부릅뜨고 그 뒤를 쫓아가 보지만 가 보면 또 저만치 가 버린 뒤입니다. 새 작품을 시작할 때면 흥분과 설렘으로 과연 이번에는 어떤 것이 나오려는가, 스스로 숨 죽이며 긴장하지만 마쳐 놓고 보면 삶을 뒤쫓아갈 뿐인 언어의 한계를 뼈저리게 느낍니다. 그 메워질 수 없는 거리를 감지하면서도 하필 작가로 살아가고 있으니 치유될 수 없는 이 괴리가 제 운명이라 여깁니다. 이러해서 고독과 죽음 앞에 선 존재 탐구, 살아 있는 것들이 지닌 아름다움의 가치, 어긋난 개인과 사회, 등돌린 타자들끼리의 새로운 관계망을 언어로 형성해 보려는 제 여정은 늘 과정에 놓여 있을 뿐으로 완성이 될 수 없습니다. 다만 저는 제 한계 앞에서 미완성의 제 길을 갈 따름이지만 간혹 읽는 사람들은 저의 비극적이고 불온한 세계관으로부터 이탈해서 인간이 지닌 귀한 가치를 느낄 수 있기를 희망합니다. 해결되지 않는 얘기들, 열어 봐서는 안 될 금지된 문, 침묵과 더듬거림, 배신과 위선…… 어떤 얘기를 하든 궁극적으로 제가 발견하고자 했던 것은 인간이라는 이름으로 꾸려지는 우리 생에 대한 가치였을 테니까요.

밤새 뒤척이다 새벽녘에야 이 글을 쓰는 지금, 거친 바람이 얼어붙은 창문을 흔들어 댑니다. 손바닥을 대 봤더니 뼈가 시리게 차갑습니다. 수상 소감 쓰기가 이렇게 힘든 여러 이유 중의 하나는 저보다는 상으로 격려받아야 할 재능 있는 선배나 동료, 후배 작가들이 많기 때문입니다. 고맙고 미안합니다. 지금은 꽝꽝 얼어 있는 저 눈이 녹으면 부석사엘 한번 다녀와야겠습니다.
감사합니다.

'문학'은 생의 불빛
—소설을 통한 인간 가치의 성찰

소설을 생각하면 불끈 자존심이 세워지던 연유는 소설을 통하여
인간의 가치를 성찰할 수 있었기 때문이었다. 앞으로도 얼굴이 퉁퉁 붓는 것같이
막막한 일들이 많이 있겠지만, 어떤 상황에서도 문학을 생의 불빛으로 여기며
더듬더듬 길을 찾을 때와 같은 마음을 잃지 않으려고 한다.

신 경 숙

▶ 내 문학의 근원이 된 어린 날의 기억

어려서부터 책읽기를 좋아했다고 하면서도 내가 중학교를 마치던
때까지 살았던 초가와 파란 슬레이트 지붕이었던 정읍의 집에는 책
이 없었다는 생각이 든다. 그런데도 그 집 다락이나 감나무 밑 헛
간 속에 엎드려서 책을 읽었던 기억은 또 선명하다. 어쩌면 그건
동화도 소설도 아닌 《새농민》이나 글씨도 큼직큼직했던 《왕비열전》
따위들이 아니었을는지. 배나무 밭을 지날 때면 배를 쌌던 신문지
중에서 연재소설이 나오는 부분을 모둠발을 디뎌 가며 찾아 읽었던
기억도 난다.

세 살 터울의 오빠가 책읽기를 좋아한 것이 내게 영향을 끼쳤는
데 책이 귀한 시골에서 그는 어디선가 끊임없이 책을 빌려 왔다.
처음엔 만화책이었다. 오빠가 읽다가 밀어 둔 일본군과 독립군이
싸우는 만화를 아궁이 앞에서 불을 때면서 들여다보다가 치마에 불
이 붙어 무릎께를 덴 적도 있다. 처음엔 셋째오빠의 등뒤에서 책을

읽기 시작했으나 나중에는 내가 오빠보다 더 책을 탐하게 되었다. 오빠가 어디선가 책을 가져오기만 하면 나는 그 책을 가지고 오빠가 나를 찾을 수 없는 곳으로 도망을 가서 읽곤 했다. 오빠는 책만 빌려 오면 내 손이 먼저 타니까 나 모르는 곳에 빌려 온 책을 열심히 감추었다. 오빠가 장롱이 있던 방 천장에 칼집을 내고 책을 숨기면 내가 빨랫줄을 받쳐 놓은 장대를 들고 와 쑤석거려서 책을 꺼내 헛간으로 숨어들곤 했다. 설마 내가 온갖 물건들이 득시글거리는 헛간에서 엎어져서 책을 읽고 있을 줄은 오빠는 몰랐을 것이다.

이런 정도를 빼면 대체로 유년 시절의 나는 대체로 유순한 아이였던 것 같다.

어머니 말씀을 빌리자면 나를 방 안에 눕혀 놓고 일을 나가 한나절 만에 돌아와 보면 혼자서 제 손가락을 빨거나 발짓을 하며 울지도 않고 놀고 있었다고 한다. 너만 같으면 자식이 열이라고 걱정이 없었을 것이다, 하였다. 알 수 없는 것은 해 저물녘이면 방을 닦고 난 걸레를 대야에 담아 들고 도랑의 맨 위 빨랫돌을 차지하고 앉아 빨곤 했다, 한다. 배추나 무 같은 걸 씻으러 온 사람들이 이건 입 속에 들어갈 것이고 그건 방 걸레니까 저 아래로 가 빨아라, 하면 입을 앙다물고 눈물을 글썽이며 끝끝내 비켜서지 않고 그 자리에서 방망이질까지 해대며 빨아 오곤 했다고. 내가 고집이 얼마나 센가를 말씀하시려면 꼭 꺼내는 일화 중 하나다.

중학교까지 다녔던 정읍의 내 태생지는 읍내에서 10리쯤 떨어진 곳이었는데 초등학교 6년은 걸어서 다녔고 중학교 3년은 자전거를 타고 다녔다. 그때 등하교 길의 신작로나 산길, 둑길에서 만난 자연 풍경이 밭두둑에 불쑥불쑥 솟아 있던 묘지나 다리 밑에 움막을 짓고 살던 거지들과 함께 내 의식의 밑바닥에 깔려 있는 것 같다. 인간과 세월이 어떻게 생을 엮어 가고 지나가든 봄이 되면 어김없이 맨 먼저 물이 오르던 버들개지나 여름이면 푸르게 출렁거려 주

던 냇가의 물살이나 가을의 눈부시던 황금빛 들판, 혹은 겨울의 눈
쌓인 들녘에 검게 내려앉던 까마귀 떼들. 지금도 내가 어떤 문장을
형성하려 할 때면 그때의 그 느낌들은 대체 어디에 고여 있었는지
현재의 시간 속으로 가만가만 흘러나온다. 걸어서 혹은 저전거를
타고서 아침저녁으로 대지가 내뿜는 냄새나 열기를 가깝게 호흡할
수 있었던 것이 나도 모르게 내 문학의 한 근원이 되었음을 깨닫곤
한다. 자연에 대한 것들뿐 아니라 철길에서 기차에 치여 죽은 사람
들, 대두병으로 소주를 콸콸 마시고 자살을 해버린 사람들, 말을
못하거나 절름거리거나 눈이 먼 불구자들의 삶을 내 태생지는 보여
주었다. 새벽부터 부지런히 몸을 움직여 일하지 않으면 수확할 것
이 없는 생의 모습을, 봄에 씨앗을 뿌려야만 가을에 거두게 된다는
이치를, 그럼에도 불구하고 태풍이나 폭우가 한꺼번에 쓸어가 버리
기도 하는 인간으로서는 어찌해 볼 수 없는 허무와 함께.

내 태생지의 자연과 인간의 모습들은 끈질기게 내가 들러붙어 있
다가 현재의 내 삶 속으로 불쑥불쑥 쳐들어와 문장을 일구어 내곤
한다. 사실에 의해서보다는 결국 자신이 기억하고 싶은 대로 기억
하게 마련이라는 그 기억이란 것이 이렇게 지독한 것인가, 싶어 때
때로 몸서리쳐질 때도 있다.

▶상경—산업체 특별학급 진학

도시에는 큰오빠가 있었다.

중학교를 졸업하고 먼 불빛 같던 큰오빠의 부름에 의하여 태생지
를 떠나왔을 때의 나는 열여섯이었다. 감나무가 많은 마당과 항아
리들이 나란나란 놓여 있는 뒤란조차도 넓은 시골집에서 자랐던 나
는 갑자기 도시 변두리의 방 한 칸에 놓여졌다. 유순하고 낙천적이
었던 성격이 말이 없고 내성적으로 변해 갔다. 함께 상경했던 외사

촌과 나는 직업 훈련원을 거쳐 구로 공단의 동남전기주식회사라는 곳에 취직을 했으며 열일곱 살이 되는 것과 동시에 박정희 대통령이 만든 산업체 특별학급에 진학하게 되었다. 산업체 특별학급이라는 특별한 이름이 붙은 영등포여고는 지금은 지원자가 없어 산업체 특별학급이 폐지되었다. 그때는 그렇게나마 학교에 다닐 수 있는 것만도 행운이었다. 마음속에 불타고 있던 향학열과 환경이 잘 맞아 주지 않았던 시절이었다. 오래된 옛날 이야기 같지만 겨우 20여 년 전 일이다.

산업체 특별학급의 학생이 될 수 있는 자격은 일단 산업현장에서 일을 해야 한다는 것이었다. 만약 회사를 그만두면 학교도 다닐 수 없는 그런 조건이었다. 그랬는데도 지원자가 많았다. 내가 다닌 동남전기주식회사에서도 10명의 학생을 뽑는데 160명 정도가 지원을 했고, 회사 내에서 시험이란 과정을 거쳐서 10명이 정해진 거였다. 작업을 하다가 오후 5시가 되면 작업대를 떠나야 했으므로 다른 사람들에게 미안했을 뿐 아니라, 외사촌과 나는 스테레오과 A라인의 1번과 2번이었으므로 우리가 학교에 간 후에도 생산이 중지되지 않게 작업을 마친 것을 쌓아 놓고 학교를 가야 했다. 우리가 학교에 간 후에도 생산이 지속될 수 있도록. 그래도 그 오후 5시를 기준으로 해서 나는 작업복 대신 교복을 입을 수 있었으며 그것이 좋았다. 공중에 매달려 있는 에어드라이버를 끌어내려 나사를 박아야 하는 외사촌도 급기야는 더 이상 팔이 올라가지 않는다며 눈물이 고인 눈으로 통증을 호소했다가도 5시가 되면 얼굴이 밝아지곤 했다. 우리뿐 아니라 내 여고시절 친구들은 다 그랬다. 제과회사에 다니던 내 짝 왼손잡이 향숙이는 사탕을 봉지에 싸는 작업을 했는데 손톱이 다 닳아 있었다. 어느 날 그애는 내 손을 보더니 손이 너무 곱다면서 너 회사에서 놀고 먹는구나! 했던 기억도 난다. 지금은 외사촌을 제외한 누구하고도 연락이 제대로 되지 않지만 그 시절 친구들을 내가 잊어 본 적은 없다. 저녁 시간 파르스름한 형광 등 불빛 아래서 파르스름하게 앉아서 주산이나 타자 부기 그리고 비즈니스 영어를 졸면서 배우던 누렇게 통통 부어 있던 얼굴들.

학교를 통틀어 내가 제일 어렸다. 남들보다 한 살 빠른 일곱 살에 초등학교에 입학했으므로 중학교를 졸업하고 1년을 묵었어도 나는 일반 여고 1학년생과 같은 나이였지만, 나와 함께 여고를 다니던 친구들은 대개들 열일곱의 나보다는 서너 살씩 많았다. 거기다 그 당시에는 노조가 설립되는 태동기이기도 해서 농성 때문에 학교를 빠지는 친구들도 허다했고, 단발머리를 하고 단화를 신고 책가방을 들고 있어도 스물여섯이었던 친구도 있었다. 교복과 얼굴이 따로 놀았던 친구들. 교복은 너무 소녀스럽고 얼굴은 너무 피로해 보였 던 얼굴들. 살다 보면 알고서는 그리 할 수 없는 일들이 많다. 모르 니까 오히려 아무 일 아니듯 지나온 일들이 하나 둘이 아니다. 헤 쳐 나간다는 생각도 없이 그 시절의 시간들은 그렇게 흘러갔다. 극 복해야 한다는 생각도 없이 하루하루 지나는 사이 극복해졌던 일 들. 알 수 없는 일은 그 틈으로 작가가 되고 싶다는 꿈이 강렬하게 싹텄다는 것이다.

▶ 소설가가 되고 싶다

무단결석이 이어졌던 일로 반성문을 써야 했다.

나는 대학노트가 거의 반이 채워지도록 반성문(무슨 말을 썼는지 는 기억나지 않는다. 아마 반성문이 아니라 무슨 작문 같은 게 아니었 을까 짐작해 볼 뿐)을 써 갔고 그걸 읽은 선생님이 나를 불러 너는 소설을 써 보는 게 어떻겠냐? 하셨는데 그 말씀이 내 마음에 보석 처럼 떨어졌다. 선생님은 내게 《실천문학》 창간호와 《난장이가 쏘 아 올린 작은 공》을 주었다. 막연히 글을 쓰는 사람이 되고 싶다, 였던 것이 소설가가 되어야겠다, 로 바뀌는 순간이었다. 훗날 내가 내 데뷔작품이 실린 《문예중앙》을 들고 선생님을 찾아갔더니 선생님이 웃으시며 너 정말로 작가가 됐냐? 나는 니가 무엇에도 마음을 못 붙이고 있는 것 같아서 한 말이었다! 하셨다.

내가 다니던 회사에도 노조가 생겼고 회사 쪽에서는 학생들에게 노조에 가입하지 말 것을 종용했다. 노조에 가입하면 학교에 다니지 못하게 한다는 것이었다. 노조에 가입했다가 차례로 불려 가 탈퇴서를 썼고 노조원들이 잔업 거부를 하는 여름방학 동안 우리는 멈춘 컨베이어 앞에서 엉거주춤 앉아 있어야 했다. 그때 나는 무심코 작업대 위에 선생님이 선물해 준 조세희의 《난장이가 쏘아 올린 작은 공》을 펼쳐 놓고 내 노트에 옮겨 보기 시작했다. 처음에는 작업대 위에서만 진행되던 옮겨 적는 일이 나중에는 학교에서도 집에서도 틈만 나면 이어졌다. 영희가 내뱉는 한마디 한마디가 내가 내뱉는 말 같았고 그 말들을 내 노트에 옮겨 적으면서 나는 소설가가 되겠 다는 마음을 다졌다. 내 여고시절은 《난장이가 쏘아 올린 작은 공》 을 옮겨 적는 일로 지나갔다고 해도 지나친 말은 아닐 것이다.

3학년이 되었을 때 회사는 도산의 위기에 빠졌다. 우리들의 처지 도 더욱 나빠졌다. 아무 절차도 없이 해고 노동자가 속출했고 그 해고 대상자의 첫 순위는 학생들이었다. 나도 회사를 그만두게 되 었고 이후 큰오빠가 사다 준 책으로 혼자서 입시공부를 했다. 그나 마 대학에 적을 둘 수 있었던 사람은 친구들 중에 나뿐이었다. 나 는 주간아이들 틈에 끼여 매달리기 연습 한 번도 안 해본 채로 체 력장을 치르고 이어 학력고사를 치렀다. 당연히 점수는 매우 낮았 다. 서울예술대학의 실기 점수 위주의 특수한 입시제도 아니었으면 대학에 진학하지 못했을 것이다. 《난장이가 쏘아 올린 작은 공》이 아니었으면 소설가가 되겠다는 꿈을 그렇게 깊이 간직할 수도 없었 을 것이다.

소설가가 되겠다고 남산에 있는 학교 문예창작과에 진학했으나 그 동안 내가 머물러 있던 곳과 너무 상이한 분위기로 인해 한동안 대학 생활에 적응을 못했다. 학교보다는 외사촌이 다니는 용산동 동사무소 옆 음악다방에 앉아 외사촌이 퇴근하기를 기다리곤 했다. 외사촌이 귀찮아해 그를 기다릴 수 없는 날은 괜히 거리 여기저기를 기웃거리며 피곤해지기를 기다렸다가 귀가하기도 했다. 무엇에도 마음 붙일 수가 없었다. 학교에 가도 이게 아닌데 싶고, 외사촌과 하릴없이 거리를 쏘다녀도 이게 아닌데 싶고, 최루탄이 쏟아지는 거리를 걸어다니면서도 늘 이게 아니었다. 그러던 어느 날 소설 창작수업 시간에 오정희의 소설을 읽게 되었고 그가 춘천에 살고 있다는 사실 하나에 의지해 춘천으로 가는 열차를 타 보았다. 춘천역에 내려 포장마차에서 국수를 한 그릇 사 먹고 저기 어디쯤 사시겠지, 생각하며 서성이다가 돌아왔던 기억.

여름방학이었다. 정읍의 부모님 곁에서 여름을 지내고 있던 중이었다. 서울을 떠날 때 가방에 몇 권 넣어 간 소설들을 읽는 걸로 여름을 버티고 있던 중이었다. 들쭉날쭉으로 하루에 한 편씩 두 편씩 읽어 내다가 서정인의 〈행려(行旅)〉를 읽고 〈강(江)〉을 읽던 중이었다. 문득 《난장이가 쏘아 올린 작은 공》을 필사해 보았던 때처럼 〈강〉을 노트에 옮겨 써 보고 싶은 충동으로 만년필에 잉크를 채웠다. 그리고 노트에 한 문장 한 문장 옮겨 적기 시작했다. 〈강〉을 시작으로 나는 그 여름을 온통 내 노트에 선배들의 소설을 옮겨 적는 일을 하며 지냈다. 최인훈의 〈웃음소리〉, 김승옥의 〈무진기행〉, 이제하의 〈태평양〉, 오정희의 〈중국인 거리〉, 이청준의 〈눈길〉, 윤흥길의 〈장마〉, 최창학의 〈창(滄)〉, 박완서의 〈엄마의 말뚝〉, 강호무의 〈화류항사〉……. 그냥 눈으로 읽을 때와 한 자 한 자씩 노트에 옮겨 적어 볼 때와 그 소설들의 느낌은 달랐다. 소설 밑바닥으로 흐르고 있는 양감을 훨씬 더 세밀히 느낄 수 있었다. 그 부조리들, 그

비극적 세계관들, 그리고 미학들.

필사를 하는 동안의 충만함은 내가 살면서 무슨 일을 할 것인가를 각인시켜 준 독특한 체험이었다. 방학이 끝났을 때 필사를 한 노트는 몇 권이 되었고 나는 그 노트들을 마치 내가 쓴 작품인 양 가방에 넣고 도시로 돌아왔다. 이후 나는 고독하지 않았다. 언제나 소설 가까이 가려고 애썼다. 돈이 생기면 책을 사 읽었고, 한 작가의 어떤 작품이 나를 매혹시키면 남산 시립도서관에 가서 그의 작품을 쌓아 놓고 며칠이고 읽었다. 한 작가의 작품들을 다 찾아 읽고 나면 한 세계를 얻은 듯 충만했다.

학교를 졸업하던 해에 《한국일보》 신춘문예에 응모해 봤는데 그것이 본선에 올라 심사평이 나왔다. 그저 본선에 오른 것이 내게는 아, 이렇게 하면 되는 것인가, 보다는 자신감을 주었다. 같은 해 여름, 다니던 출판사에서 퇴근하면 집 앞에 있는 독서실에 들어가 원고지 한 장도 쓰고 잘 풀리는 날은 열 장도 쓰고 하다 보니 중편소설이 한 편 완성되었고 9월에 그 작품을 《문예중앙》에 투고했으며 은행잎이 우수수 지던 늦가을에 가작으로 뽑혔다는 소식을 들었다. 스물세 살 때의 일이니 벌써 16년 전 일이다.

▶문학을 생의 불빛 삼아

대부분 사람들은 나를 《풍금이 있던 자리》부터 기억한다. 《풍금이 있던 자리》가 나의 첫 책인 줄 아는 사람들도 많다. 나의 첫 책은 《강물이 될 때까지》이다. 처음에 〈고려원〉에서 출간될 때는 《겨울우화》였지만 훗날 《강물이 될 때까지》로 제목을 바꾸어 재출간을 했다. 그 안에는 아홉 편의 중단편이 수록되어 있다. 등단이라는 것은 또 하나의 시작에 불과했으며 그때부터가 더 어려웠다. 첫 책에 수록되어 있는 아홉 편의 작품들은 생존을 위해 잡지사나 출판사, 방송국에 다니며 한 편 한 편 썼던 것들이다. 직장생활을 하느라 소설을 쓸 시간도 부족했지만 지금과는 사정이 달라 발표할 지면도 드물었다. 《문예중앙》으로 등단을 했는데 1년 후에 첫 청탁이 온 곳도 《문예중앙》이었으니까. 겨우 1년에 한두 편 발표할 기회가 왔을 뿐으로 그렇게 6,7년을 지냈다. 아무도 알아주지 않았지만, 때로 나 혼자 쓰고 나 혼자 읽는 거 아닐까? 하는 생각이 든 적도 허다했지만 그건 별개의 문제였다. 무언가 내가 하고 싶은 짓을 하고 있다,는 사실 하나만으로 존재감이 느껴졌으니까. 그때를 생각하면 문학은 좋아하고 좋아해서 시작해야 할 일이라는 생각이 든다. 그래야 어떤 상황 속에서도 다시 시작하고 다시 시작할 수 있으니까.

완전 무명으로 6,7년을 지낸 후 첫 책을 묶어 내고 나니 곧 서른이었다. 서른이라고 해봐야 인생의 사춘기에 불과한데 그때는 어떻게 이렇게 서른이 되는가, 싶었다. 자기가 하고 싶은 일을 한 번도 제대로 열심히 해보지 못하고 어떻게 서른이 되는가. 서른 앞에 남아 있는 딱 한 해. 여동생에게 1년만 나 용돈을 주라, 1년만 열심히 작품 써 보고 다시 일터로 나가겠다, 했더니 여동생이 흔쾌히 그러라고 했다. 다음날로 그 동안 다니고 있던 방송국을 그만두었고 방 안에 틀어박혔다. 16년 동안의 작가생활 기간 중 가장 행복했던 때가 그 1년이 아니었나 싶다. 형식 실험과 문체 실험을 동시에 해보았던 1년 동안 《풍금이 있던 자리》 안에 수록되어 있는 작품을 거의 다 썼다. 비록 1년뿐이었지만 하고 싶은 일에 전념을 해보았던 터라 서른이 되는 게 괜찮았다. 《풍금이 있던 자리》 출간 준비와 동시에 다시 일자리를 알아보고 있는 중이었는데 예기치 않은 일이 생겼다. 《풍금이 있던 자리》가 곧 재판에 들어가더니 계속 찍는 쇄와 부수를 늘여 갔다. 출판사 측도 저자인 나도 생각지도 않은 일이었으므로 이게 무슨 일이지? 싶었다.

《풍금이 있던 자리》는 내게 나 혼자만의 방과 시간을 동시에 가져다 주었다. 그게 93년도였는데 그 이후 장편소설인 《깊은 슬픔》, 《외딴 방》, 《기차는 7시에 떠나네》를 출간했으며, 중·단편집으로 《오래전 집을 떠날 때》, 《딸기밭》을 출간했다. 더불어 같은 길을 걸어가는 여러 재능 있는 동료들에게 미안할 만큼 문학으로부터 많은 은혜를 입었다. 좀 얼떨떨했지만 기뻐하고 잊어버리고 새 작품에 임한 것밖에 달리 한 일은 없다.

《풍금이 있던 자리》 이후 다른 일은 하지 않고 작품 쓰는 일에만 전념할 수 있었으나 작품에 대한 갈증은 야릇하게도 점점 더 심해진다. 한 작품을 붙들고 있다가 끝을 내는 순간, 나의 한계를 점점 더 확인할 뿐이다. 여기까지다, 여기가 내 한계다, 하면서 뒷문을 조금 열어 놓고 마침표를 찍을 뿐이다. 그 마침표를 찍는 자리가 나의 한계이고 나는 거기서 또 새 작품을 시작하고 있을 뿐이다. 그래서 간혹 누군가 본인은 어느 작품이 마음에 드느냐? 물어 오면 뭐라고 말을 못 하겠어서 그 작품은 아직 쓰여지지 않았겠지요, 하고 만다.

소설을 생각하면 불끈 자존심이 세워지던 연유는 소설을 통하여 인간의 가치를 성찰할 수 있었기 때문이었다. 해서 작품 쓰기의 내 첫 번째 원칙은 어떤 이유에서든 타자를 상하게 하는 글쓰기는 안 된다는 것이었다. 앞으로도 얼굴이 퉁퉁 붓는 것같이 막막한 일들이 많이 있겠지만 어떤 상황에서도 문학을 생의 불빛으로 여기며 더듬더듬 길을 찾을 때와 같은 마음을 잃지 않으려고 한다.

〈부석사〉의
작품 세계와 작가 신경숙

● 신경숙의 〈부석사〉와 그 작품 세계

기억의 현전, 공백의 울림
— **손정수**(문학평론가)

부석의 '틈'은 또한 점점 더 낯설어져 가는 현실 속의 공간과 소멸되어 가는 기억의 공간 사이에 떠 있는 의식에 대한 표상이라고도 볼 수 있을 것이다. 문제는 이 의식이 '틈'으로 표상될 만큼 그 존재론적 불안이 절실하게 표현되고 있다는 점이다. 작가는 이 '말해질 수 없는' 의식의 '틈'을 공백의 형태로 작품 속에 간직한다.

● 작가 신경숙을 말한다

'시작' 되지 않는 신경숙론의 '시작'을 위하여
— **우찬제**(문학평론가 · 서강대 교수)

신경숙 씨 문학이 지닌 중의적 복합적 내포를 고려한다면, 그녀 또한 위의 항들을 복합적 내포로 지니고 있지 않을까. 서로 대립되는 양항들을 넘나들면서 혹은 뒤섞으면서 살고 글쓰기를 하고 있는 게 아닐까. 혹은 그녀 자신의 촌스러움을 문학적으로 승화하기 위해 세련된 문체를 구사하고 있는 것은 아닐까.

기억의 현전, 공백의 울림
—빈 공간을 기억으로 채워 나가며 비롯된 글쓰기

부석의 '틈'은 또한 점점 더 낯설어져 가는 현실 속의 공간과 소멸되어 가는
기억의 공간 사이에 떠 있는 의식에 대한 표상이라고도 볼 수 있을 것이다. 문제는
이 의식이 '틈'으로 표상될 만큼 그 존재론적 불안이 절실하게 표현되고 있다는 점이다.
작가는 이 '말해질 수 없는' 의식의 '틈'을 공백의 형태로 작품 속에 간직한다.

손 정 수(문학평론가)

▶ **시간이 초래한 상실감에서 비롯된 신경숙의 글쓰기**

인류의 진화과정에서 몸짓이나 분절화되지 않은 의성어로 표현할
수 없는 것을 드러내기 위해 만들어진 것이 '말(음성언어)'이라면,
이 '말'로써 표현하기 힘든, 혹은 그것으로 표현할 수 없는 것을 드
러내기 위해 창안된 수단이 곧 '글(문자언어)'이라 할 수 있다. 이
렇게 보면, '말할 수 없음'이라는 상황과 그럼에도 불구하고 말하
고자 하는 의지라는 두 축의 역설적 결합이 곧 '글'이라 하겠다. 이
는 달리 말하면, 주체 내에서 갈등을 일으키고 있는 이 같은 모순
이 글쓰기를 추동하는 동력이며 또한 이 모순의 치열성에 비례하여
그 '글'의 가치가 새삼 드러날 수 있다는 것인데, '글'이 단순한 기
록이나 정보 전달의 차원을 넘어 인간의 존재 그 자체와 관련되는
것은 이 때문이다. 그러므로 '글'이 표현하는 인간 존재성의 밀도
는 세계와 대면하여 주체가 품는 욕망과 그것이 현실 속에서 갖는
근원적 한계에 대한 인식의 깊이와 결부된다.

소설이라는 장르 자체가 본질적으로 그러하듯이 신경숙의 소설 또한 이 '말해질 수 없는 것'에 대한 발견을 글쓰기의 출발점으로 삼고 있는데, 문제적인 것은 이러한 태도가 자각적이고도 분명하다는 사실이다. 그는 "이 말해질 수 없는 것들을 내 글쓰기로 재현해 내고 싶은 꿈, 이미 사라지고 없는 것들을 불러와 유연하게 본질에 담게 하고 자연의 냄새에 잠기게 하고 싶은 꿈, 그렇게 해서 이 순간을 영원히 가둬 놓고 싶은 실현 불가능한 꿈"(신경숙 산문집《아름다운 그늘》, 문학동네, 1995, p.46,〈지금 우리 곁에 누가 있는 걸까요〉,《딸기밭》, 문학과지성사, 2000, pp.33~34)이라고 소설의 안과 밖에서 거듭 강조해서 말하고 있다. 실제로 글쓰기의 장면에 부딪치면, 이 '말해질 수 없는 것'은 생각보다 훨씬 커다란 장벽으로 다가서리라.

그러하기에 이 '말해질 수 없는 것들'은 소설 속에서 '빈 집'이나 '외딴 방', 혹은 '마당', '모래펄' 등의 텅 빈 공간의 이미지들로 변주되면서 반복하여 제시된다. 말하자면, 풍금 그 자체가 아니라 풍금이 있던, 그래서 지금은 비어 있는 '자리'가 문제되고 있는 것이다. 대상이 사라진 그 '자리'는 기억의 과정 속에서 물리적인 공간의 차원을 넘어 '내 몸 속에 살고 있는 마당'이라는 의식 속의 공간으로 전환된다.

이 근원적 상실감을 유발시킨, 그래서 의식 속에 비어 있는 공간을 만들어 낸 것은 다름아닌 시간이며 시간이 변화시킨 세계와 주체이다. 이때 '고향'이 현실 속에서의 상실감을 보상하는 어떤 절대적 지위에 놓이는 것은 그것이 이러한 시간적 과정의 출발점을 이루기 때문일 것이다. 거기에는 오렌지빛 한복의 어머니가, 가난한 집 장남이어서 데모도 하지 못했던 흰 얼굴의 큰오빠가, 마라톤 선수였던 셋째오빠가, 그리고 우물 속에 빠뜨리고 온 쇠스랑이 있다. 사막 한가운데 불시착하여 모래와 별들 사이에 홀로 떨어진 생텍쥐페리를 지켜 준 것이 그의 고향이었듯, 황폐해져만 가는 현실이라는 사막과 멀기만 한 이상 사이에 갇힌 자아로 하여금 글쓰기의 모험을 감행케 한 것은 기억 저 밑바닥에서 어울거리는, '고향'이라는 원초적 공간이다.

이 지점에 이르면, '고향'은 과거의 특정 공간이 아닌, 현재와 미래로 투사된 의식 속의 공간적 이미지로 전환된다. 의식이 새롭게 가 닿는 지점이 곧 '고향'이기 때문이다. 고향을 이처럼 절대적인 공간으로 순화시키는 과정에는, 시간의 매순간에서 겪는 현실적 사건에 대한 아픈 기억들이 더께를 이루며 매달려 있다. 현실 속의 의식이 고향이라는 원초적 이미지를 되돌아보게 되는 것은 현재 속의 주체가 겪는 모종의 상실감 때문이다. 그러하기에 자아와 세계의 갈등이 심화될수록 '고향'은 더욱 강렬한 이미지로 현재의 의식 위로 떠오른다. 시간은 한편으로는 현재를 끊임없이 과거화하면서 현재 속에 빈자리를 만들어 놓는 동시에 다른 한편으로는 부재하는 그 대상을 향한 그리움을 증폭시키는 장치로 기능하고 있었던 것이다. 시간은 대상의 부재를 현실 속에서 확인케 하지만 역설적으로 그것에 대한 그리움을 증폭시켜 그것으로써 그 빈 공간을 가득 채운다. 시간이 초래한 상실감으로 인해 불가피하게 떠안게 된 '말해질 수 없는 것'의 빈 공간을 기억으로 채워 나가는 일, 바로 이 지점에서 신경숙의 글쓰기가 비롯된다.

그러나 대상을 그대로 글로 옮기는 것조차 힘든 일인데, 하물며 한때 존재했으나 지금은 사라진 대상을 그 흔적을 통해 표현한다는 것은 어떠하겠는가. 그것은 한없이 촘촘한 결을 지닌 섬세한 언어로 말해지지 않으면 안 된다. 그러므로 이 언어는 대상이 사라진 안타까움에 대응되며, 나아가 대상에 의해 가리워져 있던 욕망을 발견하는 매개이다.

▶ 삶을 서사화하고 인식하며 의미를 부여하는 그의 작품들

상실감이 시간의 보편적 차원에서 포착될 때 인간 운명의 존재론적 차원이 섬세하게 부각된다. 스쳐 지나갈 땐 잔인한 운명의 덫처럼 여겨졌으나, 시간이 지나자 누구에게도 양도할 수 없는 단독의 세계로 남은 그 순간들. 생각하면 아득해지는 그 순간들. 아련한 후각으로만 남겨진 그 순간들. 그냥 지나쳐 갔던 것으로 보였던 그 시간들 속에는 돌이켜 보면 아련한 추억들이 자신도 모르는 사이에 새겨져 있었던 것이다. 이 유령처럼 숨죽여 웅크리고 있는 기억에 생기를 불어넣어 일으켜 세우는 것, 거기에 근원적인 글쓰기 욕망이 잠재해 있다.

그러나 차원을 달리하여, 상실을 초래한 시간적 변화가 주체와 세계의 관계의 차원에서 포착될 때, 그 상실감과 욕망은 작가가 속한 세대의 현실 인식이라는 관점에서 그 의미를 드러낸다. 여기에는 거대한 억압으로 인해 가치 기준을 잃고 헤맬 수밖에 없었던, 그리고 그 헤맴 속으로 몰아닥친 이념을 향한 열정에 사로잡힐 수밖에 없었던, 그리고 그 짧은 꿈 뒤끝에 남는 혼곤함을 감당해야 했던 어떤 세대의 비애가 자리잡고 있다. 이 지점에서 미학적 욕망은 그 바탕에 놓인 구체적인 현실에 대한 체험을 이끌고 있다. 〈멀리, 끝없는 길 위에〉(1992)나 〈외딴 방〉(1994)이 한 개인의 죽음을 앞에 둔 조사(弔辭)를 넘어서 한 세대의 의식에 바쳐진 진혼곡의 성격을 띠고 있는 것은 이 때문이다. "산불처럼 번지는 욕망. 내가 배운 모든 이미지여, 살아나다오. 나는 그녀를 재생해 내고 싶다, 엮어 주고 싶다, 소설이 아니라도 좋다, 나와 같은 해에 태어나 흔적 없이 사라져 버린 그녀의 무덤이 여기이게 그렇게만"(〈멀리, 끝없는 길 위에〉, 《풍금이 있던 자리》, 문학과지성사, 1993, pp.261~262)과 같은 대목은 그의 글쓰기가 단지 미학적 욕망의 소산에 그치지 않는다는 암시로 읽힌다.

그가 밝혀 놓은 바와 같이, '사실도 픽션도 아닌 그 중간쯤의 글'이 씌어지는 이유 또한 여기에 있다. 기억이란 근본적으로 언어(언어성)를 통해서만, 소설이라는 삶의 내러티브를 읽거나 쓸 때에만 찾아오는 것이기 때문이다. 기억은 그것을 현재화하는 순간의 의식에 따라 여러 가지 방식으로 서사화될 수 있다. 결국 기억의 서사에서 핵심은 기억의 대상이 되는 사건이라기보다 기억하고 있는 순간의 의식인 것이다. 이렇게 보면, 글쓰기는 기억에 대한 새로운 인식이자, 기억 그 자체이기도 하다. 극단적으로 말하자면, 기억을 현재화하는 서사적 형식 바깥에 기억은 존재하지 않는다. 그의 소설은 그 시대를 거쳐 온 우리 자신의 삶을 서사화하고 동시에 우리 자신의 삶을 인식하며 그것에 의미를 부여하도록 이끈다.

이 순간 기억의 진흙뻘 속에서 무언가가 힘겹게 고개를 들며 소리친다. "고만고만한 세부사항이나 찾아내서 뭘 어쩌겠다는 거지? 제발 연대순으로 줄맞춰 요점 정리하려고 들지 마. 그건 점점 더 부자연스러워질 뿐이라고. 설마 삶을 영화로 착각하고 있는 건 아니겠지? 삶이 직선으로 줄거리를 가질 수 있다고 생각하는 건 아니겠지?"(《외딴 방》, 개정판, 문학동네, 1999, p. 167)라고. 이 목소리는 기억의 나르시시즘을 경계하는 작가 자신을 향한 목소리이자, 어느 순간 서사 속에 자신의 정체성을 맡겨 버린 독자를 일깨우는 목소리이다. 삶을 서사화하는 새로운 방식이 마련되는 것은 바로 이 순간이다. 성장에 대한 기억을 서사화하는 과정 속에서 그의 글쓰기 또한 성장을 겪고 있다고나 할까. "내 아무리 집착해도 소설은 삶의 자취를 따라갈 뿐이라는, 글쓰기로서는 삶을 앞서나갈 수도, 아니 삶과 나란히 걸어갈 수조차 없다는 내 빠른 체념"(p. 243)에서와 같은 자각은 그러한 성장의 산물이라 할 수 있을 것이다.

그런데 기억이, 그리고 그 속의 상처가 딱딱해져 버린 이후는 어떠할까. 이러한 상황을 초래한 것은 우선 시간의 변화이지만, 그보다 더 근본적인 원인은 글쓰기 그 자체에 있다. 글쓰기는 한편으로 유령처럼 떠돌던 과거의 기억에 형태를 부여하여 현재로 해방시키지만, 다른 한편으로 글쓰기에 의해 고정된 기억은 실체화되어 그 역동성을 상실하기 때문이다. 그 기억이 여전히 가슴 한편을 아프게 하는 것은 분명하지만 그럼에도 불구하고 더 이상 글쓰기의 동력이 될 수 없는 것은 이러한 맥락에서이다. '나'는 '기억속의 나'를 포함한 그 기억속의 사람들과는 다른 사람이 되어 버렸다는 사실을 어쩔 수 없이 인정해야만 하는 시점에서 이제 글쓰기는 새롭게 시작될 수밖에 없다. 《딸기밭》(문학과지성사, 2000)에 실린 소설들과 최근작 〈부석사〉(《창작과 비평》, 2000. 겨울)는 이 지점에서 신경숙 글쓰기가 새로운 국면으로 접어들고 있음을 상기시킨다. 이제 체험의 영역 속의 기억은 현재 속에 분산되어 허구의 영역에서 삶의 보편적 감정을 길어 올리는 새로운 역할을 수행한다.

《딸기밭》에 실린 소설들에서 이제 기억은 대상화되거나 혹은 망각으로 치환된다. "지금 나는 내 삶을 잊어 가는 중이다"(《작별인사》)라는 선언은 그래서 단순하지 않은 울림을 지닌다. 《딸기밭》은 12년 전 스물셋의 기억이지만, 그럼에도 불구하고 기억의 진행은 망각과 더불어 일어난다. 소설 속의 '나'는 '다른 젊은이들이 지니고 있는 일정량의 우울이나 좌절과는 상관없는 듯한 또다른 우울과 좌절의 분위기'를 지닌 '남자'와 흰 목덜미와 솜털이 보송한 종아리를 지닌 '유'를 향한 관능의 기억을 떠올린다. "전혀 다른 그 둘의 외모가 지니고 있는 금지의 영역이 하나의 뜻을 지니고 있었다"(p.48)고 느끼는 것은 '나'가 접근금지 표지를 향해 달려가고 있었기 때문이다. 위반을 향한 이 내밀한 욕망에서 우리는 '사소한 일상에까지 스며 있던 억압'을 읽어 낼 수 있다. 하지만 이 경우 기억은 '망각'을 거쳐 새롭게 해석된 장면이기에 복원의 의지와는 거리를 두고 있다. 나아가 〈지금 우리 곁에 누가 있는 걸까요〉에서 작가는 고백의 서술자가 아니라 그 고백을 듣는 타자가 되어 있다.

이 지점에 이르러 글쓰기는 주관적 체험의 영역으로부터 벗어날 수 있게 되었지만, 동시에 체험의 밀도에 상응하는 새로운 그 무엇을 요청 받게 된다. 《딸기밭》이 그 모색의 다양한 시도들을 보여 준 것이라면, 〈부석사〉는 이 시도의 과정이 이른 한 지점을 보여 준다는 점에서 그 의미를 지닌다.

▶ 현실의 공간과 기억의 공간, 그 사이에 떠 있는 부석의 틈

〈부석사〉는, 표면적으로 보면 '그녀'와 '남자'의 대칭구조로 이루어져 있다. 그리고 이 대칭구조의 각각의 축은 다시 '그녀'와 갑자기 그녀를 버리고 떠난 'P', 그리고 '남자'와 그의 약혼녀였던 'K'의 대칭구조를 내포하고 있다. 판단이 서면 곧바로 실행에 옮기는 'P'나 죄의식도 없이 연애행위의 레퍼토리를 반복하는 'K'는 어김없고 빈틈없는, 그래서 동화하기 힘든 '현실'의 메타포가 아닐까. '그녀'와 '남자'는 현실로부터 받은 이 고통의 기억으로부터 여전히 벗어나지 못하고 있다. 관계의 복원이 사실상 불가능한 것임에도 불구하고. 말하자면 '그녀'와 '남자'는 고통의 기억과 현재의 불안 사이에서 길을 잃고 있는 것이다. 작가는 이 존재론적 불안을 부석(浮石)의 '틈'으로 표상하고 있다. 글쓰기는, 사이가 떠 있는 부석(浮石)의 틈과 같은, 고통의 기억과 현재의 불안의 긴장을 통해 흘러나오는 것이다.

이 존재론적 불안이 잠정적이나마 글쓰기를 통해 진정되기까지 한동안 '그녀'와 '남자'의 국도에서의 방황은 지속되리라. 그것은 '고속도로'로 표상되는 도시적 삶의 질서의 팽창과 점차 소멸되어 가는 고향의 메타포로서의 '지방도로' 사이에 '국도'가 놓여 있기 때문이다. 더구나 도시적 삶의 질서는 국도의 풍경조차도 바꿔 나가

고 있으며 지방도로 또한 국도화되어 가는 일로에 놓여 있다. 그렇다면 부석의 ‘틈’은 또한 점점 더 낯설어져 가는 현실 속의 공간과 소멸되어 가는 기억의 공간 사이에 떠 있는 의식에 대한 표상이라고도 볼 수 있을 것이다. 문제는 이 의식이 ‘틈’으로 표상될 만큼 그 존재론적 불안이 절실하게 표현되고 있다는 점이다. 작가는 이 ‘말해질 수 없는’ 의식의 ‘틈’을 공백의 형태로 작품 속에 간직한다.

이 순간 ‘고향’에 대한 기억의 형식을 통해 현전되었던 ‘말해질 수 없는 것들’은 글쓰기의 도정을 따라 현재에까지 이르러 ‘틈’의 공백으로 작품 속에 자리잡는다. 독자는 이제 서사 자체에 몰입하는 것이 아니라 이 ‘틈’에 대해 끊임없이 사유하지 않으면 안 된다. 이 성숙한 글쓰기의 도정에서 발견된 ‘틈’은 독자의 의식 속에서 한없이 부풀어올라 그들 앞에 ‘아름다운 그늘’을 드리우고 있다.

'시작'되지 않는 신경숙론의 '시작'을 위하여
—신경숙에 대한 파편 보고

신경숙 씨 문학이 지닌 중의적 복합적 내포를 고려한다면, 그녀 또한
위의 항들을 복합적 내포로 지니고 있지 않을까. 서로 대립되는 양항들을 넘나들면서
혹은 뒤섞으면서 살고 글쓰기를 하고 있는 게 아닐까. 혹은 그녀 자신의 촌스러움을
문학적으로 승화하기 위해 세련된 문체를 구사하고 있는 것은 아닐까.

우 찬 제(문학평론가 · 서강대 교수)

S-1 왜 그랬을까. 도대체 어쩌자고 그런 약속을 했을까. 시간도 없
었으려니와, 작가 개인에 대한 이야기를 중심으로 한 편의 글을 쓰는
일은, 적어도 내게 있어 무리한 일이거나 무모스러운 일이라는 사실을
잘 알고 있었으면서도, 그런 약속을 하다니. 지금 생각해 보아도 모를
일이다.

지난 주 토요일 오후였다. 문학사상사로부터 원고 청탁이 왔다.
신경숙 씨가 이상문학상 대상을 수상하게 되었는데, 일주일 안에
작가론을 써 달라는 부탁이었다. 부탁하는 쪽의 말투가 참으로 어
지간했다. 그 간곡함 때문이었을까. 보통의 경우 그 자리에서 못
쓴다고 했었는데, 그날은 그리 되지 못했다. 우선 한 시간만 생각
할 여유를 달라고 했다. 말미를 얻은 한 시간 동안 생각해 보았지
만 도무지 자신이 서지 않았다. 남은 일주일 중 이런저런 예정으
로 강제된 날이 무려 닷새나 되었다. 아무래도 안 되겠다 싶었다.
그럼에도 저쪽에서는 좀처럼 물러설 기미가 보이지 않았다. 더구

나 내가 그 전화를 다시 받은 곳은 병원이었다. 열흘 전쯤 내린 대설로 거리가 온통 꽁꽁 얼어붙자 불가피하게 교통사고가 급증했는데, 내 가족 한 명도 그 피해자였다. 문병을 가기로 되어 있었던 것이다. 말을 오래 하기도 그렇고, 또 이런저런 생각 때문에 그냥 응하고 말았다. 그게 사단이었다. 잠시 후 다시 전화가 왔다. 작가의 문학 세계를 리뷰하고 구조화하는 작가론이 아니라, 작가의 개인적 이야기를 중심으로 글을 써 달라는 것이었다. 한번 약속을 한 텃수라 우정 그러마 했다. 소설처럼 쉽게 쓰면 되겠네요, 그랬다. 그 말이 화근이었다. 소설처럼 쉽게, 라니. 어디로 보나 그게 될성부른 말인가.

어쨌든 글을 준비해야 했는데, 막상 글감을 정리하다 보니 참으로 난감했다. 그도 그럴 것이 신경숙 씨 개인에 대해 그리 아는 게 없다는 생각이 들게 된 것이다. 지난 10여 년 동안 이런저런 자리에서 만나긴 했었지만, 특별히 인간 신경숙을 안다고 말할 처지가 못 된다는 뒤늦은 후회가 든 것은 이미 며칠이 지난 후였다. 이제 와서 못 쓴다고 발을 뺄 수도 없는 노릇이었다. 이 궁리, 저 궁리…… 그 많은 궁리들에 기대했지만, 결국 그들도 내가 써야 할 신경숙들을 불러내지 못하는 눈치였다. 문득 "'말해질 수 없는 것들'을 겨우 말하기 위하여"라고 적어 본다. 신경숙 씨가 그러기 위해 애썼을 것 같았다. 그렇지만 막상 적고 보니 그 말의 주어 자리에 신경숙 씨가 아니라 내가 들어선다 한들 그리 틀리지 않을 것 같은 생각도 들었다. 시간이 또 흐른다. 결국 약속 시간이 지났다. 문학사상사에서는 하루 더 시간을 주겠다고 한다. 더 이상 시간이 없다. 마음은 더 조급해진다. '여전히 시작되지 않는 신경숙론의 시작을 위하여' 나는 무엇을 어떻게 할 수 있을 것인가. 참으로 난감한 일이 아닐 수 없다.

H 우선 이렇게 시작해 보는 게 어떨까.

'신경숙은 우리 시대의 스타일리스트이다. 신경숙 문체, 신경숙 신드롬이라는 말이 두루 쓰일 정도로 그녀의 문체는 매우 독특하다. 마치 스스로 자기 중력에 의해 떠 있는 항성처럼 문체만으로도 충분히 문학적 평판을 얻을 수 있는 작품들이 있는 법인데, 신경숙의 소설들이 꼭 그러하다.'

남들도 다 하는 얘기라서 좀 그렇다. 그러나 그러그러한 시작에 이어 신경숙 씨가 자신의 문체를 만들기 위해서 얼마나 각고의 노력을 했던가 하는 얘기나, 그 문체가 1990년대 이후의 문학에 미친 영향 등을 꿰어서 얘기할 수는 있겠다. 가령 소설 필사(筆寫)에 관한 얘기 같은 것 말이다. 소설가가 되겠다고 서울예전 문예창작과에 입학했으나 그녀는 제대로 적응하지 못하다가 여름방학에 고향 정읍으로 내려간다. 거기서 들쭉날쭉으로 소설을 읽는다. 서정인 선생의 〈강〉을 읽던 중 그녀는 그 작품을 그대로 옮겨 써 보고 싶은 충동에서 만년필에 잉크를 채워 한 자 한 자 옮겨 적기 시작한다. "'눈이 내리는군요.' 버스 안, 창 쪽으로 앉은 사나이는 얼굴빛이 창백하다. 실팍한 검정 외투 속에 고개를 웅크리고 있다. ……' 그것을 시작으로 "최인훈의 웃음소리, 김승옥의 무진기행, 이제하의 태평양, 오정희의 중국인거리, 이청준의 눈길, 윤홍길의 장마, 최창학의 창(滄), 강호무의 화류항사……"(〈필사로 보낸 여름방학〉, 《아름다운 그늘》, p. 155) 등을 필사한다. 그러면서 "소설 밑바닥에 흐르고 있는 양감을 훨씬 더 세밀히 느낄 수 있었"고, 그렇게 여름방학을 보내고 필사한 노트들을 마치 자신이 쓴 작품인 양 가방에 넣고 서울로 돌아오면서 "내 삶을 소설가로서 살아가리라"(p. 156) 다짐한다.

이런 얘기들을 엮어 낼 수도 있을지 모른다. 그런데 그것말고 더 신경숙적인 글감이 없을까. 특별히 더 신경숙적인 소재!

⎰ 궁리가 막힌다. 그렇다면 가장 평범한 시작을 택하면 어떨까.

'신경숙은 1963년 정읍에서 태어나 영등포여고를 거쳐 서울예전 문예창작과를 졸업했다. 1985년 중편 〈겨울우화〉로 《문예중앙》 신인상을 받고 작품 활동을 시작한 이래, 작품집 《겨울우화》(1991) 《풍금이 있던 자리》(1993) 《오래 전 집을 떠날 때》(1996) 《딸기밭》(2000), 장편소설 《깊은 슬픔》(1994) 《외딴 방》(1995) 《기차는 7시에 떠나네》(1999), 산문집 《아름다운 그늘》(1995)을 펴냈다. 한국일보문학상, 오늘의 젊은 예술가상, 현대문학상, 동인문학상, 만해문학상, 21세기문학상 등을 연이어 수상한 신경숙은 이미 대중들에게도 폭넓은 평판과 사랑을 받는 작가이다. 그리고 이번엔 이상문학상이다.'

책 날개만 보면 누구라도 쉽게 확인할 수 있는 사실들로 시작하는 것은 참으로 우습기도 하거니와, 내 스타일도 아니다. 다른 궁리를 불러낸다.

N-1 H의 시작으로 돌아가 비슷하게 다시 써 본다.

"글을 쓰는 일이란 이미 누군가에게 잊혀졌거나 누군가를 잊어본 마음 연약한 자가 의지하는 마지막 보루 같다는 생각"을 피력한 바 있는 신경숙의 소설은 대개 읽는 이로 하여금 아스라한 그리움과 슬픔의 정조를 환기시킨다. 다가설 수 없는 그리움이거나 이루어지지 못하는 사랑을 그녀는 매우 독특한 문체로 표현한다. 때문에 그녀의 문체는 말해질 수 없는 것들을 말하고자, 혹은 다가설 수 없는 것들에 다가서고자 하는 소망으로 예민하게 긴장하고 있는 감각의 음표들이다. 그 음표들은 서정 본연의 정취로 가득한 작가의 내면을 섬세하게 연주하게 하며, 나아가 사물의 가슴속 깊은 그늘까지 응시하게 해준다. 겨우 존재하는 것들의 힘겨움, 이루어지지 않은 것들의 안타까움, 힘겹게 버팅기는 생명의 숨결, 혹은 뜨거운 열망의 언어 등등이 어우러진 독특한 오케스트라를 연출한다. 신경숙은 문체를 통해 자기동일성의 상실과 회복에 관한 이야기들을 되풀이 들려주면서, 스스로도 잃어버린 자기동일성을 되찾아 가는 간절한 여행을 계속한다.'

여전히 남의 말들이 섞여든다. 게다가 이렇게 시작하다 보면 내가 생각하는 작가론으로 갈 수는 있어도, 문학사상사에서 주문한 작가론과는 다른 글로 갈 것 같은 예감이다. 다시 머뭇거릴 수밖에 없다.

K-1 다시, 이런 시작은 어떨까.

'90년대 초반의 어느 겨울날이었던 것 같다. 구효서, 박상우, 이순원 등 일군의 이른바 90년대 작가들과 함께했던 자리에서 신경숙 씨를 처음 만났던 것으로 기억된다. 이모집이었던가. 아니면 인사동에 있는 다른 술집에서였던가. 많은 이들이 뜨거운 문학적 열정을 내비쳤고, 목소리들이 컸다. 그렇지만 신경숙 씨는 간혹 피시식 따라 웃거나 "그저 그렇지요, 뭐." 이런 식으로 말을 아끼고 있었다. 수더분한 차림에 조용한 사람. 첫 소설집 《겨울우화》에서 확인할 수 있었듯, 그녀는 어김없이 진정한 촌사람이었다. 촌사람이 촌사람을 알아보는 법이다.

그로부터 얼마나 지났을까. 아마도 1993년 가을 무렵이었으리라. 두 번째 소설집 《풍금이 있던 자리》로 문학적 평판을 얻고 화제 작가로 부상하던 때였을 것이다. 어느 날 오전 우연히 차 안에서 신경숙 씨가 전화로 인터뷰하는 방송을 듣게 되었다. 그때 그녀의 말투라니. 막 선잠에서 깨어난 시골 아낙이 마지못해 대답을 하고 있는 형국이었다. "글쎄, 그게, 그러니까, ……" 아슬아슬했다. 자신이 소설로 빚어 낸 감각적 문체와 얼마나 먼 거리에 있는 말투이던지. 그런데, 그런데, 말이다. 그렇게 어눌하게 더듬거리면서도 끝내는 자신이 해야 할 얘기는 다 하고 있었다. 참으로 경이로운 장면이 아닐 수 없었다.

순간 나는 그녀의 인간과 문학과 관련된 이항대립 항들을 뽑아냈다. '촌스러움/세련됨, 어눌함/유려함, 말하지 않음/말함, 드러내지 않음(숨김)/드러냄, ……' 상대적으로 보면 앞의 항들이 신경숙 씨 개인의 성격을 닮았다면, 뒤의 항들은 그녀의 문학적 성격에 가깝다. 그러나 꼭 그렇게 말할 수 있는 것은 아니다. 신경숙 씨 문학이 지닌 중의적 복합적 내포를 고려한다면, 그녀 또한 위의 항들을 복합적 내포로 지니고 있지 않을까. 서로 대립되는 양항들을 넘나들면서 혹은 뒤섞으면서 살고 글쓰기를 하고 있는 게 아닐까. 혹은 그녀 자신의 촌스러움을 문학적으로 승화하기 위해 세련된 문체를 구사하고 있는 것은 아닐까. 콤플렉스의 승화? 웬 사이비 프로이트 주의? 꼭 그럴 것 같진 않다. 신경숙 씨가 다루고 있는 소설의 내용 종목을 보면, 흔히 말하는 대로 '말해질 수 없는 것'들을 겨우 말하고 있는 형국이니까 말이다. 이런 생각들을 저작하면서 작가 신경숙 씨에 대한 모종의 탐구심을 키운 게 사실이다.

그리고 며칠 후, 동인문학상 시상식장에서였다. 아마도 기억이 정확하다면 〈회색 눈사람〉으로 최윤 씨가 수상하던 날이었을 터이다. 수상작가와 개인적 친분도 친분이려니와 수상작가의 문학 세계를 리뷰한 인연으로 그 자리에 참석했는데, 거기서 다시 신경숙 씨를 만났다. 그런데 그녀를 보자마자 내 입에서 튀어나온 말은 참으로 촌스럽기 짝이 없는 소리였다. "신경숙 씨, 어쩌면 그렇게 촌스러우세요?" 돌연 놀라는(화나는?) 빛을 감추느라 애쓰는 그녀. 그럼에도 송아지같이 천진한 그녀의 눈빛은 많이 놀란 표정이다. 그러고 보니 너무 심했다는 생각이 든, 역시 촌스러운 나. "며칠 전에 방송 인터뷰를 들었거든요." "아, 예에." 좀 심했다는 미안기를 덜기 위해 내가 에둘러 촌스러움의 미덕을 설명했던가, 어쨌던가. ……'

《문학사상》의 편집자는 혹 이런 글을 원한 것이었을까. 그렇다면 내친 김에 그 이후의 몇몇 만남들에서 있었던 에피소드들을 엮다가 작년 일본 아오모리(靑森)에서 있었던 한·일 작가 심포지엄에 함께 참석했던 이야기 등을 덧붙여 마무리해 볼까, 하는 생각도 든다. 그러나 그 에피소드들이라는 게 그다지 신통해 보이지 않는다. 아니면 나의 기억력이 신통치 않거나. 그렇다면 또 어떻게 한다?

달리 가 보자. 내가 아는 게 많지 않다면, 남들을 통해서 가 보는 거다. 남들이 말하는 신경숙 씨의 인간과 문학에 대해 편집자적으로 정리하는 글을 쓸 수는 없을까. 예컨대 이런 식은 어떨까.
— '많은 이들이 신경숙과 그의 문학에 대해 말해 왔다.

(1) 주변부적 사건들을 엮어 가는 그의 이야기꾼적 기질, 즉 방법적 기교는 매우 탁월하다. 침착한 문체, 현미경적인 관찰 능력, 현실과 과거가 교직되는 구도 등 이야기꾼으로서 그가 보여 준 자질에 우리는 믿음을 가질 수 있다(정효구, 〈인간의 운명과 불가항력적인 힘〉, 신경숙,《겨울우화》해설, p.313).

(2) 신경숙의 소설들이 보여 주는 세계는 현재와 과거의 시간들을 씨실 날실로 하여 짜여진 삶의 아련한 무늬들로 이루어진 세계이다. 무늬에서 무늬로 옮겨 가는 삶, 다만 고통으로 무너져 내렸던 시간의 흔적들만을 묻혀 가지고 있는 삶은 역동적인 현재형의 삶이 아니다. 삶이 하나의 무늬로 남기 위해서 필요한 심리적 거리, 그것은 바로 삶이 추억으로 건너가기 위한 거리에 다름아니다. 신경숙의 소설들이 지니고 있는 독특한 아우라는 그 심리적 거리가 만들어 내는 삶의 내면화된 잔상들로부터 온다(박혜경, 〈추억, 끝없

이 바스라지는 무늬의 삶〉, 신경숙, 《풍금이 있던 자리》 해설, p. 288).

(3) 신경숙 소설의 가장 소중한 몫은 그 나지막한 몸가짐과 나지막한 어조에 있다. 사소한 것들, 미미한 것들의 결코 사소하지 않음을 그는 그 나지막한 목소리로 얼마나 간곡하게 말하고 있는 것인가. 목숨의 미세한 기척과 기미들에 그의 몸은 떨린다. 그의 소설에 등장하는 몸짓과 표정과 음식들, 사소한 소품들에는 어김없이 후광과도 같은 삶의 애환이 드리워져 있고 그 그늘들은 그의 섬세한 감각과 언어능력을 빌려 특유의 문체로 소생한다(신경숙의 《오래전 집을 떠날 때》 뒷표지에 붙은 김사인의 글).

(4) 신경숙의 소설은 이 세계의 슬픈 아름다움을 실현하고 있다. 짧은 서사에 긴 정감으로 싸안고 있는 그의 작품들이 품은 이 슬픈 아름다움은 그래서 이중의 꿈을 담고 있다. 이 세상의 질펀한 존재의 괴리들과 삶의 끊임없는 위태로움을 안고 있는 이 세계에 그래도 남아 있을 아름다운 것들을 위한 꿈, 그리고, 이 모든 것들이 슬퍼서, 그것들을 아름다운 것으로 받아들이기 위한 꿈이다. 그것이 그의 작품을 시로, 에세이로 읽히게도 하고 고향의 정서로 흙과 낟가리 향기에 취하게 함으로써 우리로 하여금 '본질에 닿게' 만든다. 이런 상상력의 세계는 오늘의 우리에게 더욱 귀중하다. 그것은 가볍고 도시적이며 이른바 현대적인 것들의 풍경들을 헤집고, 삶의 본원과 본연의 깊이로 감동시키기 때문이고, 속도와 우연의 세계 속에서 그래도 우리로 하여금 사랑과 연민의 근본을 깨닫게 하며 슬픔이야말로 세계를 아름답게 살아가는 방식임을 가르쳐 주기 때문이다. 신경숙은, 그리고 그의 작품들은, 그래서 슬프고, 또 그래서, 아름답다(김병익, 〈존재의 괴리, 그 슬픈 아름다움〉, 신경숙, 《딸기밭》 해설, p. 305).

(5) ……

(6) ……

이런 식으로 계속 나열하고 편집한다? 포스트모던하게 보일까? 독자들에게 정보를 제공하는 서비스는 될 것 같다. 그러나 내 스타일은 아니다. 다른 곳에서 시작해야 한다. 다시…….

0-1 서발(序跋) 비평이라는 게 있었다. 작가 서문에 밀착해서 글을 써 보면 어떨까.

'첫 소설집 《겨울우화》의 '작가의 말'에서 신경숙은 이렇게 적었다. "나 아니면 누구도 거들떠보지 않을 개인적인 추락들을 바라보며 한없는 무망에 빠져 소설이라고 쓰면서, 내 소설들이 자연, 미학, 실천, 그 어느 울림도 되지 못하고, 무엇보다도 희망이 되지 못해서 늘 마음에 걸렸다. 여전히 그런 마음으로 책으로까지 묶는다. 나는 이 슬픈 꼴을 버리고 다른 사유를 원한다." 이런 작가의 생각은 비교적 오래 지속된 것으로 보인다. 그러다가 예의 걸린 마음을 넘어서 새롭게 운명을 헤쳐 나가려는 생각으로 나아간다. 《오래 전 집을 떠날 때》의 '작가의 말'을 보자. "제게 소설은 보이는 것과 보이지 않는 것을 헤치고 나가 언젠가는 제 존재의 빛을 보게 해주리라 믿는 것입니다. 당신이나 저나 그 빛을 보게 되는 때가 너무 늦지 않길 바라지만, 아주 늦어도 괜찮은 일이라고 생각합니다. 제 빛을 본 사람과 보지 못한 사람은 다를 테니까요. 또 약속하려 합니다. 현실과 상상력이 지닌 운명을 헤치고 나가서 먼저 저를 보고 꼭 당신에게 가겠다고." 이런 '작가의 말'의 유로가 인상적이다. 그 유로를 따라가다 보면 우리는 작가 신경숙의 진경을 헤아릴 수 있게 될지도 모른다.' 이렇게 가도 괜

찾을 것 같은 느낌이 들기도 하지만, 좀 딱딱해질 가능성도 있겠다.

N-2 자전적 요소를 많이 지니고 있는 소설들이 있다. 〈모여 있는 불빛〉이나 《외딴 방》 등 여럿을 꼽을 수 있다. 그런 요소들을 사려 깊게 뽑아 내 작가의 인간적 측면을 재구성해 보면 어떨까.

'"내 소설이 무언가를 변화시킬 힘이 있다고는 생각하지 않는다, 내게 있어 소설이란 우선 나 자신을 견디게 해주는 것이다, 내 마음속에 기른 헛것들을 더 이상 가두어 놓을 수가 없어 문장으로 풀어 내고 있을 때, 그때만 불투명한 미래에 대한 불안을 잊는다, 고"(〈모여 있는 불빛〉, 《오래 전 집을 떠날 때》, p.97). 신경숙은 소설에 대해 이런 말을 하는 작가다. 이미 첫 소설집의 '작가의 말'에서부터 그런 말을 해왔다. 무언가를 변화시킬 힘은 가지고 있지 못하지만, 무엇보다 자신을 견디게 해주는 것을 소설이라고 생각하는 그녀의 생각은 어디에서 연원된 것일까. 이 작가의 작품에는 비록 3인칭의 경우라고 하더라도 작가 자신을 연상케 하는 인물들이 많이 나온다. 그들의 행위와 사고를 가로질러 재구성해 보면서 작가 신경숙의 인간과 문학에 대한 몇 가지 단상을 추스려 볼 수 있겠다.'

가능성 있는 추론이지만, 그 과정에서 명징한 자전적 논거를 확보하기 위해서는 많은 세부 사항들을 신경숙 씨에게서 확인해 볼 필요가 있다. 그렇지만 시간이 없다. 진작 확인해 둘걸, 하는 뒤늦은 후회가 든다.

G 소설 텍스트가 기본적으로 간접성의 형식이라면, 에세이는 직접성의 형식이다. 그러니 산문에서 추론하면 비교적 쉽지 않을까.

'작가 신경숙의 산문집 《아름다운 그늘》에서 가장 인상적이었던 대목을 인용하는 것으로, 이 글을 시작하고자 한다.

"내가 살아보려 했으나 마음 붙이지 못한 헤어짐들, 슬픔들, 아름다움들, 사라져 버린 것들, 과학적 접근으로는 닿지 못할 논리 밖의 세계들, 말해질 수 없는 것들, 그런 것들. 이미 삶이 찌그러져 버렸거나, 아무도 알아주지 않는 익명의 존재들에게 생기를 불어넣어 주고 싶은 욕망, 도처에 어른거리는 죽음의 그림자나, 시간 앞에 무력하기만 한 사랑, 불가능한 것에 대한 매달림, 여기 없는 것에 대한 그리움…… 이 말해질 수 없는 것들을 내 글쓰기로 재현해내고 싶은 꿈. 이미 사라지고 없는 것들을 불러와 유연하게 본질에 닿게 하고 자연의 냄새에 잠기게 하고 싶은 꿈. 그렇게 해서 이 순간을 영원히 가둬 놓고 싶은 실현 불가능한 꿈."(〈말해질 수 없는 것들〉, 《아름다운 그늘》, p.46)'

이런 신경숙 씨의 기본적 입장을 분석하는 것에서 시작하여, 소설의 실제에서 확인하는 작업으로 이어간다? "나는 이따금 다른 사람들은 삶 속에서 돌연히 발생하는 부재나 돌연한 사별을 어떤 방식으로 받아들이는지가 궁금하다. (중략) 가까웠던 사람이 멀어져 가는 걸 감당하는 일이 내겐 매번 힘겹다. 때로는 이제 내겐 가까웠던 사람과 작별할 사람과 작별할 힘이 전혀 남아 있지 않다는 느낌도 든다. 그런데도 이렇게 또 살아지는 걸 보면 삶이 무섭기조차 하다."(〈마당에 관한 짧은 얘기〉, 《오래 전 집을 떠날 때》, p.211) 같은 부분의 본문을 인용하고 해설하면서? 《문학사상》 편집자의 전언을 떠올리니, 다른 평론가에게 청탁했다는 글과 유사한 성격이 될 것 같은 느낌이 든다. 이렇게 자유롭지 못해서야, 거, 참…….

S-2 신경숙 씨의 소설 중에서 나는 《외딴 방》을 가장 좋아한다.

예전에 이렇게 쓴 적이 있다. "외딴 방에서의 많은 삶들은 바로 슬픈 상처들의 겹무늬였다. 그중에서도 특히 희재 언니의 죽음은 결정적인 상처였다. 하고 보면 외딴 방에서의 통과제의란 곧 몸과 마음에 상처의 퇴적층을 쌓아 올리는 것과 한가지였는지도 모른다. 상처가 통과제의의 요체였다는 사실은 통과제의 이후의 결과, 즉 그녀의 문학이 상처의 얼룩 위에 축성된 것이라는 사실을 암시한다. 다시 말해 현실에서는 치유되지 않는 상처들이 문학에서 새로운 삶을 도모하게 된 형국이라는 것이다. 여기서 우리는 상처의 두 가지 방향에 대해 생각해 볼 필요를 느낀다. 하나는 우물 쪽으로 향한 상처의 운동이다. 이는 다시 두 갈래로 나뉘어진다. 우물의 자기충족적이고 근원적인 생생력을 향한 상처의 심리적 운동과 우물의 차단된 심연 혹은 자폐적인 속성을 향한 운동이 바로 그것이다. 앞의 경우라면 《깊은 슬픔》에서의 '이슬어지' 같은 낭만적 충족 공간을 탄생시킨다. 뒤의 경우에는 다가설 수 없는 아스라한 그리움이거나 나르시시즘, 감상적인 자폐의 정조 등으로 귀결된다. 지금까지 신경숙의 문학은 대부분 이 둘 사이의 거리와 갈등의 구조화 선상에 있었다고 말해도 좋으리라.

또 다른 하나는 백로의 꿈을 향한 근원적 열망이다. 외딴 방으로의 입사 이전부터 간직했던 백로의 꿈은 작가가 상처를 받으면 받을수록 절망스러우면 절망스러울수록 더더욱 추구하고자 했던 열망이었다. 이 열망이 상처의 삶을 견디게 했고, 또 여리지만 견고한 상처의 문학을 잉태하게 만들지 않았을까. 바로 "잊지 않고 있으면 할 수 있어. 꿈을 잊으면 그걸로 끝이야. 언제나 꿈 가까이로 가려는 마음을 거두지 않으면 할 수 있어. 가고 또 가면 언젠가는 그 숲 속에 갈 수 있을 거야."(2권, p.63)와 같은 영혼으로 어둠을 뚫고, "……시여 제발 여기로 와다오. 저것들…… 드릴…… 해머…… 소리들을 가볍게 넘어서…… 서사의 안팎을 잃어버리고 짓이겨지는 내게로."(2권, p.121)와 같은 열망으로 세상을 견디었을 때, 그 끝

닿은 자리에서 자신의 문학을 축성할 수 있지 않았을까. 요컨대 상처의 두 가지 방향 중 백로의 꿈으로 향한 심리적 움직임은 작가 신경숙으로 하여금 문학으로 세상을 견디게 하는 근원적인 열망이며, 우물 쪽으로 향한 운동은 그같은 열망이 현실과 맞씨름하면서 탄생시킨 신경숙 문학의 구체적인 내용과 경향을 조타하는 것이라 할 수 있겠다. 지금까지의 신경숙 문학에서는 주로 우물과 관련된 내용만을 우리가 알 수 있었는데, '글쓰기의 글쓰기'를 시도한 이번 작품에서 우리는 신경숙의 '우물 문학'을 탄생시키면서 동시에 그것과 길항관계에 놓여 있는 '백로의 꿈'을 여실하게 실감할 수 있게 되었다."(졸고, 〈드러내면서 감추기〉, 《타자의 목소리》, pp.417∼418.) 이때 설정했던 구도를 입증하는 글을 한번 다시 써볼까? 그러나 N-2나 G의 경우에서 고민했던 이유들이 또 내 길을 막는다. 정녕 시작할 길은 없는 것일까?

O-2 아니면,

'신경숙 하면 흔히 상처의 문학, 징후의 문학을 떠올린다. 아픈 현실의 상처를 보듬으면서 나날의 삶에서 미세한 징후들을 들추어내고, 그러면서 새로운 '존재의 빛'을 보게 되기를 그녀는 소망하는 것 같다. 이를테면, 그녀가 보고 싶어 하는 '존재의 빛'의 장면들은 이런 것들이다.

(1) "이 글을 당신께, 이미 거기 계시는 당신께 부칠 필욘 이제 없겠지요. 그래도…… 까치, 까치 얘기는 쓰렵니다. 이 마을에 온 첫날 그렇게 부지런히 둥지를 틀던 까치가 새끼 세 마리를 낳았더군요. 옥수수 씨를 심을 구덩이를 파느라고 산밭에 다녀오다가 봤어요. 먼발치라 자세히는 못 봤지만, 그중 어느 새끼도 눈먼 새는 없는 듯했어요. 세 마리 모두 다 어미가 먹이를 물어오니까 서로

밀치며 소란스럽게 한껏 입을 벌리는데, 입속이 온통 빨강…… 새빨갰어요. 그 새끼 까치들이 날갯짓을 할 무렵이면 이곳도, 여기 이 고장에도 초여름, 여름……이겠지요. 저기 저 순한 연두색이 짙어, 짙어져서는 초록이, 진초록이…… 될 테지요. 그때쯤엔, 은선이라는 당신 아이 이름도 제 가슴에서 아련해질는지, 안녕."(《풍금이 있던 자리》, 《풍금이 있던 자리》, pp.42~43)

(2) "병원 담장을 에워싸고 있는 개나리에 움이 트고 있는 걸 보았습니다. 하늘은 눈을 뿌리고 있는데 아랑곳없이 나무는 움을 틔우고 있더군요. 한 개 한 개의 움은 곧 터질 듯이 부풀어 있었어요."(《지금 우리 곁에 누가 있는 걸까요》, 《딸기밭》, p.33)

(1)에서 까치 새끼의 탄생이나 성장, 그리고 순한 연두색에서 초록을 거쳐 진초록으로 자라나는 자연의 생명 현상, (2)에서의 개나리 '움' 같은 것들에 자연스럽게 우리의 눈길이 머문다. 바로 작가 신경숙의 눈길이 머물던 자리다.'

이렇게 시작하여 신경숙 씨 나름대로 '존재의 빛'을 응시하는 이유와 방식을 밝혀 본다? 어쩌면 신경숙 소설 거꾸로 읽기?

0-3 다시, K-1식으로 시작할까. 이번에는 서사적 역전 방식으로, 가장 최근의 에피소드부터 시작해 보는 거다.

'12월은 확실히 바쁜 달이다. 한해를 마무리하느라 모두가 부산하게 움직인다. 일 때문에 바쁘기도 하고, 송년회 때문에 다 바쁘기도 하다. 문학하는 이들도 특히 12월에는 바쁘다. 대표적으로는 신춘문예 때문이다. 12월 10일경까지는 문학청년들이 탈고하고 응모하느라 바쁘다. 일단 마감이 되면 심사하는 이들이 바빠진다. 그런 분망한 자리에서 자주 만나게 되는 사람들이 있다. 신경숙 씨도 그중 하나다. 지난해 12월에도 한 신문사의 심사장에서 만났다. 중편소설 심사를 위해서였다. 신경숙 씨의 심사 속도는 대체로 느린 편이다. 투고작 한 편 한 편을 그야말로 정성스럽게 읽기 때문이다. 그 정성은 마치 한 땀 한 땀 수놓듯 소설을 쓰는 자신의 버릇처럼 남의 소설을 읽는 것 같은 느낌을 들게 할 정도다. 그러다가 탈락시킬 때면 그녀는 매우 가슴 아파한다. 미숙한 작품이지만 그것을 쓰기 위해 들였을 예비 작가들의 노고와 다시 탈락의 슬픔을 추슬러야 하는 그들의 상처를 두루 생각하며, 그녀는 무척이나 아파한다. 연민. 존재하는 모든 상처들에 대한 그 연민의 눈길에서 신경숙 씨의 상상력이 촉발된다는 생각을 거듭하게 하는 대목이 아닐 수 없다. "제목도 창작인데, 제목이 왜 이렇대요?" 그냥 지나가는 질타가 아니다. 한없는 안타까움이다. 그런 신경숙 씨의 안타까움은 곁으로 전이된다. 옆에서 심사하던 사람들의 속도도 느려지고, 가슴에 아픈 파장이 일어난다.'

이런 에피소드들을 통해 두루 껴안고 속살 깊이 삶의 기미를 느끼고자 하는 신경숙 씨의 특징들을 엮어 나간다? 그러나 여전히 K-1의 사정은 해소될 것 같아 보이지 않는다. 걱정이다.

K-2 상처 입은 사람들끼리의 교감과 신생의 가능성, 혹은 새로운 인간 관계의 가능성을 여로형 구조를 통해 그려 낸 소설 〈부석사〉.

이상문학상 대상 수상작인 이 소설 얘기로 시작해 볼까. 그것 역시 다른 글의 몫일 터이다. 그렇다면? 나의 글은 어떻게 시작해야 할 것인가. 여러 다양한 시작을 가능케 하는 것은 신경숙 씨의 인간과 문학 덕택일 것이다. 그럼에도 그 어느 줄기에서도 시작하지 못하고 있는 것은 전적으로 내 탓이다. 여기서 세 번, 가슴을 친다. 그래도 여전히 나의 신경숙론은 시작의 기미를 알지 못한다.

'이상문학상'의 취지와 선정 방법

—알기 쉽게 풀이한 이상문학상 규정

1. **취지와 목적** : 〈문학사상사〉(이하 주관사라고 약칭)가 제정한 '이상문학상(李箱文學賞)'(이하 본상이라고 약칭)은 요절한 천재 작가 이상(李箱)이 남긴 문학적 업적을 기리며, 매년 가장 탁월한 작품을 발표한 작가들을 표창하고, 《이상문학상 작품집》을 발행하여 널리 보급함으로써, 순문학 독자층을 확장케 하여, 한국 문학의 발전에 기여할 것을 목적으로 한다.

2. **수상 대상 작품** : 전년도 심사 대상(對象) 작품의 마감 이후인 당해년도 1월부터 12월 말 사이에 발표된 작품은 모두 수상 대상에 포함된다. 문예지(월간지의 경우 당해년도 1월 초부터 12월 말일 이전에 발행된 '2월호'에서 다음해의 '1월호'까지 포함)를 중심으로 해서, 각종 정기 간행물 등에 발표된 작품성이 뛰어난 중·단편소설을 망라하여, 예비심사를 거쳐 본심에 회부한다. 예비심사 과정에서는 수상 대상(對象)으로 물망에 오른 작품의 작가에 대하여, 저작권과 출판권과 관련된 특별한 사정의 유무와, 대상 또는 우수작상으로 선정될 경우, 본상의 규정에 따른 수락의사 유무를 직접 또는 간접적으로 확인한다. 중·단편소설을 시상 대상으로 하는 까닭은 문학의 중심이 장편소설에서 점차 중·단편소설로 이행하는 추세를 감안하고, 작품 구성과 표현에 있어서의 치밀성과 농축성으로, 짙고 강렬한 소설 미학의 향기와 감동을 자아내게 한다고 믿기 때문이다.

3. 상의 종류 : 본상은 대상(大賞) 1명과 추천 우수작상 10명 이내로 하되, 특별한 경우에는 복수의 대상 수상자를 선정할 수 있다. 상금(현상 매절 원고료 포함)으로서 대상 3,000만 원, 우수작상은 각 250만 원이 수여된다. 이미 대상을 받은 작가의 당해년도 발표 작품 가운데 1~2편을 선정하여, 기수상작가(旣受賞作家) 우수작상(상금은 각 250만 원)을 수여함으로써, 수상 후에도 계속 창작의욕을 고취케 한다. 대상(大賞)의 상금 비율이 높은 까닭은, 서명(書名)의 표제작 독점 사용권과 3년 간에 한해서 주관사가 독점 발행권을 갖게 되는 본 규정에 의한 제한적인 저작재산권 양수대금이 포함되어 있기 때문이며, 기타의 우수 작품은 본 작품집에 수록하는 매절 원고료만이 상금에 포함되어 있다.

4. 예심 방법 : 예심은 월간《문학사상》편집진이 매 연도의 1년 동안 각 매체에 발표된 작품을 수집하여, 주관사의 편집위원과 경영진 및 편집진으로 구성된 이상문학상 운영위원회에서 대학 교수·문학평론가·작가·각 문예지 편집장·일간지 문학담당 기자 등 약 1백 명에게 추천을 의뢰한다. 3회 이상 우수작상을 받은 작가는 당해년도에 발표된 작품 중 뛰어난 1편을 선정하여 본심에 회부한다.

그 모든 자료를 일괄하여 주관사 편집주간이 위원장이 되어 편집위원들과 예심위원들의 의견을 수렴하여, 본심에 회부할 작품을 선별한다.

이 단계에서 월간《문학사상》정기 독자에 대한 설문 및 일반 독자를 대상으로 한 앙케이트 조사 결과도 추천 작품 선정에 참고한다. 본심의 심사위원은 예심위원회에서 본심에 회부된 작품 이외의 작품을 본심 대상에 포함시키고자 하는 경우에는, 본심위원의 반수의 찬

성으로 이를 예심 작품에 추가할 수 있다.

　이와 같은 독특한 예심 과정은 소수의 예심위원이, 짧은 시일 내에 수많은 작품 속에서 본심에 회부할 작품을 선정하는 단점을 보완하고, 가능한 한 문학발전에 관심 있는 다수인이 장기간에 걸쳐 되도록 많은 작품을 심사 대상에 망라함으로써, 신중하고 세심한 예심 과정을 밟기 위한 것이다.

5. **본심 방법** : 예심을 거쳐 본심에 회부된 작품은 권위 있는 평론가와 작가로 구성된 5인 이상 7인 이내의 심사위원회에 넘겨져, 수일 간 세심한 개별적인 검토를 거친 후 본심 회의에서 최종의 결정이 내려진다. 본심 회의는 대체토론을 통해 예심에 회부된 작품 가운데 10편 내외의 작품을 먼저 선정한다. 이 작품 속에서 1편(예외적인 경우 2편)의 대상을 선정하고, 나머지 작품 중에서 우수작상 작품을 선정한다. 수상 작품 결정에 있어 심사위원의 의견이 일치하지 않을 경우에는, 무기명 비밀 투표로써, 다수결 원칙에 의하여 최종 결정을 한다.

　그러므로 이상문학상의 대상과 우수작상은 모두 거의 동일 수준의 작품이라고 볼 수 있으며, 전문 문학인이나 독자의 주관적인 판단에 따라 그 평가는 달라질 수 있다. 때문에 한 번 우수작상을 받은 작가는 대부분 자주 우수작상을 받게 되며, 3~4회 내지 5~6회만에 대상을 받게 되는 경우가 적지 않다.

6. **저작권** : 대상 수상 작품(이하 '대상 작품'이라고 약칭)의 저작권은 본 규정에 따라 주관사에 귀속된다. 단, 2차 저작권(번역 출판권, 영화화ㆍ연극화 등의 저작권)은 저자에게 있고, 《이상문학상 작품집》 발

행 후 3년이 경과하면 동 대상 작품을 저자의 작품집 또는 저자의 전집에 한해서 수록할 수 있다. 다만, 어떤 경우에도《이상문학상 작품집》의 표제(대상 작품명)와 중복되거나, 혼동의 우려가 없도록 하기 위하여 대상 작품명을 대상 수상작가 작품집의 서명(書名, 표제작)으로는 쓰지 않기로 한다.

우수작상 및 기수상작가 우수작상은 상금 속에 매절 원고료가 포함된 출판 관습과 본상 규정에 따라, 수록된 당해년도 작품집에 한하여 본사가 계속 제한적인 저작권(사실상의 저작이용권)을 갖는다.

7. **이상문학상 작품집 발행** : 〈이상문학상 운영 규정〉에 따라 대상 작품과 추천 우수작품, 기수상작가 우수작품을 모아, 염가 대량 보급을 목적으로《이상문학상 작품집》을 발행한다.

이 작품집은 이상문학상의 공정성과 권위를 독자에게 다시 묻고, 수록된 작품과 그 작가들에 대한 표창과 홍보의 뜻도 담고 있다. 한편 이 작품집은 해마다 문단의 작품 경향과 흐름을 알 수 있는 앤솔러지적인 성격을 띠고 있다. 또한 이 작품집은 아무리 세월이 흘러가도 한 사람이라도 독자가 있는 한 이윤을 초월해서 제한 없이 영구히 보급함으로써, 이상문학상과 그 수상작가에 대한 영원성과 영예를 오래도록 선양하고 세계에 그 유례를 찾아볼 수 없는 문학상 작품의 영원불멸성을 유지케 한다.

우리나라의 출판계에서는 하루 1백 권에서 2백 권 내외의 새 책이 출간되고 있다. 이런 출판 홍수 사태를 이룬 그 많은 책 속에서, 그리고 수백 명을 헤아린다는 많은 작가 속에서, 독자가 뛰어난 문학 작품과 탁월한 작가에 대한 선택과 판단을 내리기란 지극히 어려운

실정이다.

　그런 뜻에서 《이상문학상 작품집》은, 그 영예로운 작가와 작품을 일과성(一過性)이 아닌 영구적으로 널리 독자에게 보급하여 읽히게 하고, 그 작가에 대해 더욱 탁월한 작품을 창조하기 위한 끊임없는 격려와 기대의 뜻을 담고 있다. 때문에 20여 년 전의 작품도 계속해서 한결같이 널리 알려, 독자의 관심권에서 벗어나지 않도록 하는 매우 독특한 작품집으로 정착되었다. 그러한 노력은 작품의 우수성과 더불어, 이 작품집이 매년 수많은 독자들에게 애독서로 선택되고, 20여 년 전의 《이상문학상 작품집》도 계속 독자가 끊이지 않게 하고 있다. 그처럼 매년 한 권의 책으로 묶은 중·단편 창작 소설집이 장기간에 걸쳐 다량으로 발간되고 있는 것은, 세계적으로도 매우 희귀한 예로 알려지고 있으며, 그것은 우리의 문학과 독자의 성장도와 성숙도를 가늠케 하는 한 단면이기도 하고, 세계 제일의 출판대국이며 인구만도 우리의 3배에 가까운 일본에서도 볼 수 없는 순문학 중·단편집의 대량보급과, 순문학 애호 인구의 저변확대에 크나큰 기여를 한 바 있다.

8. **이상문학상 운영위원회** : 주관사의 발행인을 위원장으로 하고 월간 《문학사상》의 편집인과 편집 주간 및 문학사상사 이사회가 선임한 3인의 위원으로 구성되며, 본상의 제도와 운영에 관한 모든 업무를 관장한다.

9. **이상문학상 선고위원회** : 이상문학상 운영위원회는 매 연도마다 5~7인의 이상문학상 심사위원을 위촉하여 이상문학상 선고위원회를 구성한다.

동 선고위원회는 연장자를 위원장으로 하여, 이상문학상의 대상
과 우수작상 그리고 기수상작가 우수작상을 수여할 작품을 심의 결
정한다. 수상자를 결정함에 있어 의견의 일치를 보지 못한 경우는
투표로써 결정한다.

10. **규정의 수정** : 본 규정은 이상문학상 운영위원회에서 3분의 2 이상
의 찬성으로 수정할 수 있다.

문학사상사

이상문학상 운영위원회

제25회 이상문학상 작품집

초판 1쇄— 2001년 1월 30일
초판 15쇄— 2019년 10월 21일

지은이 — 신 경 숙 외
펴낸이 — 임 지 현
펴낸곳 — (주)문학사상
주 소 — 경기도 파주시 회동길 363-8, 201호(10881)
등 록 — 1973년 3월 21일 제 1-137호

편집부 — 031)946-8503
영업부 — 031)955-9912
팩시밀리 — 3401-8741
홈페이지 — www.munsa.co.kr
이메일 — munsa@munsa.co.kr

잘못 만들어진 책은 구입하신 서점에서 바꾸어 드립니다.

책값은 표지 뒷면에 표시되어 있습니다.

ISBN 978-89-7012-378-3 03810